Nach einem geheimen Drohnenangriff auf ein ziviles Ziel im Südsudan erfährt George Bartholomew, Generalleutnant der britischen Luftwaffe, dass ein verräterisches Stück Schrapnell am Einschlagsort zurückgeblieben ist. Er versucht alles, es zurückzubekommen, doch er ist nicht der Einzige mit diesem Vorhaben. Zur gleichen Zeit reist auch der englische Botaniker Gabriel Cockburn in die Region, auf der Suche nach einer Pflanze, die wesentlich ist für seine Forschung. Dort trifft er auf Alek, eine junge Frau, die sich bereit erklärt, ihn zu Forschungszwecken in gefährliches Gebiet zu führen, doch insgeheim ihre eigenen Pläne verfolgt. Die Schicksale der drei sind auf unheilvolle Weise miteinander verknüpft. Und das hat explosive Folgen …

ANDREW BROWN, 1966 in Kapstadt geboren, war während der Apartheid u. a. in der United Democratic Front aktiv und wurde mehrere Male in Haft genommen. Eine mehrjährige Gefängnisstrafe konnte durch ein Berufungsverfahren am Cape High Court abgewendet werden. Am selben Gericht ist Andrew Brown inzwischen als Anwalt tätig. Als Reservepolizist ist er jede Woche auf den Straßen Kapstadts und in den Townships im Einsatz. »Schlaf ein, mein Kind« wurde mit dem wichtigsten Literaturpreis Südafrikas ausgezeichnet und stand in Deutschland auf der KrimiWelt-Bestenliste. Sein Roman »Würde« war auf der Shortlist für den renommierten Commonwealth Writer's Prize. Andrew Brown gilt als die neue Stimme in der Literatur Südafrikas. Er ist verheiratet und hat drei Kinder.

ANDREW BROWN BEI BTB
Schlaf ein, mein Kind. Roman (73951)
Würde. Roman (74392)
Trost. Roman (71385)

ANDREW BROWN

TEUFLISCHE SAAT

THRILLER

*Aus dem südafrikanischen Englisch
von Mechthild Barth*

btb

Die Originalausgabe erschien 2014
unter dem Titel »Devil's Harvest« bei Zebra Press,
Penguin Random House, Kapstadt.

Sollte diese Publikation Links auf Webseiten Dritter enthalten,
so übernehmen wir für deren Inhalte keine Haftung,
da wir uns diese nicht zu eigen machen, sondern lediglich auf
deren Stand zum Zeitpunkt der Erstveröffentlichung verweisen.

Verlagsgruppe Random House FSC® N001967

1. Auflage
Deutsche Erstveröffentlichung August 2018,
btb Verlag in der Verlagsgruppe Random House GmbH,
Neumarkter Straße 28, 81673 München
Copyright © der Originalausgabe 2014
by Andrew Brown und Zebra Press
Covergestaltung: semper smile, München
Covermotiv: © plainpicture/NaturePL/Neil Aldridge
Satz: Uhl + Massopust, Aalen
Druck und Einband: GGP Media GmbH, Pößneck
SL · Herstellung: sc
Printed in Germany
ISBN 978-3-442-71480-3

www.btb-verlag.de
www.facebook.com/btbverlag

Für Mo

Zuerst kommt immer das Schlachten… Man kann dem Spanferkel einen Apfel ins Maul schieben und es auf einem Silbertablett servieren, jedermann kann Fliege oder hochhackige Schuhe tragen und Beifall klatschen – aber zuerst musste sich immer das Schwein in Todesangst vor dem Metzger winden.

Etienne van Heerden, 30 Nächte in Amsterdam

Die jüngsten Informationen… verweisen darauf, dass die sudanesische Regierung weiterhin eine bewusste Strategie der Kriegsführung gegen die Zivilbevölkerung betreibt… Den erhobenen Daten zufolge kam es zu einem deutlichen Anstieg von… Angriffen in den Wochen vor den Pflanzungs- und Erntezeiten.

Arbeitsgemeinschaft Sudan: Eine Zusammenfassung des Gipfeltreffens der Afrikanischen Union, Mai 2013

Hier bin ich nun und mache weiter mit dem, was man so Leben nennt.

Aisha Mundwa Justin Waja, ehemalige Geflüchtete, im Gespräch mit dem Autor

Südsudan

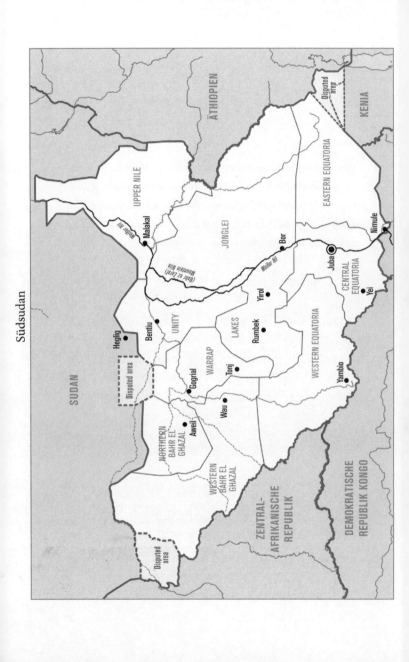

PROLOG

Northern Bahr al-Ghazal, Südsudan

Es ist nicht das wilde Solo einer Handtrommel, deren fest gespannte Ochsenhaut mit leuchtenden Augen geschlagen wird. Es ist auch nicht der Staub auf den freundlich wirkenden Füßen, ockergelb und aufsteigend wie dichter Nebel. Es gibt keine federnden Schritte, um diesem Tanz Ausdruck zu verleihen.

Es ist der Takt, der die Dämonen ankündigt, wenn sie ihre Höhlen verlassen, so wie er auch die Toten unter der ausgedörrten Erde ruft. Es ist dieser Pulsschlag, der sie herauslockt – *Bad-a-bad-a-bad-a-bäh* – und in die Welt schickt. Der Boden zittert bei ihrer Ankunft, der Rhythmus rollt drohend voran, kommt als riesige Welle von den Hügeln herab. Betrunkene Hände, die einen Holzstab bearbeiten – *Bad-a-bad-a-bad-a-bäh*. Wie prasselnder Hagel auf dürftigen Blechdächern. Die Apokalypse offenbart sich mit stampfenden Hufen und schnaubendem Atem. *Dschandschawid*. Die Teufel auf Pferderücken.

Eine Großmutter blickt von ihrer Wäsche unter einem Anabaum auf. Sie hört den schlagenden Galopp im Wind. Die dichten Wirbel ihrer Narbenmuster ziehen sich auf ihrer Stirn zusammen, als sie diese überrascht runzelt. Ein älterer Mann umfasst sein zertrümmertes Knie, während er aufzustehen versucht. Doch sein Stock ist in der Hitze rutschig geworden, und er vermag es nicht, sich daran festzuhalten. Seine Enkelin kichert, als er mit einem Seufzen zurücksinkt – *Aaahh* –, ehe er etwas vor sich hin murmelt und es noch einmal probiert.

Alek beginnt sich zu erheben, noch ehe die Reiter zu sehen sind. Sie weiß, was droht – wie sich auf einmal die Luft mit einem metallischen Geruch erfüllt, wie sie in ihrem Mund Blut schmeckt. Schweißperlen rinnen ihr über die Stirn, als sie vom Rand des versandeten Reservoirs aufsteht. Sie hört das ferne Schnauben der Pferde. Als sie hochblickt, bemerkt sie flatternde Tauben, die eine Schlucht hinauffliegen. *Bad-a-bad-a-bad-a-bäh.* Vor ihrem inneren Auge sieht Alek die Staubwolken, die wie Rauchschwaden aus einer Lok hinter ihnen aufsteigen und vom heißen Wind über die wilde Landschaft getragen werden. Sie muss nicht erst den toten Ausdruck in den Augen der Reiter erkennen. Für sie sind diese Männer Geister, die von ihren Gräbern auferstanden sind, um all jene zur Rechenschaft zu ziehen, die es wagten, ohne sie weiterzuleben. Der Teufel ist unter ihnen und trommelt mit seinen dürren Fingern auf imaginierte Tischplatten. *Bad-a-bad-a-bad-a-bäh.*

Neben ihr fällt ein Eimer um. Das Wasser ergießt sich über die Erde wie Öl. Oder wie Blut. Zu zögern hieße zu sterben. Sie sind wegen ihres Vaters gekommen. Aber in seiner Abwesenheit wird sie für ihn herhalten müssen. Sie wendet dem Dorf den Rücken zu, läuft vorbei an den *Luaak* voller Langhornrinder und rennt hinaus in die raue Landschaft. Ihre Oberschenkelmuskeln ziehen sich zusammen, und ihre Knöchel sind schon bald zerschrammt, als sie sich barfuß über die Felsen kämpft. Die rotbraune Erde hinterlässt auf ihrer Haut Flecken wie von Pollen. Hinter sich hört sie das Donnern der Hufe, das immer lauter wird und das Blöken der zweifarbigen Ziegen und das Muhen des Bullen übertönt, der die Kühe in ihren

Luaak umkreist. Die Felsen sind scharf und wacklig. Sie reiben aneinander und zerkratzen die empfindliche Haut ihrer Zehen. Alek klettert schräg wie eine Krabbe mit Händen und Füßen in das schlammige *Wadi*-Bett hinunter, wo die Dorfbewohner ihre *Kudra* und Maniok anbauen.

Dann hört sie Rufe des Entsetzens. Hilflose Warnschreie. Doch sie hält keine Sekunde lang an, sondern hastet tiefer in die verlassene Schlucht hinein. Erst als sie das Dröhnen des ankommenden Todes vernimmt, das Aufheulen des Ungeheuers, als es sein erstes Opfer verschlingt, wirft sie sich zu Boden. Sie kriecht zwischen die Gesteinsbrocken und sucht dort Schutz. Reglos liegt sie da und hält sich die Ohren zu, sich nach Stille sehnend. In ihrer Brust schlägt ihr Herz in einem Rhythmus, den sie nicht unterdrücken kann. *Bad-a-bad-a-bad-a-bäh.* Die Laute des Entsetzens dringen immer durch, sosehr ihr Inneres auch Ruhe verlangt.

Ein Schatten schiebt sich über die Sonne. Er schwächt das Licht und verstärkt die Hitze – wie ein Deckel, der auf einen gusseisernen Topf gelegt wird. Ein Mann ragt über ihr auf, sein Gesicht eine Silhouette. Sie sieht nur noch einen Adler, der die rote Sonne in seinen Klauen davonträgt. Ein Auge, das kein einziges Mal blinzelt. Das Auge des Horus. Das Auge, das alles sieht, vor dem sie nicht zu entkommen vermag. Zu dem sie zurückkehren muss.

Al Babr ist da.

EINS

Bristol, Südwestengland

Wenn er gedanklich in seine Vergangenheit zurückkehrte, fiel es ihm schwer, den genauen Moment auszumachen, als sein ruhiges Leben zum ersten Mal ernsthaft erschüttert wurde. Es war kein plötzlicher Vorgang gewesen, das wusste er – sondern ein unaufhaltsames, allmähliches Auflösen des Geflechts, das seine Welt zusammengehalten hatte, bis er Mitte vierzig war. Es hatte sich bis dahin wohl um ein vergleichsweise unauffälliges Leben gehandelt. Vielleicht machte das die Auflösung umso überraschender, denn der Stoff schien so genau und so scheinbar fest gewebt gewesen zu sein.

Wer oder was hatte als Erstes an den losen Fäden gezogen? »Die Dinge liefen nicht nach Plan.« Diesen Ausdruck hatte sein Vater gern verwendet, wenn er resignierte. »Nicht nach Plan« betraf das ganze Spektrum menschlicher Katastrophen – vom Zusammenbruch des selbst gebauten Gewächshauses im Hintergarten bis hin zu dem schrecklichen Missbrauch des kleinen Jeffrey Hope durch den Vikar der Gemeinde. Doch in seinem Fall bezeichneten »die Dinge« sein ganzes Leben ab Mitte vierzig, wobei der ursprüngliche »Plan« genauso gut schuld daran haben konnte wie alles andere. Vielleicht fehlte es ihm an Ehrgeiz, oder er war zu schnell im Dickicht der Naturwissenschaften verschwunden. Er wusste es nicht. Das Gewebe hatte sich wahrscheinlich ernsthaft am Tag seiner jährlichen öffentlichen Vorlesung aufzulösen begonnen, kurz nachdem er sich den ersten morgendlichen Kaffee geholt hatte.

Privatdozent Gabriel Cockburn war sich bewusst, dass er mit den Plastikwäscheklammern, die seine sorgfältig gebügelten Hosenbeine unten festhielten, keine sonderlich imposante Figur abgab. Doch die Radfahrt zur Arbeit bedurfte nun einmal gewisser praktischer Arrangements, ob das nun imposant sein mochte oder nicht.

Sein üblicher Umweg auf der Strecke zur Universität von Bristol, um seinen morgendlichen Kaffee zu holen, führte ihn von Clifton Village auf die Queens Road, wo er am Studentenwerk vorbeikam. Das Studentenwerk galt als das hässlichste Gebäude in ganz Großbritannien. Es strahlte etwas Faschistisches aus, wobei die rechteckigen Blöcke zugleich an sowjetische Mietskasernen in Sofia oder Belgrad erinnerten. Doch nun wurde es zumindest äußerlich verändert und damit hoffentlich ein wenig verbessert. Hier ging es meist sanft bergab, vorbei an den Victoria Rooms des Musikinstituts, die von einer Statue Edwards VII. bewacht wurden, die ziemlich theatralisch über ihren leeren Brunnen blickte, umgeben von einer protzigen Ansammlung von Fischen, Muscheln und nackten Frauen.

Gabriels Fahrt an diesem Morgen wurde durch einige Studenten mit wild zerzausten Haaren unterbrochen, die sich gerade für eine Demonstration vor dem Verwaltungsgebäude der Universität zu versammeln begannen. Er bremste nach und nach ab, bis er sich schließlich gezwungen sah, ganz anzuhalten, als ihm einer aus der bunten Menge ein gelbes Flugblatt unter die Nase hielt.

»Stoppt die Drohnenkriege!«, rief der junge Mann, obwohl

Gabriel direkt vor ihm stand und sich sonst kein weiterer Unbeteiligter in der Nähe befand.

Auf der oberen Seite des Flugblatts war ein verschwommenes Bild von unglücklichen Menschen zu erkennen, die auf einem Haufen Trümmern saßen. Handgeschriebene Transparente wiesen darauf hin, dass die Demonstranten gegen eine Konferenz protestierten, die gemeinsam mit BAE Systems, Rolls-Royce und Thales geplant war und von dem universitären Institut für Flug- und Ingenieurwesen mitorganisiert wurde. Gabriel war einen Moment lang in Versuchung, dem Studenten zu raten, sich doch lieber einen Job zu suchen. Aber er hielt sich zurück. Ihm fiel sein Vater ein, der einige Jahre zuvor diesen Satz von sich gegeben hatte, während er eine TV-Dokumentation über geistig Kranke sah, die unter den Brücken von Manchester lebten. Stattdessen ignorierte Gabriel nun das hingestreckte Flugblatt und schob sein Rad ungerührt weiter durch die Menge.

Am Clifton Triangle lehnte er es unabgeschlossen an die hintere Wand eines Bushäuschens. Jemand hatte eine Comicfigur an das Plexiglas gesprayt: ein kleines Mädchen mit einem Luftballon in Form einer Bombe in der Hand, der an der Schnur zerrte. Darüber stand in zerlaufenen Buchstaben »Bristol gegen Waffenhandel«. Die Stadt wurde immer mehr von Graffitisprayern verunstaltet, von denen einige versuchten, den berühmten Banksy nachzuahmen, während andere die Wände einfach nur mit anstößigen Malereien bedeckten. Gabriel kam das alles höchst antisozial vor. Aber die Stadtverwaltung war zu zaghaft, um sich die Studentenschaft vorzunehmen und durchzugreifen. Vielmehr hatte man eine ganze Gegend im Stadtzentrum für die Übeltäter reserviert, wo sie sich »ausdrücken« durften, als sei es eine Form von Kunst oder eine Therapie. Lokalpolitiker handhaben diesen Vandalismus geradezu wie eine originelle Touristenattraktion.

Die leuchtend roten Schirme der Espressobar beruhigten seine angespannten Nerven. Im Laden standen bereits einige Studenten und Geschäftsleute, die darauf warteten, bedient zu werden. Er reihte sich in die Schlange ein und wappnete sich innerlich gegen die unnötige Nähe der anderen – gegen die unangenehmen Gerüche von Körperausdünstungen und Deodorant. Er versuchte, eine undurchdringliche Aura um sich herum aufzubauen, so wie man das in der Metro tat, und balancierte dabei auf den Fersen vor und zurück. Dann starrte er auf die spinnenwebartigen blondgrauen Haarsträhnen, die sich von der Frau vor ihm auf seinem Revers gesammelt hatten. Musste diese Person denn mit ihren Haaren derart um sich werfen? Er hatte schon genug Zeit an diesem Morgen damit verbracht, sein Jackett mit Klebeband zu bearbeiten, das er um seine Finger gewickelt und mit dem er Katzenhaare und solche Haare entfernt hatte, die von seinem eigenen Kopf zu kommen schienen.

Der Bürgermeister hatte am Tag zuvor eine Rede gehalten und betont, wie wichtig es sei, dass nun alle Briten »zusammenrückten«. Die wiederholten Störungen (die rechtsgerichteten Zeitungen verwendeten das Wort »Aufruhr«, während der Guardian darauf beharrte, es »zwischenzeitliche soziale Unruhen« zu nennen) hatten offenbar eine neue Solidarität zwischen den Bessergestellten in Bristol hervorgerufen. Die Mittelschicht sah sich attackiert, der Thatcherismus bedurfte einer Wiederauffrischung (obwohl Dame Margaret Thatcher schon lange das Zeitliche gesegnet hatte) und die Einwanderungsgesetze sollten dringend überholt werden. Mit wem denn zusammenrücken, fragte sich Gabriel. Mit Mr. und Mrs.

Worthington, die nachts ihren Müll in seine Tonne schmuggelten? Mit den Greens gegenüber, deren Rotzbengel mit halb heruntergelassenen Hosen auf seinem Skateboard einen Höllenlärm veranstaltete? Mit Vater und Sohn Kahn, die mehr Zeit damit verbrachten, ihren Ford Escort zu frisieren und seine Karosserie zu bearbeiten, als ihn tatsächlich zu fahren, und deren Gehupe bis tief in die Nacht zu hören war? Patriotismus war schön und gut, solange man noch nicht seine Nachbarn kennengelernt hatte.

Da standen sie sozusagen alle, so vereint, wie das selten im Laufe eines Tages möglich war. Doch die Bedürfnisse jedes Einzelnen führten nur zu Reibungen. Das leichte Gedrängel wurde begleitet von angestrengtem Lächeln und höflichen, aber bestimmten Einmischungen. Trotz der geteilten Erfahrung einer Anreise durch einen frühmorgendlichen englischen Nebel gab es wenig Kameraderie. Der Beginn des Tages würde sich für alle durch eine erste Injektion Koffein auszeichnen. Bis dahin misstraute jedoch jeder jedem. Die Hölle waren die anderen, die ganz nach britischer Manier für ihren ersten Espresso in der Schlange standen.

»Yeah! Yeah! Einen schwachen ›Why bother‹ im Henkelbecher, das will ich hören!«, rief der Barista. »Oder einen großen Schaumigen mit einem Doppelten. Yeah, legen wir los! Oh ja! Ja!«

Es brauchte immer eine gewisse Zeit, bis die Trends aus London auch Gabriels Ecke erreicht hatten. Die gesamte Kultur war seinem Wesen diametral entgegengesetzt – die Taktlosigkeiten, die Exaltiertheit, die unenglische Art des Enthusiasmus in der Espressobar mit ihren klaren Linien, der lateinamerikanischen Musik und den sexy pseudoitalienischen Namen. Doch es war zu einer Gewohnheit für ihn geworden, hierherzukommen – trotz der Gefühle des Unbehagens und der Verletzlichkeit, die er empfand, wenn er sich von den schwarzen Baristas beschimpfen ließ, spaßhaft und laut in der stillen Kälte des frühen Morgens. Gabriel ging stets zu Fuß von der Kaffeebar zum Biologie-Institut. Er genoss es, seinen Atem weiß in die Luft steigen zu sehen, erhitzt vom Kaffee und der Körperwärme. Während er mit einer Hand sein Rad schob und in der anderen den Becher mit dem Logo und dem Trinkdeckel hielt, fühlte er sich kosmopolitisch und kühn. Jetzt, da er hier stand, wartete er ebenso ungeduldig wie die anderen um ihn herum auf die Wirkung des Koffeins, das bittere Aroma des Arabica, das er mit einem kleinen Stück dunkler Schokolade genoss. Schokolade am Morgen – was hätte seine Mutter dazu gesagt.

»He, Brothers, da wartet eine schöne Lady auf unseren Service!«

Der Barista flirtete mit einer perfekt gestylten Frau, die vor Gabriel stand. Die Haut des Barista schimmerte seidig, und seine Lippen hatten eine natürliche dunkelrote Färbung. Jedes Mal, wenn er die Bestellungen rief, öffnete er seinen Mund weit, und sein rosafarbener Gaumen und die Zunge ließen seine Zähne noch strahlender wirken. Es war unpassend erotisch für diese frühe Stunde. Gabriel wollte seinen Kaffee, aber die Managerin vor ihm machte ein Riesenbrimborium mit ihrer komplizierten Bestellung aus fettfreier Milch und dem Verhältnis von Kaffee und Schaum. Ihre Waden waren straff, gekleidet in eine hellbraune Strumpfhose, und steckten zur Hälfte in halbhohen Stiefeln. Gabriel beobachtete, wie sich die Muskeln zusammenzogen und entspannten, während sie redete, eine unfreiwillige Pumpbewegung wie bei einem fressenden Weichtier. Vieles an ihr hatte etwas Gieriges. In Gedanken wanderte er zu dunkleren Stellen. Ihr perfekt frisiertes Haar war jetzt leicht zerzaust. Gabriel wandte den Blick ab, leicht angewidert von dem ungewollten Bild, das sich ihm da zeigte. So war sie, die stete Versuchung der Männer.

»Was soll's 'n sein, Mann?«

Die schlanke Blondine war zur Seite getreten, um noch mit ihrem Americano oder was auch immer sie bestellt hatte, herumzuhantieren. Der vertraute Umgangston des Barista klang jetzt weniger jovial, und einen Moment lang vermochte sich Gabriel nicht an die pseudoitalienische Bezeichnung zu erinnern, die er brauchte. Zunehmend panisch durchsuchte er die Tafel über dem Kopf des Barista.

»Oh je, Brothers, hier ha'm wir mal wieder einen von den lahmen Kandidaten«, witzelte der Barista mit seinen Kollegen, die daraufhin gemeinsam einen lauten Pfiff ausstießen. »Wenn ein Mann eine Lady beobachtet, denkt er an nichts anderes mehr als an die Lady. Stimmt's oder hab ich recht?« Weiteres Pfeifen und ein gerufener Kommentar in einer Sprache, die Gabriel nicht identifizieren konnte – frankofon und nasal.

»Macchiato. Ein Zucker«, entgegnete er knapp. Er verspürte einen Moment lang Ärger über den fehlenden Respekt, diese Annahme, dass Jugendlichkeit und eine erotische Ausstrahlung einen dazu berechtigten, das Establishment zu verspotten.

»Hast du vor, dafür zu bezahlen, mein Freund? Denn das geht garantiert nicht auf Kosten des Hauses, das kann ich dir sagen.«

Gabriel zog sein Portemonnaie heraus. Sorgfältig zählte er die Münzen ab und schob sie dann mit spitzen Fingern über die feuchte Theke. Heute würde es kein Trinkgeld geben.

»Lass es dir schmecken, Bruder.« Das klang ein wenig zu

jovial, ihm zögerlich hinterhergeworfen, als er sich bereits umgedreht hatte und den Laden verließ.

Der Macchiato war heiß und befriedigte seine erste Gier. Doch schon bald war er ausgetrunken, der Becher leicht und nur noch von braunen Schaumresten durchzogen. Bis Gabriel mit seinem Fahrrad die Kreuzung an der Queens Road erreicht hatte, stellte der Becher nicht mehr eine Lifestyle-Aussage dar, sondern war bloß ein Stück Müll, der jahrzehntelang in irgendeiner Müllkuhle im Avon River verrotten würde. Jedes Vergnügen ist ein vorübergehendes, und es bleiben nur die Folgen, dachte er mit einer gewissen Befriedigung. Genau deshalb musste man an dem festhalten, was solide und empirisch nachweisbar war, was der Verschwommenheit von Meinung und Gefühl entgegenstand. Allein die Naturwissenschaft lieferte Sicherheiten. Vielleicht sollte er so etwas in seine öffentliche Jahresvorlesung einarbeiten – ein kleiner Seitenhieb gegen den philosophischen Fachbereich. Doch er merkte, wie seine Begeisterung nachließ, als er an den Inhalt seiner vormittäglichen Vorlesung dachte. Ihn störte die Tatsache, dass seine wichtige Arbeit darunter litt und er Zeit verschwendete, indem er irgendwelchen Formalien folgen und den abwesenden Spendern und provinziellen Bürokraten den Bauch kitzeln musste. »Barrierefreiheit« war das neue Schlagwort – als ob die naturwissenschaftliche Fakultät eine Gewerkschaft oder eine Regierungsorganisation wäre. Diejenigen, die das Ausmaß seiner Forschungen verstanden, erhielten zu allem, was sie benötigten, Zugang. Sie würden ohnehin nicht die Vorlesung besuchen. Nein, er würde zu denjenigen sprechen, die sich dadurch auszeichneten, dass sie ihr Nichtwissen leugneten und tölpelhaft Meinungen von sich gaben, indem sie aufgeblasene rhetorische Fragen stellten. Wie sehr er diese

Idioten verachtete, die öffentliche Vorlesungen aufsuchten und nickend dasaßen, bis sie in völliges Unverständnis abdrifteten.

Dementsprechend richtete er, ein Ritter mit gezücktem Schwert, seinen akademischen Zorn auf die imaginativen Zuhörer vor ihm, als er auf den Zebrastreifen der Queens Road trat, sein Fahrrad wie ein treues Haustier neben ihm. Ein schriller Ruf erklang, dessen Echo am Ziegelbau des Wills Memorial Tower widerhallte. Einige Tauben flogen mit stromlinienförmigen Flügeln wie auf ein vereinbartes Zeichen hin auf. Doch der Alarmschrei vermochte nicht in Gabriels Träumereien einzudringen, er machte zwei weitere Schritte, selbstvergessen und bereits mitten auf der Straße, bevor er ein zweites Geschrei vernahm. Da blickte er auf, als ob er gerade erwachen würde. Sein nächster Schritt war langsamer. Er bemerkte nun eine Bewegung zu seiner Linken und ein Geräusch, das bis zu diesem Moment in seiner Wahrnehmung einfach nur Teil des städtischen Dröhnens gewesen war.

Das Auto befand sich bereits vor ihm – eine weiße Limousine mit Rost auf beiden Seiten der Windschutzscheibe. Die Fenster waren heruntergelassen, und jeweils ein Jugendlicher hockte auf dem Rand, hielt sich am Dach fest und ließ zugleich mit der anderen Hand halb zerfetzte Flaggen im Wind flattern. Wie gestrandet stand Gabriel mit seinem Fahrrad in einer Teerwüste und brauchte einen Moment, um sich zu konzentrieren. Die Zeit schien stillzustehen. Die Kühlerhaube war voller violetter und grauer Vogelexkrementflecken, halb verdauten Feigen und kleinen Körnchen, die auf dem Metall klebten.

Ich werde von einem Auto voller Vogelkacke getötet, dachte Gabriel verwirrt. Warum nur hatten die Kerle nicht ihren Wagen gewaschen?

In den Sekunden vor dem erwarteten Knall richtete er den Blick von der schmutzigen Kühlerhaube auf den Fahrer. Der Mund des jungen Mannes stand seitlich offen, und er schien den Kopf zu neigen, als wäre er völlig perplex. War das Speichel auf seinen Lippen? Wer erlaubte es einem zurückgebliebenen Jugendlichen, sich hinters Steuer zu setzen? Die Muskeln in Gabriels Beinen waren erstarrt. Im allerletzten Moment, gerade als er glaubte, auf die Kühlerhaube zu prallen, riss der Fahrer das Lenkrad nach links und verschwand einen Augenblick lang aus Gabriels Blickfeld. Der Wagen geriet ins Schleudern und schwankte mit seinen alten Aufhängungen wie ein Fischerboot, das auf einmal von einer Flutwelle erfasst wurde. Die Reifen quietschten laut, während sie auf dem Teer entlangschlitterten. Es war unglaublich, sich in einer solchen Nähe zu all dieser Kraft und dieser Reibung und dieses Lärms zu befinden. Gabriel glaubte, er könnte wie in Zeitlupe die Hand ausstrecken und die physikalischen Gesetze erklären, die hier ins Spiel kamen – fast wie an der Uni. Er war sich nicht sicher, ob das Auto ihn überfahren oder einfach auf ihn zuschlittern würde, bis es ihn traf. So oder so würde er über die Queens Road segeln und seine öffentliche Vorlesung nicht halten können. Das war der letzte Gedanke, der ihm durch den Kopf schoss.

Gerade als es nach einem unvermeidlichen Zusammenprall aussah, drehte der Fahrer das Lenkrad offenbar scharf herum, denn der Wagen schlingerte in die andere Richtung. Sein Gewicht drückte auf den Boden, und die Passagiere an den Fenstern wurden durchgeschüttelt wie Puppen. Er donnerte etwa zehn Zentimeter an Gabriel vorbei. Deutlich konnte dieser seine Hitze und den Wind spüren, der das Auto begleitete.

»Alter Wichser!«, vernahm er den Ruf einer jugendlichen Stimme.

Als das hintere Ende des Wagens an ihm vorbeibrauste, hob der Passagier, der dort aus dem Fenster hing, seine flache Hand und verpasste Gabriel eine schallende Ohrfeige.

Er spürte den Schlag des Jugendlichen, den furchtbaren Abdruck der Hand eines anderen Mannes auf seiner Wange. Das Rad verfing sich an der hinteren Stoßstange und wurde ihm entrissen. Zuerst tat die Ohrfeige nicht weh, vielmehr warf sie ihn wie ein Hieb zur Seite, und er verlor das Gleichgewicht. Gabriel war fassungslos, als er stürzte und es dabei kaum schaffte, seinen Arm auszustrecken, um sich zumindest noch etwas abzufangen. Er gab einen hässlichen gutturalen Laut von sich, eine Explosion aus Speichel und Kaffee, während er auf dem Boden aufschlug.

Dann lag er still da. Es fiel ihm schwer zu atmen. Vielleicht erlitt er gerade einen Herzinfarkt, auch wenn er beim letzten Check-up die volle Punktzahl erreicht hatte. Was um Himmels willen war gerade passiert? Er führte die Hand zu seinem Gesicht. Seine Wange pochte inzwischen, und die Haut fühlte sich rau an, als wäre sie verbrannt worden. Sein Gesicht war feucht und klebrig. Er ließ die Finger über seinen Mund und unter sein Kinn wandern. Blut, dachte er, das bereits mein ganzes Gesicht verschmiert hat. Er hielt sich die Hand vor Augen. Um seine Knöchel zeigte sich schmieriger brauner Schaum, die Überreste seines Macchiato befanden sich auf dem Teer neben ihm. Sein Rad lag in einiger Entfernung, das Vorderrad geknickt.

»Oh, mein Gott«, sagte eine weibliche Stimme – die Frau mit den schlanken Waden aus der Espressobar.

Gabriel blickte auf und sah, wie sie sich über ihn beugte.

Ihr Gesicht war blass vor Schreck. Sie erschien ihm unwirklich und zugleich weniger schmierig und damit begehrenswerter, auf eine mütterliche, warme Weise. Er versuchte zu lächeln, doch ein Schmerz durchfuhr seine Wange, und Tränen schossen ihm in die Augen. Ein Streifenwagen raste die Queens Road entlang und schaltete einen Gang herunter, als er an Gabriel vorbeikam, ehe er den Verkehrsrowdys nachsetzte.

»Ich habe laut gerufen, um Sie zu warnen, aber Sie haben überhaupt nicht reagiert«, sagte die Frau mit einem gewissen Tadel in der Stimme. »Ich hatte Angst, die fahren Sie tot.«

Gabriel blieb auf dem Boden sitzen, unfähig, sich zu orientieren. Seine neue Flamme kniete sich neben ihn, und er roch ihre nach Holz duftenden Kosmetika, die subtil maskulin und selbstbewusst wirkten. Mit einer Serviette wischte sie ihm das Gesicht ab. Der Zellstoff fühlte sich rau wie Sandpapier an, und er zuckte zusammen. Der Schaum hatte die Serviette braun gefärbt, und er sah zu seiner Befriedigung einen dünnen Streifen Blut. Wo kam das her? Wieder tastete er sein Gesicht ab. Neben seinem linken Nasenflügel bemerkte er ein leichtes Stechen, als er mit der Fingerkuppe darüberstrich.

»Man hat Sie zerkratzt, Sie Armer.«

Zerkratzt? Er blickte zu ihr auf. Ein blasses Gesicht, umgeben von stark blondierten Haaren. Aus der Nähe bemerkte er, dass die Haarwurzeln in Wirklichkeit mattbraun waren. *Zerkratzt!*

Als sie weitersprach, konnte Gabriel ihre Füllungen sehen – wie ein metallischer Graben, der bis weit in ihren Rachen reichte. »Diese verdammten Nigerianer«, seufzte sie. »Ich wünschte, man würde sie dorthin zurückschicken, wo sie hergekommen sind. Die machen nur Probleme. Nur Probleme.«

Gabriel musste die Stirn gerunzelt haben, denn sie richtete sich mit einer leicht herablassenden Miene auf.

»Da können Sie sagen, was Sie wollen«, fuhr sie erregt fort. »Aber die sind doch zu nichts zu gebrauchen, und *wir* brauchen sie garantiert nicht hier.«

»Es ist bloß … Ich glaube nicht, dass das Afrikaner waren«, erwiderte Gabriel. Er hievte sich zuerst auf seine Knie hoch und vermochte dann ganz aufzustehen. Eher pakistanische Fußballproleten der dritten Generation, die aus den Sozialsiedlungen kamen, war seine Vermutung. »Aber danke für Ihre Hilfe. Es ist alles wieder gut«, schwindelte er und tastete mit dem Handrücken seine Nase ab.

»Nun, ich finde jedenfalls, dass man etwas gegen diese Leute *tun* sollte.«

Sie drückte ihm die schmutzige Serviette in die Hand und wandte sich auf ihrem Absatz um, ganz offensichtlich enttäuscht von seinem fehlenden Enthusiasmus. Was hatte sie erwartet? Dass er seine männliche Potenz demonstrierte, indem er den Jugendlichen von seinem beweglichen Thron stieß und ihn zu Boden riss? Ihn persönlich ins Flugzeug setzte und nach Kaschmir oder Lagos schickte? Ihre Enttäuschung quälte ihn ein wenig, doch er verspürte kein Bedürfnis, sie zurückzurufen. Stattdessen beobachtete er, wie sie mit ihren hohen Absätzen über das Kopfsteinpflaster davonklapperte. Das Verhalten von Menschen brachte ihn immer wieder erneut aus der Fassung. Er hatte auf einmal das dringende Bedürfnis, sich um seine Pflanzen im Gewächshaus zu kümmern.

Gabriel begutachtete seine Gesichtsverletzung in der Angestelltentoilette des Instituts. Die Angestellten hatten eigene

Schlüssel zu diesen Räumlichkeiten. Die Tür blieb verschlossen, um die Horden unerzogener Studenten davon abzuhalten, diese Örtlichkeit zu verwüsten. Trotzdem war das Waschbecken schmutzig, feuchtes Klopapier verstopfte den Abfluss, und der ganze Ort verströmte den Geruch abgestandener Ausdünstungen und kalten Rauchs. Der gefliestе Boden war rutschig und nass – von Wasser und danebengetropftem Urin. Die Universitätsangestellten mochten der lebhaften Jugend ihre fehlende Genauigkeit vorhalten, aber in diesem Fall war die Verwüstung wohl eher auf die älteren Professoren mit ihren Prostataproblemen zurückzuführen, die versucht hatten, noch das Letzte aus ihren schlaffen Penissen herauszumassieren.

Gabriel vermied es, den Rand des Waschbeckens zu berühren, als er sich vorbeugte und sein Gesicht in dem fleckigen Spiegel begutachtete. Er war wenig beeindruckt. Von seiner leuchtend roten Wange und dem feuchten linken Auge einmal abgesehen, schien er unverletzt zu sein. Das Blut unter seiner Nase war getrocknet und erinnerte nun eher an Rotz. Er probierte es wegzuwischen, aber es war bereits verkrustet. Draußen lag sein verkrüppeltes Fahrrad, wie immer an den Ständer gesperrt. Insgesamt war der Unfall recht unbefriedigend ausgefallen.

Er überlegte, ob er seine Frau anrufen sollte. Doch Jane würde ihn vermutlich auslachen und zwar ohne Mitgefühl. Da war er sich ziemlich sicher. Ihre Beziehung zeichnete sich immer weniger durch gegenseitige Empathie, sondern zunehmend durch ein Konkurrieren aus. Er genoss die Reibereien, wenn er glaubte, als Sieger vom Platz gehen zu können. Aber in Momenten der Schwäche sehnte er sich nach mehr Zuneigung. Seine Frau war von Natur aus nicht zärtlich. Allein die

Tatsache, dass sie ihren Mädchennamen Easter behalten hatte, signalisierte, was die Ehe für sie bedeutete: eine kommerzielle und gesellschaftliche Partnerschaft. Nichts weiter. Ihr von dem Kratzer unter seiner Nase zu erzählen, hätte bei ihr keinerlei Besorgnis, sondern eher eine spöttische Bemerkung ausgelöst.

Gabriel quälte immer wieder die Angst, sein Leben würde durch irgendeinen Schicksalsschlag, der ihn erwartete, in eine Richtung gelenkt, die er nicht beeinflussen konnte. Er glaubte, dass irgendeine demütigende Geschichte die Menschen aus der Bahn warf – zum Beispiel indem sie als Kinderschänder beschuldigt wurden und so für immer einen Makel mit sich trugen, der sich nicht mehr tilgen ließ. Oder wie seine Tante, deren übergewichtiger Ehemann sie auf dem Bett niedergedrückt hatte, nachdem er mitten im Geschlechtsakt einen Herzinfarkt erlitt. Oder wie Sheila aus Manchester, die sich bei ihrer Graduiertenfeier auf die Schuhe des Universitätsrektors übergeben hatte. Oder Maddy Tinkler, die ein halbes Jahr verheiratet war, als sie ihren Mann und den Klempner in flagranti erwischte, beide oben bekleidet, unten aber nicht mehr.

Diese perverse Faszination für Demütigungen – seine eigenen und die anderer – hielt ihn gefangen wie ein Muskelkrampf. Er fragte sich ständig, was ihm in dieser Hinsicht wohl eines Tages selbst zustoßen würde. Immer wieder erinnerte er sich an peinliche Momente: unpassende Kommentare, eine dumme Miene auf einem Foto oder ein sonstiges unwürdiges Verhalten. Mehr war bisher nicht geschehen. Und jetzt das: keine Fraktur, nichts brauchte genäht zu werden, es gab nicht einmal blaue Flecken im Gesicht. Nur dieser unbedeutende Kratzer unter der Nase und ein ruiniertes Vorderrad.

Gabriel öffnete die Toilettentür. Für die Studenten war es noch zu früh und der Korridor mit dem Linoleumboden ausgestorben. Es war ein altes Gebäude, dessen Gänge mit Notausgängen aus Metall und Glas und dessen Labore und Seminarräume mit schweren Türen versehen waren, die man zusperren konnte, was aber nie jemand tat. An den Wänden hingen Poster über grüne Energiealternativen, dazwischen abgenutzte Korkwände mit Hinweisen auf studentische Saufpartys und WG-Zimmer. Das Leben der Studenten schien sich um Alkohol und bequeme Betten zum Bumsen zu drehen – ein Hedonismus, den Gabriel gleichsam abstoßend wie anziehend fand.

Diese innere Zerrissenheit traf auch auf das Universitätsgebäude zu, wobei geplant war, das gesamte Institut in den neuen Bau in der Tyndall Avenue zu versetzen. Dort gab es helle, lichte Labore, ergonomische Sitzmöglichkeiten und einen modernen architektonischen Minimalismus aus Beton, Glas und Stahl. Gabriel würden die Gerüche und das National-Health-Feeling des Gebäudes in der Woodland Road fehlen. Zugleich rangelten er und seine Kollegen bereits um einen Raum mit einem Blick den Hügel hinunter zum Hafen. Ein grausamer Witzbold hatte intern eine Mail versandt und erklärt, das Gebäude habe keine Zwischenwände und er solle sich seinen Arbeitsplatz aussuchen. Gabriel, oftmals leichtgläubig, war entsetzt ins Verwaltungsbüro gestürmt und erst dort auf seinen Fehler aufmerksam gemacht worden.

Er ging nach oben in die Einsamkeit seines Zimmers. Mrs. Thebes (ihr Vorname lautete möglicherweise Beryl, aber er hätte sie sowieso nie damit angesprochen) war noch nicht eingetroffen. Er teilte sich ihre tyrannische Art mit dem anderen Privatdozenten des Instituts, mit Vikum Sharma. Vikum hatte allerdings gerade ein Sabbatical, sodass Mrs. Thebes ihre gesamte bissige Unfreundlichkeit auf Gabriel richten konnte.

Vikum neigte zum Stottern, und sein natürliches Lispeln verstärkte sich, wenn er sich an Mrs. Thebes wandte. Zweifelsohne rührten seine eifrigen Bemühungen, ein Sabbatical zu nehmen, nicht nur von dem Wunsch her, den Zwängen der Institutsarbeit zu entkommen, sondern auch eine Weile die Sekretärin nicht sehen zu müssen.

Bisher hatte Gabriel nicht herausfinden können, ob Mrs. Thebes verbohrt rechtsnational oder eine rigide Gewerkschaftlerin war. Selten äußerte sie eine Meinung, die nicht vor Hass sprühte, und sie musterte jeden, der ihr über den Weg lief, mit einer misstrauischen Verachtung. Ihre stahlgrauen Haare waren nicht gefärbt und in einer immer gleichen, unbeweglichen Form frisiert. Sie trug kein wahrnehmbares Parfüm – sie schien sogar überhaupt keinen menschlichen Geruch auszuströmen – und hegte offenbar keinerlei Bedürfnis, sich zu waschen. Jeden Tag machte sie von genau dreizehn Uhr bis dreizehn Uhr fünfundvierzig ihre Mittagspause, wobei Gabriel in dieser Zeitspanne ihr noch nie irgendwo auf dem Campus begegnet war oder gesehen hatte, wie sie auch nur einen Krümel zu sich nahm. Aber Mrs. Thebes war eine perfekte Organisatorin. Es gab niemanden – keinen Angestellten der Stadtverwaltung, keinen Mitarbeiter der Telefongesellschaft, keinen Kollegen –, der ihrer eisigen Entschlossenheit etwas entgegenzuhalten vermochte. Sie zu bitten, jemanden zu kontaktieren, gab ihm immer das Gefühl, einen bissigen Bullterrier von der Leine zu lassen, sodass Gabriel zweimal nachdenken musste, wann es nötig war, ihr eine Aufgabe zu übertragen, und wann er es besser selbst erledigte.

Er ging an ihrem Schreibtisch vorbei – ein leerer, blitzblanker Ort, der auf ihr Eintreffen zu warten schien. Einen Moment lang überkam ihn das kindische Verlangen, etwas Klebriges auf die Schreibtischplatte zu schmieren. Aber Mrs. Thebes war ein lebendes Beispiel dafür, dass die Heftigkeit einer Sanktion abschreckend wirken konnte, ja dass die Todesstrafe durchaus seine Richtigkeit hatte. Vor ihr einzutreffen, gab ihm eine gewisse Befriedigung, obwohl sie dazu nur ein »Schon früh da« sagen würde, als ob er eine Indiskretion begangen hätte.

Sein eigener Schreibtisch bot ein Chaos aus ungeöffneter interner Post und ungelesenen Dokumenten. Administrative Arbeiten gehörten nicht zu seinen Stärken, das wusste er. Aber Mrs. Thebes weigerte sich, dieser Schwäche Vorschub zu leisten. »Die Post liegt auf Ihrem Schreibtisch«, bemerkte sie eher anklagend als hilfreich. Normalerweise machte er einen Anfang und öffnete den ersten Umschlag, aus dem er den Übersichtsplan für die nächste Senatssitzung oder ein Protokoll über das letzte Meeting zum Thema Fördermittel herauszog. Dann gab er auf. Die Korrespondenz, die ihn interessierte, war klar zu erkennen – entweder durch das Logo der *Annals of Botany* auf dem Umschlag oder durch einen Stempel »unzustellbar« auf der Rückseite. Den Rest ließ er zu einem immer größer werdenden Stapel ungeöffneter Briefe in einer Ecke seines Schreibtisches anwachsen.

Gabriel bewegte seine Maus, um den Desktop-Computer aus seinem Schlummer zu wecken. Der Bildschirm wurde farbig und zeigte eine herrliche Nahaufnahme von einer Arabidopsis. Er klickte auf seinen Mail-Eingang und scrollte kurz durch die Liste ungelesener Mails. Nichts erregte seine Aufmerksamkeit, und er verkleinerte das Fenster, kehrte zu dem Blumenbild zurück.

Einer seiner Master-Studenten hatte ihm einen Becher mit dem Slogan »Keep Calm and Carry On« in Rosa geschenkt. Der Spruch aus dem Zweiten Weltkrieg, wieder ausgegraben

vom Premierminister, als in London mehrere Bomben deto-
nierten, hatte inzwischen Kultstatus erreicht und war zig-
mal auf T-Shirts, Taschen, Tassen und Kühlschrankmagnete
gedruckt worden. Gabriel hatte »Keep Calm and Make a Cup
of Tea«, »Keep Calm and Roll a Joint« sowie die stumpfsin-
nige Variante »Keep Calm and Have a Cupcake« gesehen, die
aber vermutlich nicht so harmlos war, wie sie auf den ersten
Blick erschien. Er hatte den Fehler begangen, sich positiv über
die typisch britische Art der stoischen Entschlossenheit zu
äußern, die sich in diesem Spruch widerspiegelte. Doch seine
Studenten hatten ihm erklärt, dass es in Wirklichkeit Ausdruck all dessen sei, was mit diesem Land nicht stimmte, eine
spöttische Klage über seine Isolation und Ausgrenzung.

Gabriel berührte seine Wange. Stoizismus war nicht das
Gleiche wie Distanzierung. Es war die Folge von Stärke und
Willenskraft. Qualitäten, die Großbritannien zu einem Land
machten, mit dem man rechnen musste.

Er lehnte sich auf seinem Stuhl zurück und versuchte sich
darauf zu konzentrieren, was an diesem Morgen passiert
war. Hatte man ihn überfallen? Angegriffen? Wie sollte er
das Ganze nennen? Sollte er es überhaupt weiter erwähnen?
Alle redeten von »Unruhen«, kritisierten die Polizei für ihr
geringes Durchgreifen, beklagten die Gewaltbereitschaft der
Jugend und die Plündereien. Doch bisher hatten es alle nur in
den Abendnachrichten gesehen: die vertrauten Szenen dunkler Gestalten, die durch regennasse Straßen rannten, getaucht
ins orangefarbene Licht der Streifenwagen. Gelegentlich gab
es ein Interview mit einem streitlustigen Jugendlichen oder
einem Polizeikommissar. Aber sie wiederholten nur die üblichen Drohungen oder erstbesten Plattitüden, die ihnen einfie-
len. Gabriel hörte selten zu. Für ihn hätte das genauso gut in

31

Birmingham sein können. Oder Mogadischu, wenn er es recht bedachte.

Doch plötzlich, als er an einem ruhigen Dienstagmorgen auf dem Weg zur Universität an seinem Kaffee nippte, betraf es nun auch ihn.

ZWEI

RAF-Luftstützpunkt Waddington, Lincolnshire, England

Die Operationszentrale war geräumt worden. Nur drei Männer saßen noch vor einem kleinen Videobildschirm, den sie aufmerksam beobachteten. Der erste war der Hauptmann, ein früherer Tornadopilot, der jetzt der 39. Fliegerstaffel und dem ISTAR-Programm des Verteidigungsministeriums zugewiesen war. Er, der ein Faible für Scherze und Anzüglichkeiten hatte, redete normalerweise gerne, doch die Gegenwart der zwei ranghöheren Offiziere ließ ihn verstummen. Sie und die angegebene Flugbahn des GPS-Systems auf dem Bildschirm vor ihnen.

Oberst Frank Richards stand mit gespreizten Beinen hinter ihm und beobachtete den Bildschirm über seine Schulter hinweg. Er war ein imposanter Mann mit kurz geschnittenen sandfarbenen Haaren und einer breiten Brust. Theoretisch fungierte er für den Flug als Koordinator, obwohl die Richtlinien verlangten, dass der Koordinator kein Angehöriger der Luftwaffe sein sollte. Für die Mission gab es zudem keinen Fliegerleitoffizier. In Kombination ergab das eine grundlegende Abweichung von den Regeln und hätte zu einem Disziplinarverfahren geführt, wäre da nicht der dritte Mann im Raum gewesen: Generalleutnant George Bartholomew.

Bartholomew stand etwas abseits, die Hände hinter dem Rücken verschränkt. Aufmerksam beobachtete auch er, wie sich die GPS-Werte veränderten. Der RAF-Luftstützpunkt war der Knotenpunkt von ISTAR – dem Programm der Luftwaffe zur Nachrichtengewinnung, Überwachung und Zielaufklärung –, und Generalleutnant Bartholomew der direkte Ansprechpartner für das Verteidigungsministerium. Er hatte bereits das Kabinett direkt informiert, als die ersten Spione eingesetzt worden waren, um die Landstreitmächte in Afghanistan zu unterstützen und die »von Piloten bedienten kinetischen Interventionen auf fliehende Zielpunkte«, auch bekannt als Drohnen, zum Einsatz zu bringen. Das Kabinett machte das Ganze zu einer dringenden Angelegenheit und bewilligte bedeutende Summen für die Finanzierung. Seine einzige Bedingung: die schrecklichen Begriffe zu ändern.

Bartholomew näherte sich der Pensionsgrenze, ein alter Soldat mit einem zunehmend komplexen Aufgabengebiet, wo man Befehle nicht über das Donnern des Militärfahrzeugs und fernes Maschinengewehrgeknatter hinweg brüllte, sondern indem man sie in eine Tastatur eintippte oder einen Touchscreen benutzte. Sein Haar war dünn und fast farblos weiß geworden, wodurch seine von feinen Venen geröteten Wangen einen noch stärkeren Kontrast als zuvor bildeten. Alter und Wetter ließen ihn wie einen Alkoholiker wirken, obwohl er in Wahrheit kaum einen Tropfen zu sich nahm. Insgeheim befürchtete er, sein Aussehen könnte seine Autorität mindern, da ihn seine jüngeren Untergebenen fälschlich für einen ermüdenden Besoffenen hielten.

»Zwölf Minuten, Sir«, sagte der Hauptmann, ohne den Blick vom Bildschirm abzuwenden. »Soll ich Creech über unsere Position in Kenntnis setzen, Sir?« Creech war der Luftwaffenstützpunkt der USA in Nevada und stand mit Waddington über das ISTAR-Programm in Kontakt.

»Die wissen Bescheid.« Bartholomew hatte durchaus bemerkt, dass dem Hauptmann die veränderte Vorgehensweise nicht passte. Dennoch ärgerte ihn die Frage seines Untergebenen. Richards hatte dem Mann bereits erläutert, dass es bei dem Flug um eine Operation mit beschränktem Zugang ging. Allein die Tatsache, dass die Operationszentrale geräumt worden war, machte das offensichtlich. Er war das Werkzeug, nicht der Schöpfer, und seine Unfähigkeit, das anzuerkennen, irritierte Bartholomew. Der Hauptmann schien es für nötig zu halten, bei jedem Handlungsschritt sich erneut der unorthodoxen Vorgehensweise zu versichern.

»Ich bin gleich zurück«, erklärte Bartholomew, drehte sich um und ging zur Tür. Er legte seinen Daumen auf das Sicherheitsfeld und hörte, wie das Schloss entriegelt wurde. Er stieß die Metalltür auf und blieb dann im Korridor stehen, wo er darauf wartete, dass sie sich wieder schloss und automatisch versperrte.

Die Toiletten befanden sich ganz in der Nähe und waren zum Glück leer. Nicht nur die Kabinen und Pissoirs, sondern auch die Toilettenschüsseln und Wasserkästen hatte man aus schimmerndem Metall gefertigt. Nur die Klobrillen aus Kiefernholz durchbrachen die Sterilität des Raums.

Das entsprach wohl der Vorstellung eines Designers, wie es in der Armee zuging, dachte Bartholomew, während er seine Hose herunterließ. Das Ganze erinnerte ihn an die Tate Modern. Was war an gewöhnlichem britischen Beton und Emaille bitte schön falsch? Wie in vielen Bereichen des Militärs hatte auch hier die Funktionalität Platz gemacht für Komitee-Entscheidungen und unerträgliche Political Correctness. Es war schon schlimm genug, dass normale Soldaten neben Schwulen und Lesben arbeiten mussten. Vermutlich, brummte er vor sich hin, während er sich niederließ, war diese erbärmliche Latrine von irgendeinem Homosexuellen entworfen worden, der damit öffentliche Gelder verschwendete.

Die Klobrille war kalt, immerhin. Es gab nichts Unangenehmeres als eine vorgewärmte Brille vom Vorgänger. Er begann sich anzuspannen, und seine Schenkel wurden automatisch hart. Bartholomew litt unter Verstopfung. Sein Allgemeinarzt Maurice hielt sie für rein psychologisch, meinte, dass er unbewusst »zurückhielt«, da er befürchtete, ansonsten seine Hämorrhoiden zu reizen. Eine von ihnen sei schon teilweise zu erkennen, wie er mit einer gewissen Schadenfreude feststellte. Bartholomew hatte sich nicht in der Lage gesehen, mit heruntergelassener Unterhose angemessen zu antworten. Würde war etwas, was heutzutage für ihn selten ins Spiel kam, wenn er seinen Arzt aufsuchte. Maurice hatte ihm eine Operation vorgeschlagen, und Bartholomew hatte zugestimmt, obwohl er im Grunde lieber so weitergemacht hätte wie bisher, so unangenehm das auch sein mochte.

Er stellte sich seine neuen Gebilde als zwei blaurote Trauben vor, die am Eingang zu seinem Anus pulsierten, wobei er nie das Bedürfnis verspürte, sich über einen Spiegel zu hocken und sie zu betrachten. Er wusste, dass seine Verkrampfungen das Ganze nur schlimmer machten, aber es gelang ihm nicht, seine Darmtätigkeit in den Griff zu bekommen. Allmählich entwickelte es sich zu einer Quelle unablässiger Frustration. Er nahm genügend Abführmittel, um die Eingeweide eines Mammuts durchzuspülen, doch selbst an einem guten Tag schaffte er es nicht, mehr als ein paar Kerne, die ihn an trockene Nüsse erinnerten, herauszudrücken. Ansonsten hatte er meist einen aufgeblasenen Bauch und das dringende Verlangen, sich zu erleichtern, was allerdings zu Blähungen führte. Er schob das Ganze auf die Prostataoperation, die er ein Jahr zuvor hatte machen lassen. Aber tatsächlich hatte er bereits unter Verstopfung gelitten, lange bevor sich Maurice mit seinen unteren Regionen zu beschäftigen begann und dort mit einem »Oh« und »Ah« seinen Zeigefinger hineingesteckt hatte.

Bartholomew drückte erneute, und die Muskeln an seinen Hüften und Innenschenkeln fingen an, sich schmerzlich zusammenzuziehen. In der Metallkabine hallte ein Furz wider. Er drückte erneut, doch nichts weiter geschah. Einen Moment lang wartete er und lauschte auf irgendeinen Hinweis, dass jemand seine Flatulenzen gehört haben könnte. Dann erhob er sich und schloss seine exakt gebügelte Hose. Trotz seiner Erfolglosigkeit auf der Toilette wusch er sich die Hände mit Seife und warmem Wasser, wobei er den Blick auf das laufende Wasser gerichtet hielt, um sich nicht im Spiegel anschauen zu müssen. Die Bilder auf seinem Kaminsims zu Hause zeigten einen finsteren, gefestigt aussehenden Offizier, der vielleicht nicht die körperliche Statur eines Frank Richards hatte, aber doch fit und schlank war. Nachdem er vier Jahrzehnte seines Lebens der Armee gewidmet hatte, erkannte er sich kaum mehr selbst wieder – die herabhängenden Wangen und die labbrige Haut an seiner Brust, die braunen Flecken auf seinen Beinen. Seit der OP hatte ihn seine Libido im Stich gelassen, wobei sich Lilly nicht beklagte oder es auch nur erwähnte. Es schien so, als ob sie beide, ohne darüber jemals zu sprechen, akzeptiert hätten, dass das Körperliche vorbei war. Das arme alte Mädchen, dachte er, letztlich hatte er ihr kein sonderlich interessantes Leben geboten. Er hoffte, dass seine Verhandlungen mit den Saudis in dieser Hinsicht etwas ändern würden, dann könnten sie sich zumindest nach seiner Pensionierung ein paar echte Annehmlichkeiten leisten.

Nichts hatte sich in der Operationszentrale geändert, als er dorthin zurückkehrte. Bartholomew fragte sich, ob Richards inzwischen überhaupt geblinzelt hatte. Der Mann schien aus Stahl zu sein. Zumindest präsentierte er sich so. Als junger Pilot hatte er zuerst in Afghanistan und dann in Syrien gekämpft, und tatsächlich stellte er mit seinem kantigen, glatt rasierten Kinn und den harten Augen die wahre Verkörperung eines RAF-Piloten dar. Er machte den Eindruck, ständig schwerwiegende Entscheidungen auf seinen Schultern zu tragen, auch wenn er in Wirklichkeit nicht viel nachdenken mochte. Sein Benehmen hatte etwas Irritierendes. Er strahlte eine selbstgefällige Arroganz aus, als ob er sich zu einer höherwertigen Sorte von Soldat zählte, wobei ihn Bartholomew vor allem für einen nützlichen, wenn auch ziemlich beschränkten Wachhund hielt, für einen Mann, von dem er hoffte, dass er seine Pflichten erfüllte, ohne allzu viele sinnlose Fragen zu stellen. Im Grunde zeichnete ihn eher seine physische Präsenz aus, als dass er als Stratege eingesetzt werden konnte.

Der Raum war voller Bildschirme, auf denen grüne und rote Lichter blinkten, der Hauptserver lieferte eine Reihe von Ereignissen auf der ganzen Welt. In der Operationszentrale fühlte sich Bartholomew am wohlsten, allerdings kam er mittlerweile eher selten hierher. Seine Präsenz an diesem Ort signalisierte ihm, dass er noch immer eine Rolle spielte, selbst wenn er nicht mehr im Cockpit saß oder eine M16 mit sich herumschleppte. Hier konnte er eine Operation leiten, jenseits der Sitzungssäle der Politiker, der gedämpften Unterhaltungen im Club oder der vorsichtigen Interaktionen mit dem stellvertretenden Minister. Hier konnte er wieder Soldat sein. Er hatte das gleiche Gefühl der Abgeschiedenheit auf der Kommandobrücke der HMS Illustrious während der Operation Southern Watch verspürt, als er 1991 die Flugverbotszone im Irak überwacht hatte. Es war eine seltsame Zufriedenheit, die ihn erfasste, wenn er von den Waffen und der ausgefeilten Technologie umgeben war – als ob sein Kopf von allem Gerümpel befreit wäre und sich ganz auf die Aufgabe konzentrieren durfte. Das Surren der Maschinen beruhigte ihn, und die Entscheidungsfindung wurde reduziert auf eine Zahlenreihe auf dem Bildschirm und die Umsetzung eines größeren Plans.

»Wir erreichen die Zielzone, Sir«, sagte der junge Hauptmann. »Flughöhe wird auf Angriffsposition gebracht. Klare Sicht, Sir.«

»Lassen Sie das SAR ausgeschaltet und geben Sie mir Infrarot- und Schwarzweiß-Stream.« Bartholomew trat näher an den Bildschirm, so dass ihm das auffallende Aftershave des Hauptmanns in die Nase stieg. Das Bild flackerte, und dann sah man eine verschwommene Schwarzweißaufnahme. Der Hauptmann tippte auf die Tasten vor ihm, und das Bild zoomte heran. Man konnte eine Reihe von dunklen Schatten und helleren Rechtecken erkennen, die vorüberzogen, gelegentlich unterbrochen von kleinen Gebäuden und Straßen – wie das Puzzle eines Kindes, das noch nicht ganz zusammengesetzt war. In Schwarzweiß wirkte die Landschaft trostlos und abweisend. Dennoch bevorzugte Bartholomew es, mit Schwarzweißbildern zu arbeiten. Er hatte den Farbstream einer Nimrod R1 über Bosnien während der Beschießung von Sarajevo gesehen und festgestellt, dass ihn die grünen Felder nur unangenehm ablenkten.

Sie beobachteten schweigend den Bildschirm. Dabei folgten sie einer Art von Straße, auf der sich aber kaum etwas bewegte. Manchmal sah man einen Flecken Körperwärme, der durch zusammengetriebenes Vieh in Einfriedungen entstand. Doch ansonsten wurde das gedämpfte Grau kaum durchbrochen. Dann zeigten sich ein paar runde Schatten, eine Durchkreuzung von Wegen, was wie ein Spinnennetz aussah. Eine Nachricht leuchtete am unteren Ende des Bildschirms auf.

»Wir nähern uns dem Ziel, Sir«, erklärte der Hauptmann unnötigerweise – als wollte er seinen Vorgesetzten bei jedem Schritt zur Übernahme der Verantwortung zwingen.

»Das sehen wir, Hauptmann«, erwiderte Richards.

Bartholomew verhärtete die Muskeln seines Kiefers. »Anvisieren und angreifen.«

Das war der Armee-Ausdruck dafür, seinen Job zu erledigen und die anderen nicht weiter zu behelligen. Bartholomew verspürte ein Jucken in seinem Anus. Sein Magen gab ein leises Knurren von sich. Das rechte Ohr des Hauptmanns war genau in der Position, dass er das Geräusch gehört haben musste. Wieder dieses Jucken und das plötzliche Bedürfnis zu drücken. Bartholomew überlegte, ob er noch einmal den Raum verlassen sollte. Aber er wusste, dass er nicht rechtzeitig zurück wäre. Also kniff er seine Pobacken zusammen und wippte auf seinen Fersen vor und zurück.

»Das Zielfahrzeug ist stehen geblieben, Sir.« Die rechteckige Form eines Autos wanderte über den Bildschirm und hielt neben einem einfachen Quader an, einem Gebäude. Ein gepunktetes Fadenkreuz zeigte sich nun in der Mitte des grauen Vehikels. Perfekt zu sehen. Doch ehe Bartholomew den Befehl geben konnte, tauchte eine kleine Gestalt aus dem Haus auf und trat neben das Zielobjekt. Das Infrarot signalisierte Körperwärme. Jemand befand sich jetzt direkt bei der Zielvorgabe.

Der Hauptmann zögerte. Er war sich nicht sicher, was er nun tun sollte.

»Befugnis erteilt, Hauptmann. Angriff.« Frank Richards' Stimme klang tief und autoritär. Zugleich schwang eine gewisse

Verachtung mit, wobei nicht sicher war, ob diese dem Piloten, dem Angriffsziel oder beidem galt.

In der Mitte des Bildschirms blinkte es. Dann füllte sich dieser Bereich bei der Explosion mit einem breiter werdenden dunklen Ring, das Infrarot schaltete sich kurzfristig automatisch aus. Ziel und Gebäude wurden von Dunkelheit ergriffen, und einen Moment lang schien der ganze Bildschirm verschleiert zu sein. Dann zeigten sich wieder die Ränder, und im Zentrum war eine hellere Wolke aus Staub und Rauch zu erkennen. Bartholomew brauchte nicht mehr zu sehen. Der Auftraggeber würde zufrieden sein.

»Danke. Fahren Sie es jetzt runter.« Bartholomew nickte Richards zu, der ungerührt wie zuvor wirkte. Vielleicht würde wieder dieselbe Toilette frei sein, dachte Bartholomew, während er aus der Operationszentrale eilte.

DREI

Bristol, Südwestengland

Gabriel saß an seinem Schreibtisch, erstarrt vom Anblick des ordentlichen Stapels ungeöffneter Briefe und interner Memoranden, die Mrs. Thebes – zweifelsohne mit einer gewissen Schadenfreude – vor ihn hingelegt hatte. Er schob die Klinge eines Brieföffners in den ersten Umschlag und schlitzte ihn vorsichtig auf, als wäre es ein zarter Fischkörper. Er sah eine Fotografie und stöhnte, während er den Umschlag umdrehte. Die Adresse vorn lautete »An den Schädlingsexperten, Institut für Botanik«, und als Absender war eine Adresse in Chipping Sodbury angegeben. Diese verdammte Mrs. Thebes, dachte er düster und zog das verschwommene Bild eines Zitronenbaums heraus, der einer gewissen Mrs. Pilkington gehörte und offenbar von der Mehligen Citrusschildlaus befallen war.

Man nahm allgemein an, dass Botaniker gerne in irgendwelchen Gärten herumhingen, mit vernünftigen Schuhen und Anorak ausgestattet, wie sich das gehörte. Immer wieder kamen Leute auf die Idee, Gabriel Ableger ihrer Rosen voller Läuse oder Schildläuse zu schicken, damit er ihnen eine Lösung für den Befall präsentieren konnte. So als würde man einen Herzspezialisten bitten, sich doch mal eine Warze am Zeh anzusehen. Botanik und Gärtnerei waren nicht das Gleiche. Sie sind nicht einmal näher miteinander verwandt, dachte Gabriel wütend.

Als er und Jane nach Clifton gezogen waren – ein gentrifiziertes, altes Wohnviertel auf dem Hügel –, hatte er sich noch ein wenig für die abwechslungsreiche und ungewöhnliche Flora der Felsschluchten am Avon River interessiert. Die Breitblättrige Mehlbeere, Zistrosengewächse und der Kugelköpfige Lauch waren alle dort in den Spalten der Felsen vertreten, die sich von den schlammigen Flussufern erhoben. Man nahm automatisch an, dass Gabriel leidenschaftlich für die Bewahrung dieser Arten und gegen die Ausbreitung der Steineichen eintreten würde, die sich dort an den steilen Abhängen vermehrten. In Wahrheit verspürte er aber eine gewisse Trauer beim Anblick der abgeholzten Stumpen und zusammengetragenen Späne, die das Ableben dieser großen Bäume symbolisierten, deren Wurzeln noch aus dem nackten Boden schauten. Die Eichen waren nur in einem historischen Sinn »artenfremd«. Außerdem – was konnte man schon als wirklich ursprünglich bezeichnen? Oder wen? Sicher nicht den Asphalt der Joggingwege oder die Dependancen von Havana Coffee, die jetzt Clifton Village übersäten, voller Ausländer.

Jane hatte vor Kurzem mit Joggen begonnen, und das war ihre Route: von Clifton den Observatory Hill hinauf, durch den Ort und wieder nach Hause. Gabriel hatte sie einmal begleitet und war ins Hecheln gekommen, während sie vor ihm herlief. Er war sich sicher, dass sie für sein Debüt absichtlich eine längere Route gewählt hatte, indem sie zuerst die Hängebrücke über die Schlucht genommen, dann zurück und den Zickzackpfad hinuntergerannt war. Gabriel hatte in der Nähe des Schlagbaums auf der Brücke eine Pause gebraucht und seinen Kopf an das Schild der Samaritans Care gelehnt, einer Notrufnummer für potenziell Lebensmüde, die der Mischung aus Abgrund und Daseinsqualen kaum zu widerstehen vermochten. Jane wartete ungeduldig auf ihn, wobei sie von einem Fuß auf den anderen sprang.

»Mach schon, Lahmarsch«, spottete sie, ohne dass auch nur die Andeutung eines Lächelns über ihre Lippen gekommen wäre.

Ihr Hohn gab ihm das Gefühl, schwerfällig zu sein, vor allem als sie dann noch den Pfad in Richtung Hotwells ohne ihn einschlug. Gabriel beschloss, sich stattdessen auf eine Bank zu setzen und auf ihre Rückkehr zu warten, während er sich innerlich gegen ihre verächtliche Attacke über seine fehlende Fitness wappnete. Ein paar Leute mit Hunden und einige Radfahrer nickten ihm grüßend zu, ehe Jane wieder auftauchte, schwitzend und keuchend von der Anstrengung, den Hügel hinaufgelaufen zu sein. Gemeinsam joggten sie weiter durch die Kopfsteinpflastergassen von Clifton Village, vorbei an den noch geschlossenen Feinkostläden und Bäckereien, aus denen jedoch bereits der Duft nach heißen Öfen und Teig drang. Die Läden im Dorf waren putzig und überteuert, doch das Gefühl einer Gemeinschaft, das sie vermittelten, zeichnete sich durch die herrliche Separation vom Rest der Stadt aus – zusammen mit den steilen Straßen, die sich durch den exklusiven Vorort am Hügel zogen.

Sie lebten in der Percival Road in Clifton, in einer älteren, angeblich charmanten zweistöckigen Doppelhaushälfte mit Schieferdach und einer Kieseinfahrt für den großen Vauxhall, der noch immer an die nie realisierten Pläne erinnerte, sich einen Hund oder vielleicht sogar Kinder zuzulegen. Das Haus war nicht so imposant wie die einzeln stehenden, deren Dächer sich durch viele Schornsteine auszeichneten, je nach Anzahl der offenen Kamine im Inneren. Aber zu zweit hatten sie mehr als genug Platz. Die Rohrleitungen aus der Zeit vor dem Zweiten Weltkrieg waren eine Katastrophe, und sie zitterten jedes Mal, wenn man oben das heiße Wasser andrehte. Dennoch war Gabriel mit ihrem Haus zufrieden, wobei ihm bewusst war, dass ihm vielleicht der Drang fehlte, ihre Wohnsituation zu verbessern. Jane hingegen fehlte dieser Drang nicht, auch wenn sie immer wieder betonte, dass es ihr keineswegs um das Jammern an sich ging. Aber Gabriel verspürte trotzdem stets eine Schwere, wenn sie wieder darüber zu sprechen begann, wie man »das alles kultivieren könnte«. Was musste man kultivieren? Genauer betrachtet, verringerte sich »alles« auf ein paar banale Dinge und letztlich auf Gabriels geringe Beteiligung am Haushalt, um schließlich mit einem »Bring wenigstens am Donnerstag den Müll raus« zu enden. Zurück blieb eine schwelende Unzufriedenheit, das merkte er, aber er hatte nicht vor, genauer nachzuhaken.

Jane war eine herbe Blondine, deren Akribie etwas Beängstigendes hatte. Allein die Art, wie sie ihre Haare exakt frisierte, die einen leicht metallischen Schimmer hatten. Sie blieb schlank, obwohl sie nie einem strikten Diätregime folgte, wohingegen Gabriel in der Mitte etwas auseinanderzugehen begann. Er fragte sie, warum sie auf einmal das Bedürfnis verspürte, sich fitzuhalten, und ihre Antwort fiel charakteristisch distanziert aus: »Es wundert mich, dass wir als Nation so hohe Ansprüche an unsere Soldaten und Sportler haben, aber so geringe an uns selbst.« Damit ließ sie ihn am Morgen vor dem Fernseher sitzen.

Da ist etwas Wahres dran, hatte Gabriel gedacht, während er der Wiederholung des Cricketspiels zusah. Der Captain der englischen Mannschaft fiel dem geschickt gedrehten Ball eines Bowlers aus Sri Lanka mit einem unaussprechlichen Namen zum Opfer. Er sah sich nicht viel Sport an, aber die subtilen Intrigen im Cricket faszinierten ihn. Sein Interesse an dem Spiel – Begeisterung wäre zu viel gesagt – speiste sich aus der Möglichkeit, dass der weltbeste Schlagmann jederzeit durch einen einzigen, gut gespielten Ball eines Teenagers, der das erste Mal auf dem Feld stand, schachmatt gesetzt werden konnte. Im Gegensatz dazu erschien ihm Fußball schwerfällig. Es war lächerlich, wie diese rüpelhaften Spieler angeblich so leicht stürzten und so taten, als wären sie tödlich verletzt worden, nur um sich kurz darauf wieder ins Getümmel zu werfen und einem anderen auf den Knöchel zu steigen. Das Spiel zeichnete sich in seinen Augen durch eine unangemessene, beinahe geckenhafte Dramatik aus. Dass zudem jemand so viel Geld verdienen konnte und es dennoch nicht schaffte, ein Ziel von der Größe eines Scheunentors zu treffen, war ihm völlig unverständlich.

Das Joggen am frühen Morgen gehörte zu einer Reihe von bemerkenswerten Änderungen in Janes Leben, dachte Gabriel, während er das Foto von Mrs. Pilkingtons befallenem Zitronenbaum wieder in den Umschlag schob. Offenbar angetan von der nun sichtbar werdenden Muskulatur ihrer Beine, hatte Jane auch begonnen, sich nach dem Motto »Weniger ist mehr« zu kleiden. Außerdem hatte sie ihre Unterwäsche aus dem Kaufhaus durch spitzenbesetzte Teile ausgetauscht, obwohl ihr gemeinsames Schlafzimmer – wie ihre Ehe – ein kühler Durchgangsraum blieb.

Der Hörsaal war bereits überraschend voll. Gabriel warf einen Blick auf seine Armbanduhr, ob er sich vielleicht verspätet hatte. Einige Studenten warteten draußen und genossen den Bodensatz ihres Take-away-Kaffees oder die letzten nikotingefüllten Züge ihrer Zigaretten. Er war stark angespannt, als er sich durch die Menge schob, und fühlte sich plötzlich klaustrophobisch. Ein junger Mann in einer Strickjacke starrte ihn an. Gabriel sah in seiner Miene etwas, das ihn an den Fahrer der weißen Limousine erinnerte, und seine Finger wanderten automatisch zu der kleinen Wunde unter seiner Nase. Der Student wandte sich ab und begann mit einem Freund zu reden. Gabriel spürte, dass man ihn bewusst ignorierte, während er zugleich alle Aufmerksamkeit auf sich zog.

Er vermochte nicht genau zu sagen, woher diese Unruhe in ihm kam, schritt weiter durch das Amphitheater des Hörsaals und merkte erst unten im Raum, wie die für ihn untypische Panik nachließ und er wieder freier atmen konnte. Die langen Reihen von Tischflächen und Klappstühlen waren hintereinander gestaffelt, vom Podium bis nach oben reichend, wobei in der Mitte ein Gang hindurchführte. Der stellvertretende Rektor wartete bereits am Podium auf ihn, wobei er immer wieder dümmlich in die Menge nickte. Es war ein schwächlich wirkender Mann mit einer pockennarbigen Haut und Gesichtszügen, die von jemand wesentlich Größerem genommen und auf seine zierliche Gestalt gesetzt worden zu sein schienen. Seine großen Ohren standen weit ab, was ihm einen verblüfften Ausdruck verlieh. Der seltsamen Erscheinung hätte eine Generalsanierung nicht schlecht getan.

Der stellvertretende Rektor begrüßte Gabriel enthusiastisch, wobei seine Ohren zu wehen schienen, als er ihm erklärte, wie sehr er sich auf die Vorlesung freue. Er hatte einen Master in Marketing oder etwas vergleichbar Geschmackloses, sodass Gabriel bezweifelte, dass er auch nur ein Wort verstehen würde. Bei dem Gedanken, wie ihn der Mann gleich dem Publikum vorstellen würde, graute ihm, und er blickte zu Boden, um langsam Luft zu holen. Nachdem die Doppeltür oben geschlossen war, sprang der stellvertretende Rektor auf und strahlte vor selbstgefälliger Zufriedenheit, als er die versammelte »Gemeinde« zu einem weiteren »wunderbaren« Vortrag begrüßte. Es gelang ihm, Gabriels Titel richtig zu nennen und auch seinen Nachnamen nicht falsch auszusprechen. Doch die Beschreibung des Themas, um das es gehen sollte, war ein Stück dramatischer Marketingposse.

»Privatdozent Dr. Cockburn gewährt uns einen kurzen Einblick in die neuesten Untersuchungen, die nun bald weltweit Niederschlag finden werden. Unsere Vorstellung von der Evolution, dem Anfang alles Lebens, wird nach dieser Vorlesung eine andere sein. Wir entschlüsseln das größte Geheimnis des Lebens auf dieser Erde …« Gabriel war sich nicht sicher, woher das »Wir« kam. »… und setzen uns mit den fundamentalen Fragen unseres Ursprungs sowie den Bedrohungen unserer Existenz auseinander.«

Die Vorlesung hatte den Titel »Spontane Zunahme von Blatt-Albedo und ihre mögliche Bedeutung für die Biotechnologie«. Tatsächlich interessierte sich Gabriel am wenigsten für die neue Sorte der Arabidopsis, doch die Vorlesung sollte potenziell die Massen ansprechen, wie der stellvertretende Rektor betont hatte. Gabriel war in Versuchung, sofort von den neuesten Ergebnissen zu berichten, zu denen sein Forschungsteam durch Klonierung gelangt war, indem es die Mutation des Nukleotids 2317 bei Chromosom V des veränderten Phänotyps irm2 zu isolieren vermochte. Das wäre einem Labrador gleichgekommen, der den Schmutz und Schlamm von sich schüttelt, um die Schönheit seines Fells darunter zu zeigen. Aber die wenigen, die verstanden, worum es ging, die erkannten, wie brillant das Postulat war und wie nahe sie damit den vermaledeiten Chinesen kamen, fehlten, da sie sich der Laienversion nicht aussetzen mochten. Gabriel stand allein auf weiter Flur, einsam vor dem Publikum aus Untergebenen. Die Vorlesung war für die Doktoranden unablässig, doch es waren auch viele Studenten aus dem Grundstudium anwesend, um Interesse zu heucheln, obwohl ihnen bereits jetzt fast die Augen zufielen. Selbst die peppige Einführung vermochte nicht ihrer Langeweile Einhalt zu gebieten.

Es folgte ein höflich verhaltener Applaus, als Gabriel zum Podium trat, dem stellvertretenden Rektor dankte und sein Manuskript auf dem Rednerpult glatt strich. Er blickte in den Hörsaal und begann – wie ein olympischer Turmspringer vom höchsten Sprungbrett, jegliche Nervosität überwunden.

»Die globale Erwärmung gehört zu den größten Bedrohungen des Lebens auf diesem Planeten«, setzte er melodramatisch ein. »Die Herausforderung besteht darin, dass nicht ein Volk allein gegen sie antreten kann. Nur indem wir uns zusammentun, mögen wir noch so unterschiedlich, ja vielleicht sogar verfeindet sein, ließe sie sich aufhalten. Also muss das Patentrezept, das es zu finden gilt, vor allem ein politisches sein. Wenn es uns nicht gelingt, uns zu vereinen, werden wir über kurz oder lang für immer untergehen.«

Es war der obligatorische, politisch korrekte Beginn, der den erbitterten Wettstreit unter den Botanikern verschwieg. Nun folgte eine Schilderung der zwei möglichen Lösungen hinsichtlich des Klimawandels: die Verringerung des CO_2-Ausstoßes und die Rückstrahlung der Sonnenradiation aus der Atmosphäre.

»Die Verringerung des CO_2-Ausstoßes ist vorrangig ein politisches Thema«, erklärte er, »während bei der Rückstrahlung der Radiation aus der Atmosphäre wir als Naturwissenschaftler gefragt sind ...«

Gabriel zögerte für einen Moment, da es ihm peinlich war, seine Einführung derart pubertär zu gestalten. Der stellvertretende Rektor strahlte und nickte, als ob er einer unhörbaren Musik folgte.

Gabriel fuhr also fort. »Man hat uns Erdenbewohnern bereits einige höchst absurde Vorschläge gemacht. Die Amerikaner zogen riesige atmosphärische Schutzschilde in Betracht, um die Welt vor den Sonnenstrahlen abzuschirmen. Japan legte Felder nicht mit Getreide, sondern mit Spiegeln an, welche die Sonnenhitze in den Weltraum zurückstrahlen sollten.«

Ein befriedigendes Murmeln der Belustigung hob seine Laune, und er hakte die nächsten drei Modelle ab: Reduzierung des CO_2 durch Abscheidung am Erdboden, Aufforstung und Fertilisierung der Ozeane zur Steigerung der Primärproduktivität sowie CO_2-Absenkungen.

»Schließlich – und das ist für unsere Zwecke am interessantesten – gab es den Vorschlag, die Zunahme der globalen Erderwärmung zu bekämpfen, indem man die Blatt-Albedo, also das Rückstrahlvermögen der Blattschicht in Nutzpflanzen, erhöht. Man glaubt, dass eine Verstärkung der reflektierenden wächsernen Schicht bestimmter Pflanzen zu einem ›natürlichen‹ Spiegel führen kann, der einen großen Teil der Sonnenstrahlung in die Atmosphäre zurückwirft. Wenn die Pflanze, um die es ginge, dann auch noch eine nützliche Nahrungspflanze wäre, könnte das eine äußerst vorteilhafte Synergie sein.«

Ein Grüppchen aus Gegnern der Genmanipulation in der oberen Ecke des Hörsaals, zweifelsohne gestärkt durch unzählige Linseneintöpfe, schien sich auf ein paar Störaktionen vorzubereiten. Gabriel war sich allerdings sicher, dass er sie intellektuell problemlos niederknüppeln konnte.

Er bezweifelte, dass sie seinen nächsten Punkt verstehen

würden – und zwar seine Erklärung der Rolle des Eisens in der Pflanzenphysiologie und der zellularen Funktion. Dass Eisenmangel zu Gelbblättrigkeit führte, während ein Überschuss an Eisen oxidativen Stress und Giftigkeit hervorrief, also eine dauerhafte Schädigung nach sich zog.

»Wie stets in der Natur ist es das Ziel, ein Gleichgewicht zu halten«, fuhr er fort. »Die Handhabung der Selbstregulierung des Eisengehalts gilt als eines der wichtigsten Schlachtfelder moderner Botanik.«

Er hasste dieses Kriegsvokabular, mit dem er komplexe Untersuchungen degradierte zu einem militärischen Feldzug gegen das sogenannte Böse. Aber auf diese Weise versuchte er sein Publikum zu fesseln, das bereits nach der ersten Manuskriptseite in der Aufmerksamkeit nachließ. Tatsächlich war der einzige Feind die völlige Borniertheit, die er immer wieder erlebte – die moderne Duldung des kleinsten gemeinsamen Nenners. Journalismus, Film, Literatur, politische Debatten, alle hatten sich durch die zunehmende Akzeptanz von Banalität und Ignoranz entwürdigt. Man sollte die Welt in zwei Gruppen einteilen: Es gab diejenigen, die ihre Gedanken äußerten, und jene, die hofften, mit ihren Worten einen Gedanken zu äußern. Erstere Gruppe schrumpfte rapide, während letztere offenbar immer mehr anwuchs.

Dennoch fuhr er mit der militärischen Metapher fort. »Unsere Einheit in Bristol steht bei dieser Schlacht an vorderster Front – und zwar mit unseren Untersuchungen zum mitochondrialen Ferritin beim Eisenhyperakkumulator Arabidopsis thaliana.«

Der Institutsleiter Professor Symington hatte sich in einer der oberen Reihen an die Seite gesetzt. Er war ein älterer Mann mit feinen, grauweißen Haaren und einer fleckigen Haut, was ihn zu der Karikatur eines Professors machte. Vor ihm lag ein aufgeschlagener Aktenordner, der zu erwarten schien, dass mit einem Füllfederhalter kratzend auf eines der eingehefteten Blätter geschrieben wurde. Aber Professor Symington nickte nur sanft vor sich hin, wie in ein Gebet versunken. Es war deutlich sichtbar, dass die Emeritierung zu lange auf sich warten ließ, denn die letzten Jahre drohten in nutzloser Senilität zu verstreichen, ohne jeglichen ernst zu nehmenden Beitrag. Die *Annals* hatten seit Langem keine Veröffentlichungen mehr von ihm gebracht, und sein Kommentar im institutsinternen *Botany Review* war nichtssagend, nostalgisch und oberflächlich ausgefallen. Der Mann gähnte ungerührt. Doch Gabriel wusste, dass der Universitätssenat zwar Gabriels »HR-Managementfähigkeiten« anzweifelte, aber seine augenblicklichen Untersuchungen würden dem Institut weltweit Beachtung eintragen, ihn zu einem der führenden Wissenschaftler in der evolutionären Physiologie und das Institut zu einem internationalen Player machen. Mit Abschluss seines Werks zu Arabidopsis konnte er sich einer ordentlichen Professur sicher sein. Nur so würde er selbst als nächster Institutsleiter in Betracht gezogen werden, und dann würden auch seine Managementfähigkeiten keine Rolle mehr spielen. Unter ihm würde eine neue Ära wissenschaftlicher Exzellenz anbrechen, wo die Gelder nur so flossen – und zwar nicht wegen der hohen Anzahl der spanischsprachigen Studenten und Dozenten in Rollstühlen, sondern wegen der außerordentlichen, revolutionären Veröffentlichungen der Führungsriege.

»Wir wissen zudem, dass petroplinthische Böden eine besondere Herausforderung für das Pflanzenleben darstellen«, fuhr er fort, »denn sie setzen es der zweifachen Schwierigkeit eines Eisenüberschusses und zugleich eines Mangels an

Humus aus. Unser Interesse besteht darin, dass es diese Böden in der Übergangszone zwischen dem tropischen Regenwald und den trockeneren Savannen gibt sowie in einigen der Zonen, wo die Erderwärmung am stärksten ausgeprägt ist. Um es einfach zu sagen: Die globale Erwärmung führt zu Versteppung, damit zum Rückgang der Vegetation und einer bedeutenden Zunahme von UV-Licht, Sonnenstrahlen und Hitze. Sozusagen die drei apokalyptischen Reiter.«

Er gestattete sich ein schmallippiges Lächeln. Eine junge Studentin in der ersten Reihe passte ungewöhnlich genau auf. Sie schien ihn geradezu bewundernd zu beobachten. Ihre Haut wirkte gerötet, ihre Wangen waren erhitzt und bildeten einen hübschen Kontrast zu ihren hellblonden Haaren, die wie ein Vorhang über ihr Gesicht fielen. Gabriel fragte sich einen Moment lang, ob seine Verletzung wieder zu bluten begonnen hatte. Hastig und unauffällig strich er mit dem Handrücken über seine Oberlippe. Dann legte er die Hand auf das Pult und warf einen Blick darauf. Verräterische Flecken waren keine zu sehen.

»Diese Übergangszone liefert uns die einmalige Gelegenheit, die Stressreaktionen von Pflanzen auf immer anspruchsvollere Böden und Umweltbedingungen zu beobachten. Im Grunde erleben wir so im Kleinformat, welche Entwicklungen und Mutationen in einer Welt entstehen, die vom Klimawandel geprägt wird. Die vielleicht am wenigsten analysierte und doch dramatischste Übergangszone findet sich in der Region Bahr al-Ghazal im Sudan.«

Gabriel hielt einen Moment lang inne.

»Und genau dort entdeckt man die neue Subspezies.«

Es war als dramatischer Höhepunkt seiner Vorlesung gedacht, doch die Reaktion fiel minimal aus. Gabriels Blick wanderte scheinbar ziellos durch den Hörsaal, um dann unauffällig zu der hübschen Anfangssemesterstudentin zurückzukehren. Es war warm im Raum, und sie hatte ihre Jacke ausgezogen. Ihr Pulli lag eng über ihren zarten Armen und Schultern. Sie hatte zudem einen kurzen Jeansrock und eine Wollstrumpfhose an, die in grünen Stiefeln mit Pelzbesatz verschwand. Ihre ganze Erscheinung strahlte eine sexuelle Abenteuerlust aus, und Gabriel wünschte sich auf einmal, nicht länger von so etwas angesprochen zu werden. Seine Libido bedeutete für ihn nur eine unangenehme Ablenkung – Teil des Gerümpels, das mit Sex und Ehe einherging und das die Entwicklung neuer, unbefleckter Ideen behinderte, indem es eine innere Stille und Ausgeglichenheit unmöglich machte.

Die junge Frau stellte ihre übereinandergeschlagenen Beine nebeneinander, als ob sie auf seine Anspannung reagieren und ihn mit dem im Schatten liegenden Dreieck unter ihrem Rock verführen würde. Seine Lust begann sich sofort zu regen. Es machte ihn wütend, wie schnell man die Kontrolle über seine kognitiven Fähigkeiten verlor, wenn man auch nur einen Moment ins Flirten kam. Er spürte, dass seine Augen wie von Gewichten hinab zu ihrem Platz gezogen wurden. Schon bemerkte er das Prickeln in seinem Schoß, das durch diese verbotenen Fantasien ausgelöst wurde. Er stellte sich vor, wie er sie gegen seinen Schreibtisch drängte, wie die Zeitschriften zu Boden fielen, als er ihre Strumpfhose zu ihren Porzellanfüßchen hinabriss, und wie erregt er wäre, wenn sie ihre Schenkel für ihn öffnete und er sich in ihrer saftigen Jugend vergrub. Ihm wurde vom Nacken her heiß. Mein Gott, Jane würde sich jetzt über ihn lustig machen.

Er hörte, wie er zögerlicher zu reden begann, und beschloss, bewusst eine Sprechpause einzulegen. Als er wieder einsetzte, geschah das mit neuer Kraft und einer größeren Lautstärke und zwar in die Richtung, in der Symington saß.

»Vor drei Jahren schickten uns die Kuratoren des Herbariums von Khartum Proben einer bestimmten Arabidopsis-Pflanze, die zuerst in der Übergangszone bei Yei von einem chinesischen Team der Zhejiang-Universität entdeckt wurde. Wir gingen davon aus, dass sie zur Thaliana-Unterart gehörte, ursprünglich weiter nördlich angesiedelt, wo sie sich zu einer wahren Plage entwickelt hat. Wie Sie aus Ihren ersten Semestern wissen, handelt es sich bei der Thaliana um eine besonders nützliche Spezies, um die Rolle des Ferritins in der Eisenhomöostase beobachten zu können. Zudem ist sie eine der Pflanzen, auf die man in jüngerer Zeit gerne bei der Biotechnik und den Albedo-Recherchen zurückgreift. Ein wahrhaft glücklicher Zufall.«

Die Erwähnung der Chinesen hatte Symington geweckt, der sich nun vorlehnte und seine Augen rieb. Vielleicht hatte er ihm doch zugehört. Gabriel hatte Zhejiang erwähnt, um dem Unterfangen einen internationaleren Touch zu verleihen. Aber als er den Namen ausgesprochen hatte, war ihm das Ganze ein wenig gekünstelt und sogar unehrlich erschienen – vor allem wenn man bedachte, dass sich die beiden Institute nun in einem verzweifelten Wettlauf darum befanden, wer zuerst diese Pflanze als neue Unterart bestätigen und das taxonomische Recht erlangte, sie als solche zu benennen. Und alles für sich zu beanspruchen, was damit zusammenhing.

»Es stellt sich die Frage: Ist das eine Mutation von Thaliana, vergleichbar mit der durch das Labor von Zhejiang induzierten Mutation, die einen Großteil der Arbeit dieses Instituts darstellt? Wenn ja, dann handelt es sich um das Beispiel einer stressinduzierten Mutation, die natürlich entstand, um mit der Eisenhyperakkumulation zurechtzukommen. Eine interessante Mutation, die aber letztlich eine beschränkte Bedeutung hat. Oder …« Um eines dramatischeren Effekts willen hielt er inne. Doch bis auf seine besonders eifrige Bewunderin aus der ersten Reihe begegnete er nur ausdruckslosen Blicken, als er in die Runde sah. »Oder – wie wir hier in Bristol vermuten und was wir auch zu beweisen gedenken – es handelt sich um eine neue Unterart, einzigartig und evolutionär angepasst, um einer langfristigeren Herausforderung in einer solchen Übergangszone standhalten zu können. Ist das eine Subspezies, die sich auf die Klimaveränderung von oben und die Bodenveränderungen von unten eingestellt hat, indem sie sich sowohl dem Eisenüberschuss entgegenstemmt als auch ihr Reflexionsvermögen steigert, um ihre inneren Strukturen und den Feuchtigkeitsausgleich vor der Hitze zu bewahren? Dann liefert uns das wichtige Einblicke in das evolutionäre Modell, aber auch Möglichkeiten, wie wir realistisch biotechnisch einem sich verändernden Planeten begegnen können.«

Das war der Höhepunkt seiner Vorlesung, der Moment, wenn das Publikum in begeisterten Applaus ausbrechen sollte. Gabriel wusste, dass es sinnlos war, so etwas zu planen, und es geschah auch nichts. Ein paar raschelten mit Papieren, andere hüstelten. Es freute ihn zu sehen, dass die Studentin mit den rosigen Wangen ihn voller Bewunderung betrachtete, ihr schienen in dem harschen Licht des Hörsaals fast Tränen in den Augen zu stehen. Hastig schaute er woanders hin, um nicht wieder den Dämon zu wecken, und zeigte stattdessen auf die erhobene Hand eines Doktoranden. Die Fragen waren die übliche Mischung aus Hinweisen auf persönliche Nachforschungen, Meinungen, denen jegliche intellektuelle Schärfe fehlte. Gabriel antwortete mit immer komplexeren Erklärungen, damit niemand mehr auf die Idee kam, weiter nachzuhaken. Ein pickliger Student stand schlapp in der letzten Reihe auf, als er schließlich aufgerufen wurde. Seine ungepflegten Haare verliehen ihm einen leicht irren Ausdruck. Gabriel erkannte ihn – aus einem Seminar über Eukaryoten –, aber ihm fiel sein Name nicht ein.

»Großbritannien hat die Biodiversitätskonvention von 1992 unterzeichnet«, sagte der junge Mann. »Sie bestätigt die nationale Hoheit über biologische Funde innerhalb von Staatsgrenzen. Wie wollen Sie diese rechtliche Vereinbarung mit der Aneignung einer neuen Spezies durch diese Universität aus einem anderen Hoheitsgebiet unter einen Hut bringen?«

Martin, so hieß er. Martin Harrier. Es befriedigte Gabriel, sich daran zu erinnern – ebenso wie an die Argumente des Umweltaktivisten im Seminar: »Kapitalismus ist Diebstahl« oder »Die Naturwissenschaften sind Spürhunde für die großen Unternehmen«. Der Student verstand sich als ein selbst ernannter Jünger Foucaults. Gabriel sagte die Idee wenig zu, sich der Philosophie eines anderen ganz und gar zu verschreiben. Warum sollte man die Gedanken eines anderen über die eigenen stellen? Hatte der andere nicht ebenso wie man selbst gefurzt, gerülpst und masturbiert? Die Weltsicht eines anderen zu übernehmen, schien nicht nur sträflich oberflächlich, sondern auch faul. Kein Sprungbrett in andere Sphären, sondern ein Käfig. Harrier hatte Gabriel bereits im Seminar verärgert, weil er offensichtlich intelligent, aber erklärtermaßen auf sein hochemotionales Selbst konzentriert war.

»Wissenschaft hat nie mit Übernahme zu tun, Martin. Um Gottes willen, sonst wären wir ja alle Politiker.« Ein befriedigendes Kichern aus der ersten Reihe. Was glaubte der Bursche? Dass sich die hungernden Bauern aus dem kriegszerrütteten

Sudan auch nur andeutungsweise für die neue Unterart einer Pflanze interessierten? »In den Wissenschaften und in diesem Fall in der Klassifizierungslehre geht es um das Teilen der Wahrheit«, fuhr Gabriel fort. »Die Tatsache, dass die Wahrheit von einer Pflanze ausgeht, die in der Mitte des ungezähmten Afrikas wächst, schmälert nicht die Bedeutung dieser Entdeckung. Und auch nicht das Recht der Welt, die Geheimnisse dieser Pflanze kennenzulernen.«

Harrier schien etwas erwidern zu wollen, aber Gabriel wandte sich demonstrativ ab und nahm eine letzte harmlose Frage vom anderen Ende des Hörsaals entgegen.

Dann war es vorbei, und die Verpflichtung für das nächste halbe Jahr damit abgehakt. Er fühlte sich sowohl erleichtert als auch ungeduldig. Im Grunde wollte er nicht noch mehr Zeit verschwenden und sofort wieder an seinen unfertigen Aufsatz für die »Annals of Botany« zurückkehren. Doch eine kleine, ungleiche Gruppe blieb im Hörsaal zurück und wartete in der ersten Reihe, während er seinen Laptop in die Tasche steckte. Zweifelsohne warteten diese Leute auf eine Gelegenheit, ihm noch ihre eigenen Ideen vorzutragen. Er versuchte den Blickkontakt zu vermeiden und hätte am liebsten abgewunken. Doch dann bemerkte er, wie sich die Studentin mit den rosigen Wangen auf ihn zubewegte. Hin- und hergerissen nahm er seine Papiere, schob sie zusammen und stopfte sie seitlich in seine Tasche. Als er das Podium verließ, trat sie nach vorn, stellte sich ihm in den Weg. Gabriel wollte gerade seine Hand ausstrecken, um sie ihr vielleicht entschlossen auf die Schulter zu legen und sie zu bitten, ihn zu seinem Büro zu begleiten, als sich plötzlich eine andere Person zwischen sie schob. Ein kleiner dünner Mann mit einer sehr dunklen Hautfarbe, einem Goatee und einem weißen Käppchen auf dem Kopf lächelte ihn mit entgegengestrecktem Arm an. Die junge Frau zog überrascht die Brauen hoch und wich ein paar Schritte zurück, während die Augen des Mannes beinahe manisch funkelten.

»Professor Cock-burn, darf ich mich vorstellen …«

»Mein Name wird Coe-burn ausgesprochen«, unterbrach ihn Gabriel. »Es ist ein alter schottischer Name und bezieht sich auf einen Hügel oder einen Bach.« Den falschen Titel, den der Mann ihm verliehen hatte, ließ er so stehen.

Der kleine Mann strahlte ihn an, als ob der Hinweis auf die falsche Aussprache ein besonders liebenswertes Kompliment gewesen sei. »Danke. Sehr gut. Ein Name, der nicht das ist, was er auf den ersten Anschein vorgibt zu sein. Ein Zeichen von alter Herkunft und Zivilisiertheit.« Er erfasste Gabriels Hand. Die Haut fühlte sich wie der Bauch einer Eidechse an – kühl, weich und zugleich schuppig. Gabriel war sich nicht sicher, ob er dem Tonfall des Mannes trauen konnte. In seinem Verhalten lag etwas Unterwürfiges, das seine Worte spitz erscheinen ließ. Die junge Frau in der Strumpfhose sah so aus, als ob sie bald aufgeben wollte. Sie spielte mit ihrem Handy, während sie in einiger Entfernung abwartete.

»Wenn Sie verzeihen, Professor«, fuhr der Mann ungerührt fort. Er war näher an Gabriel herangetreten, sodass dieser seinen Atem riechen konnte, der irgendwie industriell roch. Nach Glanzkohle oder feuchtem Beton. »Ich bin aus diesem ›ungezähmten Afrika‹. Sie reden von dieser Pflanze und von dem Land, aus dem sie stammt, als würde es sich um ein Insekt unter dem Mikroskop handeln. Oder um einen fernen Stern, den man durch ein Fernrohr betrachtet. Aber vielleicht wissen Sie ja, Professor, dass diese Pflanze seit Jahrhunderten von den Dinka im Sudan benutzt wird, um Krankheiten zu behandeln, die mit Blut zusammenhängen?«

Gabriel erkannte jetzt das kämpferische Funkeln, die un-
trügliche Angriffslust, die sich hinter dem Lächeln und dem
warmen Händedruck verbarg. Irgendein traditioneller Heiler
oder ein Kräutermännchen hatte sich die Mühe gemacht, hierherzukommen und sich in Gabriels wissenschaftliche Domäne
einzumischen. Er wollte ihn offenbar verleumden, während er
gleichzeitig vermutlich Schlangenöl verhökerte.

»Sehr interessant«, behauptete er. »Aber Pflanzenheilkunde
ist ein Thema für die Sozialanthropologen, und deren Institut finden Sie bei den Geisteswissenschaften. Meine Untersuchungen sind rein naturwissenschaftlich. Wenn Sie mich jetzt
entschuldigen würden.« Seine Erwiderung war so schneidend,
wie er es zu sein wagte.

Der Mann nickte verständnisvoll und drückte ihm dann
seine Karte in die Hand. Gabriel schloss seine Faust darum
und eilte auf die Tür zu, durch die gerade die junge Frau verschwinden wollte. Aus der Nähe stellte er jedoch fest, dass ihr
rosiger Teint ein wenig zu rot war. Als ob sie eine allergische
Reaktion hätte. Ihre Augen wirkten auch nicht mehr ergriffen schimmernd, sondern eher wie bei einer Erkältung. Jedes
mögliche Begehren verflog endgültig, sobald sie zu sprechen
begann. Eine gepiercte Zunge zeigte sich in ihrem Mund, und
ihre Aussprache war unklar und verschleimt. Ihre Stimme
klang furchtbar nasal, als ob sie auf diese Weise das fremde
Ding in ihrem Mund kompensieren wollte. Einen Moment
lang fragte sich Gabriel, ob sie eine Ausländerin war. Sie
stellte ihre Frage mit großer Intensität, als ob sie ihn anflehen
würde, sich doch auf eine ernsthafte Diskussion einzulassen.
Diese Bedürftigkeit kam ihm unerträglich vor, ebenso wie ihre
Unfähigkeit, auch nur einen Satz klar auszusprechen. Er fühlte
sich gefangen und brachte ihr Gespräch schnellstens zu Ende,

indem er ihrem intellektuellen Gewimmer durch eine unhöfliche Ausrede entfloh.

Draußen keuchte er vor Anstrengung, sodass sein Atem weiß in der Luft stand. Als er um die Ecke bog, entdeckte er einen mit Asche verschmutzten Mülleimer, in den er die Visitenkarte des Wunderheilers werfen wollte. Zuvor las er aber noch, was auf dem zerknüllten Stückchen Karton in seiner Hand stand.

Professor Abdurahman Ismail
Institut für Botanik
Fakultät für Naturwissenschaften und Technologie
Universität von Khartum, Sudan

Oh Gott, stöhnte Gabriel innerlich.

Gabriel ließ sich auf Brian Hargreaves' Ledersessel nieder. Das Leder war an den Armlehnen so abgenutzt, dass es glänzte, während die Doppelnaht seitlich aufplatzt war. Fäden schauten krautig heraus. Hargreaves betrachtete seinen Freund und Kollegen, indem er sein Doppelkinn auf seine Faust stützte und eine Augenbraue hochzog.

»Der Intellekt ist tot, lang lebe der Intellekt«, sagte Gabriel. Seine Worte wurden von einem Zischen des Kissens begleitet, als er sich mit seinem ganzen Gewicht auf den Sessel setzte.

»So schlimm kann es doch nicht sein«, erwiderte Hargreaves mit einem nervösen Lächeln. Seine vollen Lippen zogen sich dabei nach oben und ließen seine dicken Wangen noch fülliger wirken. »Tut mir leid, dass ich nicht zur Vorlesung kam. War heute etwas spät dran.«

Gabriel spürte, dass er wie üblich verstimmt wurde. Hargreaves hatte es zugelassen, dass sich sein messerscharfer Verstand in einem Morast aus gesellschaftlicher Mittelmäßigkeit und körperlichen Exzessen suhlte. Als sie sich kennengelernt hatten, war Hargreaves nur halb so füllig gewesen, ein zwar schwerer, aber fokussierter Wissenschaftler, der über Gensequenzen in Spirulina-Mutationen arbeitete. Gabriel war damals gleich in angeregte Diskussionen mit ihm eingestiegen. Ihre Freundschaft basierte seitdem auf Fragen über die nukleotide Vielfalt und weniger auf Persönlichem.

»Doch, so schlimm. Mein Gott, Brian, da draußen stirbt der Intellekt, aufgeschwemmt und vollgestopft von einer rational begründeten Inaktivität.« Gabriel neigte beinahe unwillkürlich in Gegenwart seines Freundes zu Gewichtsmetaphern. Nur durch diese Sticheleien wurde das unangenehme Thema von dessen Fettleibigkeit zwischen ihnen abgehandelt. Mit dem nächsten Satz begab er sich bereits wieder auf sicheres Gelände. »Hast du Nachrichten von deinem Informanten aus Zhejiang? Was zum Teufel haben die Chinesen vor?«

Hargreaves sog an seiner Unterlippe wie an einem Hustenbonbon. Dann ließ er das Fleisch zwischen seinen Zähnen herausschnellen. »Offenbar gab's eine Panne. Hat irgendetwas mit der SXRF-Mikroprobe zu tun. Eine Art von Rückschlag. Mehr habe ich nicht erfahren.«

»Und du glaubst deinem geheimnisvollen Spion?« Gabriel wurde vor Aufregung ganz warm.

»Ich dachte mir, dass du dich freuen würdest.« Hargreaves' Miene wirkte etwas gequält, als ob er unter Verdauungsschwierigkeiten leiden würde. »Riecht mir wieder ganz nach Kopenhagen. Eine Ablenkungsstrategie. Um uns durcheinanderzubringen.«

Gabriel wusste, was sein Kollege in Wahrheit meinte, noch

ehe er bemerkte, wie er den Blick abwandte. »Brian, du weißt genau: Eine Zusammenarbeit mit den Chinesen würde bedeuten, dass ich mich total verrenken müsste, nicht nur, um ihnen einen Ehrenplatz einzuräumen, sondern um mich ihnen gänzlich unterzuordnen. Ich müsste zum Arschkriecher erster Güte werden.«

Hargreaves' fehlender Ehrgeiz würde noch dazu führen, dass sie sich in diesem Wettbewerb kampflos geschlagen gaben und in wissenschaftlicher Hinsicht völlig ins Abseits gerieten. Gabriel schloss die Augen, um sich zu sammeln. Eine Weile saßen sie schweigend da. Jeder dachte über die unausgesprochenen Beschuldigungen nach, die bei diesem Gespräch mitschwangen und die so typisch für die Welt der Wissenschaft waren.

»Na ja, alter Freund«, durchbrach Hargreaves schließlich die Stille. »Nehmen wir also mal an, dass es sich um keinen Kopenhagen-Coup handelt. Meiner Information nach verspäten sie sich jedenfalls mit den Fluoreszenzaufnahmen. Das würde bedeuten, dass sie frühestens Ende des Jahres bereit sind, ihre Ergebnisse vorzulegen. Frühestens. Damit bleibt uns viel Zeit. Du wirst lange vor ihnen fertig sein, wenn du so weitermachst wie bisher. Und dann kann ich mir gut vorstellen, dass dir endlich deine wohlverdiente Professorenstelle sicher sein dürfte.«

»Vielleicht sollte man ja höhere Ziele als eine Professorenstelle verfolgen ...«

»Du meinst wegen Symingtons Emeritierung?« Hargreaves' Glupschaugen wurden schmal. »Willst du denn seine Position übernehmen? Mein Gott, denk doch nur an dieses Generve, dieser schreckliche Verwaltungskram, der einem da droht.« Er kaute an seiner Lippe und gab ein paar leise Schnalzlaute von sich, ehe er in einer ironischen Geste des Flehens die Hände gefaltet erhob. »Gabriel, alter Freund, wächst dir diese Sache… Wächst dir diese ganze Angelegenheit nicht vielleicht über den Kopf?«

Gabriel widerstand der Versuchung, einen lauten Fluch auszustoßen. Er durfte nicht vergessen, dass hier ein angesehener Privatdozent mit ihm sprach und nicht Jane, die erst wenige Wochen zuvor eine ähnliche Frage gestellt hatte, indem sie von ihrer Zeitschrift aufgeblickt hatte und ihn offenbar herausfordern wollte, so als ob er einem obskuren Hobby nachginge – einer Leidenschaft für kleine Roller oder einer bizarren Verschwörung gegen die Krone. Sie hatte nicht gefragt, um eine Antwort von ihm zu hören, sondern um ihm zu signalisieren, wie falsch seine Bemühungen waren oder zumindest wie grotesk, wenn man sie mit den großen Problemen der Welt verglich.

Ihre Fragen waren nicht mit derselben Unschuld formuliert, die seine Mutter an den Tag legte, als sie beim sonntäglichen Mittagessen wissen wollte: »Mein Lieber, kann man denn damit auch kochen?« Seine Antwort »Nein, man kann verdammt noch mal nicht damit kochen!« hatte zu einem gehörigen Familienkrach geführt, der einen ganzen Nachmittag von liebevollen Beschwichtigungen in Anspruch nahm, um die Wogen zu glätten.

Jane war zu klug, um solch naive Fragen zu stellen. Ihre waren voller Seitenhiebe. Doch sie lag falsch in ihrer Annahme, dass er seine Zeit verschwendete. Genau so erreichte man etwas in dieser Welt. Hargreaves' Hinweis auf Symingtons Emeritierung bewies es. Die Frage bedurfte einer kalkulierten Antwort: War das Ganze überhaupt groß genug für ihn?

»Brian, ich sage es dir noch mal: Es geht nicht um Arabidopsis thaliana. Das ist nicht irgendein Mutant, der sich an die Versteppung anpasst. Es geht um mehr. Um einen evolutionären Prototyp, der erkenntlich macht, wie ein Fruchtkeim der Toxizität eines konzentrierten Eisenüberschusses widerstehen kann. Es ist unsere beste Möglichkeit, die Rolle der Ferritine zu verstehen, die ihr Plus an Eisen in den ersten Stunden ihres Lebens zwischenspeichern. Es könnte durchaus der bedeutendste Schritt in der Analyse von Pflanzenhomöostase und dem Ursprung des Lebens seit Jahrzehnten sein. Es ist ein wahres Wunder, dass diese Pflanze in irgendeinem gottverlassenen Winkel der Welt still vor sich hin wuchs und darauf wartete, endlich entdeckt zu werden. Der biotechnische Aspekt ist nur ein Bonus, um uns die Tierfreaks vom Leib zu halten. Es geht hier um eine neue Subspezies.«

»Also nicht so sehr um Arabidopsis thaliana, sondern vielmehr um Arabidopsis cockburn?« Hargreaves grinste über seinen Scherz. Doch die fleischigen Mundfalten sanken herab, als er den entschlossenen Ausdruck in der Miene seines Kollegen bemerkte. Er unterdrückte ein Feixen, indem er sich die Hand vor den Mund hielt. »Das meinst du nicht ernst, oder?«

»Und warum zum Teufel nicht?« Gabriels Wangen glühten. »Ich habe sie identifiziert. Ich habe ihre Bedeutung erkannt. Warum sollte ich also nicht auch dafür die Lorbeeren bekommen?«

Hargreaves lachte. »Mein Gott, die Chinesen werden toben.«

»Tja, ihr orientalisches Missvergnügen wird meinen Rachewunsch vielleicht ein wenig abmildern. Die haben keine Visionen, Brian. Kein Verständnis für das Große. Die arbeiten eifrig an ihren Fluoreszenzaufnahmen und machen sich nicht die geringste Mühe, auch nur ein Mal aufzuschauen und einen ganzheitlichen Blick zu wagen. Die sind wie meine Assistenten, die fleißig irgendwelche Gensequenzen kürzen, aber nicht zur Adaption selbst in der Lage sind. Und darum verdiene ich das, Brian. Und sie nicht. Die können mich mal!«

Hargreaves klatschte wie ein vergnügtes Kind die Hände zusammen. Gabriel glaubte, was er sagte: Es war sein Projekt. Er war der Vater und wurde von mehr als persönlichem Ehrgeiz getrieben. Hier ging es um die Wahrheit und um eine echte Entdeckung. Jane würde das niemals verstehen.

»Was übrigens Symington betrifft«, meinte Hargreaves und lehnte sich mit einem lauten Seufzer zurück. »Denkst du eigentlich an das Institutsessen morgen Abend?«

Gabriel fühlte sich sofort aus dem Gleichgewicht gebracht. Ihn verwirrte der plötzliche Themenwechsel von seinen abgehobenen Visionen zu der banalen Alltäglichkeit wie einem Essen mit den Privatdozenten und Professoren des Instituts. Er hatte daran gedacht, aber vorgehabt, nicht hinzugehen, indem er vielleicht behauptete, Mrs. Thebes habe vergessen, ihn daran zu erinnern. Doch jetzt, nachdem Hargreaves davon gesprochen hatte, blieb ihm nichts anderes übrig: Er musste dort auftauchen. Hargreaves schnitt eine Grimasse, als ob er sich dafür entschuldigen wollte, mit seiner Bemerkung Gabriels Pläne durchkreuzt zu haben. Gabriel brummte ein unverständliches Schimpfwort. Verwaltungsaufgaben, die Lehrtätigkeit, Fördermittel beantragen – die ganze Bandbreite an Verpflichtungen tat sich vor ihm auf. Eine Wand schien sich ihm in den Weg zu stellen und ihn immer wieder zu Umwegen und Zeitverschwendungen zu zwingen. All das schwächte ihn und ließ ihn vor Zorn beben.

»Alter Freund«, sagte Hargreaves, als sich Gabriel erhob. »Du hast da irgendwas unter deiner Nase …«

VIER

Hotel Four Seasons, Canary Wharf, London

Die Themse wirkte ölig und düster, ein Eindruck, der durch die niedrig hängende Wolkendecke noch verstärkt wurde. Die Oberfläche war von einem graugrünen Schleim bedeckt, als ob das Wasser stehen würde, wenngleich es darunter zweifelsohne behäbig in Richtung Nordsee floss. Der Wind verstärkte den leichten Wellengang und schuf einen weißen Schaum, der schmutzige Schlieren hinterließ. Einige Schiffe bahnten sich ihren Weg den Fluss entlang. Die Gischt spritzte gegen ihre verrosteten Kabinen, in deren Inneren nur ein paar dunkle Schatten zu sehen waren. Doch die meisten Schiffe lagen vor Anker, den Elementen überlassen, während ihre Mannschaften in die Pubs und zu warmen Kaminfeuern geflüchtet waren. Manchmal stieß eine Möwe, die von den Windböen mitgerissen wurde, einen Schrei aus oder versuchte am Ufer zu landen.

Im Gegensatz zur Themse wirkte der Speisesaal des Hotels makellos weiß und warm, erhitzt von unsichtbaren Heizkörpern. Aus den Fenstern konnten die Gäste einen unverstellten Blick auf den Fluss genießen, ohne Unannehmlichkeiten durch Wind und Wetter. Doch der große Raum war jetzt fast leer. Es war bereits Vormittag, und die meisten Gäste hatten schon gefrühstückt. Die trägeren ruhten sich vermutlich postkoital in ihren Doppelbetten aus und stocherten in den Rühreiern, die sie sich aufs Zimmer hatten bringen lassen, während sie dem Wind draußen vor dem Fenster zusahen.

Khalid Hussein saß entspannt in geöffnetem Jackett und einem offen stehenden Hemd an seinem Tisch. Seine informelle Kleidung hatte etwas von einem Playboy, so als ob er einfach in das, was er über die Rückenlehne eines Stuhls geworfen hatte, geschlüpft wäre. Wie es der Zufall wollte, handelte es sich um maßgeschneiderte, extrem teure Kleidungsstücke. Eine goldene Rolex zeigte sich immer wieder unter seinem Jackenärmel, während am anderen Handgelenk ein paar Goldkettchen hingen. Sein Schnurrbart war exakt gestutzt und unterstrich sein ansonsten glatt rasiertes Gesicht. Er hatte derart dunkelbraune Augen, dass sie fast komplett schwarz wirkten. Es war beinahe beunruhigend, wie sich seine Augen verdunkelten, sobald er sich drehte oder nach unten blickte, sodass das Licht die Farbe der Iris nicht mehr zeigte. Manchmal schienen sich seine Augen zu ändern, auch ohne dass er sich bewegte – allein durch die Tonlage seiner Stimme oder als Ausdruck einer anderen Laune.

Der Saudi nippte an einem frisch gepressten Orangensaft, der ihn in einem Champagnerglas serviert worden war. Vor ihm stand ein warmer Teller voll Eier Benedict, die, zwei walisischen Berggipfeln gleich, darauf warteten, von ihm in Angriff genommen zu werden. Der Orangensaft hinterließ etwas Fruchtfleisch am Rand seines Schnurrbarts, das er mit der Serviette abtupfte, während er den Frühstücksgast ihm gegenüber dabei beobachtete, wie dieser an einem kalten Stück Toast knabberte.

»Ihr Engländer nennt das die wichtigste Mahlzeit des Tages, und dann sitzt ihr da und esst wie ein Mäuschen. Ihr solltet abends weniger Bier trinken und früher am Tag ein gutes Essen zu euch nehmen. Das würde wahre Wunder bewirken, da bin ich mir sicher.« Hussein klopfte sich auf den Bauch, der zwar nicht auffallend herausstand, aber auch nicht mehr dem Bauch eines Mannes entsprach, der vor Gesundheit nur so strotzte.

Bartholomew zuckte innerlich zusammen, als eine weitere Verkrampfung seinen eigenen Bauch erfasste und ihm dann links in den Schoß, wenn nicht sogar in den linken Hoden schoss. Seine Leiden schienen sich zu verschlimmern, aber immer noch konnte er sich nicht dazu durchringen, einen Termin beim Gastroenterologen zu machen. Lilly würde toben, wenn sie davon erfuhr. Er hatte behauptet, dass Maurice zufrieden mit ihm sei. Doch das Treffen mit dem Saudi in aller Öffentlichkeit machte ihn nervös und verstärkte seine Symptome. Gar kein Kontakt zu den Saudis wäre ihm am liebsten, doch je näher der Abschluss des Deals rückte, umso weniger war das möglich. Tatsächlich war seine Position ausgesprochen schwierig. Seine unüberlegte Entscheidung, ein Apartment auf Korfu in der Hoffnung zu kaufen, dass es lukrativ vermietet werden konnte, hatte ihn unter großen finanziellen Druck gebracht, da die griechische Wirtschaft noch immer weiter abstürzte. Jetzt fand er sich in den Fängen eines Mannes wieder, der nicht dem Militär angehörte und sich auch nicht einer Zivilgesellschaft gegenüber verpflichtet sah. Vielmehr agierte er in den zwielichtigen Bereichen diplomatischer und internationaler Beziehungen.

Bartholomew fragte sich einmal mehr, wie er in diese Situation geraten war. Er konnte weder fliehen, noch vermochte er die Verhandlungen zu einem befriedigenden Abschluss zu bringen. Er steckte in einem Niemandsland fest, wie ein Ehebrecher, der weder seine unglückliche Affäre beenden noch seine zunehmend misstrauisch werdende Frau verlassen konnte. Er steuerte auf eine Katastrophe zu, zielführend und unfähig, sie zu vermeiden. Manchmal war er auf Lilly wütend, als ob ihn ihr Desinteresse an seiner beruflichen Laufbahn dazu gezwungen hätte, sich in diese Sackgasse zu begeben. Doch ihre Trägheit war ebenso das Ergebnis seines dominierenden Wesens wie ihrer Persönlichkeit. Es bestand immer die Gefahr, jede Enttäuschung und unerfüllte Erwartung auf seinen Ehepartner zu schieben. Dessen war er sich bewusst. Aber er hatte das schreckliche Gefühl, als bliebe ihm nicht mehr viel Zeit, als würde sich sein Leben verlangsamen und schon bald sinnlos werden – wie das Leben eines gealterten Schlachtrosses, das man zum Pferdemetzger schickte.

Der Deal mit Hussein sollte Bartholomews Wundermittel werden, seine Gelegenheit, etwas für sich selbst zurückzugewinnen. Doch jetzt wünschte er sich nichts sehnlicher, als dass der Mann ihm gegenüber verschwand, dass das Treffen vorbei und er endlich befreit wäre. Leider schien der Saudi entschlossen, noch eine Weile Smalltalk zu machen und das Frühstück in die Länge zu ziehen. Keiner der beiden hatte bisher auch nur ein Wort über das Geschäftliche verloren, obwohl sie schon eine halbe Stunde zusammensaßen. Die Unterhaltung hatte sich um das Wetter (grauenvoll), den Zustand der britischen Finanzlage (ebenso grauenvoll) und ein unangenehmes Erlebnis für Hussein gedreht, als er einige Tage zuvor in sein Zimmer in dem Luxushotel eingecheckt hatte. Sonst um nichts.

Der Mann attackierte nun seine Eier mit großem Appetit. Er schob sich eine Gabel voll Muffin, tropfendem Eigelb und Sauce hollandaise in den Mund. Trotz seiner makellosen Erscheinung aß er chaotisch, und schon bald war sein Kinn voller Flecken. Bartholomew butterte seinen Toast von einer Ecke zur anderen, ohne auch nur einen Bissen herunterzubekommen, während er darauf wartete, dass das wilde Geschlinge ihm gegenüber ein Ende fand.

Erst als auch die letzten Reste der Eier verputzt waren und Hussein ganze drei Servietten verwendete, um sein Kinn abzuwischen, begann er mit dem ersten der Themen, die anstanden.

»Ich vermute, dass der letzte Ausflug für das Projekt Reaper erfolgreich war«, sagte Hussein. »Von meinem Klienten habe ich nichts gehört, aber das ist manchmal die beste Nachricht.« Er zwinkerte dem Generalleutnant zu. Ehe dieser überlegen konnte, wie er am besten antwortete, wandte sich Hussein an einen vorbeikommenden Kellner. »Auch Kaffee, George?« Als Bartholomew den Kopf schüttelte, ließ sich der Saudi Zeit, einen Kaffee für sich zu bestellen – mit genauen Anweisungen hinsichtlich der Temperatur, der Tassengröße und der Zusätze. Als er fertig war, schien sich das vorherige Thema erledigt zu haben.

»Ich schaue mir übrigens noch den Vertrag für die Afrikanische Union an. Ich weiß, dass es schon eine Weile dauert, aber die AU ist furchtbar langsam, wie Sie aus eigener Erfahrung wissen. Da muss man geduldig sein. Und dann deren miese Zahlungsmoral. Wahrscheinlich also wird Ihre Regierung eh dafür zahlen.« Hussein fand das offenbar amüsant und begann zu lachen. »Kommen Sie, George. Warum sind Sie denn heute so ernst?«

Bartholomew wartete, bis der Kellner mit einer kleinen Tasse Espresso und einem Kännchen geschäumter Milch an den Tisch zurückkehrte. Es folgten weitere Anweisungen zum Thema Zucker und Honig. Der Kellner ging wieder, diesmal sichtlich verärgert.

»Khalid, ich brauche Sicherheiten«, sagte Bartholomew. »Eine Garantie, dass das Reaper-Projekt nicht für … für unpassende Zwecke eingesetzt wird.«

Husseins Augen verdunkelten sich, und die feinen Lach-fältchen in den Augenwinkeln wurden glatt. Er gab sich erst einmal seiner ganzen Verachtung für Bartholomews Wunsch hin, ehe er antwortete. »Generalleutnant, ich bitte Sie. Wir haben schon früher zusammengearbeitet. Und die Vergütung, die Sie dafür bekamen, war … erheblich. Das sehen Sie sicherlich auch so. Aber noch wartet der größte Coup auf uns. Der Vertrag mit der Afrikanischen Union ist nichts im Vergleich zu diesem Deal. Der Kunde ist ernsthaft daran interessiert, die Flugzeuge zu kaufen, einschließlich der Helikopter. BAE Systems mag momentan sein bevorzugter Lieferant sein, aber Sie sollten nicht die wettbewerbsfähigen Chinesen und Ukrainer vergessen. Sogar Denel ist interessiert. Da sind große Akteure unterwegs. Es geht um das Errichten eines Imperiums, George. Die Einsätze sind hoch. Sie sind hier, um die Interessen des britischen Unternehmens zu vertreten. Um darin erfolgreich zu sein, müssen Sie etwas Besonderes bieten. Und das ist das Projekt Reaper.«

Bartholomew kannte das alles bereits zur Genüge. Es beruhigte ihn nicht im Geringsten, ebenso wenig wie Husseins nächste Äußerung.

»Letztlich zielt mein Kunde darauf ab, selbstständig und unabhängig zu werden, was solche … Fähigkeiten betrifft. Wir würden uns dann in Zukunft ohne Umweg an Ihre Abteilung wenden, George.«

Die Vorstellung, mit dem Saudi direkt über die Leistungsfähigkeit von Drohnen zu verhandeln, war grauenvoll, und Bartholomew beschloss, dem einen Riegel vorzuschieben.

Doch Hussein hielt die Hand hoch, um ihn daran zu hindern, etwas zu sagen, während er gleichzeitig an seinem Kaffee nippte. »Aber wir wollen eines klarstellen: Wir werden nicht den Premierminister kaufen, wie das bei Al Yamamah passiert ist. Oder auch nicht das ganze gierige Kabinett wie in Südafrika. Es wird zu keinem Geldrausch kommen, denn dies hier ist ein Deal mit starker Konkurrenz. Wenn der inoffizielle Preis zu hoch liegt, schaut sich mein Kunde woanders um. Seine Fluggeräte kriegt er so oder so.«

»Und wo auch immer Ihr Kunde diese Fluggeräte einsetzt, wird man dort garantiert die von den Briten finanzierten Friedenssicherheitskräfte bitter benötigen«, gab Bartholomew zurück.

Hussein lachte. »Kommen Sie, George. Schauen Sie nicht so miesepetrig drein. So ist der Kreislauf des Krieges. Genau diese Mechanismen bringen uns doch das Geschäft. Die Amerikaner verkaufen seit Jahrhunderten Waffen an ihre Feinde. George, Sie ärgern sich nur, weil ihr Engländer erst so spät damit begonnen habt.«

Es trafen weitere Zutaten zu dem Kaffee ein, und Hussein ließ sich Zeit, um eine zweite Tasse Espresso so vorzubereiten, wie ihm das zusagte. Er nippte daran und wischte sich mit dem Handrücken den braunen Schaum vom Schnurrbart. Seine Goldkettchen klimperten am Handgelenk.

»Ich habe den Eindruck, dass wir bei diesem Deal entschiedener vorgehen müssen. Dann könnte BAE Systems den Vertrag innerhalb weniger Monate in der Tasche haben. Mit Ihren Kontakten und Ihrem Ansehen in Filton bringe ich die Dinge rasch unter Dach und Fach. Ihre Vergütung ist nicht unerheblich. Und Ihre Pensionierung steht bevor. Wenn Sie sich bald an einem griechischen Strand entspannen und Ihre Pension genießen, werden Sie mir noch dankbar sein, George.«

»Khalid, es kann nichts vorwärtsgehen, ehe Ihr Kunde nicht von dieser verdammten amerikanischen Liste gestrichen wurde. Das ist keine gute Voraussetzung für einen Deal, ob nun mit dem Ministerium oder BAE. Wir dürfen nicht so dastehen, als ob wir Handel mit einem Land treiben, das auf dieser Liste steht. Das haben wir Ihnen bereits klipp und klar erläutert.«

»Ja, ja, ich weiß. Und die Streichung steht auch kurz bevor. Seien Sie beruhigt.« Hussein winkte ungeduldig ab. »Die saudische Königsfamilie ist mit dem amerikanischen Präsidenten persönlich befreundet. Aber im Grunde interessiert sich doch niemand für diese dumme Liste. Und wie wir bereits besprochen haben, erfolgt die Zahlung entweder über eine Aufrechnung in Öl, oder wir benutzen die saudischen Streitkräfte als Käufer und Weiterverkäufer. Ihre hochgehaltene Moral wird intakt bleiben, und die Amerikaner werden nicht die geringste Ahnung haben, wohin die Ware letztlich geht.«

»Bis es verdammte britische Helikopter gibt, die in den Kampfzonen eingesetzt werden.«

»Hören Sie auf, so einen Zirkus zu machen, George.« Hussein seufzte. »Für einen Soldaten sind Sie viel zu wenig risikofreudig. Mein Kunde will die Helikopter, Ihr Land braucht Öl, und Sie persönlich könnten etwas Hilfe bei Ihren griechischen Investitionen gebrauchen, soweit ich informiert bin.«

Bartholomew zuckte innerlich zusammen, sagte aber nichts.

»Sie hätten besser in Dubai oder Abu Dhabi investieren sollen.« Hussein grinste, während er seinen Espresso austrank und mit seinem dicken Finger den letzten Rest braunen Schaum herauskratzte. Er wischte den Finger am Tischtuch ab und hinterließ auf dem Leinen einen Fleck. Vielleicht ist das Treffen jetzt vorbei, dachte Bartholomew.

»Es gibt noch eine letzte Bedingung von meinem Kunden, ehe wir grünes Licht bekommen, George.«

Bartholomew holte tief Luft. Er hatte es geahnt. Er hatte es in dem Moment gespürt, in dem er sich niedergelassen und den selbstbewussten Blick des Saudis bemerkt hatte.

»Mein Kunde hat noch einen kleinen Auftrag für das Reaper-Projekt. Einen letzten, das verspreche ich.«

Bartholomew murmelte wütend etwas vor sich hin, und Hussein hielt inne. Doch der Zorn war von kurzer Dauer. »Raus damit«, sagt der Generalleutnant.

»In den Nuba-Bergen gibt es einen Aufständischen. Er ist der Anführer einer Rebellengruppe, die für die schlimmsten Gräueltaten in der Gegend verantwortlich sind. Frauen, Kinder, Vergewaltigungen, Verstümmelungen – Sie wissen schon, das Übliche. Ich werde Ihnen die Akte geben, kann Ihnen aber jetzt schon sagen, dass enge Verbindungen zu Organisationen bestehen, die Terroristen ausbilden. Die Amerikaner haben es abgenickt. Bei der CIA steht er auf der sogenannten Abschussliste, die hätte also nichts dagegen, wenn Sie in dieser Richtung aktiv werden würden.«

Bartholomew wusste nicht, was er mehr hasste: Anweisungen von dem saudischen Agenten entgegennehmen zu müssen oder unbeabsichtigt die Pläne der Amerikaner voranzutreiben. Irgendwie hatte es Hussein bereits vor etwa zehn Jahren geschafft, ihn in einem Netz zu fangen und ihn dazu zu benutzen, ihm kleine Gefallen zu tun und dafür unangebracht großzügige Geschenke zu machen. Sobald er sich einverstanden erklärt hatte, war ihm klar gewesen, dass dieser Weg sein Leben verändern musste. Dann hatte er gehofft, dass es sich bessern würde. Das bezweifelte er inzwischen.

Es mochte eine neue Zeit der Kriegsführung angebrochen sein. Doch sein altmodischer Instinkt sagte ihm, dass er nur noch von Schurken umgeben war.

FÜNF

Speisesaal von Hawthorns, Bristol, Südwestengland

Das Abendessen wurde auf Beharren von Symington in dem alten Speisesaal der Dozenten im Hawthorns in der Woodland Road abgehalten, dem Bristol-Gymnasium gegenüber. Das Hawthorns war ein alter Bau aus georgianischen und neoklassizistischen Teilen, wo es einen Speisesaal für die Angestellten, eine Mensa und kleinere Zimmer gab, die man mieten konnte. Der Speisesaal war renoviert worden, hatte aber die ursprüngliche dunkle Holzvertäfelung und die schlecht isolierten Türen behalten. Für den Institutsleiter galt der Raum als Sinnbild des imperialen Untergangs und des Zusammenbruchs der königlichen Kolonien, ersetzt durch einen Morast aus Bürokratie, und Symington klammerte sich an die trübe Pracht, die hier noch zu erahnen war. Die Zusammenkunft wäre im Haus eines der Kollegen erträglich gewesen, oder – nach Gabriels Meinung – noch besser, wenn jeder bei sich zu Hause geblieben wäre. Hier gab es nicht einmal Essen, da das immer weniger werdende Küchenpersonal inzwischen gewerkschaftlich organisiert war und um sechzehn Uhr Schluss machte. Die Küche war sogar bereits ab halb drei sauber, und dann gab es kaum mehr etwas anderes als Getränke in Flaschen oder Dosen. Offenbar war ein Nahrungsbedürfnis nach vierzehn Uhr ein bürgerlicher Luxus, dem die Arbeiterklasse nicht Vorschub leisten wollte. In dieser Hinsicht hatte Gabriel für Symingtons Vergangenheitssehnsucht eine gewisse Sympathie:

Es gab heute kein Verständnis mehr für Serviceleistungen und Treue dem Arbeitgeber gegenüber, sondern nur noch kleinliche Ausdrucksformen von Ansprüchen an die Gesellschaft.

Gabriel wusste, dass es große Bleche mit erkaltender Lasagne und glasierten Hühnchenteilen geben würde, die in Reihen nebeneinander platziert wären, wobei sich wie immer Kondensationstropfen an der Unterseite der Frischhaltefolie sammeln würden. Der Wein wäre billig und säuerlich, die Unterhaltung noch unverdaulicher. Er hatte gehofft, im letzten Moment einen riesigen blauen Fleck oder einen anderen Hinweis auf den »Angriff« auf der Queens Road zu entwickeln, um eine geeignete Entschuldigung vorweisen zu können. Aber von der kleinen, wenn auch ärgerlichen Wundkruste einmal abgesehen, war er bedauerlich verletzungsfrei geblieben.

Diese Abende verliefen unweigerlich ohne jeglichen Charme und höchst steif. Gabriel erinnerte sich nur an eine Ausnahme. Damals hatte die Frau eines neuen Dozenten zu viel getrunken und einen Streit mit ihrem peinlich berührten Mann vom Zaun gebrochen, indem sie ihn schrecklicher persönlicher Unfähigkeiten bezichtigte. Dann war sie hinausgestürmt und hatte sich fontänenartig in einen Blumentopf übergeben. Danach hatte Symington einige Jahre lang die Partner der Dozenten von den Essen verbannt. Doch die gespreizten Gespräche erweichten schließlich sogar den wortkargen Professor, sodass die Partner wieder zugelassen wurden. Jane behauptete natürlich meistens, verhindert zu sein. Inzwischen war es fast unmöglich, auch diesmal wieder eine Ausrede für ihr Fernbleiben zu finden, ohne dass man eine eindeutige Ablehnung darin sehen musste. Widerstrebend hatte sie also zugesagt, Gabriel zu begleiten.

»Mann, ich weiß nicht, wer schlimmer ist«, hatte sie erklärt, als Gabriel ihr den Termin nannte. »Die Buchhalter auf der Arbeit oder ein Haufen Botaniker. Ein Raum voller Menschen und doch nirgendwo Leben.«

»Nicht ein Haufen, meine Liebe, ein *Strauß* Botaniker«, hatte er entgegnet und sich an einem alten Witz versucht. Jane hatte nicht einmal gelächelt.

Gabriel spürte die Kälte im Speisesaal, als sie eintraten – so spät wie möglich, ohne unhöflich zu wirken. Alle anderen schienen bereits anwesend zu sein. Sie standen um den Tapeziertisch am anderen Ende des Raums bei den Flaschen mit billigem Wein, die doch auch kein wärmendes Feuer boten. Einige traten zur Seite, als er und Jane näher kamen. Symington redete mit jemandem, den die große Gestalt von Brian Hargreaves verdeckte. Als Gabriel um den wuchtigen Bauch seines Kollegen blickte, zuckte er zusammen. Es war der drahtige Professor mit dem Käppchen aus seiner Vorlesung, der nun mit zur Seite geneigtem Kopf Symington lauschte. Die Augen des Mannes schossen zu Gabriel hinüber und leuchteten sichtbar auf.

»Ah, Professor Cock-burn«, sagte er und unterbrach damit einfach die monotone Rede seines Gegenübers.

Symington wirkte einen Moment lang verwirrt. Er holte Luft und sammelte sich. »Ah, verstehe. Sie haben sich also bereits kennengelernt. *Privatdozent* Gabriel Cockburn …« Die Korrektur seines Titels war unnötig, aber zumindest sprach er Gabriels Nachnamen korrekt aus. »… Das ist Professor Ismail. Von der Universität Khartum. Im Sudan. Professor Ismail ist heute Abend unser Ehrengast.«

Jane musterte den kleinen Mann neugierig – wie ein Aasgeier, der eine verletzte Maus entdeckt hatte.

»Nur ein Pflanzenheilkundler«, erwiderte der Sudanese

mit einem leisen Lachen. Er grinste Gabriel breit an, der ihm widerwillig erneut die echsenartige Hand schüttelte, ehe er nach einem trinkbaren Wein Ausschau hielt. Der Mann machte Jane ein paar unterwürfige Komplimente, während Gabriel drei Gläser mit Claret füllte. Ismails gute Laune schien sich noch zu steigern, als er bemerkte, dass Gabriel als Zeichen des Waffenstillstands auch mit einem Glas für ihn in der Hand wiederkam.

»Ich bin Moslem, Professor. Ich trinke keinen Alkohol. Niemals.«

Gabriel glaubte, ein peinlich berührtes Stöhnen von seiner Frau vernehmen zu können, aber vielleicht war es auch nur Hargreaves, der seine plumpe Hand ausstreckte – nicht gerade mit Lichtgeschwindigkeit –, um sich das Glas zu sichern.

»Natürlich. Entschuldigen Sie«, murmelte Gabriel. Jetzt hasste er den Mann wegen seiner fehlenden Laster noch mehr als zuvor. »Ich befürchte, ich habe Ihnen gestern nach der Vorlesung nicht genügend Aufmerksamkeit geschenkt, Professor Ismail.«

»Oh nein, Gabriel, das stimmt nicht. Sie waren sogar außerordentlich unhöflich.« Die Anschuldigung wurde mit einer solchen Freundlichkeit ausgesprochen, unterstrichen durch die überraschende Verwendung seines Vornamens, dass der darauf folgende Seitenhieb Gabriel noch heftiger traf. »Aber Sie waren offensichtlich abgelenkt.«

Es gab eine kleine Pause von der Art, wie sie entsteht, ehe man abdrückt oder ein Baby zu schreien beginnt. Gabriel wartete voller Entsetzen auf das Unvermeidliche, wobei er den Mann innerlich anflehte, es nicht zu tun.

»Ich habe gesehen, dass sie auf Sie höchst anziehend wirkte.«

Diese spezielle Quälerei hatte etwas Teuflisches. Gabriel

stand wie zur Salzsäule erstarrt da, während die anderen um ihn herum fasziniert zuschauten. Jane sah nicht so aus, als ob sie vorhätte, ihn aus seiner Hölle zu befreien, und Gabriel war sich ziemlich sicher, dass Hargreaves unauffällig einen Schritt von ihm zurückgewichen war.

»Ich finde es erstaunlich, dass Sie es zwischen Alkohol und der Verführung durch weibliche Körper überhaupt noch schaffen, sich zu konzentrieren. Eine höchst bedauerliche Art der Ablenkung, scheint mir. Schwer zu ertragen. Aber bitte. Wie ich sehe, ist Ihr Glas bereits leer. Ich möchte Sie nicht länger davon abhalten, es wieder zu füllen.«

Gabriel blickte auf seine blutleeren Hände. Sein Glas war tatsächlich leer. Offenbar hatte er es vor Verzweiflung in einem einzigen Satz ausgetrunken. Ismail wandte sich an Symington und nahm die öde Unterhaltung wieder auf. Jane drehte sich um und bahnte sich einen Weg zu den Toiletten. Gabriel hatte das Gefühl, als ob alles von ihm abrückte, weil sich plötzlich eine hässliche Wunde auf seiner Stirn gebildet hätte. Selbst Hargreaves schien sich nicht sicher zu sein, ob er seine Bekanntschaft mit Gabriel noch öffentlich zeigen sollte, denn er starrte über seinen gewaltigen Bauch hinweg auf den Boden.

»Wahnsinn«, murmelte Hargreaves, ehe auch er seinen Wein leerte und sich in den Ecken seines Mundes der saure Claret sammelte.

Das Essen wurde kein Erfolg. Nachdem alle ihren schlappen Caesar Salad, den es als Vorspeise gab, beendet hatten, war die Lasagne ungenießbar schwer geworden, als ob sie mehrmals in der Mikrowelle aufgewärmt worden wäre. Das gedämpfte Gemüse – fabrikgeschnittene Karotten und Bohnen – verlieh dem Ganzen nur Farbe, sonst tat es nichts, um ihm noch einen gewissen Pfiff zu geben.

Gabriel hatte versucht, dem Besucher aus dem Weg zu gehen, musste dann aber feststellen, dass dieser sich ihm schräg gegenüber niederließ und ihn mit einem Zwinkern in den Augen ansah, als er seinen Stuhl zurechtrückte. Jane hatte sich – treulos, wie er fand – neben den exotischen Gast platziert und lebhaft mit ihm eine Debatte über Scharia-Gesetze und die Einschränkungen für Frauen begonnen. Unter normalen Umständen wäre ihr Gesicht gerötet gewesen, während sie ihre hohen moralischen Ansprüche verteidigte – das Bild einer modernen Suffragette, die von der Verbohrtheit des männlichen Vorherrschaftsanspruchs bedrückt war. Aber der zierliche Professor schaffte es, dass sie ihn mit großen Augen ansah und ganz verzaubert wirkte. Selbst wenn sie ihm widersprach, neigte sie den Kopf auf eine für sie höchst untypische Weise. Gabriel ärgerte sich vor allem darüber, dass sie ihr Glas Wein auf der Theke hatte stehen lassen und stattdessen Wasser trank.

Er nahm einen Schluck Claret und stürzte sich dann in ein fröhliches Geplauder mit seinem Tischnachbarn, einem seltsamen Dozenten namens Coxley, der seine Sätze mit schallendem Gelächter unterstrich, das an Gewehrsalven aus Schützengräben erinnerte. Ihr Gespräch floss nicht so recht, da Coxley von der Nähe des bissigen sudanesischen Gastes offensichtlich abgelenkt war. Seine Augen schossen immer wieder für einen Moment zur anderen Seite des Tisches hinüber. Auch Gabriel war verunsichert. Er fühlte sich nicht mehr wie der Anwärter auf die Stelle des Institutsleiters, der die wichtigsten internationalen Forschungen der Universität betrieb, sondern wie ein aufgeblasener, wehleidiger Mitbewerber, den jemand auf seine wahre Größe zurechtgestutzt hatte. Es war unerträglich. Er musste sein Herrschaftsgebiet wieder zurückerobern. Schließlich war das ein Heimspiel für ihn. Er leerte sein Glas und lehnte auch nicht ab, als Coxley nachschenken wollte. Coxley lachte wie über einen tollen Witz und verspritzte beim Losprusten ein paar Essensreste.

Gabriel wandte seine Aufmerksamkeit erneut seiner Frau und dem Ehrengast des Abends zu. Ismail erklärte gerade einer höchst aufmerksam lauschenden Jane komplizierte Details der sudanesischen Nord-Süd-Politik.

»Washington möchte sich unbedingt Präsident al-Baschirs Hilfe sichern, um den Süden wieder auf die Beine zu bekommen. Es lockt mit einem Ende der Sanktionen, der Erneuerung ausländischer Hilfe und sogar damit, mein Land von dieser skandalösen Terroristenliste zu streichen. Aber da besteht keine Hoffnung. Der Süden ist ... wie sagt man? Unsere Schattenseite? Die Sonne scheint auf uns und lässt den Süden zu unserem Schatten werden. Wir sind wohlhabend, gebildet und gläubig, während der Süden arm, primitiv und heidnisch ist. *Adscham*. Und leider wollen sich die Heiden an keine gesellschaftlichen Regeln halten. Es gibt so wenig Anreiz dafür.« Ismail lachte leise auf, als ob er mit sich selbst reden würde. »Der Süden wird niemals in der Lage sein, allein zu überleben. Wir nennen die Leute von dort *awlad al-gharb* – die verlorenen Kinder des Westens.«

»Das hört sich bei uns ganz anders an«, entgegnete Jane, deren Tonfall nicht im Geringsten angriffslustig klang. »Die Teilung wird als ein mutiger Bruch mit den alten Kolonialgrenzen gesehen.«

»Das kann ich mir vorstellen. In Wahrheit haben wir ihnen nur gestattet, sich abzuspalten, weil es um eine Art Bezahlung ging… Nennt man so etwas vielleicht Bestechung? Für den Westen. Und dennoch wird es den SPLM-N-Rebellen erlaubt, von diesem neuen Staat aus gegen uns vorzugehen. Diese *Trennung* ist bloß Amerikas Gelegenheit, ein muslimisches Land zu destabilisieren, wie es das auch in Syrien und Iran getan hat.« Ismail wandte sich an Gabriel. »Was meinen Sie dazu, Sir?«

»Wenn es um Politik geht, bin ich Agnostiker, Professor.« Einen Moment lang war Gabriel mit seiner scherzhaften Erwiderung zufrieden, obwohl Ismail seine Äußerung offenbar verwirrend fand.

»Was meinen Sie damit?«, wollte er wissen.

Gabriel wagte sich etwas mehr aus der Deckung. »Kriege werden immer kommen und gehen. Menschen werden immer leiden. Nur die Naturwissenschaften sind eine konstante Größe. Sie achten nicht auf Ethnien, Religionen, Geschlechter. Es ist die reine Wissenschaft, um die es geht und um die Entdeckung der Wahrheit. Sonst nichts.«

»Klingt mir wie die Aussage eines gläubigen Menschen«, entgegnete Ismail.

»Meiner Meinung nach«, mischte sich Jane ein, »ist die Wissenschaft ein Ort, wo sich die Schwachen und Ängstlichen versteckt halten. Hier hausen die emotional Instabilen.«

Wohl kaum die warmherzige Unterstützung, die man sich von seinem Ehepartner erhofft, dachte Gabriel. Selbst der schadenfrohe Sudanese schwieg und stimmte weder zu, noch widersprach er. Vielleicht wollte er nicht in eine eheliche Auseinandersetzung gezogen werden? »Wissen Sie, warum die Kämpfe zwischen den Wissenschaftlern so brutal sind, Professor?«, fuhr Jane fort und schenkte ihm ein Lächeln, als ob sie ein Messer zücken würde. »Weil so wenig auf dem Spiel steht.«

Zu Gabriels Überraschung kam ihm seine Nemesis zu Hilfe.

»Da muss ich widersprechen – auf höflichste Weise, denn ich möchte mit einer so schönen und klugen Gegnerin nicht die Klingen kreuzen. Ich finde nicht, dass so wenig auf dem Spiel steht. Manche Debatten mögen natürlich nichts anderes sein als Echos einer hohlen Trommel. Bei anderen aber geht es vielmehr um die Gesundheit der Entwicklungsländer.«

Gabriel nickte vorsichtig, da er seine Frau nicht noch weiter gegen sich aufbringen wollte.

»Nehmen wir zum Beispiel Ihre momentanen Forschungen, Professor.« Das herablassende Lächeln zeigte sich erneut auf Ismails Gesicht, und Gabriel spürte, wie er in den Verteidigungsmodus wechselte. »Ich fand Ihre Vorlesung sehr interessant. Diese Pflanze wird von meinen Landsleuten seit Jahrhunderten verwendet. Nur weil sie ihr keinen schicken Namen gegeben haben, heißt das nicht, dass man von einer ›Entdeckung‹ sprechen kann. Aber jetzt scheinen Sie in einem tödlichen Wettrennen mit den Chinesen zu stehen. Natürlich metaphorisch gemeint.«

»Ich habe nichts von einem Wettrennen gesagt«, widersprach Gabriel ein wenig zu schnell.

»Es geht letztlich immer um Politik. Immer um Politik. Das ist die neue Form des Kolonialismus, die Kolonialisierung Afrikas für seine Bodenschätze. Diesmal müssen Sie allerdings gar nicht erst einreisen. Sie können Ihre Reichtümer auch aus sicherer Entfernung ansammeln – fern von Fliegen und Kindern mit Rotznasen.«

Sollen wir etwa allein das erforschen, womit wir vielleicht die hungernden Massen in Afrika ernähren können, dachte Gabriel. Wollte der Mann darauf hinaus? Auf eine linke Ökofreak-Haltung, bei der man der Dritten Welt ausschließlich voller Demut begegnen darf?

»Sie nehmen sich, was Sie wollen«, schloss Ismail, »ohne sich auch nur einmal umzusehen.«

Ehe Gabriel antworten konnte, mischte sich eine junge Doktorandin links von Coxley ein. »Es ist ja kein reines Nehmen ohne Geben«, protestierte sie. Gabriel hatte sie in den Korridoren des Instituts gesehen, eine linkisch wirkende, unauffällige Australierin, die einige Stunden unterrichtete. Bisher hatte er sich nicht die Mühe gemacht, herauszufinden, wie sie eigentlich hieß. »Soweit ich das verstehe«, fuhr sie fort, »ist der Südsudan fast ganz von der Hilfe des Westens abhängig.«

»Ah ja, das Schreckgespenst der Hilfe aus dem Westen. Wenn es eine eigennützige Branche gibt, dann diese.« Ismail strich sich über den Goatee, während er die Nichtregierungsorganisationen in Afrika kritisch zusammenfasste. Er wies darauf hin, dass die UN mit ihrer eigenen Fluglinie zu einer eigenen Industrie geworden war und die Chinesen – die »neuen Herren« des Kontinents – den Lohn für die Verbesserung der Straßen von Mosambik ernteten. »Erst haben die Chinesen die staatliche Eisenbahnlinie herausgerissen und die Einzelteile nach Beijing verschifft, und jetzt investiert die mosambikanische Regierung vor allem in neue Straßen. Wen wundert es? Und wissen Sie, wer von den Aufträgen profitiert, die jetzt herausgegeben werden? Natürlich die Chinesen.«

Ismail sprach ruhig und gelassen, ohne jegliche Giftigkeit, und doch saßen die Akademiker peinlichst berührt da und starrten vor sich auf den Tisch. Ismail wandte sich wieder dem Essen auf seinem Teller zu und stocherte höflich in seinem Gemüse herum. Das muntere Klingeln von Janes Handy durchbrach den quälenden Moment. Der Klingelton war einer der gängigsten, sodass Gabriel zuerst gar nicht verstand, dass er vom Handy seiner Frau kam. Jane zeichnete sich durch eine sklavische Unterwürfigkeit gegenüber den neuen technischen Errungenschaften aus. Der geringste Laut von ihrem iPad oder iPhone wurde wie die Äußerung eines Neugeborenen behandelt. Im Gegensatz dazu war Gabriel kaum in der Lage, mit den außerordentlich vielen Möglichkeiten, die ihm sein Smartphone bot, umzugehen. Wie kannst du nur so gut in Chemie und so miserabel bei einem Handy sein, stichelte Jane regelmäßig. Nun, Chemie ist nützlich, nein, sogar essenziell und zwar immer, lautete ebenso regelmäßig seine Antwort. Ein Handy bedeutet Kommunikation, Gabriel. Genau das meine ich, dachte er dann, entschied sich aber, diesen Gedanken für sich zu behalten.

Jane riss das Handy heraus, begann Knöpfe zu drücken, stand auf und gab das übliche »Entschuldigen Sie mich« von sich. Professor Ismail schob seinen Stuhl zurück und erhob sich halb, wie es sich für einen Gentleman gehörte. Ein paar Stühle kratzten über den Boden, während einige der Engländer zu spät versuchten, sich ebenso höflich zu erheben. Als es Coxley endlich gelungen war, sich unter der Tischplatte hervorzuquälen und halbwegs aufzustehen, hatte Jane bereits fast den Raum verlassen, wobei sie schützend die Hand vor den Mund hielt, um leiser sprechen zu können. Ismail rückte seine Serviette zurecht.

»Verraten Sie mir eines, Gabriel. Wo arbeitet Ihre wundervoll intelligente Frau eigentlich?«

»Bei BAE Systems. Im Filton-Zentrum.«

Ismail signalisierte ihm nicht, ob er den Namen der Firma kannte.

»Sie arbeitet für British Aerospace, die Waffenhersteller«, fügte Gabriel daraufhin mit einer gewissen Genugtuung hinzu.

Dessert wäre ein zu anspruchsvolles Wort gewesen, um den letzten Gang des Essens zu beschreiben. Nachtisch war passender, doch selbst das konnte noch als Übertreibung gelten. Es gab Scheiterhaufen aus billigem Weißbrot und voller schwammiger Rosinen, die an tote Fliegen erinnerten. Viele der Gäste wandten sich gleich dem Kaffee zu, auch Gabriel und der sudanesische Professor. Zumindest war es ein Filterkaffee aus echten Bohnen. Trotzdem beobachtete Gabriel, wie Ismail ihn nach dem ersten Schluck höflich zur Seite schob.

Symington verwickelte seinen Gast an seinem Ende des Tisches in eine Diskussion über den Niedergang des Botanikdiploms. Gabriels Aufmerksamkeit ließ nach. Es war eine altbekannte und sinnlose Diskussion, die mit den Veränderungen der Diplomstudiengänge begann. Der Institutsleiter von der Universität von Leicester hatte den Stein ins Rollen gebracht, als er einen Artikel in ArtPlantae mit dem Titel *Der letzte Botanikstudent in Großbritannien* veröffentlichte. Seitdem hatten zahlreiche Dozenten viel heiße Luft und wenig Inhalt zu einem Thema beigetragen, das man besser in der Soziologie ausdiskutiert hätte, wie Gabriel fand. Es hatte nichts mit dem Niveau des Diploms zu tun, sondern mit der Faulheit der meisten Studenten. Es gab die Einstellung – jedenfalls in England, und Gabriel vermutete sie auf dem ganzen Globus verbreitet –, dass man das Niveau senken musste, um den weniger Begabten gegenüber fairer zu sein, damit die Idioten weltweit auch an intellektuellen Sphären teilhaben konnten, die ihre Fähigkeiten ohnehin sprengten. Er fand diese Idee widerwärtig. Vor allem ärgerte er sich, wenn diejenigen, die für Fairness eintraten, diese nicht für nötig erachteten, sobald es um Herzchirurgen oder Piloten ging. Nur die »weniger essenziellen«

Disziplinen – wie die Naturwissenschaften – sollten sich dieser Verwässerung unterziehen.

Der schwermütige Hargreaves hatte ihn gewarnt, dass seine Haltung »politisch nicht korrekt« sei – ein seltsamer Begriff, der überraschend wenig damit zu tun hatte, ob man zum Ortsverband der Neonazis in Birmingham gehörte oder nicht. Hargreaves insistierte, dass man ihn als arrogant einstufen und es seinen Ambitionen an der Universität nur schaden würde. Aber Gabriel fand sich nicht snobistisch. Seine Eltern, die beide in Rente waren, hatten als Lehrer und Bibliothekarin nie einen exklusiven Lebensstil geführt. Wenn jemand ein Snob war, dann Jane. Als Einzelkind war sie stark von ihrem Vater beeinflusst gewesen, einem Unternehmer, der jede Sentimentalität ablehnte und von allen um sich herum Leistung erwartete. Ihre Mutter war eine einfältige Hausfrau, die ihrer ehrgeizigen Tochter kein Vorbild sein konnte, sondern nur passiv zusah, wie Jane unter der Fuchtel des Vaters immer härter wurde und die Welt der Erwachsenen voller Selbstbewusstsein, hoher Erwartungen und – wie ihr Mann inzwischen urteilte – einem erbärmlichen Mangel an Emotionen betrat.

Der haspelnde Coxley und die australische Doktorandin waren inzwischen in eine angeregte Diskussion verwickelt. Gabriel hörte nur mit halbem Ohr zu, wie die beiden offenbar miteinander spielten, bei dem sie die Namen von Ländern und immer wieder die Gesamtpunktezahl nannten, die sie erreicht hatten. Die Doktorandin missverstand Gabriels Kopfbewegung zu ihnen hin als ein Zeichen für sein Interesse.

»Wir zählen die Länder, die wir bereist haben oder in die wir auch nur einen Fuß hineingesetzt haben. Bisher gewinne ich.«

»Ich zweifle gerade ihren achtstündigen Aufenthalt auf dem

Flughafen von Dubai an. Ich finde nicht, dass der zählt.« Coxley hatte rote Wangen.

»Dann muss man also keine längere Zeit in dem Land verbringen oder irgendetwas darüber herausfinden?«, wollte Gabriel wissen.

Falls die Australierin seine Frage als impertinent empfand, zeigte sie es nicht. »Nein, nein. Man muss nur den Boden berührt haben, und schon gehört das Land dazu. Ein tolles Spiel. Ich bin schon überall gewesen, in Flughäfen auf der ganzen Welt.«

»Wie viele Länder auf Ihrer Liste sind in Afrika?«, wollte Ismail von der jungen Doktorandin nun wissen.

»Oh, was Afrika betrifft, fehlt mir so einiges«, erwiderte sie enthusiastisch. »Als Kind bin ich auch auf dem Weg nach Mauritius im Flughafen von Nairobi zwischengelandet. Das war's. Eines Tages will ich nach Ägypten, aber da ist es ja noch ziemlich unsicher.«

»Sie sollten sich Afrika vornehmen«, meinte Ismail. »Diese ganzen Länder an der Westküste sind klein und liegen eng nebeneinander. In wenigen Tagen könnten Sie alle abhaken, einfach nur von einem Land zum anderen. Damit würden Sie gewaltig zulegen.«

Gabriel zuckte innerlich der jungen Frau wegen zusammen, die zum ersten Mal an diesem Abend peinlich berührt und unsicher wirkte, wie ernst die Äußerung des Sudanesen gemeint war. Coxley lief rot an und schämte sich offenbar, sich auf dieses törichte Spiel eingelassen zu haben.

Gabriel sah, dass Jane am anderen Ende des Raums auftauchte. Doch sie blieb unter der Tür stehen und wollte anscheinend nicht zu ihrem Platz zurückkehren.

»Ah, Ihre Frau ist wieder da.« Ismail war seinem Blick

gefolgt. »Vielleicht können wir sie fragen, wie ihre Flughafen-Strichliste aussieht.«

Die Australierin murmelte etwas und entschuldigte sich dann, um auf die Tür in Richtung Toiletten zuzusteuern. Gabriel hatte noch nie einen Menschen getroffen, der derart unverschämt war und zugleich so überaus höflich wirkte – eine grausame Art gesellschaftlicher Schmähungen.

Zu seinem Ärger verließ Jane wieder den Saal, indem sie die Tür mit ihrer Schulter aufdrückte, das Handy ans Ohr geklemmt. Coxley zog sich in sich selbst zurück, und Ismail wandte sich erneut dem Institutsleiter zu. Gabriel stand nun ebenfalls auf, um seiner Frau zu folgen. Er öffnete die schwere Tür nach draußen und betrat den Innenhof. Hier gab es allerdings weder Kopfsteinpflaster noch Blumentöpfe, wie man es sonst so kannte. Vielmehr fehlte dem Hof jegliches Flair. Er erinnerte in seiner bürokratischen Leere eher an sowjetische Architektur und hätte selbst Minimalisten schaudern lassen. Jane stand auf einer Seite und redete angeregt in ihr Handy hinein.

»Ich kann gerade nicht …«, sagte sie mit einem uncharakteristischen Flehen, ehe sie Gabriel entdeckte. »Einen Moment«, fügte sie hinzu und legte eine Hand über den Apparat. »Ich spreche gerade mit einem Kollegen. Probleme in der Arbeit. Komme gleich.« Sie nickte ihm aufmunternd zu.

Gabriel überlegte einen Augenblick, ob er seine Hilfe anbieten sollte. Doch ihre Arbeit ging ihn nichts an. Meist handelte es sich um Fragen der Staatssicherheit und politische Befindlichkeiten – und das bedeutete zum Glück auch, dass er keine Firmenessen oder Cocktailtreffen mit Janes Kollegen über sich ergehen lassen musste. Jane erzählte ihm selten davon, was sie bei BAE machte, und er hatte mit der Zeit aufgehört, nachzufragen. Der Ton ihrer Stimme verriet ihm allerdings, dass es sich wohl diesmal eher um ein Personalproblem als um ein militärisches handelte. Er zuckte mit den Schultern und kehrte in den Saal zurück, wo er sich unwillig wieder auf seinen Platz setzte.

Symington redete gerade. »Natürlich wird die Vorstellung von Feldern voller Albedo-angereicherter Früchte die Lobby gegen gentechnische Veränderungen völlig hysterisch machen, ganz gleich, welche Vorteile das für die Erderwärmung hätte. Wir, die Erste Welt, kriegen das einfach nicht durch.«

»Bedauerlicherweise können wir uns im Sudan«, erwiderte Ismail, »den Luxus nicht leisten, gegen die Form des Anbaus von Nahrung zu protestieren, Professor. Oder auch woher sie kommt.« Er hatte sich Gabriel zugewandt, als dieser seinen Stuhl herauszog. »Ich hoffe, bei Mrs. Coe-burn ist alles in Ordnung?«

Gabriel nickte und versuchte, seinen Ärger über die Abwesenheit seiner Frau nicht zu zeigen. »Ja, ja. Nur ein kleines Problem in der Arbeit. Sie wird gleich wieder da sein.«

»Wie schade. Ich muss jetzt nämlich aufbrechen. Bitte entschuldigen Sie mich bei ihr, dass ich mich nicht mehr von ihr verabschieden konnte.« Der ganze Tisch erhob sich, als der Gast aufstand und sich reihum persönlich und mit vollem Namen bedankte und verabschiedete. Die australische Doktorandin stellte sich als Samantha heraus. Erst zum Schluss wandte sich Ismail auch an Gabriel. Er sah ihn interessiert an. Gabriel spürte, dass eine weitere Provokation im Busch war. Die restlichen Anwesenden schienen sich ebenfalls anzuspannen – außer Symington, der seine Serviette auf den Boden hatte fallen lassen und nun eingehend unter dem Tisch nach ihr suchte.

»Professor, wenn ich das sagen darf: Ich glaube nicht, dass Ihre Forschungen abgeschlossen sind, ehe Sie sich nicht die Zeit genommen haben, den Standort mit eigenen Augen zu sehen.«

»Den Standort?«

»Ja. Sie sollten in den Sudan kommen.«

»Aha. Meine Assistentin ist letztes Jahr zu Forschungszwecken dorthin gereist, doch leider gestatteten ihr die Behörden im Südsudan nicht, die Grenzen von Juba zu verlassen.«

Ismail überlegte ohne jegliche Sympathiebekundung. »Die Feindseligkeiten zwischen meinem Land und dem Süden sind vorbei. Wir sind jetzt zufriedenere Nachbarn. Zumindest für den Moment.« Er lehnte sich über den Tisch, um Gabriels Hand zu ergreifen. »Man könnte vielleicht sogar sagen, dass die *ethische* Verantwortung bei solchen Forschungen es erfordert, dass der Hauptakteur dort Präsenz zeigt.« Ismail lächelte und zog seine Hand zurück. »Ich würde nicht so weit gehen. Aber ich glaube, dass es ein Fehler wäre, das Ganze ohne eigene Erfahrungen im tatsächlichen Umfeld an die Öffentlichkeit zu bringen.«

Das waren die letzten spitzen Bemerkungen Ismails, der Gabriel erneut beschämt vor seinen Kollegen dastehen ließ. Darauf gab es keine geistreiche Erwiderung, keine Möglichkeit, sich zu entwinden. Der Professor aus Khartum hatte sein Opfer in die Ecke getrieben.

SECHS

RAF-Luftstützpunkt Waddington, Lincolnshire, England

Generalleutnant Bartholomew hatte eine Karikatur von einer Bombe vor sich hin gekritzelt, die durch eine Wolkendecke auf eine Stadt aus Hochhäusern zuraste. Als er die Zeichnung nochmals betrachtete, stellte er fest, dass es wie die Fat-Man-Bombe aussah, die Nagasaki traf. Die Pazifisten hätten vermutlich einiges dazu zu sagen, dachte er, während er auf den dicken Rumpf der Bombe einen Smiley malte. Generalmajor Rogers saß neben ihm und beobachtete den Zeichenvorgang mit ernster Miene, als ob der Generalleutnant damit beschäftigt wäre, dem Komitee das Wesentliche der Präsentation in einem komplexen Schaubild darzustellen. Sie sollten die Vorlage der Letalitäts- und Vulnerabilitäts-Analysegruppe der BAE Filton näher betrachten. Die Arbeit basierte auf der Erprobung von Teildurchdringungen bei der Abfanggeometrie von Luft-Boden-Raketen. Dahinter steckte der Versuch, den Detonationsradius zu messen und wahrscheinliche Opfer eines Raketeneinschlags mit fragmentierendem Sprengkopf, abgeschossen von einem unbemannten Luftfahrzeug, zu ermitteln. Die Armee- und die Marineoffiziere bezeichneten die UAVs auch als Drohnen, selbst in technischen Komitees wie diesem. Doch für die Luftwaffe hatte dieser Ausdruck etwas geradezu Degradierendes, ein von den Medien aufgebauschter Begriff. Die Luftwaffe nannte diese ferngesteuerten Kreuzer deshalb weiterhin stets entweder UAVs oder Reaper.

Bartholomew ging die Verwicklung von Zivilisten in Militärangelegenheiten gegen den Strich. Aber er hatte zu akzeptieren gelernt, dass vor allem ökonomische Realitäten das Bewusstsein und die finanziellen Kapazitäten in Privatunternehmen bestimmten. Eine Frau von BAE – die sich als Ms. Easter vorstellte – erklärte dem Komitee ein paar der Modellversuche. Sie war eine steif und aggressiv wirkende Blondine – Anfang vierzig, wie Bartholomew vermutete –, die vor einem SmartScreen stand und sich jedem der Komiteemitglieder vorstellte, ganz gleich, ob sich diese interessiert zeigten oder gelangweilt. Sie hatte einen androgynen Hosenanzug an und lächelte kein einziges Mal. Dennoch hatte sie eine erotische Ausstrahlung, die von ihrem straffen, athletischen Körper ausging. Noch vor wenigen Jahren hätte Bartholomew ihr bestimmt ein paar Dinge beigebracht, einem jungen Fohlen wie ihr, die sich seinem Kommando wohl gerne überlassen hätte. Er seufzte, drehte das Blatt um, damit seine Zeichnung verschwand, und versuchte erneut, ihr zuzuhören.

Auf jeder Folie ihrer Präsentation war das offizielle Emblem des Verteidigungsministeriums sowie eine Zeile zu sehen, die der Forschungsentwicklung als Regulativ dienen sollte: »Für eine sichere Kampfzone«. Als ob eine kriegerische Auseinandersetzung ein Rasenspiel wäre, bei dem es bestimmte Regeln der Fairness gäbe und wo man vor allem darauf achtete, unangenehme Beulen oder Kratzer zu vermeiden. Dieser Satz kam ihm wie ein besonders schlimmes Oxymoron vor, die Idee von Ministerialbeamten, die nie eine Waffe abgefeuert und bisher nicht begriffen hatten, dass Kriege verstümmelten und auf immer zerstörten. Diese Bürokraten hatten ganz offensichtlich noch keinen Krieg am eigenen Leib erlebt.

Die Tür zum Konferenzzimmer öffnete sich, und eine der

farblosen Sekretärinnen, wie sie das Militär so gern einstellte, schlüpfte herein. Bei einer solchen Art von Zusammenkunft widersprach das eigentlich den Vorschriften, und Ms. Easter hielt ein wenig pikiert inne. Die Sekretärin sah sich gehetzt um und eilte dann zu Bartholomew hinüber, dem sie eine gefaltete Notiz hinlegte. Er konnte ihr blumiges Parfüm riechen, einen leichten Duft, der zuerst angenehm und dann zu süßlich war. Zudem vermochte er den Zigarettengestank nicht zu übertünchen, der aus ihrem Mund drang.

»Entschuldigen Sie, Generalleutnant«, flüsterte sie heiser, wobei ihre Stimme in der Stille des Raums dennoch deutlich zu hören war. »Er meinte, es sei außerordentlich dringend.«

Bartholomew gab ihr durch ein Nicken zu verstehen, dass sie gehen könne. Einen Moment lang verspürte er einen Krampf in seinen Gedärmen. Schon seit Tagen war es ihm nicht gelungen, sich zu entleeren, und dementsprechend war sein Bauch prall und aufgeblasen. Er hatte das Gefühl, ein fremdes Wesen in sich zu tragen, als Strafe für irgendein nicht näher definiertes Verbrechen. Manchmal glaubte er, platzen oder auch nur zu Boden sinken zu müssen, gelähmt von der riesigen Menge Fäkalien in seinem Inneren.

Die handgeschriebene Nachricht stammte von Frank Richards, dem Oberst, der mit dem Projekt Reaper beauftragt war. Er hatte mit kindlicher Schrift folgende Worte hingekritzelt: »Probleme beim letzten Einsatz«. Bartholomew überlegte einen Augenblick lang, worum es sich bei dem letzten Einsatz gehandelt hatte. Doch dann lief es ihm kalt den Rücken hinunter, als er wieder das grüne Licht vor sich sah, in das die Operationszentrale getaucht gewesen war.

»Wenn Sie mich entschuldigen würden.« Er richtete seine Worte an Generalleutnant Henderson. Die blonde Frau bedachte er keines weiteren Blickes. Das Land mochte nicht im Krieg sein – zumindest nicht in einem offen erklärten Krieg –, aber die Mischung aus Waffen, Politik und Testosteron machte eine dringende Nachricht unanfechtbar und nicht militärisches Personal völlig unwichtig.

Die Sekretärin führte ihn in ein kleines Konferenzzimmer am anderen Ende des Korridors. Richards, das Muskelpaket, erwartete ihn bereits. Ungeduldig klopfte er mit einem Stift auf den Tisch. Er stand nicht auf, als Bartholomew eintrat, sondern schob einfach eine Schwarzweißaufnahme über die Tischplatte. Bartholomews Verärgerung über die fehlende Ehrerbietung seines Untergebenen nahm noch zu, als er die Fotografie betrachtete, ein verschwommenes Etwas aus Schwarz und Grau. Richards wusste, dass sein Vorgesetzter die Bedeutung des Bildes nicht erkennen konnte. Er wusste, dass er ihn um Hilfe bitten musste. Bartholomew überlegte einen Moment, ob er so tun sollte, als wäre er sich der Wichtigkeit dieser Aufnahme bewusst. Doch als er noch einmal das Muster aus stumpfen Tönen betrachtete, wurde ihm klar, dass er nicht den leisesten Schimmer hatte, wo er überhaupt ansetzen sollte. Außerdem war er wirklich zu alt für solche Spielchen. Und Richards' finstere Miene beunruhigte ihn.

»Was ist das, Frank?«, erkundigte er sich also widerstrebend.

»Ein Fragment von der Hellfire-Detonation. Der letzte Treffer der Reaper-UAV.« Richards beugte sich vor und platzierte einen muskulösen Finger auf ein kleines Rechteck am rechten Rand des Bildes. »Könnte Teil des Ziels sein«, fuhr er fort. »Aber die Regelmäßigkeit des Fragments lässt vermuten, dass es sich um etwas Technisches handelt. Wir glauben, es könnte Teil des Leitsystems der Rakete sein.«

Bartholomew setzte sich und nahm das Foto in die Hand, um noch einmal das schwarze Stückchen zu mustern und zu begreifen, was er da sah. Sein Bauch schmerzte. Er war nicht in der Laune, sich lange hinhalten zu lassen. Richards redete absichtlich in Rätseln.

»Teil des Leitsystems? Na und?«

»Nun, es muss natürlich nichts weiter sein. Ein schwacher Punkt in der Zielgegend, ein loses Stück Metall, das zufälligerweise da herumgelegen hat. Aber die regelmäßige Form ist besorgniserregend. Es könnte ein großes Teil sein und das Ergebnis einer Schwäche im Sprengkopf selbst. Sie waren ja anwesend, als wir ihn getestet haben ...«

Bartholomew erinnerte sich an den Tag, an dem er einem Test zugesehen hatte, um die Wirksamkeit der sich selbst zerstörenden Luft-Boden-Rakete zu begutachten. Die Rakete war kreischend in das Testziel eingeschlagen, der Lithiumkern hatte sich bei der Explosion überhitzt und das ganze Navigationssystem zu einem Metallklumpen zusammengeschmolzen. Dieser Klumpen, der sich von der Detonation noch warm anfühlte und als Einziges übrig geblieben war, hatte ihn schwer beeindruckt. Es kam ihm unglaublich vor, dass sich die Hitze und Energie so rasch auflösen und keine Spur außer der zerstörten Umgebung hinterlassen konnten.

Richards hatte eine Pause gemacht, um die Spannung zu steigern. Er schien sich auf Kosten seines Vorgesetzten zu amüsieren. »Allerdings, George ...« Die überraschende Verwendung von Bartholomews Vornamen zeigte an, dass die normalen Regeln für den Moment außer Kraft getreten waren. »... glauben wir, dass es die Ummantelung des hinteren Bedienungsfeldes für die Zugriffssteuerung sein könnte. Die Form verweist eher darauf als auf einen abrasierten Teil der Raketenhülle.«

Bartholomew starrte noch immer ungläubig auf das Bild. »Das hintere Bedienungsfeld der Steuerung?«

»Ja. Außerdem sind identifizierbare Markierungen darauf zu erkennen, George.« Richards klang fast selbstgefällig, als er das verkündete.

»Identifizierbare Markierungen? Was zum Teufel heißt das? Identifizierbare Markierungen! Das soll eine verdammte Geheimwaffe sein!«

Die Schmerzen hatten sich verändert. Auf einmal breitete sich ein starker Druck in seinem unteren Darmtrakt aus. Das Wort »identifizierbar« hatte sich irgendwie in seine Gedärme gefressen. Die Tragweite der Situation wurde ihm immer bewusster: Eine sich selbst zerstörende Rakete von einer britischen Reaper-UAV hatte den Bürger eines souveränen Staates getötet, dem gegenüber Großbritannien nicht den Krieg erklärt hatte, und identifizierbare Schrapnells zurückgelassen.

»Verdammt noch mal, Richards«, sagte er. »Das ist eine verfluchte Attentatsmaschine. Und Sie wollen mir jetzt erklären, dass eines dieser Bedienungsfelder am Tatort liegt?«

»Die Finanzabteilung besteht darauf, dass alles eine Seriennummer erhält.« Die Selbstgefälligkeit war aus Richards' Stimme verschwunden, und er wirkte deutlich bedrückter. »Sie genehmigen nichts, wenn sie es nicht als Aktivposten verzeichnen können, sogar wenn es sich um etwas Geheimes handelt.«

»Genau das passiert, wenn man den verdammten Sesselfurzern den Krieg überlässt.«

Im Zimmer war es plötzlich klaustrophobisch eng und unnatürlich heiß geworden. Die Haut seines Halses und seiner Stirn wurde feucht. Sein Anus begann zu zucken, und er stöhnte unwillkürlich auf, was Richards als einen Ausdruck des Entsetzens über die drohende Katastrophe verstand.

»Wohl wahr, Generalleutnant …« Richards vermochte seine geheuchelte Missbilligung nicht ganz zum Ausdruck zu bringen, denn Bartholomew erhob sich und eilte zur Tür. Er hatte das Gefühl, als ob warmes Wasser in seinem Darm hin und her spülen und nur darauf warten würde, dass sein Schließmuskel eine winzige Öffnung preisgab, um zu einem demütigenden Ausbruch zu gelangen. Er eilte so schnell er konnte an der verblüfft dreinblickenden Sekretärin vorbei, die noch immer vor der Tür wartete, und stürzte zur Herrentoilette. Zu seinem großen Glück waren beide Kabinen frei, und Bartholomew riss den Gürtel und die Hosenknöpfe auf, während er noch die Toilettentür hinter sich ins Schloss warf. Es folgte eine beunruhigende Explosion. »Fäkalladung« nannte Maurice so etwas, was jedoch nicht ganz der Heftigkeit gerecht wurde, mit der das Ganze herausdonnerte. Bartholomew hatte sich bereits seit Wochen eine solche Eruption gewünscht. Doch jetzt fühlte er sich benommen und ein wenig enttäuscht.

»Alles in Ordnung, Generalleutnant?«, erkundigte sich die Sekretärin, als er mit fahlem Gesicht zurückkehrte. Er nickte, wobei er sich um so viel Würde wie irgend möglich bemühte. Seine schütteren Haare klebten an seinem Kopf. Er betrat wieder das kleine Zimmer, wo Richards sich offenbar keinen Zentimeter von der Stelle gerührt hatte und nichts weiter über Bartholomews plötzliches Verschwinden verlauten ließ.

»Dieser britische Dokumentationswahnsinn hat uns in die Scheiße geritten«, tobte Bartholomew, »und ein Soldat in Saudi-Arabien, der nicht die geringste Ahnung hat, was er macht. Wie konnte ich nur glauben, dass die britische Armee so eine sensible Mission ohne Probleme auf die Reihe kriegen würde! Warum haben die das Ding nicht gleich rot-weiß-blau angemalt und das Georgskreuz als Flagge angebracht?«

Richards nickte mit ernster Miene, als ob er damit seine Schuldlosigkeit bei dieser Katastrophe betonen wollte.

»Und, Richards, wenn dieses Stück Metall einer britischen Hellfire-Rakete zugeordnet werden kann, dann müssen wir es da rausholen. Ganz einfach.«

»Das stimmt, Generalleutnant. Leider müssen wir, ehe wir einen Eingriff in diesem Ausmaß wagen…« Bartholomew hatte gehofft, dass sie sich wieder auf festerem Boden befanden, aber Richards' Formulierung ließ ihn innehalten. »…erst einmal wissen, ob das überhaupt nötig ist. Wir müssen herausfinden, beziehungsweise zumindest die Wahrscheinlichkeit berechnen, worum es sich bei dem Stück Metall handelt. Die Videoaufnahmen werden uns kein schärferes Bild liefern. Was Sie hier sehen, ist das Beste, was wir bekommen können. Möglicherweise basiert unsere Einschätzung der Lage auf reinen Mutmaßungen. Es ist ziemlich katastrophal.«

Bartholomew dachte einen Moment nach. Schließlich meinte er: »Ich kenne da vielleicht jemanden. Warten Sie hier auf mich.«

Zum zweiten Mal verließ er den Raum – diesmal ebenso entschlossen wie zuvor, aber nicht mehr mit zusammengekniffenen Pobacken. Mit einer gewissen Zufriedenheit eilte er an den Toiletten vorbei, von der Sekretärin nervös beobachtet, und betrat das Konferenzzimmer. Dort befand sich inzwischen nur noch die BAE-Angestellte und packte gerade ihren Laptop ein. Finster starrte sie ihn an, als er auf sie zutrat.

»Es tut mir leid, Ms. Easter.«

Sie erwiderte seine Entschuldigung mit einem kalten Blick.

»Ich musste so vorzeitig abbrechen, da es ernsthafte Probleme gibt.«

Die Andeutung eines Lächelns zeigte sich in ihrem Gesicht,

was Bartholomew jedoch verwirrte. Hatte er etwas Unpassendes gesagt? War es das Wort »vorzeitig« gewesen? Oder »abbrechen«? Sie neigte leicht den Kopf zur Seite. Vielleicht war sie doch nicht so kühl, wie das zuerst den Anschein machte, dachte er. Bei einem alten Teufel wie mir.

»Nun ja. Ich habe mich gefragt, ob Sie mich wohl zu einem Kollegen begleiten würden. Wir haben eine kleine, wenn auch ziemlich wichtige Frage, die wir Ihnen gerne stellen würden.«

Ms. Easters angedeutetes Lächeln verwandelte sich in ein leichtes Lachen. Offenbar schmeichelte ihr seine Bitte zu sehr, als dass sie sich noch länger hätte abweisend geben können. Und hinzu kommt dann mein Charme, mutmaßte er. Sie folgte ihm zur Tür, wo Bartholomew ihr betont höflich den Vortritt ließ.

Seine Begeisterung über seine Wirkung auf die Frau ließ jedoch bald nach. Als sie den kleinen Raum betraten, erhob sich sein jüngerer Untergebener und schenkte ihr das einzige Lächeln, das Bartholomew jemals bei Richards bemerkt hatte. Ms. Easter schien körperlich weicher zu werden. Sie hatte ihre Lippen nicht länger geschürzt und erinnerte jetzt weniger an Maggie Thatcher als an Joanna Lumley. Bartholomew kam sich fast links liegen gelassen vor.

Die Gegenwart einer Zivilistin bei der Analyse einer Geheimoperation machte ihn ein wenig nervös, weshalb er ihr die Situation auch möglichst vage schilderte. Sei sie in der Lage, eine etwaige Berechnung von Flugbahn und Einschlag anzufertigen, um einschätzen zu können, ob ein ungewöhnlich großes Stück Metall von dem Zielobjekt oder aus dem Bedienungsfeld der Rakete stammte? Aber Ms. Easter reagierte nicht gelassen, sondern mit einer beunruhigenden Heftigkeit, wobei sie sich ausschließlich an Richards wandte.

»Von einer Rakete?« Es war deutlich zu hören, wie überrascht sie war.

Richards nickte. Seine Augen funkelten charmant.

»Um welche Art von Bedienungsfeld handelt es sich?«

»Es war ein Predator-Reaper mit einer AGM-114 NT Hellfire-Rakete.«

»NT?« Ms. Easter sah ihn verständnislos an. »Ich glaube nicht, dass mir dieses Kürzel bekannt ist, Sir.«

»Non-Traceable – also ›nicht rückverfolgbar‹. Zerstört sich selbst.« Richards klang jetzt fast wie ein knurrender Hund.

»Meinen Sie hier einen… einen tatsächlichen Vorgang? Oder ist das alles nur theoretisch?« Wieder dieses Beben, diese Verblüffung. Vielleicht auch Erregung.

Bartholomew räusperte sich, aber Richards kam ihm zuvor. »Sie können davon ausgehen, dass es sich um einen realen Vorgang handelt. Da er internationale Tragweite hat, ist klar, dass Sie bei diesem *Test* nur die notwendigsten Informationen erhalten. Sie werden natürlich unter totaler Schweigepflicht stehen.« Erneut strahlte er sie an. Charmanter Teufel, dachte Bartholomew, der Frank Richards in einem ganz neuen Licht zu sehen begann.

»Ich dachte, das sich selbst zerstörende Leitsystem stecke noch in der absoluten Testphase.«

»Das ist es auch, Ms. Easter.« Diesmal drängte sich Bartholomew in den Vordergrund, wobei er seinen Untergebenen finster anstarrte. »Wie wir gerade zu unserem großen Entsetzen feststellen durften, ist es das tatsächlich noch.«

SIEBEN

Auf dem Weg nach Nairobi

Gabriel und Jane brachen kurz nach Professor Ismail auf. Jane war weiterhin in Gedanken an ihren Anruf versunken, während sich Gabriel noch immer nicht von dem verbalen Angriff des Sudanesen erholt hatte. Der Abend war nur schleppend und stockend vorangegangen und hatte schließlich zu einem frühen Ende gefunden. Die beiden liefen schweigend nebeneinanderher zu ihrem Auto. Es stand in der Nähe des Eingangs zur Bristol Grammar School, deren roséfarbenes Mauerwerk die Dunkelheit geschluckt hatte. Ihre Schritte hallten laut in der kalten Nacht wider. In solchen angespannten Momenten empfand Gabriel stets einen zunehmenden Druck, endlich die Feindseligkeit zwischen ihnen offen zu benennen oder den Graben mit höflichen Plattitüden zu überbrücken. Doch Jane schien gar nicht sauer auf ihn zu sein, sondern vielmehr ausschließlich mit ihren eigenen unergründbaren Gedanken beschäftigt. Selbst seine mutige Frage »Ist etwas nicht in Ordnung, meine Liebe?« wurde nur durch eine flüchtige Handbewegung abgewunken.

Sie fuhren zur Hafenpromenade hinunter, um in einem Geschäft beim Broad Quay, das die ganze Nacht über geöffnet war, Milch zu kaufen. Die kleinen Brunnen und flachen Becken wurden von grünen und roten Lichtern erleuchtet. Die Farben spiegelten sich wider in den Chipspackungen und anderem Müll, der sich im Wasser angesammelt hatte. Jane wartete im Auto, während Gabriel in den kleinen Laden ging, der von einem dünnen Pakistani geführt wurde. Dieser hatte bisher weder das einfachste Englisch gemeistert, noch war er fähig, die richtige Summe zurückzugeben. Jane schrieb wieder Textnachrichten auf ihrem Handy. Sie schickte die SMS los, als er auf das Marriott Royal Hotel und den College Green Park zusteuerte. Beim Hinauffahren des Hügels kamen sie an einem der berühmten Graffiti von Banksy vorbei. Der Besitzer des Gebäudes, das der wagemutige Künstler zu seiner Leinwand auserkoren hatte, erleuchtete das Werk, damit man es auch nachts sehen konnte. Ein nackter Mann hing mit einer Hand an einem Fensterbrett, während über ihm am offenen Fenster seine halb bekleidete Geliebte und ihr wütender Ehemann vergeblich die Park Street entlangschauten. Irgendjemand hatte blaue Farbe vom Bürgersteig aus nach oben geworfen, wobei sich die meisten Farbkleckse unter dem Bild ausgebreitet hatten und nur einer teilweise eine Scheibe des Fensters erwischt hatte.

Gabriel fühlte sich durch das Graffito an sich nicht so gestört, um es mit Farbe zu bewerfen, doch durch die öffentliche Darstellung erotischer Scherze in seiner Prüderie empfindlich getroffen. Die Unkenntnis des gehörnten Ehemanns belustigte ihn keineswegs. Der Mann schaute aus dem Fenster und hatte keine Ahnung, dass sein Rivale nur wenige Zentimeter unter ihm hing, während seine ihn betrügende Ehefrau bloß ein Laken trug. Das Ganze war derb und primitiv. Irgendwie erniedrigend für die Stadt.

Und da kam ihm allmählich eine Idee, in heißen und kalten Wellen auf ihn zurollend. Ein Gedanke, der mit nichts Bisherigem zu tun hatte, eine Eingebung, doch sogleich als Wahrheit erkannt. Natürlich, dachte er, noch ehe er das Offensichtliche in Worte fassen konnte.

»Jane, hast du eine Affäre?«

Die Miene seiner Frau wirkte schlagartig verkrampft und ein wenig zänkisch. Allein die Tatsache, dass sie zögerte, war ausreichend. Trotz der Kälte schien es im Auto plötzlich stickig zu sein.

»Eine *Affäre*, Gabriel? Das lässt es so ... ich weiß nicht ... so vorsätzlich klingen. So heimlich. Gut, ja, ich treffe mich mit jemandem, wenn du es wirklich wissen willst. Jason. Aber es ist nichts Ernstes.«

Da war es – ein paar Atemzüge, ein Mund, eine Zunge und Lippen formten es in Worte, und der normale Verlauf eines Lebens wird abgetrennt und für beide Partner auf eine ganz andere Spur gesetzt. Die Worte hingen wie Rauch zwischen ihnen und schienen sich jeglicher Erkenntnis zu entziehen. Was für seltsame Formulierungen, dachte Gabriel in der kurzen Stille, die nun folgte: »Ich treffe mich mit jemandem« und »nichts Ernstes«. Das waren Ausdrücke aus einer unbekannten Welt.

»Wer zum Teufel ist Jason?« Er fuhr weiter. Sein Unbewusstes behielt die Kontrolle über das Fahrzeug, während sie an St. George's vorbeifuhren. Es war eine Sehenswürdigkeit, und doch kam es ihm vor, als hätte er sie noch nie wahrgenommen. Wie konnte das Gebäude einfach so regungslos, so hässlich und trotzdem einnehmend dastehen, wenn die Realität um es herum so verzerrt war?

»Ein Gartenbaukünstler.«

Gabriel bremste ab und lenkte den Wagen von der Straße in eine Parkbucht. Warum versperrte er nicht einfach die Fahrbahn, machte seiner Empörung brüllend Luft, sprang aus dem Auto und riss sich vor Wut die Kleider vom Leib? Mit unnötiger Heftigkeit zog er die Handbremse.

»Machst du Witze? Du vögelst einen Gärtner?« Aber du hasst Gartenarbeit, hätte er beinahe hinzugefügt, hielt sich aber gerade noch zurück, da ihm die Unsinnigkeit einer solchen Äußerung bewusst war.

»Es ist nicht nötig, grob zu werden, Gabriel«, erwiderte Jane, zum ersten Mal mit einem Zittern in der Stimme. »Er hat außerdem ein Aufbaustudium an der Universität Birmingham absolviert.«

»Birmingham!«, höhnte Gabriel. Höchstens eine zweitrangige Uni.

»Spiel dich nicht auf als unerträglicher Snob! Er hatte jedenfalls vor einiger Zeit eine Art Zusammenbruch und verfolgt jetzt seine eigentliche Leidenschaft.« Einen Moment lang herrschte Schweigen, während beide über die ungeschickte Formulierung sinnierten.

Die »Affäre« habe bereits ihren üblichen Verlauf genommen, erklärte sie schließlich, und sei am Abflauen. Der Gärtner verschwand wieder im Geräteschuppen, von wo aus er ursprünglich aufgetaucht war. Nachdem die Wahrheit jetzt zumindest teilweise zutage lag, konnte man sie nicht mehr zurücknehmen oder ignorieren. Gabriel begriff auch nicht, wie er sie bisher hatte übersehen können. Beinahe war es erleichternd, es erklärte Janes zunehmend seltsames Verhalten. Doch zugleich fühlte er sich noch mehr gedemütigt, da er das Offensichtliche nicht schon früher erkannt hatte.

Die Wochen danach lief er fassungslos schweigend durch die Gegend, unfähig, mit den anderen um ihn herum bis auf das Nötigste zu kommunizieren. Ständig sah er Jane mit einem anderen Mann vor sich, einem sonnengebräunten Jason mit goldenem Vlies. Er kam sich wie eine dumpfe Laborratte vor, magisch angezogen von einem glühenden Stab, der ihn bei jeder Berührung erneut verbrannte. Dennoch gelang es ihm nicht, sich zurückzuhalten, sondern er fasste immer wieder mit seinem verletzten Körperglied nach dem heißen Metall.

Auch jetzt verspürte er noch das Bedürfnis, seine Wunden zu betrachten und mit morbider Faszination daran zu rühren. Er glaubte, jedermann könne seine Schande sehen, so als ob er Janes Untreue wie ein physisches Zeichen auf seinem Körper herumtrug.

Trotz seiner Obsession in Bezug auf das Thema stellte er keine weiteren Fragen. Er wollte keine Einzelheiten wissen, und von sich aus lieferte Jane ihm auch keine. Wie es ihr auf rein praktischer Ebene gelungen war, das Ganze vor ihm geheim zu halten, war ihm ein Rätsel. Sie lebten weiterhin nebeneinander her und umkreisten sich wie bei einem bizarr höflichen Tanz. Aus unerfindlichen Gründen – Gabriel hatte keine Ahnung, wie es dazu gekommen war – schlief er jetzt auf der Couch, während es sich Jane im Doppelbett bequem machte. Der Gehörnte verlor viel mehr als Würde und Partnerin, er verlor auch seine Macht und seine Freiheit. Indem man ihn hintergangen und auf elementarster Ebene betrogen hatte, besaß er keinerlei Ansehen mehr, vielleicht abgesehen von einem schwächlichen Männerstolz.

Dieser diffuse Zustand hielt an, grau und schrecklich. Gabriel war durch seine ungreifbaren Gefühle wie gelähmt, während Jane reserviert und vorsichtig wirkte und darauf zu warten schien, dass sich ihr Schicksal entscheiden würde. Gabriel spürte ihren Blick auf sich, der keineswegs reuevoll war. Seine Unentschlossenheit verhärtete vielmehr die Fronten. Für beide gab es kein Entkommen, sondern sie mussten unentwegt die noch rauchende Asche ihrer Ehe wie müde Tänzer umrunden.

Eines Tages jedoch, nachdem sie bereits mehrere Wochen dieser Hölle hinter sich hatten, betrat Gabriel das Haus, sah die auf ihn wartende Couch, die seit dem Morgen nicht zusammengefalteten Decken, und traf eine Entscheidung. Sie war nicht das Ergebnis längerer Überlegungen, sondern sollte allein der Rache dienen. Er musste etwas tun, um sich endlich aus dem Dunstkreis von Janes Untreue zu befreien.

»Ich fahre in den Sudan, um meine Recherchen dort abzuschließen«, erklärte er ihr, als sie von der Arbeit oder von wo auch immer nach Hause kam.

Er sagte es, ohne den Gedanken zuerst für sich formuliert zu haben. Doch sobald er ihn ausgesprochen hatte, nahm er überzeugend Gestalt an. Der Inhalt seiner Aussage war im Grunde gleichgültig. Es war die Ankündigung selbst, um die es ging – eine klare Äußerung. Er hätte genauso gut sagen können: »Verpiss dich, du Schlampe, du hast mein Leben ruiniert.« Aber das hätte nicht seinem Wesen entsprochen.

»Dieser verdammte Professor aus Khartum hatte recht«, fügte er hinzu. »Die Nachforschungen können nicht ehrlich und ethisch korrekt abgeschlossen werden, bis ich nicht dort gewesen bin. Und auf dieser grauenvollen Couch halte ich es nicht länger aus.«

Jane sah ihn interessierter an, als sie das seit Jahren getan hatte, auch wenn ihre Reaktion typisch beißend ausfiel. »Du behauptest immer, es geht dir um Wissenschaft und Wahrheit. Dabei bist du doch genauso ehrgeizig wie alle anderen. Dieses Projekt ist deine Fahrkarte zum Ruhm, Gabriel. Aber es ist wahnsinnig, in den Sudan fahren zu wollen. Du hast keine Ahnung von dem Land. Dort gibt es jede Menge barbarische Stämme, die sich gegenseitig wegen einer Ziege abschlachten. Sie stehen noch immer auf der Terroristenliste der Amerikaner. Man wird dich irgendwo verscharren, lange bevor du dieses bescheuerte Kraut gefunden hast.«

Ihre Bemerkung machte ihn wütend. Es war nicht die Falschheit oder der selbstverständliche Rassismus, der mitschwang. Es war auch nicht die noch immer fehlende Entschuldigung oder Demutsgeste. Es war die Bezeichnung der Arabidopsis als Kraut, was seinen Zorn endlich zum Ausbruch brachte. Es war eine unverzeihliche Sünde, was Jane im selben Moment verstand, als sie sein Gericht rot anlaufen sah.

»Du widerliche kleine Hure«, sagte er und schlug die Tür hinter sich zu, als er hinausstürmte.

Ehe er sich noch weitere Gedanken machen konnte, stand er bereits in der typischen, grauenvollen Menschenansammlung im Terminal 5 von Heathrow. Übergroße Frauen mit schrillen Stimmen bellten ihm Befehle entgegen, um ihm den Weg zu den grellen Eincheckschaltern zu zeigen. Seine Wasserflasche war ohne weitere Erklärungen von einem übereifrigen Teenager mit gelben Zähnen und einem Namensschild konfisziert worden, das ihn als »Sicherheitsassistenten« namens Clint auswies. Ein Nagelknipser wurde aus seinem Kulturbeutel im Handgepäck geholt und in eine Plastikschüssel geworfen, wo er klirrend auf andere, ähnlich metallisch schimmernde Gegenstände traf, die dort bereits lagen. Dann wurde Gabriel beim Zoll durchsucht, als ob er versuchen würde, mit einem Pass von einer unbekannten westafrikanischen Diktatur *ins* Land zu kommen.

»Sudan, Sir?« Der eingehende, blinzellos stumpfe Blick einer undefinierbaren Person mit Froschmund. »Grund für die Reise?«

Seine Erwiderung »Wissenschaftliche Nachforschungen«

wurde völlig ausdruckslos zur Kenntnis genommen. »Wie wär's dann mit Tourist?«, schlug Gabriel vor und überlegte, ob es nicht verdächtig klang, blitzartig den Grund für seine Reise zu ändern. Doch seine Antwort beschwichtigte den Fragesteller. Er tippte etwas in seinen Computer ein und richtete dann wieder seinen dumpfen Blick auf Gabriel.

»Sie wissen, dass es eine Warnung gab, momentan nicht dorthin zu reisen?«

»Ja, ja. Das betrifft den Norden. Ich fahre nach Juba, im Südsudan. Das sind jetzt zwei unterschiedliche Länder.« Gabriel seufzte und versuchte geduldig zu bleiben. Der Beamte starrte ihn an, ehe Gabriel endlich bemerkte, dass sein Pass auf der schmalen Theke vor ihm lag und darauf wartete, eingesteckt zu werden. »Danke«, sagte er und nahm ihn. Ein Nicken des Amphibienkopfes und eine hochgezogene Augenbraue für den nächsten Reisenden hinter Gabriel. Das war also die neue Welt der Terrorabwehr: in den Kampf ohne Wasserflasche und Nagelknipser.

Im Boarding-Bereich hinter der Sicherheitskontrolle ging es ähnlich hektisch zu. Er war dankbar, als er endlich Zuflucht auf seinem Fensterplatz im hinteren Bereich der riesigen Boeing fand, wo er schwitzend und atemlos in sich zusammensackte.

Seine Erleichterung hielt allerdings nicht lange an. Kaum hatte er seinen Sicherheitsgurt unter seinem Hintern hervorgezogen, als sich eine seltsam riechende junge Frau auf den Sitz neben ihm fallen ließ. Ihre ungewaschenen Haare hatten sich zu kleinen Bündeln verfilzt, von denen einige hoch- und abstanden, während andere länger waren und wie Zucchini von ihrem Kopf hingen. Die eindeutig nicht jamaikanische Frau begann es sich auf ihrem Platz bequem zu machen, und so berührte eine besonders dicke Dreadlock ihn an der

Schulter. Gabriel war fast versucht, die adrette Stewardess um ein Papiertuch zu bitten, um mögliche Ölflecken auf seinem Hemd zu vermeiden. Der Geruch der Frau bestand aus einer Mischung von Kräutern und Erde, wie ein Jutesack oder auch frisches Heu mit einer Prise Kuhmist. Ihr Oberteil war gerüscht und zeigte mehr, als anständig war, denn seitlich konnte man deutlich die glatte Rundung einer Brust erkennen. Sie trug keinen Büstenhalter. Durch den Baumwollstoff drückte sich die Brustwarze – zu groß für Gabriels Geschmack.

Der Platz am Gang war noch frei, als der Pilot verkündete, dass sie nun bald starten würden. Gabriel stellte empört fest, dass seine Reisegefährtin keinerlei Anstalten machte, die Gelegenheit zu nutzen und etwas Distanz zu schaffen. Er wollte ihr gerade vorschlagen, doch einen Sitz weiter zu rücken, da wandte sie sich ihm zu.

»Hey, Mann«, sagte sie und drückte beängstigend ihre Brust heraus. Gabriel konnte nur hoffen, dass sie nicht bemerkte, wie er zurückschreckte. »Ich bin Carrie. Cool, dass wir auf dieser Reise Partner sind.«

Echt cool, dachte Gabriel säuerlich, wobei die Brustsituation ihn nun doch aufmerken ließ. Carrie stellte sich als zweiundzwanzigjährige Kanadierin mit einem Diplom in nachhaltiger Landwirtschaft heraus – was auch immer das bedeuten mochte –, die als freiwillige Helferin in Nordkenia beim Bepflanzen von Gemüsegärten tätig war, welche mit menschlichen Exkrementen gedüngt wurden. Gabriel versuchte seine Ausgabe von *Annals of Botany* in der Sitztasche vor ihm zu verbergen, aber ihr Adlerauge hatte sie bald entdeckt. Mit lautem Ah und Oh nahm sie zur Kenntnis, dass ihr Reisegefährte ein echter Botaniker war, und ihr Redeschwall steigerte sich noch.

»Oh mein Gott. Haben Sie die neuesten Ergebnisse über menschliche Ausscheidungen als Wachstumsmittel für Gemüse gesehen? Es ist unglaublich, dass wir dieses Nahrungsgold ins Meer laufen lassen, um dort all das noch zu töten, was wir nicht sowieso schon vernichtet haben.«

Bei dem Bild seines täglichen Stuhlgangs als »Nahrungsgold« schüttelte sich Gabriel innerlich, erwiderte aber nichts. Er stellte sich stattdessen so gut es ging auf einen langen und ermüdenden Flug ein.

»Natürlich gibt es auch die Möglichkeit, die Ausscheidungen von Vegetariern und Veganern zu benutzen, denn darin sind keine Schwermetalle und Hormonzusätze enthalten. Außerdem sind sie eh viel besser. Aber glauben Sie, man kann die Leute davon überzeugen… Nun…«

Gabriel versuchte, gar nicht erst an die undankbaren armen Kenianer zu denken, die aufgrund ihrer Uneinsichtigkeit, alles zu essen, was es gerade gab, minderwertige Exkremente produzierten, ohne auf die Empfindlichkeiten der Kackbauern aus Ontario zu achten. Doch die Frau ließ nicht locker. Nein, er hatte in seiner Arbeit noch nicht mit Fäkalien experimentiert. Nein, er fand solche Forschungen nicht essenziell für den Erhalt des Planeten. Was war denn also genau sein Gebiet?

Er antwortete automatisch, ohne nachzudenken. »Ich arbeite über genetisch modifizierte Nutzpflanzen, zu deren Herstellung…«

Weiter kam er nicht. Törichterweise hatte er die Wirkung seiner Antwort auf die Heilkristallanhängerin neben sich nicht bedacht. Ihre Dreadlocks wippten so stark hin und her, dass er befürchtete, jeden Moment von ihnen im Gesicht getroffen zu werden, während ihre Brüste vor Empörung sichtbar auf und ab hüpften. Oh nein, das ist nicht gut, das ist so was von nicht cool, was glauben Sie eigentlich, Sie sind ja der leibhaftige Teufel, rösten Sie etwa nachts kleine Kinder, um sich warm zu halten, Sie Antichrist Sie. Die Wahnsinnige neben ihm spuckte und fauchte, protestierte und zitierte apokalyptische Warnungen, die offenbar irgendwelche Gurus mit indischen Namen ausgesprochen hatten, von denen Gabriel zum ersten Mal hörte. Anscheinend stand die Abkürzung GM ironisch für »globale Multimillionäre« oder vielleicht auch für »globale Mischlingswesen«, die den Tod aller auf dieser Erde provozierten – und zwar durch Methoden, die genauso fatal waren wie das Rindfleisch, das angeblich unser Gehirn aufweichte, oder das Hühnerfleisch, durch das Männern Busen wuchsen.

»Wussten Sie, dass man Ratten einen Monat lang genetisch modifizierten Mais zu fressen gab und sie daraufhin am ganzen Körper Ausschlag entwickelten?«

»Das klingt schrecklich«, erwiderte er, wobei er sich bemühte, nicht herablassend zu klingen. Doch ganz vermochte er sich nicht zurückzuhalten: »Wenn man mich allerdings in einem Labor halten und mir nur Kohlenhydrate zu essen geben würde, bekäme ich wahrscheinlich auch einen Juckreiz.«

Carrie bedachte ihn mit einem vernichtenden Blick. »Alle glauben, die Welt wird mit einem großen Knall untergehen. Aber da irren sie sich. Nicht ein Krieg wird die Welt auslöschen, sondern ein leises ›Hoppla‹ und das Klirren einer Petrischale auf einem Laborboden.«

Gabriel musste zugeben, dass das kein schlechtes Bild war. Doch er war nicht bereit, sich hinter seinem Schutzschild hervorzuwagen. Konfrontiert mit einem zunehmend regungsloseren Gegenüber, hörte Carrie nach einigen weiteren Ausrufen und empörten Zuckungen allmählich auf. Wie ein abkühlender Vulkan schüttelte sie schließlich nur noch gelegentlich den Kopf und murmelte Unverständliches. Sobald Gabriel sicher war, dass er das Schlimmste hinter sich hatte, zog er die *Annals* heraus und begann demonstrativ darin zu blättern. Er suchte nach einem Artikel mit besonders offensichtlichen technischen Auflistungen und Illustrationen. Doch in Gedanken war er weit von den Chromosomenmutationen bei Erbsen entfernt, die von der Universität Wisconsin durchgeführt wurden. Obwohl er die Angriffe von Carrie-der-Kacka-Düngerin zurückwies, verstörte es ihn, welchen Eindruck er auf sie machte. Er kam sich alt vor, verhaftet in der Vergangenheit. Sie schürzte ihre vollen Lippen und reckte ihre büstenhalterlosen Brüste, jung und wunderbar, während er neben ihr saß, die vertrocknete Hülle eines früher einmal fühlenden Wesens. Als er in Paddington Station in den Heathrow Express gestiegen war, hatte ihn die Miene eines Betrunkenen auf dem Bahnsteig an die Züge seines Vaters erinnert. Jetzt vermutete er dieselbe Hässlichkeit in seinem eigenen Gesicht, müde und eingefallen in der Druckkabine des Flugzeugs.

Endlich verlor seine Reisegefährtin jegliches Interesse an ihm und zog ein dünnes iPad heraus. Sie stöpselte pinke Kopfhörer ein und begann, eine billig wirkende Soap anzusehen. Soweit Gabriel das beurteilen konnte, schien das meiste in einem winzigen Apartment in irgendeiner übervölkerten amerikanischen Stadt zu spielen, wo die Protagonisten in regelmäßigen Abständen kamen und gingen. Die junge Frau kicherte immer wieder vor sich hin und lenkte ihn dadurch ab, sodass er auf ihren Bildschirm starrte, ohne zu verstehen, was sich da genau ereignete.

Sobald das Abendessen vorüber war – eine undefinierbare

Ansammlung von geschmolzenem Käse und Kohlenhydra-
ten –, wurden die Lichter ausgeschaltet. Seine Reisegefährtin machte es sich wie ein zufriedener Bär bequem, wobei
ihre ungewaschenen Dreadlocks ein bequemeres Kissen zu
sein schienen als Gabriels Nackenhörnchen, das sich wie eine
mutierte Bohne um seinen Hals schmiegte. Nach einer Weile
gab er den Versuch auf, in den Schlaf zu finden, und sah sich
um. Carrie war über die Armlehne gerutscht, und ihre bei-
gefarbene Reisedecke hatte sich bis zu ihm ausgebreitet. Das
Innere des Flugzeugs ähnelte eher dem Tatort eines Verbre-
chens als einem Transportvehikel. Auf den regungslosen Körpern, die wie ermordet dalagen, verteilten sich aufgerissene
Essensverpackungen, Decken und Kopfhörer. Die Fluggäste
waren vor allem Afrikaner – außer einer Gruppe von Bud-
dhisten in hellgrauen Flanell-Outfits, denen es allen irgendwie
gelungen war, kerzengerade sitzend zu schlafen. Es war ruhig.
Gabriel konnte nur noch das leise Dröhnen der Motoren und
die leichte Vibration hören, die entstand, wenn man mit rund
tausend Kilometern pro Stunde durch ein Vakuum flog. Draußen sah er das Ende des Flugzeugflügels, der von blinkenden
Lichtern erhellt wurde. Ansonsten war es rabenschwarz und
still. Das Innere des Flugzeugs war kaum beleuchtet. Ein oder
zwei Passagiere lasen mit angeschalteten Lampen. Das Ganze
fühlte sich sicher und zugleich gefährlich an – wie eine Kran-
kenhausstation bei Nacht.

Ihm wurde die Unwirklichkeit seiner Situation bewusst:
ein junges Hippiemädchen, das an seiner Schulter schlief, ein
Flugzeug voller Fremder, und er, ein Botaniker aus Bristol, auf
dem Weg in den Sudan. Was wusste er eigentlich über dieses Land? Natürlich las er die Zeitung und hatte sich mit dem
sudanesischen Klima und der Flora auseinandergesetzt, aber

die Menschen waren für ihn ein Geheimnis. Zum ersten Mal machte er sich Sorgen um seine Sicherheit. Wenn er ganz ehrlich war, reiste er nicht gerne in die Dritte Welt. Er fand die Städte und ihre Bewohner dort chaotisch, schmutzig und zu schlicht. Doch seine jüngste persönliche Katastrophe hatte ihm vor Augen geführt, dass auch sein Verständnis von dem Ort, den er als sein Zuhause betrachtete, ebenso fragwürdig war. Die Nacht wurde unruhig und unbequem. Er war noch nie fähig gewesen, in Flugzeugen zu schlafen, und reiste selbst in den besten Zeiten widerstrebend.

Ehe die Sonne aufging – nur der Schimmer eines Lichts am anderen Ende der Erdkrümmung –, wurden die Lampen ohne Vorwarnung eingeschaltet, und über Lautsprecher kündigte die Stewardess das Frühstück an. Gabriel war es übel. Er zupfte lustlos an dem harten, trockenen Brötchen, brachte es aber nicht über sich, die Alufolie abzuziehen, unter der sich geronnene Eier und andere Schrecken verbargen. Carrie schien aus einem dichten Nebel aufzutauchen. Sie gähnte, rieb sich und gestikulierte mit deutlich mehr Energie, als das nötig gewesen wäre. Als sie schließlich landeten – in der riesigen Savanne war die Sonne noch nicht aufgegangen –, war Gabriel sehr erleichtert, endlich seine Reisegefährtin verlassen zu können.

»Viel Glück mit der Fäkaldüngung«, sagte er und schaffte es nicht, seine schlechte Laune zu verbergen.

»Ah ja, danke. Und Ihnen viel Glück mit der Zerstörung der Erde, alter Mann.«

Nairobi beeindruckte Gabriel zunächst gar nicht, was wahrscheinlich an seiner Müdigkeit und dem frühmorgendlichen Halbdunkel lag. Ein gelbes Toyota-Taxi fuhr ihn durch die bereits verstopften Straßen. Er war sich zwar des seltsamen

Anblicks der Langhornrinder, die auf einer Insel mitten auf der Schnellstraße grasten, der willkürlich wirkenden Verkehrsregeln und der Dieselabgase bewusst, aber das Ganze unterschied sich nicht wesentlich von Delhi (wo er eine Konferenz über den CO_2-Strahlungsantrieb besucht hatte) oder Rio de Janeiro (CO_2-Abscheidung und -Speicherung) oder Mexiko-Stadt (Strahlungskühlung). Am meisten stachen ihm hier die ungewöhnlichen Bäume ins Auge, welche die Straße säumten und auf den Straßeninseln eng aneinandergelehnt standen. Es waren Dornenbäume mit flachen Kronen und einer grüngelben Rinde, großblättrige Bäume. Ein Jungbaum mit aufgerichteten und geschlossenen gelben Blüten erinnerte ihn an eine Chanukkah-Kerze.

Sie fuhren an einem großen Park mit weiten Rasenflächen und genau angelegten Wegen vorbei. Hier saßen Leute auf den Bänken oder ruhten auf dem Gras – überall verteilt Gestalten, so weit das Auge reichte. Die Stadt wirkte nicht allzu sehr nach Dritter Welt, stellte er erleichtert fest. Die Anlage war gepflegt und frequentiert – sogar zu dieser frühen Stunde. Nicht unähnlich einigen der Stadtparks von Bristol.

»Uhuru Park«, sagte der Fahrer, ehe er ihm erklärte, dass er eine Safari zu den Gnus anbot. »Jetzt ist die richtige Zeit«, fügte er hinzu, als ob Gabriel seine Reisepläne fallen lassen und zur Masai Mara aufbrechen sollte, ehe die Gnus ihre Wanderung abgeschlossen hatten. Eineinhalb Blocks lang kam der Fahrer immer wieder darauf zurück, ehe es Gabriel gelang, ihm klarzumachen, dass er nicht der Richtige für einen informellen Ausflug in einem klapprigen Taxi ins Hinterland war. Als sie das Hotel erreichten, dankte er dem Mann, der ihn mit unglaublich schiefen Zähnen angrinste.

»Uhuru Park ist tagsüber sehr angenehm«, meinte der Fahrer. »Fotografieren Sie nur nicht die Obdachlosen, die dort schlafen. Die Polizei nimmt Ihnen sonst die Kamera weg.« Mit einem weiteren breiten Grinsen fuhr er davon, während Gabriel innerlich über seine falsche Einschätzung des Parks zusammenzuckte.

Die Zimmer im Nairobi Safari Club waren extrem enttäuschend, wenn man von dem protzigen Foyer mit seiner goldenen Balustrade und den Fellen von unglücklichen Zebras und Antilopen ausging. Die Safarithematik zog sich durch die Lobby bis in die Lifte hinein, die mit Wandbehängen ausgekleidet waren, auf denen Savannenszenen dargestellt waren und die wie trocknende Häute in einem Schlachthaus aussahen. Doch sobald man das hässliche Zimmer betrat, hatte das ein Ende. Zumindest gibt es ein Bett mit einem sauberen Laken, dachte Gabriel, auch wenn die Matratze etwas sehr dünn war. Er legte sich sogleich hin und schlief mehrere Stunden lang, bis er verwirrt aufwachte, geweckt von dem dröhnenden Verkehrslärm, der durch die offenen Fenster vom nahe gelegenen Kenyatta Boulevard zu ihm hereindrang.

Er verbrachte einen angenehmen Nachmittag, indem er im Stanley Bookshop in der Kaunda Street stöberte. Jedes Buch war sorgfältig in Plastik gehüllt und einzeln ausgestellt worden, als ob es sich um teures Parfüm handeln würde. Dann besuchte Gabriel die etwas chaotischere Buchhandlung Book Point in der Moi Avenue, wo eine Suche nach der *Dewey Decimal Classification* gewisse Lücken im Sortiment zeigte. Er war jedoch überrascht, wie viele Bücher es über Afrika und seine verschiedenen Leiden gab. Alle beschäftigten sich mit den unterschwelligen Gründen für die Notlagen, in denen sich die Menschen auf diesem Kontinent immer wieder fanden. Gabriel wusste wenig über die Ursachen des postkolonialen Zusammenbruchs. Er war bisher davon ausgegangen, dass es die verschiedenen Staaten deshalb nicht schafften, weil sie einfach grundlegend unzulänglich waren. Er kaufte ein schmales Bändchen mit dem Titel *The Scramble for African Oil* von einem amerikanischen Professor für internationale Beziehungen und Diplomatie, weil der Sudan hinten auf dem Rückentext genannt wurde. Er hatte keine Ahnung, ob er es tatsächlich lesen würde. Aber allein der Erwerb gab ihm das Gefühl, sein Tag in Nairobi habe sich gelohnt.

Als er sich schließlich auf dem unebenen Trottoir der Moi Avenue einen Weg bahnte, wurde er von einem Mann mit blauschwarzer Haut und geröteten Augen angesprochen, der ihn mit warmen Fingern am Handgelenk festhielt. In seinem Gesicht hatte er seltsame Beulen, und zwischen seinen Eckzähnen fehlten alle anderen Zähne, wodurch sein Mund merkwürdig klaffend aussah.

»Woher kommen Sie? Sind Sie aus Europa? Sie sehen englisch aus. Sind Sie vielleicht Brite?« Sein Englisch war makellos, mit perfekt geformten Vokalen und Konsonanten. Doch sein verwüstetes Gesicht schien seiner Bildung zu widersprechen.

»Bristol«, antwortete Gabriel, löste sich aus dem Griff des Mannes und hoffte, dass die knappe Erwiderung den anderen abschreckte.

»Bristol kenne ich nicht. Aber ich habe von Birmingham gehört. Dort soll es wieder Rassenunruhen geben. Ihre Regierung versucht, Gesetze zu erlassen, um uns die Immigration zu erschweren.« Er hielt inne, als ob er darauf wartete, dass Gabriel sein Land verteidigen oder ihn nach seiner Herkunft fragen würde. Als Gabriel jedoch nichts sagte, fuhr er fort: »Mit Australien ist es dasselbe. Es ist überall so. Ich bin aus dem Sudan, aus einem Dorf im Osten. Wir entkamen dem Tod um Haaresbreite. Um Haaresbreite, Sir.« Er rollte seinen Ärmel hoch, um seinen Arm zu zeigen, auf dem tiefe Striemen und Narben fast bis zum Knochen zu sehen waren. Dann zeigte er auf seinen Mund, wo das zahnlose Fleisch feucht und farblos war. »Wir kämpften, um hierherzukommen, nach Kenia, um sicher zu sein. Doch hier behandelt man uns immer noch wie Tiere.«

Gabriel nickte. Er wollte nicht, dass der Mann ihn erneut festhielt. Leute gingen an ihnen vorbei, ohne ihnen die geringste Aufmerksamkeit zu schenken. Etwas an dem Mann wirkte nicht glaubhaft, der Gebrauch der Sprache, das Wissen um die momentane Politik. All das widersprach seiner abgerissenen Kleidung, den blutunterlaufenen Augen und der Dringlichkeit in seinem Verhalten.

»Aber wir haben Hunger. Das ist unser Problem, Sir. Meine Familie hat nichts zu essen. Und Sie haben Geld, das Sie uns geben können, um uns zu helfen. Sie müssen uns etwas geben, das muss kein Geld sein, wir können auch zusammen in den Laden da drüben gehen …« Er zeigte über die Moi Avenue. »… Und vielleicht können wir da Reis für meine Familie kaufen.«

Gabriel war enttäuscht, dass die Unterhaltung, so einseitig sie auch gewesen sein mochte, zwangsläufig darauf hinausgelaufen war und nun seine ursprüngliche Befürchtung bestätigte. Er seufzte und zog seine Börse heraus. Dann drehte er sich leicht weg von dem Mann, damit dieser nicht das dicke Bündel Geldscheine erkennen konnte, das oben heraussah. Er gab ihm einen Zweihundert-Shilling-Schein und steckte das Portemonnaie wieder ein. Der Mann schaute mit offenem Mund auf das Geld und wedelte ohne Scham damit hin und her.

»Nein, Sir. Damit kann ich keinen Reis kaufen. Ich brauche mehr als das. Das reicht nicht für Reis für meine Familie. Sie müssen mir mindestens noch mal hundert geben. Weniger kann ich nicht nehmen.«

Gabriel merkte, wie er bei dieser klaren Forderung wütend wurde.

»Wir haben Hunger. Wir brauchen Reis, einfach Reis. Damit kann ich kein Essen kaufen. Das ist zu wenig.«

Er klang weder zerknirscht noch entschuldigend, sondern so, als würde er ein Recht einfordern. »Ich bin nicht die verdammte UN«, protestierte Gabriel. »Ich habe Ihnen zweihundert gegeben. Das ist mehr als genug. Also jetzt… Auf Wiedersehen.«

Der Mann wirkte ehrlich verletzt. Seine Augen schimmerten. »Sie müssen nicht auch noch unhöflich sein, wenn Sie schon nicht großzügig sind.«

Die Entgegnung kam so unerwartet, dass Gabriel sich gleich zu entschuldigen begann, wieder sein Portemonnaie zückte und dem Mann einen weiteren Zweihundert-Shilling-Schein gab. Der Mann nahm das Geld und schien dann zu überlegen, ob er noch etwas sagen sollte. Eine Weile herrschte Schweigen, das sich auf der geschäftigen Straße zwischen ihnen ausbreitete, bis er schließlich das Stück Papier zusammenfaltete.

»Danke. Ich werde Sie nicht länger belästigen.«

Gabriel kehrte ins Hotel zurück, durstig und innerlich zerrissen. Das Gespräch mit dem Mann hatte sich verletzend angefühlt, wobei er nicht wusste, wer der Täter und wer das Opfer gewesen war. Vier identische Land Rover drängten sich vor dem Hoteleingang. Ein wenig verwirrt dreinblickende Weiße saßen geduldig in Khakikleidung und breitkrempigen Hüten samt Wildlederbändern da. Für eine Reise durch Afrika brauchte man offenbar eine Tarnausrüstung und am besten ein gutes Jagdmesser. Der örtliche Fahrer, ohne Tarnung in pinkem Hemd und schwarzer Krawatte, blickte angestrengt auf sein Handy, während er eine Nachricht eintippte.

Das Hotel war ein sorgfältig konzipierter Zufluchtsort für Menschen aus der westlichen Welt, hermetisch abgeschirmt durch eine geschlossene Front von Sicherheitspersonal in schwarzen Anzügen und einem Hotelmanager in einem prächtigen purpurnen Frack und Zylinder. Die anderen Angestellten trugen senffarbene Anzüge oder Westen über blütenweißen Hemden. Keiner hatte Handschuhe an, aber Gabriel war sich sicher, dass das noch kommen würde. Im Hotel hielten sich einige gut situierte Afrikaner auf, aber im Großen und Ganzen traf man hier vor allem übergewichtige Amerikaner, welche die gesamte Skala von Canons Sonderangeboten trugen, Kamerariemen kreuz und quer über der Brust wie Patronengurte, sowie zurückhaltendere Europäer, die sich im Gegensatz zu ihren nordamerikanischen, laut sprechenden Kollegen fast flüsternd unterhielten. Die Küche war gehoben afrikanisch, geeignet für den westlichen Geschmack, allerdings mit gewagten Alternativen wie Wildeintopf oder Krokodilfleisch, was die Amerikaner noch lauter stimmte als zuvor, wenn sich auch letztlich niemand dafür entschied. Der Wein kam aus Chile und Südafrika und wurde trotz seiner atemberaubend hohen Preise in rauen Mengen konsumiert.

Gabriel flüchtete vor den Touristengruppen und setzte sich an die Safari Terrace Bar. Hier gab es eine gewölbte Decke, die an den Brustkorb eines Elefantenkadavers oder vielleicht auch eines Wals erinnerte. Er bestellte ein Tusker Lager, da ihm die Silhouette eines Elefanten vor einem hellgelben Hintergrund gefiel. Das Bier kam in einer beängstigenden Halbliterflasche zusammen mit einem Bierdeckel, auf dem begeistert erklärt wurde, der Safari Club sei »nicht mehr nur Mitgliedern vorbehalten«. Er zog sich in eine ruhige Ecke mit einem gemütlichen Sessel zurück, noch immer ein wenig mitgenommen von der unangenehmen Begegnung mit dem sudanesischen Flüchtling. Zu seinem Ärger schob sich gleich ein rotgesichtiger Mann von einem Barhocker und ließ sich ihm gegenüber nieder.

»Und was bringt Sie in diese Breiten? Sie sehen nicht so aus, als ob Sie auf Safari wären.« Sein amerikanischer Akzent war deutlich zu hören, ebenso wie die Alkoholfahne zu riechen war, die Gabriel anwehte. Dem halb vollen Glas in seiner Hand nach zu urteilen, trank er Whisky mit Eis.

»Bin auf der Durchreise.«

Gabriels vage Antwort schien den Mann zu amüsieren. Er grinste beinahe anzüglich und nahm einen großen Schluck.

»Mein Freund, alle sind hier irgendwie auf der Durchreise. Jeder von uns hofft, an einen besseren Ort zu kommen, sobald unser Bus endlich eintrudelt. Sie wissen, was ich meine?« Er zwinkerte ihm übertrieben zu, ehe er sein Glas in einem Zug leerte.

»Hm«, murmelte Gabriel. Er war nicht in Stimmung für Anspielungen. »Und was machen Sie hier?«, fragte er trotz seines Widerwillens.

»Import-Export-Geschäft. Ich bin also immer auf der Durchreise.«

»Verstehe«, erwiderte Gabriel. Der Mann wirkte sowohl engagiert als auch zwielichtig, wie ein genesender Süchtiger oder ein früherer Gefängnisinsasse. »Womit handeln Sie denn?«, wollte er neugierig wissen.

123

»Ich handle mit der einen Ware, die alle auf diesem Kontinent wollen. Und das Geschäft läuft prächtig.«

Wahrscheinlich Rauschmittel, dachte Gabriel. Er bat den anderen nicht, deutlicher zu werden.

Der Amerikaner ließ nachdenklich das restliche Eis in seinem Glas kreisen. Nach einem Moment des Schweigens erkundigte er sich: »Und wohin sind Sie auf der Durchreise?«

»In den Südsudan. Ich fahre morgen früh weiter.« Gabriel konnte kaum glauben, dass ausgerechnet er so etwas sagte. Es klang, als käme es von jemand anderem, einem Menschen, der in diesen Dingen viel routinierter war.

»In den Sudan. Ach, wirklich? Der Sudan. Was wollen Sie in diesem Drecksloch?«

»Ich bin Biologe. Genauer gesagt, Botaniker. Ich fahre zu Forschungszwecken dorthin.«

»Ein Vogelmann also. Was Sie nicht sagen. Ich glaube nicht, dass dort noch Vögel übrig sind. Sind alle gegessen worden, schätze ich. Na ja, viel Glück jedenfalls. Das werden Sie brauchen.« Er lachte vor sich hin.

Gabriel wandte sich leicht von dem Mann ab und nahm sein Bier. Aber offensichtlich hatte dieser sowieso nichts weiter hinzuzufügen, denn er schlenderte nun zur Bar zurück, um sein Glas nachfüllen zu lassen. Dort setzte er sich neben eine groß gewachsene Schwarze in einem kurzen Rock. Sie hielt sich kerzengerade und hatte die nackten Beine übereinandergeschlagen. Als sich der Amerikaner zu ihr gesellte, rieb sie ihm kurz über den Rücken, eine flüchtige Geste der Zuneigung, und drehte sich dann zu Gabriel um.

Er hörte, wie die beiden miteinander scherzten. Die Stimme des Mannes übertönte die leisen Entgegnungen der Frau. Manchmal lachte sie ein wenig zu offensichtlich. Gabriel trank sein Bier aus und zog sein Portemonnaie aus der Tasche, durchsuchte das Bündel mit der kenianischen Währung. Als er wieder aufblickte, stellte er zu seiner Überraschung fest, dass die junge Frau neben ihm stand, ein neues Bier in der Hand. Sie hatte rabenschwarze Haare, die sie zurückgekämmt und mit Wachs in einer Welle über ihren schmalen Nacken gelegt hatte. Selbst für europäische Verhältnisse war sie extrem dünn.

»Bill sagt, das sei für Sie.« Sie lächelte ihn mit blendend weißen Zähnen an und deutete mit einem zerbrechlich wirkenden Arm zur Bar hinüber. Der Amerikaner hob sein wieder gefülltes Glas.

»Ist wie ein Fahrrad bumsen«, sagte er laut genug, dass es alle in der Bar hören konnten. Gabriel schüttelte sich innerlich. Lud der Mann ihn auf ein Bier ein, oder bot er ihm die Frau an? Vielleicht war er kein Händler, sondern ein Zuhälter. Oder wollte er nur mit seiner Potenz protzen? Gabriel wusste es nicht, und auch die Miene der Frau verriet nichts, als sie das Bier vor ihn hinstellte.

»Danke«, sagte er leise, wobei er das Gefühl hatte, sich irgendwie für Bills abstoßende Bemerkung entschuldigen zu müssen. Aber sie schien sein Unbehagen zu spüren und schüttelte kaum merklich den Kopf, noch immer lächelnd.

Zu seiner Erleichterung ließ ihn das Paar allein trinken. Er musterte die gerahmten Schwarzweiß-Fotografien an der Wand neben ihm. Alte Bilder von Jagdsafaris und einer absurden Ansammlung von erlegten Tieren. Eine Aufnahme war weniger blutig. Sie zeigte ein Lager im Busch, mit weißen Zelten und einer rauchenden Feuerstelle. Auf einer anderen sah man eine Frau mit Hut und einer kurzen viktorianischen Hose, die sattellos auf einem Zebra saß. Alles höchst hedonistisch und bizarr. Das Foto, das ihn jedoch in Bann zog, war von einer schwarzen Frau, die mit glattem, glänzendem Gesicht, eingewickelt in eine Decke oder vielleicht auch einen Schal, unter einer Melone hervor direkt in die Kamera blickte. Möglicherweise machte ihn der Alkohol rührselig, aber er glaubte, einen perplexen Ausdruck auf ihrem Gesicht zu erkennen, während ihre Augen etwas Eindringliches und Quälendes auszeichnete. Das Bild erweckte in ihm Traurigkeit und den Wunsch, zu Hause bei Jane zu sein. Der Gedanke an Jane und diese neue Vorstellung von »zu Hause« steigerten nicht gerade seine Laune, und er merkte, wie er nun wirklich deprimiert wurde.

Bill war immer noch am Trinken, seine dürre Begleiterin neben ihm, als es Gabriel schließlich gelang, die Bar zu verlassen, ein wenig benommen nach einer weiteren Runde Bier.

Bill grinste, als er an der Bartheke vorbeiging. »Viel Glück mit Vögeln«, sagte er und zwinkerte.

Gabriel verstand nicht, welche unterschwellige Botschaft er ihm mit dieser Bemerkung senden wollte. Der Mann gab sich übertrieben vertraut, als ob sie ein Geheimnis miteinander teilten. Was auch immer das sein mochte, er verriet es Gabriel nicht. Vielleicht fuhren die gelangweilten Bills dieser Welt in den Sudan, um dort Prostituierte aufzusuchen – deshalb das Wortspiel mit Vögeln. Aber dieser Bill schien bereits gefunden zu haben, was er suchte, ohne auch nur einen Schritt aus dem Safari Club gemacht zu haben. Die ganze Sache ergab keinen Sinn.

Gabriel fiel das Einschlafen sehr schwer. Er wälzte sich auf der unbequemen Matratze hin und her, immer wieder genervt von den Moskitos, die direkt über seiner Stirn schwebten, sich aber fangen ließen, wenn er nach ihnen fasste. Er begann zu schwitzen und musste aufstehen, um einige Minuten lang in dem gekachelten Bad zu stehen, bis er sich besser fühlte. Das Bier bereitete ihm dumpfe Kopfschmerzen, und er wusste, dass es ihm am nächsten Tag schlecht gehen würde. In den frühen Morgenstunden schlief er endlich ein, nur um von einem Albtraum heimgesucht zu werden. Auf seinem Rücken liegend beobachtete er die dünne Frau aus der Bar, wie sie einer langbeinigen Spinne gleich von einer Ecke der Zimmerdecke zur anderen krabbelte, wobei ihr Unterleib wie eine dunkle Feige pulsierte.

Er schreckte auf, als der Muezzin von der Moschee gegenüber zum Gebet rief. Seine Stimme konkurrierte mit dem Dröhnen von Bussen und Lastwagen, die auf der Straße vor dem Hotel vorbeidonnerten. In seinem Kopf hämmerte es, wie er es vorausgesehen hatte. Er saß am Rand des Bettes, rieb sich den Nacken und merkte, wie er immer nervöser wurde. Ihm graute vor dem bevorstehenden Tag. Juba erwartete ihn.

ACHT

BAE Systems, Filton, Südwestengland

»Deshalb besteht die große Wahrscheinlichkeit, basierend auf einer errechneten Fluglinie, dass die dunkle rechteckige Form auf dem gelieferten Bildmaterial von einer Position neben dem hinteren stabilisierenden Steuerschwanz der AGM-114-Hellfire-Rakete herausgeschleudert wurde. Es wird vermutet, dass das Geschoss auf dem Bild nicht von dem Angriffsziel oder der Umgebung stammt.«

Zum x-ten Mal las Bartholomew Ms. Easters Schlussfolgerung. Auch wenn er es ungern zugab, beeindruckten ihn ihre Berechnungen. Es war ein vernünftiger Bericht ohne wilde Spekulationen. Das Ergebnis schien einleuchtend, geradezu unvermeidlich.

Er nahm das Telefon zur Hand und rief Richards an. »Haben Sie das gesehen?«

Es war nicht nötig, mitzuteilen, worum es ging.

»Ja. Das kommt nicht überraschend.« In seiner Stimme schwang eine gewisse Erregung mit, die irgendwie unpassend wirkte, wenn man die Auswirkungen des Berichts bedachte. Für sie beide. »Wir sollten uns mit ihr treffen«, fuhr Richards unbekümmert fort. »Um ganz sicherzugehen.«

»Wozu? Was zum Teufel gibt es da zu besprechen? Es ist verdammt eindeutig.«

»Schon. Aber ich habe noch ein paar Fragen, die ich ihr

gerne stellen würde.« Richards ließ sich nicht aus der Ruhe bringen.

Bartholomew legte auf, ohne zu antworten. Verdammte Amateure, wütete er innerlich. Er wusste, dass er sofort auf den Bericht reagieren sollte, war aber wie gelähmt. Wenn Ms. Easter recht hatte, wären die Konsequenzen folgenschwer, ganz gleich, welche Entscheidung getroffen wurde. Er verkleinerte das Dokument auf dem Bildschirm und lehnte sich auf dem Stuhl zurück, um über seinen nächsten Schritt nachzudenken. Was auch passieren mochte – er musste allein versuchen, mit dieser neuen Entwicklung zurechtzukommen. Schon die Vorstellung, dass das Ministerium oder, noch schlimmer, Hussein davon erfuhren, jagte ihm einen eisigen Schauer über den Rücken. Oder wenn es jemandem gelingen würde, alles herauszufinden, ehe er es geschafft hatte, es verschwinden zu lassen. Tatsache war: Der Bericht an sich stellte nicht das Problem dar, sondern das Teil eines schlecht funktionierenden britischen Geschosses auf der anderen Seite der Welt. Dieser Gedanke verursachte einen neuen Krampf in seinen Eingeweiden, sodass er panisch seinen schmerzenden After zusammenkniff.

Als der Krampf nachließ, lud er die Zeichnungen der experimentellen NT-Version aus dem Intranet hoch. Er kannte den Bau des Geschosses eigentlich gut genug, dennoch wollte er ihn sich ein weiteres Mal ansehen. Bloße Worte überzeugten ihn selten. Der dreidimensionale Entwurf erhellte den Bildschirm, eine phallische Metallröhre mit Leitflossen und einem hochexplosiven Sprengkopf. Das Programm ließ ihn den Blickwinkel ändern, sodass er über zwanzig Minuten damit verbrachte, das Geschoss hin und her zu drehen, um seine schnittigen Linien von jedem Winkel aus zu betrachten. Doch die Zeichnung teilte ihm nichts Neues mit.

Er musste es sehen. In natura. Er musste seine Hände über die kühlen Seiten wandern lassen und die Verknüpfung zum Bedienfeld spüren. Dann würde er Bescheid wissen. Wieder nahm er das Telefon auf und rief das Munitionslager in Waddington an. Die NTs waren alle im Einsatz, vor allem in Saudi-Arabien, doch es gab zumindest zwei Standard-Hellfire vor Ort. Das würde reichen, da die Leitfunktion dieselbe war. Ohne Richards zu informieren, setzte sich Bartholomew in sein Auto und fuhr nach Waddington.

Mittags traf er dort ein. Der diensthabende Feldwebel, der im Einsatz verletzt worden war und jetzt im Lager arbeitete, war überrascht, Bartholomew zu sehen. Offenbar war seine telefonische Anfrage nicht bis zu diesem Mann vorgedrungen. Seine Reaktion war eine Mischung aus Verblüffung und Aufregung. Er bot dem Generalleutnant sogleich an, ihn durch das Depot zu führen. Anscheinend gab es zurzeit selten Besucher.

Bartholomew lehnte dankend ab. Der Mann geleitete ihn daraufhin durch die geordnet wirkende Lagerhalle, die bis unter das Dach vollgepackt war. Man hörte nur das Hallen ihrer Schritte auf dem Betonboden. Überall waren Waffen, Ersatzteile und auseinandergebaute Militärgeräte zu sehen.

»Nicht viele wollen sich einen Eindruck von der Hellfire machen«, bemerkte der Mann mit einem West-Country-Akzent. Was auch immer seine Verletzung gewesen sein mochte – jedenfalls hatte es einer Versteifung seines Kniegelenks bedurft, sodass er nun beim Laufen die rechte Hüfte heben und sein Bein in einem kleinen Bogen ausschwenken musste. »Im Grunde reichen den meisten die Zeichnungen. Die tatsächlichen Dinge schauen sich die wenigsten an.«

Bartholomew vermutete, dass diese Entwicklung Teil des

Problems war. Jemand hatte das verdammte Ding nicht eingehend genug getestet, und jetzt steckte er in der Scheiße.

Der Mann setzte seinen unbequem aussehenden Gang bis zu einem großen Metallschrank fort, vor dem er stehen blieb. Als er die Tür öffnete, hallte das klickende Geräusch der Scharniere im ganzen Gebäude wider.

»Hier ist es«, sagte er, zog das Geschoss aus seiner Halterung und präsentierte es stolz Bartholomew. »Mann, und was für eine Schönheit. Außerdem mucksmäuschenstill.«

Er sah zu, wie Bartholomew mit der Hand über den Schaft wanderte. Das Geschoss wirkte so harmlos, als ob es ein Spielzeug wäre, das auf ein verwöhntes Kind wartete, damit dieses es sich schnappte und mit ihm davonlief und Knallgeräusche imitierte.

Der versenkte hintere Montagedeckel saß fest auf seinem Platz. Ein unschuldig wirkender Zugang zum inneren Kern des Leitsystems. Doch sobald Bartholomew mit den Fingern über die glatte Form glitt, wusste er Bescheid. Die Armee würde darauf bestehen, dass es sich weiterhin um reine Spekulationen handelte, dass es unmöglich wäre, eine einschneidende Entscheidung zu treffen, ohne zuverlässige Daten vorliegen zu haben. Aber sie würde sich irren.

Ihn erfasste eine beklemmende Gewissheit – ein Gefühl, wie wenn man jenen Schritt vom Sprungbrett ins Nichts macht. Bilder des Grauens schossen in ihm auf: die jagende Pressemeute, das finstere Gesicht des Ministers, wenn er Bartholomews Karriere ein für allemal das Aus erklärte, und die geliebte Lilly, verwirrt und verängstigt.

NEUN

Juba, Südsudan

Der Flug von Nairobi begann recht gut. Gabriel reiste mit
Kenya Airways – »der Stolz Afrikas« –, da es die einzige Linie
war, die Juba anflog. Eine flotte Musik erfüllte das Flugzeug,
als sie abhoben, unter anderem ein optimistischer Song über
Freiheit in Simbabwe. Sobald sie die Wolkendecke durchbrochen hatten, brummte die Maschine durch die dünne Luft.
Eines musste er den Afrikanern lassen: Ihre Städte mochten
chaotisch sein und schlecht riechen, aber in dieser Umgebung
übertrumpften sie die Europäer. Die Passagiere waren alle
deutlich besser gekleidet als er. Die Männer trugen entweder
Anzüge oder zumindest frisch aussehende Polohemden und
Freizeithosen, während die Frauen farbenfrohe Kleider und
schlichte Jacken anhatten. Ein besonders elegant gekleidetes
Paar saß auf der anderen Seite des Gangs – ein groß gewach-
sener Mann in einem schwarzen Anzug und einem blauen
Hemd, mit Sonnenbrille und exakt geschnittenem Bart, seine
Frau statuenhaft würdevoll mit türkisblauem Kleid und Schul-
terschal, an den Handgelenken und Fesseln zarte Goldkett-
chen.

Die wenigen Europäer im Flugzeug sahen hingegen in ihren
ausgebleichten Jeans und T-Shirts mit den aufgedruckten Mar-
kennamen müde und heruntergekommen aus. Eine übergewichtige Frau mit unreiner Haut und Schweißflecken unter
den Achseln starrte traurig aus dem Fenster. Vor ihr nickte ein

junger Mann mit Kopfhörern über seinen verfilzten Haaren wie ein Verrückter zu einer nicht hörbaren Melodie, verloren in seiner Welt.

Kurz nach dem Start wurde bereits ein vormittägliches Essen serviert. Der Aufkleber auf der Abdeckfolie zeigte, dass es sich um ein ausländisches Produkt handelte. Gabriels Magen vertrug meist keine fremden Nahrungsmittel, aber er hatte großen Hunger und zog deshalb das Aluminium ab. Darunter kam ein Rindfleischeintopf mit einer würzigen Soße aus Tomaten und Erbsen hervor – trotz der frühen Stunde für ein solches kulinarisches Abenteuer überraschend schmackhaft. Er verspürte eine gewisse Zufriedenheit, als er ein Brötchen in die letzten Reste der Soße tunkte. Sich auf Afrika einzulassen, war nicht so schwer wie gedacht, sinnierte er. Er fragte sich, warum man sich – nicht zuletzt er selbst – solche Gedanken machte. Die hübsch gekleidete Stewardess, deren kaffeebraune Haut schimmerte, nahm das Tablett weg und stellte stattdessen eine kleine Schale mit Pudding hin, den man bestenfalls gemischt nennen konnte. Doch nicht einmal die seltsame Mixtur aus schwer Verdaulichem und Sahne raubte ihm seine deutlich besser werdende Laune.

Eine Stunde später leuchteten jedoch die Lämpchen zum Anschnallen zusammen mit einem beunruhigend lauten Klingelton auf. Wie erwartet schwankte kurz danach das Flugzeug. Gabriel betrachtete die veränderten Wolkenformationen vor dem Fenster. Die tröstliche Decke unter ihnen war nun aufgerissen. Man konnte Hügel und Berge erkennen, die so aussahen, als würden sie aus der Landschaft hochkochen. Vor und neben dem Flugzeug hatte sich eine graue Nebelbank in Gestalt eines Hufeisens gebildet, allmählich höher in den Himmel steigend. Die Motoren wurden lauter, als der Pilot ebenfalls an Höhe zulegte. Schon bald befanden sie sich jedoch in einem Säulenwald aus Wolkengebilden, die vom Land unter ihnen genährt zu werden schienen.

»Meine Damen und Herren, hier spricht der Kapitän. Bitte schnallen Sie sich an, da wir nun mit dem Landeanflug auf Juba International Airport beginnen. Möglicherweise durchstoßen wir dabei ein paar Auftriebsströmungen, aber wir tun unser Bestes, Turbulenzen zu vermeiden. Ich danke Ihnen für Ihre Aufmerksamkeit.«

Nach dieser beruhigenden Ansage brachte der Pilot die Maschine in Schräglage und ließ sie dann abrupt sinken. Seiner gelassenen Ankündigung folgte ein solch extremes Manöver, wie Gabriel es noch nie erlebt hatte. Trotz der Bemühungen des Kapitäns stürzte und taumelte die kleine Embraer durch die Luft, sodass es die Passagiere durchschüttelte, als würden sie sich auf einer Achterbahnfahrt befinden. Als sie an Bord gegangen waren, hatte Gabriel innerlich über die gestrichelte Linie an der Seite des Flugzeugs gegrinst, über der in fröhlichen Lettern stand: »Im Notfall hier schneiden«. Jetzt fand er das gar nicht mehr lustig.

Mit einem weiteren erschreckenden Schütteln sanken sie unter die Wolkendecke, und das riesige Land des Südsudan lag sichtbar vor ihnen. Juba zeigte sich als eine weite Fläche von roten und grünen Dächern entlang der Ufer des schimmernden Weißen Nils. Die Stadt breitete sich unregelmäßig von den Ufern des Flusses aus, um dann abrupt in einer beinahe geradlinigen Grenze durch atemberaubende Grünflächen ersetzt zu werden. Gabriel kannte ein solches Grün von den Wiesen im englischen Frühling, aber noch nie zuvor hatte er gesehen, dass das Buschland in einer derartigen Farbe erleuchtete. Der Botaniker in ihm erwachte, und er konnte beinahe die Solarstrahlung spüren, die das üppige Gestrüpp reflektierte. Die Landschaft war von Flüssen und breiten Sumpfgebieten durchzogen, welche in der Sonne funkelten. Jenseits der Stadtgrenze sah man kaum Anzeichen für eine Besiedlung, nur einige spinnbeinige braune Narben, die auf ein Gehöft mit drei oder vier Hütten verwiesen.

Gabriel dachte an die Zugfahrt nach Heathrow. Sie schien in einem anderen Leben stattgefunden zu haben. Die hell leuchtenden Felder waren mithilfe von Hecken ordentlich in handliche Parzellen unterteilt – so britisch –, während die Bäche dicht von Holunder, Ulmen und Eichen gesäumt waren. Er hatte die zunehmende Tendenz in kleineren Städten bemerkt, den Bewohnern ein Stückchen Boden zuzuweisen, wo sie Gemüse ziehen konnten. Jeder hatte ein briefmarkengroßes Land, voneinander durch Steine abgegrenzt, sowie einen winzigen Schuppen für die Werkzeuge und Ähnliches. In gewisser Weise erinnerte es ihn an sein gesamtes bisheriges Leben, sauber aufgeräumt. Was er jetzt unter sich sah, hätte kaum anders sein können. Angst stieg in ihm hoch, als er über den Flugzeugflügel hinweg den Nil betrachtete. Zum ersten Mal machte er sich Sorgen, dass seine Vereinbarungen nicht klappen würden, dass ihn niemand am Flughafen abholte und er alleingestellt ums Überleben kämpfen musste.

Doch selbst wenn er nicht weiter als bis hierher kam, dachte er, dann konnte er zumindest behaupten, dass er sein Bestes gegeben hatte. Er war in der Lage, am Ende seines Forschungsberichts darauf zu verweisen, dass ihn die gefährliche Situation im Südsudan davon abgehalten habe, tiefer als Juba ins Land vorzudringen, was zumindest seinen Mut beweisen würde, so etwas überhaupt zu versuchen.

Der Pilot brachte das Flugzeug ein letztes Mal in Schräglage, während er auf die Stadt zuhielt. Erst jetzt bemerkte Gabriel den dunklen Streifen der Landebahn, die genau entlang der Stadtgrenze verlief. Sie würden nur etwa hundert Meter von den Wohnvierteln entfernt landen. Es war, als setzte man auf Spike Island in Bristol auf, um dann vom Flugzeug aus direkt an Harbourside auszusteigen. Nur dass Gabriel hier keine Springbrunnen, keine eleganten Geschäfte, ja nicht einmal sonderlich bemerkenswerte Gebäude sehen konnte, sondern eine Ansammlung von flachen Wohnhäusern aus rosafarbenen und grauen Mauern. Die Häuser breiteten sich unter ihm wie eine Stadt kurz vor ihrer Entstehung mit den ersten Anzeichen einer Infrastruktur aus, während sie sich an den Rändern organisch weiterentwickelte. Es wirkte fast so, als hätte es hier irgendwann einmal eine Explosion gegeben, wodurch die urbanen Trümmer nach außen bis zum Fluss gedrängt worden seien, sich ansonsten aber in konzentrischen Kreisen um den großen Knall angeordnet hätten. Im Zentrum standen die Wohnstätten dichter, um sich dann an den Rändern allmählich in einzeln daliegende Hütten und Schuppen zu verflüchtigen.

Die Maschine flog knapp über der Landebahn dahin. Fast schien sie nicht willig zu sein, den Boden zu berühren, als sie an einem Parkplatz mit weißen UN-Helikoptern entlangglitt, deren riesige Rotorenflügel wie seltsame Kopfbedeckungen wirkten. Sie kamen an einer Gruppe von Flugabwehrgeschützen vorbei, umgeben von braunen Sandsäcken, dann an mehreren UN-Transportflugzeugen, deren Propeller festgezurrt waren, sowie kleineren Jets und Fahrzeugen. Ein ganzer Stützpunkt war hier für die UN-Lebensmittelhilfe errichtet worden, einschließlich Lagerhallen, Ladevehikeln und Wendeplätzen für Flugzeuge. Eine Transportmaschine mit dem blauen UNHCR-

Logo auf dem Heck stand hinten offen neben der Ladefläche. Als die Räder endlich den Boden berührten, sah Gabriel durch das Fenster auf der anderen Seite des Gangs hinaus. Dort lag eine große Boeing flach und ausgeweidet im Gras auf ihrem Rumpf. Der Horizont reichte bis ins Unendliche, oben die wallenden Wolken und unten eine raucherfüllte, ebene Landschaft. Es war eine beängstigende und erregende Ankunft zugleich.

Als sich die Türen öffneten, drang sofort eine klebrige Hitze ins Innere der Maschine und verdrängte die angenehm gekühlte Luft der Klimaanlage. Gabriel keuchte beinahe laut, als ihn die heiße Feuchtigkeit erfasste und er im gleichen Moment zu schwitzen begann. Die Anstrengung, die es bedeutete, seine Tasche aus dem Gepäckfach zu nehmen und dann die Stufen hinabzusteigen, reichte, um ihn zum Röcheln zu bringen. Er stolperte auf den heißen Asphalt, die Hose haftete an der Innenseite seiner Schenkel. Bis er die kurze Strecke zu der improvisierten Ankunftshalle zurückgelegt hatte, war er beinahe wundgerieben.

Das Flughafengebäude war ein einstöckiger Bau, eine Ziegelkonstruktion mit einigen Fertigteilen. Der Name »Juba« stand in großen gelben Buchstaben auf dem Dach, wohingegen auf dem offiziellen Schild »Juba International Airport«, gefolgt von arabischen Zeichen, zu lesen war. Eine Flagge hing schlapp in der Sonne, aufgespannt zwischen zwei Fenstern auf der Fertigbauseite des Gebäudes: »Willkommen im Südsudan, dem 54. unabhängigen Staat Afrikas«. Jemand hatte mit einem dicken Filzstift hinzugefügt: »Ciao, Ciao, Khartum, Trennung hurra!«

Als Gabriel von den Passagieren umgeben war, die sich alle am Eingang versammelten, bemerkte er eine Bewegung über sich. Riesige Vögel mit weit ausgebreiteten Flügeln zogen im schmutzigen Dunst der Stadt ihre Kreise. Dann stolperte er von der grellen Hitze in die düstere Ankunftshalle hinein. Eine Reihe von Männern in Camouflage-Uniformen und mit Sturmgewehren bewaffnet, stand hinter einem Schalter. Dunkle Sonnenbrillen verdeckten die Gesichtsausdrücke. Es wurde viel gerufen und gestikuliert, alle drängten sich in dem engen Bereich vor den Soldaten, doch niemand übertrat die Sicherheitslinie. Durch eine Wand war ein Loch geschlagen worden, sodass man noch die Ziegel sehen konnte, die wie splittrige Zähne wirkten. Einige der Passagiere schoben sich nach vorn, offenbar in Erwartung ihres Gepäcks, das durch diese Öffnung kommen würde. Die Europäer hingegen befanden sich auf der anderen Seite der Halle und schwitzten geduldig in einer Schlange vor zwei Schaltern mit Fenstern. Ein Mann mit einer Baskenmütze und einer olivgrünen Uniform, ebenfalls mit einem Sturmgewehr bewaffnet, wies Gabriel mit dem Lauf an, dass er sich in die Schlange einreihen sollte. Gabriel gehorchte und stellte sich hinter eine Frau mittleren Alters, die mit demselben Flugzeug angekommen war.

»Chaotischer Flughafen, was?«, meinte sie fröhlich, während sie in der stickigen Wärme warteten – als ob Chaos etwas wäre, das man genoss. Gabriel war nicht so gut gelaunt wie sie, denn die Mischung aus Hitze und Kalaschnikows machte ihn nervös. Sie war aus den Niederlanden und arbeitete für Amnesty International. Auf ihrem T-Shirt stand, dass die Organisation die »Bösen« seit über fünfzig Jahren jagte.

»Ich treffe mich diesmal nur mit unseren Partnern, um herauszufinden, inwieweit wir hier involviert sein sollen«, erklärte sie.

Gabriel nickte betont wissend, ohne die leiseste Ahnung zu haben, was »involviert« in diesem Fall beinhaltete oder wer diese Partner sein konnten. Als ob sie spüren würde, dass er nachfragen wollte, fügte sie hinzu: »Ich weiß nicht, ob Sie schon mal im Sudan gewesen sind. Vielleicht ist Ihnen das ja auch alles bewusst. Aber Sie müssen vorsichtig sein. In diesem Land herrscht viel Paranoia, in der neuen Regierung ebenso wie bei al-Baschir im Norden. Der Haftbefehl vom Internationalen Strafgerichtshof gegen ihn ist noch aktuell, und deshalb meint er, dass jeder weiße Besucher im Sudan vorhaben könnte, ihn einzubuchten. Natürlich liegt er nicht ganz falsch. Seien Sie jedenfalls vorsichtig.«

»Welcher Haftbefehl?«, fragte Gabriel. Er wünschte sich, er hätte mehr Zeit gehabt, sich vor seiner Reise mit der aktuellen Situation auseinanderzusetzen. Jane hatte recht: Das hier war Wahnsinn.

»Sie wissen nichts vom Haftbefehl des Internationalen Strafgerichtshofs? Oh je!«, erwiderte die Frau.

»Ich dachte, dass Unabhängigkeit, Frieden, Abspaltung... Wird es denn nicht besser?«

»Die wichtigen Leute wollen nicht, dass es besser wird.« Sie sah sich um, als ob sie ein bedeutendes Geheimnis mit ihm besprechen würde.

»Ich verstehe. Danke. Dann ist das wahrscheinlich ein guter Ratschlag«, meinte er.

Jetzt war sie an der Reihe, an den Schalter zu treten. Sie wandte sich ab, ohne sich zu verabschieden. Gabriel war von der Klarheit ihrer Äußerungen erschüttert. Ihre Einstellung verstärkte seine Stimmung nur. Er fühlte sich noch nervöser, und der Schweiß lief ihm den Rücken hinunter. Ihr Pass wurde rasch gestempelt, und sie ging davon, um sich auf die Suche nach ihrem Gepäck zu machen. Einen Moment lang schien sie Gabriel vergessen zu haben. Nun trat er an den Schalter, wo ein Beamter, der trotz der drückenden Hitze einen Anzug mit Krawatte trug, seinen Pass nahm und ihn einscannte.

»Zweck der Reise… Tourist…« Der Beamte starrte Gabriel an. Seine ausdruckslose Miene strahlte beinahe etwas Aggressives aus. Gabriel lächelte ihn auf eine Weise an, die hoffentlich unschuldig und einnehmend wirkte. Es folgte eine lange Pause, während der Beamte etwas auf seinem Bildschirm anklickte. Dann blätterte er langsam den Pass durch und betrachtete die bereits vorhandenen Stempel.

»Wo sind Ihre Papiere?«

Gabriel sah ihn verblüfft an. »Äh, das sind meine Papiere. Mein Pass, mein Visum. Gut?«

»Wie heißt Ihre Organisation?«

»Ich bin Wissenschaftler. Ich bin hier, um eine Pflanze zu studieren.« Diese Erklärung klang selbst in Gabriels Ohren grotesk.

»Wie heißt Ihre Organisation?« Der Beamte wirkte völlig unbeeindruckt. Er wurde lauter. »Wo sind die Papiere Ihrer Organisation? UN, MSF, Comite? Ihre Papiere.«

Gabriel schüttelte immer verwirrter den Kopf. Der Mann kletterte von seinem Hocker und presste seine Finger aneinander, die nun wie eine Pyramide in die Luft ragten. Dann verschwand er in einem kleinen Zimmer, das sich seitlich von dem Schalter befand. Gabriel fühlte sich durch die Handgeste beleidigt. Sie erinnerte ihn an etwas, was Janes dreizehnjähriger Neffe seinem Vater entgegenhielt, um diesem im jugendlichen Trotz Paroli zu bieten – ein unklarer Verweis auf etwas Anales, dachte er.

»Probleme?« Die Holländerin war mit ihrer Reisetasche zurückgekommen.

»Nein, nein. Ich bin mir sicher, dass alles in Ordnung ist. Nur die übliche Bürokratie, Sie wissen schon.«

Sie sah ihn mit einer mitleidigen Miene an, antwortete aber nicht, sondern schlenderte stattdessen auf die Reihe der wartenden Soldaten zu.

Gabriel juckte es unter den Achseln. Alles klebte an seiner Haut. Der menschliche Geruch in dieser Halle schien stärker zu werden, ein Gestank aus Schweiß, Rauch und etwas noch Schlechterem. Ihm wurde schwach, als ob er während der zwanzig Minuten, in denen er sich hier aufgehalten hatte, ausgetrocknet wäre. Endlich kehrte der Beamte zurück, schlug den Pass auf und stempelte ihn auf einer unbenutzten Seite. Er lächelte freundlich und gab Gabriel das Dokument zurück.

»Willkommen in der Republik Südsudan.«

»Danke. Vielen Dank. Es ist mir ein echtes Vergnügen …«

Gabriel hörte sich selbst plappern, erleichtert über das veränderte Verhalten des Mannes.

Der Mann mit der Kalaschnikow zeigte allerdings keine Veränderung. Wieder verwendete er den Lauf seines Gewehrs, um Gabriel zu der Gepäcksammelstelle zu leiten. Zwei Männer mit nacktem Oberkörper, deren Haut feucht glänzte, warfen Taschen und Koffer von einem Gepäckwagen draußen durch das Loch in die Menge. Wartende Passagiere ergriffen ihre Stücke und bahnten sich dann einen Weg zum Ausgang. Zu Gabriels Erleichterung sah er seinen mitgenommenen Rollenkoffer eintreffen. Er wirkte unter den bunten Taschen und Rucksäcken seltsam fehl am Platz, wie er so durch das Loch geschleudert wurde und unbeschädigt auf anderem Gepäck landete. Gabriel brauchte eine Weile, um sich mit seinem Koffer durch die Menschen zu schlängeln, aber schließlich gelangte er zu den bewaffneten Soldaten. Hier wurden alle Taschen teilweise ausgepackt, durchsucht und dann mit Kreidebuchstaben versehen.

Zu seinem Entsetzen machte einer der Soldaten wieder

diese unhöfliche Geste, indem er seine Finger aneinander-
presste und Gabriel anwies, einen Schritt zurückzutreten,
ehe er die Person vor ihm abtastete. Dann war Gabriel an der
Reihe, und nach einer flüchtigen Durchsuchung seines Koffers durfte er gehen. Sein Gepäck war überraschend ordentlich geblieben. Das Ganze hatte insgesamt nur vierzig Minuten
gedauert, auch wenn es endlos gewirkt hatte.

Er hievte seinen Koffer durch die Kontrollzone, wo er sich
nach seinem Abholservice umsah. Ihm sank das Herz in die
Hose, als er nirgendwo ein Schild mit seinem Namen entdeckte. Er würde mit skrupellosen Schleppern und Taxifah-
rern verhandeln müssen, um sein Hotel zu finden. Doch noch
ehe er sich nach einem Taxi umsehen konnte, tauchte die Frau
von Amnesty International wieder neben ihm auf.

»Sie sind also durchgekommen. Das ist schon mal ein guter
Anfang. Willkommen in Juba.« Sie reichte ihm eine Flasche
mit kaltem Wasser. »Fünfundvierzig Grad jeden Tag, und das
Wasser ist nicht zu trinken. Muss ein schlechter Witz von Gott
gewesen sein.«

Gabriel nahm die Flasche entgegen, ohne sie zu fragen, wo
sie ein solches Geschenk aufgetrieben hatte. In einem langen
Zug trank er sie fast bis zur Hälfte leer.

Die Frau sah ihm mit einer gewissen Belustigung dabei zu.
»Es heißt, dass man hier garantiert mit zwei Erinnerungen
abreist. Eine namens Malaria und die andere namens Typhus.
Passen Sie auf sich auf.«

Sie drückte ihm kraftvoll die Hand und ließ sich dann wieder von der Menge weitertreiben. Gabriel hob die Hände und
presste die Finger zur Pyramide zusammen. Er rief hinter ihr
her. »Warten Sie! Was heißt das? Warum machen alle diese
Geste?«

»Sie sind höflich!« Die Frau lachte über seine Verwirrung, während sich die Menge um sie herum schloss. »Es bedeutet: Bitte warten Sie einen Moment.« Und damit war sie verschwunden.

Zu seiner Erleichterung trat in diesem Augenblick ein Mann mit kurzen Flechten und bunten Perlen in den Haaren auf ihn zu und streckte ihm ein Schild entgegen. »Die White Nile Lodge heißt Mr. Profesor Kobern willkommen.«

»Ich glaube, das ist für mich«, sagte Gabriel, zu erleichtert, um sich über seinen falsch geschriebenen Namen zu ärgern.

»*Dowuye parik* – mit dem größten Vergnügen. Ich heiße Rasta. Folgen Sie mir.« Der Mann nahm Gabriels Koffer. Sein Körper wurde zu einer Seite gezogen, während er mit dem schweren Gepäckstück kämpfte. Gabriel überlegte, ob er ihn auf die Rollen hinweisen sollte. Doch sobald sie in das glühende Sonnenlicht hinausgetreten waren, sah er, dass sich der Boden hier kaum für solche Kofferrädchen eignete.

Der Parkplatz ging direkt in die Straße über. Eine Ansammlung von irgendwo abgestellten Fahrzeugen, meist mit Schildern einer Nichtregierungsorganisation, verstellte den Weg. Zwei Nonnen plauderten bei heruntergelassenen Fenstern in einem VW-Bus und schienen die unerträgliche Hitze gar nicht zu bemerken. Rasta geleitete Gabriel zu einem heruntergekommenen Land Cruiser mit zerfetzten Bezügen und staubigen Fenstern. Gabriel öffnete die linke Vordertür, nur um dahinter das Lenkrad zu entdecken. Sobald er auf der Beifahrerseite Platz genommen hatte, lenkte Rasta das Auto durch einen heimtückischen Graben und ein Stück Land aus rauen Steinbrocken, ehe er auf einen breiten Kiesweg abbog. Gabriel bemerkte, dass sie auf der rechten Seite der Straße fuhren, und fragte sich, was aus dem Einfluss des mächtigen Empire bloß geworden war. Allerdings konnte man im Grunde kaum eine bestimmte Seite der Straße wählen, denn zahlreiche Motorräder sausten von hinten und von vorn wie Ameisen an ihnen vorbei. Gabriel blickte zum Himmel hinauf. Die Vögel – so groß wie Pelikane – kreisten noch immer gemächlich über ihnen.

»Geier«, erklärte Rasta und schnalzte mit der Zunge, als ob er ganz und gar nicht amüsiert wäre.

Die Straße vom Flughafen war von halb errichteten grauen Bauten, Betonpfeilern und Eisenstangen gesäumt, die wie Meeresungeheuer in die Luft ragten und der vorüberrollenden Welle des Verkehrs trotzten. Die Wege rechts und links waren alle ungeteert, ihre Oberflächen eine ölige Mischung aus Schlamm und Diesel. Sie bogen in eine der Seitenstraßen ab. Der weiche Boden saugte sich an den Reifen fest. Die Schlaglöcher waren so groß wie kleine Teiche, mit leichten Abhängen und tiefen Mulden, wodurch der vordere Teil des Allradfahrzeugs bereits wieder auf der anderen Seite herausschaute, triefend vor schlickigem Wasser. Neben der Straße breitete sich hingegen ein wahrer Teppich aus Plastikwasserflaschen aus.

Überall war die Armee zu sehen, übertroffen nur von der Präsenz der UN. Blauhelme starrten aus bewaffneten und mit Netzen verhangenen Vehikeln, während gewaltige Allradfahrzeuge langsam die schlammigen Schlaglöcher umrundeten.

»Wo es Scheiße gibt, ist die UN nicht weit«, erklärte Rasta, als ein weiterer UN-Wagen sie überholte und dabei mit Schlamm bespritzte. »Mit Scheiße lässt sich viel Geld machen«, fügte er ungerührt hinzu.

Die Großstadt – dem Namen nach eine Großstadt, tatsächlich aber, was die Infrastruktur betraf, eher eine Kleinstadt – war eine widersprüchliche Mischung aus Unruhe und

Stillstand. Sie vibrierte vor Aktivität, doch von Ergebnissen war wenig zu sehen. Entwicklungshelfer brausten in Land Rovern mit Klimaanlagen durch die Gegend, während alle anderen in Bussen und LKWs zusammengepfercht waren oder sich auf chinesischen Motorrollern drängten, die schwarze Abgase in die Luft jagten. Gabriel sah fassungslos zu, wie ein Moped neben ihnen auftauchte und souverän alle Gefahren des Straßenbodens umkurvte, wobei einer der beiden Passagiere in jeder Hand ein wild flatterndes Huhn festhielt. Keiner trug einen Helm. Die Frau, die hinten saß, bemerkte sein Entsetzen und winkte ihm grüßend mit einem Huhn zu. Als sich die Straße vor ihnen weitete, waren sie in einer Wolke auf graublauem Rauch und Federn verschwunden.

»Das ist ein *Bodaboda*«, erklärte Rasta. »Sehr billig. Aber man muss einen alten Fahrer wählen. Die jungen sind zu gefährlich.«

Gabriel war bisher noch nie auch nur in die Nähe seines Fahrrads gekommen, ohne seinen Helm auf dem Kopf zu haben. Er konnte sich nicht einmal annähernd vorstellen, freiwillig ein Bein über ein solches Motorrad zu schwingen, um dann ohne Kopfschutz durch die geschäftigen Straßen von Juba zu rasen.

Sie fuhren an einer Gruppe von etwa dreißig Männern vorbei, die dasaßen und mit Hämmern oder Steinen auf gebrochene Bleche schlugen, um diese in einer Kakofonie aus Geklapper zu formen und zu reparieren. Etwas weiter war eine andere improvisierte Werkstatt unter einem halb eingefallenen Dach zu sehen. Ein kleiner Generator stand in einer Ecke und spuckte zitternd Öl auf die Straße. Ein Mann war mit einer Lichtbogenschweißung beschäftigt, wobei sein einziger Schutz eine Sonnenbrille war. Gabriel schaute weg, als die weißen Funken aus dem Ende des Schweißgeräts sprühten. Der Lärm der Hupen, das Schlingern der Geländefahrzeuge und Motorräder sowie die rauchenden Dieselmotoren vermittelten alle den Eindruck eines lebendigen Chaos, einer hektischen Aktivität in Abwesenheit einer sichtbaren Wirtschaft.

Gabriel hatte die Lage der Lodge gegoogelt. Auf der Landkarte befand sie sich in der Ecke einer großen Fläche, die als zentraler Friedhof bezeichnet wurde. Doch seine Vorstellung von ordentlichen Gräbern löste sich jetzt in Luft auf. Es handelte sich um ein großes Feld mit wuchernden Büschen und hohen Gräsern, der Boden bedeckt mit Müll. In einem Abschnitt füllten einige Frauen Wasser von einem riesigen Behälter auf einem Lastwagen in gelbe Fünfundzwanzig-Liter-Kanister ab. Leute auf Mopeds mit leeren, festgegurteten Kanistern warteten geduldig darauf, bis sie an der Reihe waren.

Die White Nile Lodge stellte sich als Anlage und weniger als ein Hotelbau heraus, wie er sich das ausgemalt hatte. Leider stank es nach Müll, Mist und Abwässern. Es gab offenbar eine Art Kanalsystem, das jedoch von notdürftig errichteten Wellblechhütten und eingefallenen Ziegelbauten gesäumt war. Eine Holzbrücke führte über den kleinen Bach zwischen Parkplatz und der Zeltrezeption, der eher versickerte als dahinfloss. Die Hitze vermischte sich mit dem Gestank zu einer undurchdringlichen Wand und lag schwer wie ein fauliges Tuch auf Gabriels Schultern. Die Luft hatte etwas Klaustrophobisches. Er sehnte sich nach Regen. Doch die Wolken über ihm sahen nur drohend aus, weigerten sich aber, Erlösung zu bringen.

Die Anlage befand sich zwischen grünen Bäumen und Bananenhainen, jedes Zimmer ein frei stehender Fertigbau mit einem Reetdach. Die Möbel waren karg, ganz gleich, wie bescheiden der Anspruch auch sein mochte. Zumindest gab es ein funktionierendes Klimagerät. Gabriel war bisher nicht klar gewesen, dass die Waschräume gemeinschaftlich geteilt wurden. Verdammter Mist, dachte er. Er hatte keinen Luxus erwartet, aber das letzte Mal, als er sich ein Badezimmer mit anderen teilen musste, war beim Sportlager im Gymnasium gewesen. Er nahm sich Zeit, die Toiletten und Duschen genau zu inspizieren. Sie schienen passabel zu sein, wobei er in der Dusche den größten Ochsenfrosch entdeckte, dem er jemals begegnet war. Er wackelte mit dem Kopf, als ob er unter Schluckauf leiden würde, nachdem er den letzten Besucher verspeist hatte. Das Tier ließ Gabriel an Hargreaves denken, und auf einmal sehnte er sich nach der kühlen, vertrauten Bequemlichkeit, die der Sessel seines Kollegen für ihn ausstrahlte.

In seinem Zimmer war es drückend heiß. Die dünnen Wände hielten die Hitze nicht ab, sondern schienen sie vielmehr auszustrahlen. Ein Moskitonetz hing in einem feuchten Knoten über der Mitte des Bettes. Er bemerkte, dass die Bettwäsche nur aus einem Laken bestand. Offenbar brauchte er nicht mehr, wie er mit einer gewissen Panik feststellte. Nachts musste die Hitze doch nachlassen? Bemüht um eine gewisse Ordnung begann Gabriel mit dem Auspacken seines Koffers. Er legte die Kleidung auf das Sperrholzbrett, das als Regal diente, und zog sich eine kurze Hose an. Dann setzte er sich auf das Bett, den Kopf in den Händen. Er fragte sich, ob es wohl ein besseres Zimmer gab und ob er jemanden finden würde, um sich zu beschweren. Gerade von ihm, der kurz vor der Ernennung zum Professor stand, konnte man doch nicht erwarten, so etwas zu ertragen? Als er es nicht länger aushielt, floh er aus dem Höllenzimmer und suchte den Empfang auf.

Bar und Speisesaal hatten einen festgetretenen Erdboden sowie ein Strohdach und waren nach allen Seiten hin offen.

Von den Balken hingen Ventilatoren herab, die sich rasch drehten, aber kaum Wirkung erzeugten. Hier roch es zumindest besser, was an einer großen Schale mit qualmendem Weihrauch lag, die dort stand. Die Luft wirkte fast neblig, da sich der Weihrauch mit dem Dampf der Shishas vermischte, die an vielen Tischen geraucht wurden. An einem größeren Tisch fand gerade eine Zusammenkunft statt. Einige Leute machten sich auf Papierblöcken Notizen, während sie den Worten eines Vortragenden lauschten. Um die Bar saß eine Gruppe lautstarker weißer Männer in kurzen Hosen und T-Shirts, die derart betrunken waren, dass sie sich ununterbrochen gegenseitig auf den Rücken schlugen und einander in die Arme fielen. Gabriel wählte eine niedrige Couch und einen Tisch am anderen Ende des Raums. Zu seiner Freude entdeckte er Rasta, der hier als Barkeeper beschäftigt war und nun lächelnd mit einem großen Glas bernsteinfarbenem Bier mit Schaumkrone auf ihn zukam.

»Das ist ein Bier aus der Gegend«, erklärte er und stellte das volle Glas vor ihn hin. »White Bull Lager.«

Gabriel nahm einen großen Schluck. Die kühle Flüssigkeit tat seinem Rachen gut. Wenn man bedachte, dass im Sudan jeglicher Alkohol verboten gewesen war, als es noch den vereinten islamischen Staat gegeben hatte, war Gabriel froh, dass er nun ein Bier bekommen konnte, noch dazu ein so gutes.

Murmelnd bedankte er sich, und Rasta grinste, ehe er wieder zu seinem Platz hinter der Theke zurückkehrte.

Das Treffen an dem großen Tisch näherte sich dem Ende, und die Leute standen auf, die Köpfe zu einem stillen Gebet gesenkt. In diesem Moment brachen die Männer an der Bar – wahrscheinlich nicht absichtlich, aber dennoch unpassend – in Singen aus, ein Gebrüll, von dem man nur verstehen konnte: »Wir scheren uns um nichts!« Trotz der Störung murmelte die

Gruppe ihr Gebet zu Ende. Zum Glück wurde das unmelodische Gegröle rasch durch den Treffer bei einem Rugbyspiel abgebrochen, das auf einem winzigen Fernsehapparat über der Bartheke zu sehen war. Fäuste flogen nun hoch, und man klatschte sich begeistert ab.

Gabriel bemerkte zwei Männer, die ein wenig abseits auf Barhockern saßen, rauchten und tranken. Sie achteten nicht auf den Lärm um sie herum, sondern unterhielten sich angeregt. Der Sprechende – mit sandfarbenen Haaren und dunkel gebräunten Armen – erklärte etwas, wobei er mit seiner Hand eine Geste machte, als würde er das Landen eines Flugzeugs oder Helikopters nachahmen. Der andere nickte mit ernster Miene. In diesem Moment schaute der Mann mit dem dunklen Teint auf und starrte Gabriel an. Dieser richtete sogleich den Blick auf sein Bier. Fliegen umlagerten ihn, und zu seiner Verärgerung stellte er fest, dass zwei in seinem warm werdenden Bier schwammen. Ein Waran, so groß wie ein königlicher Corgi, beobachtete ihn interessiert von dem Sims einer niedrigen Mauer, während er mit bläulicher Zunge die Luft schmeckte.

»Sie sollten rauchen. Das verjagt die Biester.« Der Mann mit den sandfarbenen Haaren hatte seinen Platz an der Bar verlassen und setzte sich nun Gabriel gegenüber. »Und essen Sie erst, wenn es dunkel wird. Dann lassen die Fliegen Sie in Ruhe. Außerdem können Sie um die Zeit Ihr Essen nicht erkennen, was Vorteile hat, denn es sieht so aus, als hätte es ein Hagedasch ausgeschissen. Allerdings stürzen sich dann die Moskitos auf Sie. So ist Afrika, nichts für Weicheier, was?«

Der Akzent des Mannes klang rau und tonlos – wie der eines Neuseeländers. Er hatte eine Narbe, ein glattes Keloid auf der linken Seite seines Halses in einer unregelmäßigen Form, die wie ein Staat auf einer Landkarte aussah. Obwohl die

Narbe nicht groß war, fiel es Gabriel doch schwer, den schimmernden Fleck unterhalb des Kinns nicht anzustarren. Die Oberarme des Mannes zuckten, während er sprach. Auf seiner Schulter war eine Art von Wappen eintätowiert. Zwischen den Fingern hatte er eine halb gerauchte, filterlose Zigarette.

»Alle verpissen sich wie die Ratten. Die Regenzeit fängt an. Wird schon bald zu schütten anfangen. Überall Schlamm. Scheiße in den Straßen. Und Sie? Sie müssen einen guten Grund haben, hier zu sein, oder Sie sind einfach total bescheuert.« Rauch strömte aus seinem Mund, während er sprach.

»Wahrscheinlich eher Letzteres.« Gabriel lachte leichthin, aber der Mann hatte offenbar keinen Humor. »Ich bin hier zur Feldforschung. Ich bin Biologe.«

»Vogelmann, was?«

Die Haut an Gabriels Nacken begann zu prickeln, und er spürte, wie das Adrenalin in ihm hochschoss. »Seltsam. Dasselbe habe ich vor Kurzem schon mal gehört. Von einem Mann namens Bill in Nairobi.«

»Bill? Kenne ich nicht. Ich heiße Jannie.« Er hielt ihm nicht seine Hand hin. Stattdessen ließ er seinen Zigarettenstummel fallen und trat mit seinem Stiefelabsatz auf die Glut, um sie in die Erde zu bohren. Die nächste Kippe wurde angezündet.

»Yanni mit Y?«, fragte Gabriel.

»Schaue ich etwa griechisch aus? Nein, Mann, ich bin Südafrikaner. Jannie mit einem J. Ich bin Unternehmer. Im Sicherheitsgeschäft.« Es folgte eine Pause, die für ihn offenbar Bedeutung hatte, Gabriel aber nicht verstand. »Also? Welche Vögel interessieren Sie denn so?«

Gabriel zögerte. Er wusste nicht, was er antworten sollte. Wieder hatte er das Gefühl, dass er eine Anspielung nicht begriff. Vielleicht auch eine Provokation? Doch ohne zu verstehen, worum es ging, wagte er es nicht, darauf zu reagieren. Es schien ewig zu dauern, bis sein Gegenüber schließlich meinte: »Keine Sorge, Mann. Ich werd's bestimmt bald selbst rausfinden.«

Der Südafrikaner nahm mit einer seiner riesigen Pranken sein halb leeres Päckchen mit Zigaretten vom Tisch und erhob sich. Drohend stand er über Gabriel. »Wir sehen uns, *Boet*.« Er formte mit Daumen und Zeigefinger eine Pistole und machte leise »Peng«, als er den Daumen senkte. Die blonden Härchen auf seinem Unterarm hoben sich deutlich von der dunkel gebräunten Haut ab.

Der Waran musterte Gabriel misstrauisch. Juba war voller örtlicher Polizisten, UN-Soldaten, privater Miliz, Sicherheitsberater und anderer offensichtlicher Konjunkturritter. Doch es gab hier niemanden wie Gabriel. Man hielt ihn für einen verdammten Ornithologen. Und dabei waren die einzigen Vögel, die er bisher gesehen hatte, diese kreisenden Geier. Vielleicht war es ein gewaltiger Fehler gewesen, dachte er, während er die ertrunkenen Fliegen aus seinem Bier fischte. Vielleicht wäre es jetzt an der Zeit, wieder dorthin zurückzukehren, was er immer noch als sein Zuhause betrachtete.

Gabriels erste Nacht in Juba verlief unruhig und unbequem. Er verspürte das dringende Bedürfnis, mit Jane zu reden, was wohl weniger daran lag, dass sie jemand aus seinem normalen Leben, sondern dass sie ihm immer noch lieb und teuer war. Untypisch für ihn vertraute er sich ihr in einer E-Mail an, nachdem er eine Weile damit gekämpft hatte, den Laptop mit dem launenhaften Internetserver zu verbinden. Doch sobald er auf »Senden« gedrückt hatte, bedauerte er bereits den emotionalen Tonfall seiner Nachricht. Dennoch sah er in der Hoffnung auf eine Antwort, auf einen Brückenschlag zu seinem alten Leben alle paar Minuten im Posteingang nach. Nichts kam, und seine Einsamkeit verstärkte sich mit jeder Minute, die er ohne Erwiderung verbrachte. Er kehrte in sein Zimmer zurück, das eher wie ein Geräteschuppen auf ihn wirkte, wo es unerträglich heiß und alles, was er vom Boden bis zum Laken berührte, feucht war. Törichterweise öffnete er die Tür, um etwas kühle Luft hereinzulassen, woraufhin er eine ganze Reihe von eindringenden Amphibien verjagen musste. Die erste Kröte, die er entdeckte – eine relativ kleine Ausgabe im Vergleich zu dem Menschenfresser in der Dusche – ließ sich leicht in eine Ecke treiben. Doch sobald er sie hochhob, entleerte sie ihren Mageninhalt über seine Hand. Die anderen drängte er mit seinen Schuhen nach draußen, ehe er sich den Insekten und Spinnen zuwandte, die ebenfalls die Gelegenheit ergriffen hatten, aus der Dunkelheit zu ihm hereinzukommen.

Doch diese frühabendlichen Aktionen waren nichts im Vergleich zu dem, was folgte. Der Lärm der Frösche in den feuchten Feldern um die Anlage war ohrenbetäubend. Direkt vor seinem Schuppen schienen mehrere Partys mit dröhnender Musik gleichzeitig stattzufinden. Und dann bewegte sich ein Vogel oder ein anderes Tier durch die Bäume über seinem Zimmer und machte dabei Geräusche, die sowohl leise als auch bedrohlich klangen – ein bisschen wie die kleinen, aber raublustigen Dinosaurier in *Jurassic Park*. Er sah das Tier vor sich, wie es schuppig und mit scharfen Zähnen die dünne Wand seines Zimmers durchstieß und über ihn herfiel. Irgendwann döste er auf dem Rücken liegend ein, wobei er versuchte, sich nicht zu bewegen, um ja nicht mit der klebrigen Feuchtigkeit des Lakens in Berührung zu kommen. Innerhalb einer Stunde wurde er wieder geweckt, von einem Maschinengewehrtrommelfeuer, als Hunderte von Schüssen ganz in der Nähe losgingen. Es dauerte nur kurz, doch wühlte es ihn so auf, dass er sich in seinem Bett aufsetzte und den Morgen herbeiwünschte.

Der Sonnenaufgang so nahe am Äquator war weniger der sanfte Übergang von Dunkelheit zu Licht als vielmehr das abrupte Anschalten eines Scheinwerfers. Einen Moment lang war es noch Nacht, und schon im nächsten musste Gabriel blinzeln, so grell war es plötzlich in seinem Raum. Der fehlende Schlaf und die ständigen Herausforderungen durch Natur und Menschen ließen seinen Kopf schmerzhaft dröhnen. Er fühlte sich miserabel und sehnte sich nach seinem morgendlichen Espresso und der Kühle eines herbstlichen Tages in Bristol. Stattdessen gab es zum Frühstück dicke Scheiben Weißbrot mit Erdnussbutter und dazu Zichorienpulverkaffee. Seine Laune verbesserte sich dadurch nicht. Die Bemühungen der White Nile Lodge, sich dem europäischen Geschmack anzupassen, bedurften einiger Verbesserungen.

Ehe er die Lodge verließ, gelang es ihm doch noch, einen Moment lang die Internetverbindung herzustellen, sodass er eine kurze Nachricht von Jane erhalten konnte.

»Es tut mir leid, dass Juba dich nicht netter willkommen geheißen hat. Ich habe ja versucht, dich zu warnen. Auch tut es mir leid, dir das nun sagen zu müssen, während du dich in dieser schwierigen Situation befindest, aber ich habe jemanden kennengelernt. In der Arbeit. Frank. Diesmal ist es tatsächlich etwas Ernstes, weshalb wir unsere Angelegenheiten regeln müssen, sobald du zurück bist.«

Gabriel verkrampfte sich der Magen. Jetzt also irgendein Kretin aus der Armee. Er fragte sich, wie sich ihrer Meinung nach

»ernster« Sex von einem Geschlechtsverkehr unterschied, der etwas oberflächlicher war.

Er schrieb eine verletzende Erwiderung: »Ist Frank auch verheiratet? Teilt er deine fehlende Loyalität hinsichtlich des Ehegelöbnisses?« Dann stellte er sich vor, wie Jane über seinen Ausdruck lachte. Er löschte die Antwort und fuhr den Laptop herunter. Im Grunde hätte er so etwas erwarten können. Schließlich hatten sie mehr oder weniger beide festgestellt, dass ihre Ehe kaputt war, und wenn er ehrlich war, sah auch er keinen Weg mehr aus diesem Chaos. Doch ihr selbstsicherer Tonfall und die Wahl des Wortes »Angelegenheiten« rissen erneut die Wunden in ihm auf.

Verstört verließ er die Lodge. Rasta spürte seinen Missmut und fuhr schweigend und langsam durch die schlammigen Schlaglöcher. Die Schatten von Marabus und Geiern wanderten über das Auto, während die riesigen Vögel über ihnen kreisten, zwischen ihnen kleinere Falken und Milane. Hundegroße Krähen stolzierten wie Leichenbestatter über die Müllberge. Huren saßen auf Kisten vor dem Eingang zu dem Gelände und winkten Gabriel zu, als sie bemerkten, wie er aus dem Fenster blickte. Einmal blockierte eine Herde Langhornrinder dem Wagen den Weg. Die enormen Leiber der Tiere dampften in der Morgensonne, und ihre Hörner wiesen wie Elefantenrüssel in alle möglichen Richtungen. Rasta bog auf das Gelände der UN-Aid ab, wo Gabriel eine Ms. Hillary Preston treffen sollte, eine Mitarbeiterin des UN-Entwicklungshilfeprogramms. Professor Ismail aus Khartum hatte ihm eine Einladung geschickt und den ersten Kontakt hergestellt. Ihre Mail hatte nicht sonderlich enthusiastisch geklungen.

»Das Reisen außerhalb von El Buhayrat, nördlich von Juba, ist weiterhin nicht einfach. Ihr beabsichtigtes Ziel der Region Bahr al-Ghazal bleibt wechselhaft. Reisen in Richtung Abyei und Unity sind nicht möglich. Wir können nicht versprechen, Mr. Cockburn zu unterstützen, da er vor allem als Privatperson unterwegs ist. Aber wir beraten ihn natürlich, sobald er vor Ort ist.«

Gabriel wurde in ihr Büro geführt – ein Fertigbauhaus in der Mitte des riesigen Geländes –, wo sie hinter einem vollgestellten Schreibtisch saß. Es handelte sich um eine Frau jüngeren Alters mit kurzen Haaren, die sie aus dem Gesicht gekämmt hatte.

»Kann ich Ihnen helfen?«, fragte sie mit kanadischem Akzent und diensteifrigem Ton.

»Es geht ... Ich bin Professor Cockburn.«

»Ja?«

»Aus Bristol. Wir standen letzte Woche im E-Mail-Kontakt.«

»Ach ja. Mr. Cockburn. Genau, jetzt erinnere ich mich. Ich war mir nicht sicher, ob Sie die Reise nicht abblasen würden.« Offensichtlich hatte Ms. Preston nicht damit gerechnet, dass er kommen würde. Für jemanden in ihrem Alter wirkte sie bereits ziemlich abgeklärt. Ihre Haut zeigte die Angriffe der Hitze, und ihre Lippen waren aufgerissen. Über ihre Nase und unterhalb ihrer Augen zog sich eine Bahn von Sommersprossen. Ihre Verwendung des Wortes »abblasen« und ihr Weglassen seines akademischen Titels hatten etwas Entmutigendes.

»Sie wollten also nach Norden reisen, um sich eine Pflanze anzuschauen?«, fragte sie. So tonlos, wie sie sprach, klang es nach einem ausgesprochen zweifelhaften Unterfangen, das er da plante – was vielleicht auch zutraf.

»Ja, in gewisser Weise schon.«

»Und Sie möchten, dass ich mich um den Transport kümmere?«

»Sie meinten, Sie könnten mich unterstützen …«

»Ich schrieb, ich könne Sie beraten. Es ist nicht gerade einfach, nach Bahr al-Ghazal zu gelangen.«

»Das ist mir klar. Weshalb ich auch Ihre Hilfe benötige.«

»Mr. Cockburn, verzeihen Sie, wenn ich … wenig hilfreich klinge. Wir wechseln turnusmäßig unsere Arbeitseinsätze in Orten wie dem Südsudan, um Burnout zu vermeiden. Ich bin hier bereits länger als die meisten. Vielleicht wirke ich nicht sehr mitfühlend. Aber ich kann Ihnen sagen, dass sich die Welt einfach weiterdreht. Niemand interessiert sich mehr. Es gab eine Zeit, da zählte man im Grunde gar nicht, wenn man als Nichtregierungsorganisation irgendwo anders arbeitete als im Südsudan. Vor dem Südsudan war Darfur der Ort, wo man sein musste. Jetzt ist dieser Ort Damaskus. Die Journalisten sind alle weg, um über Mali zu berichten. Und wieder mal Haiti. Hier sind nur die Aasgeier übrig.« Sie blickte ihm direkt in die Augen. »Um die Leichen zu fressen.«

»Ich kann verstehen, dass Sie sich über meine Motive wundern …«

»Ihre Motive gehen mich nichts an. Ich stelle sie auch nicht infrage«, unterbrach sie ihn. »Aber es gibt einen Ausdruck für Leute wie Sie – sozusagen Juba-Slang –, von denen Hunderte hier durch diese Katastrophengebiete ziehen. Man nennt sie Aktenkoffer-NGOs. Sie haben einen Aktenkoffer für das Geld, sonst nichts. Sie bringen Unterlagen und Statistiken und Kontodetails, aber nichts Bedeutendes.«

»Hören Sie, ich…« Gabriel versuchte ihrem Redefluss Einhalt zu gebieten.

Sie hob eine Hand, um ihn zum Schweigen zu bringen. »Außerdem arbeitet das Entwicklungsprogramm der UN auf schwierigem Terrain. Es wäre naiv anzunehmen, dass wir uns nicht mit dem politischen Willen einflussreicher Leute auseinandersetzen müssen. Wir müssen zum Beispiel sowohl in Karthum als auch in Juba vor Ort sein, da unsere Arbeit für beide wichtig ist und die Lager voller Menschen sind, welche die Grenzen überschreiten. Haben Sie schon mal von Aid-Farming gehört, Mr. Cockburn?«

»Nein, aber ich weiß nicht, was das jetzt…«

»Dachte ich mir. Um es einfach auszudrücken: Zu Aid-Farming gehört es, zu beeinflussen, wo und wie Hilfe verteilt wird. Sie können zum Beispiel entscheiden, wo Leute leben sollen. Mit einer Unterschrift kann man Hunderttausende dazu zwingen, ihre wenigen Habseligkeiten zusammenzuraffen, ein vom Hunger bedrohtes Lager zu verlassen und mehrere Hundert Kilometer zu reisen, um sich auf einem neuen Stück Erdboden hinzuhocken, wo es jetzt Hilfe gibt. Wie verhungernde Bienen, die dem Honig folgen. Am zynischsten wird es, wenn man diese Hilfe der eigenen Miliz zuschanzt, sodass sie weiterhin Menschen abschlachten kann, ohne sich über die Landwirtschaft Sorgen machen zu müssen. Man lebt dann von der Hilfe des Westens, während man seelenruhig mit den Verbrechen fortfährt.«

»Das klingt grauenvoll, Ms. Preston«, sagte Gabriel. »Aber das hat nichts mit meinem Projekt zu tun. Ich bin nicht hier, um Entwicklungshilfe zu leisten. Ich bin Wissenschaftler. Und es tut mir sehr leid, dass solche Dinge passieren…«

»Das habe ich auch nicht behauptet.« Ms. Preston musterte

ihn einen Moment lang. »Ich will nur verdeutlichen, warum die UN genau überlegen müssen, wen sie unterstützen. Wir müssen uns auf unsere Ziele konzentrieren. Das ist alles.«

»Und Nachforschungen zu einer nicht landwirtschaftlich nutzbaren Pflanze gehören nicht dazu. Das verstehe ich. Ich könnte Ihnen zwar erklären, warum diese Nachforschungen letztlich sehr wohl zu Ihren Zielen passen, aber…«

»Aber es geht ums Heute und Jetzt.« Ms. Preston hatte die ärgerliche Angewohnheit, Sätze zu beenden und dabei nicht das zu treffen, was Gabriel hatte sagen wollen. Trotzdem nickte er zustimmend. Er hatte vorgehabt, sich dafür zu entschuldigen, dass er ihr die Zeit stahl, und sich dann zu verabschieden. Stattdessen wartete er nun darauf, was sie als Nächstes vorhatte. Schließlich war er den ganzen Weg hierhergereist, um sie zu treffen. Jetzt wollte er nicht mit leeren Händen abziehen.

Ihre nächste Äußerung, die erst nach einem längeren Schweigen erfolgte, ließ ihn vermuten, dass sie sein Eintreffen doch vorhergesehen und für diesen Fall einen Notplan erstellt hatte, um ihn so schnell wie möglich wieder loszuwerden.

»Es gibt da Leute, die aus dieser Gegend im Norden stammen und die wir vor Kurzem als Übersetzer benutzt haben, weil ihr Englisch gut ist. Ausgebildet in Uganda und jetzt… Jetzt in Juba.«

Zum ersten Mal schien sie sich nicht wohlzufühlen und nach den richtigen Worten zu suchen. Gabriel fragte sich, ob sie vorhatte, ihn einem trinkenden Ex-Kindersoldaten der Sudanesischen Volksbefreiungsarmee unterzujubeln, der fünf Worte Englisch konnte und mit den Briten noch ein Hühnchen zu rupfen hatte.

»Kommen Sie am Montag um zehn Uhr wieder hierher, dann stelle ich Sie vor. Ob Alek bereit ist, Ihnen zu helfen, wird sich dann zeigen. Das ist alles, was ich für Sie tun kann.« Ms. Preston stand auf und wies ziemlich unhöflich auf die Tür. Da er weiterhin von ihrem Wohlwollen abhängig war, verbat es sich Gabriel, sie auf ihr Verhalten anzusprechen. Er blieb auf der Schwelle stehen, um sich zu verabschieden, aber sie hatte sich bereits wieder ihren Papieren zugewandt.

»Ich hoffe, diese Pflanze ist all das wert«, sagte sie, ohne aufzublicken.

Es begann zu regnen, als Gabriel und Rasta zur Lodge zurückfuhren. Tropfen platschten auf die Windschutzscheibe und hinterließen auf dem Staub der Motorhaube kraterartige Muster. Sie fuhren durch das Zentrum der Stadt, wo sich die Regierungsverwaltungen und die Botschaften befanden. Hier war die Straße geteert, wenn auch nur in der Mitte. Sie kamen an einem offiziell aussehenden Gebäude mit hohen Mauern und einem ebenso hohen und solide aussehenden Tor vorbei. Dort standen einige Polizisten oder vielleicht auch Soldaten in weißblauen Camouflage-Uniformen. Einer zog gerade eine Plane über das große Maschinengewehr, das auf der Ladefläche eines Lasters befestigt war und aus dem Patronengurte wie Eingeweide hingen. Rasta nannte diesen offenbar typischen Kampfwagen einen »technischen«. Der Regen nahm zu, und im Himmel über ihnen begannen sich die Wolken zu ballen. Dennoch blieb es unerträglich stickig.

»Wir machen eine Teepause«, sagte Rasta und hielt ohne weitere Erklärung am Straßenrand an, wobei er das wütende Hupen eines Motorradfahrers ignorierte, dem er den Weg abgeschnitten hatte.

Gabriel fragte sich, warum es auf einmal nötig sein sollte, eine Teepause zu machen. Er war zudem leicht verärgert, dass man einfach so über ihn verfügte. Doch nach dem ausgesprochen kurzen Treffen mit Ms. Preston verspürte er auch nicht das Bedürfnis, schon wieder in seinem kleinen, überhitzten Zimmer zu sitzen.

Ein Flachdach war an die Mauer eines baufälligen Hauses angebracht worden und bot einer Gruppe von Männern Schutz, die dort auf Plastikstühlen saßen und an Gläsern mit Tee nippten. Ein großer Niembaum lieferte denen Schatten, die sich um seinen Stamm versammelt hatten. Die dunkelgrünen Blätter raschelten wie Folie. Einige Steinfrüchte fielen durch den immer stärker werdenden Regen zu Boden, wo sie prasselnd aufschlugen.

Murmelnd begrüßten die Männer Gabriel auf diese zurückhaltende Weise, wie sie für den Sudan typisch zu sein schien. Ein junges Mädchen mit zarten Narben in Form von mehreren Vs, die zwischen ihren Augenbrauen verliefen, schenkte durch ein Sieb hellbraunen Tee in ein Glas. Sie fügte einige kleine Stäbchen hinzu, vielleicht Zimtstangen, und brachte dann das Ganze einem der Männer. Gabriel konnte das Gewürz von seinem Platz aus riechen, und ihm lief der Speichel im Mund zusammen. Rasta und das Teemädchen wechselten ein paar Worte, wobei ihre Augen immer wieder zu dem unerwarteten Gast schossen, ehe sie schüchtern den Blick abwandte.

»*Akondi ti momondu inasiku ko ponda tinate.* Der Tee kommt gleich«, erklärte Rasta. Der Mann schien auf irritierende Weise mit der Welt in Einklang zu stehen, stets ein warmes Lächeln auf den Lippen und ein Funkeln in den Augen – als ob er etwas Belustigendes wüsste, was den anderen bisher entgangen war. »Ich trinke *Kerekede*, das ist bitter, deshalb kriegen Sie Tee.« Wieder war Gabriel irritiert, weil eine Entscheidung so selbstverständlich für ihn getroffen wurde. Was er wollte, war eigentlich Kaffee, aber er wusste, dass es keinen Sinn hatte, nachzufragen. In Juba war es offenbar das Beste, sich zu fügen.

Er beobachtete, wie das Mädchen einen Löffel Milchpulver in ein Glas gab, etwas Tee dazugoss und das Ganze zu einer dicken Paste vermengte, die wie Spachtelkitt am Glas klebte. Es folgte eine großzügige Menge Zucker und weiterer brauner Tee aus der Kanne. Schnell verrührte sie alles zu einer trüben Flüssigkeit und füllte dann ein weiteres Glas mit einem rotbraunen Gebräu, das sie kalt aus einem Plastikkrug goss, ehe sie beides auf einem Metalltablett den Männern servierte.

»Wir Engländer mögen ja unseren Tee mit etwas Milch, aber das geht ein bisschen weit«, meinte Gabriel in einem, wie er hoffte, scherzhaften Tonfall.

»Nein, nein. Versuchen Sie es.« Rasta gab ein schnalzendes Geräusch mit der Zunge von sich, als ob er sich ärgern würde. »Es wird Ihnen schmecken. Es ist Tee.«

Gabriel bedauerte, seinen freundlichen Gastgeber vor den Kopf gestoßen zu haben, und nahm einen großen Schluck, um ihn zu versöhnen. Das milchige Aussehen hatte ihn annehmen lassen, dass der Tee lauwarm sein würde. Doch tatsächlich war er dampfend heiß und zugleich wunderbar süß und cremig. Im Gegensatz zu Kaffee erhitzte er ihn nicht, sondern tat seinem Magen augenblicklich gut. Gabriel lehnte sich zufrieden zurück, während die Männer um ihn herum ihre ernste Unterhaltung fortsetzten – manchmal auf Englisch, doch meistens in einer Sprache, der er nicht folgen konnte. Anscheinend diskutierten sie das Verhalten der örtlichen Polizei, denn der Chefredakteur der Zeitung *Citizen* war verhaftet und vor seinen gesamten Angestellten zusammengeschlagen worden. Einer der Redenden schien zu glauben, dass der Redakteur es nicht besser verdient hatte, wohingegen die Mehrheit fand, die Polizei sei viel zu weit gegangen. Rasta hielt seine Meinung zurück.

Gabriel nahm eine herumliegende Zeitung zur Hand. Die *Citizen* hatte als Schlagzeile das Motto »Täglich gegen Korruption und Diktatur«, was ein edles, wenn auch etwas hochgegriffenes Anliegen schien. Der Druck war von grauenvoller Qualität, und die Schwarzweißbilder wirkten derart verblasst, dass man sie kaum erkennen konnte. Doch die englischen Artikel lieferten Gabriel einen gewissen Einblick in die Themen des jüngsten Staates der Welt. Sehr beruhigend war die Lektüre nicht, und er musste an Janes selbstgefällige Worte denken: »Ich habe ja versucht, dich zu warnen.«

Auf einmal war ein Donnergrollen zu vernehmen, und es begann heftiger als bisher zu regnen. Jetzt begriff Gabriel, dass dies der Grund für Rastas plötzlichen Stopp gewesen war. Die Rinnen und Straßengräber waren voller Müll, sodass nichts abzufließen vermochte, und bald stand die Straße unter Wasser. An den Seiten entwickelten sich zwei braune Bäche. Plastikflaschen und anderer Abfall wirbelten durch die Fluten. Ein oder zwei Motorräder fuhren noch und ließen schmutziges Wasser aufspritzen. Doch die meisten hatten ihre Autos abgestellt oder waren von ihren Rädern gestiegen, um in die Teehäuser zu eilen. Sie rannten so schnell, als ob sie befürchteten, von dem Unrat mitgerissen zu werden, wobei ihre Sandalen in alle Richtungen Schmutzwasser versprühten. Die beiden Bäche schwollen an und breiteten sich über die Straßenwölbung aus, bis sie sich in der Mitte trafen und zu einem Fluss verschmolzen. Schon konnte man das gegenüberliegende Gebäude durch den dichten Regen nicht mehr erkennen, der beinahe geschlossen herabströmte.

Das Wasser drängte auch gegen den Stamm des Niembaums, ehe es unter die Stühle kroch, einen braunen Schaumrand als Vorhut. Einige der Männer zogen ihre Schuhe aus, doch die meisten blieben unbeeindruckt sitzen und redeten weiter. Die junge Bedienung warf einige Blätter und alten Tee in den Strudel – eine rituelle Handlung, der andere folgten. Gabriel begriff, dass das Wasser von hier aus den Hügel hinab zum Nil fließen würde. Der früher einmal mächtige Fluss musste inzwischen voller Müll sein.

Gerade als er den letzten Rest seines süßen Tees ausgetrunken hatte, hörte der Regen auf. Genauso plötzlich wie bei einem Sonnenaufgang war die Luft glasklar, ohne auch nur einen Anflug von feuchtem Dampf. Als hätte jemand einfach den Hahn zugedreht. Innerhalb weniger Minuten zeigte sich wieder die Straße, zuerst in der Mitte und dann blitzschnell bis an die Seiten, ehe sie erneut befahrbar war. Hier stieg nun Dampf auf, und die Feuchtigkeit in der Luft wurde spürbar. Sogleich waren Gabriels Achseln und Kniekehlen von Neuem verschwitzt wie zuvor. Er sehnte sich nach einer kalten Dusche.

Die Menschen stiegen wieder auf ihre Räder. Die Motoren der Autos wurden angelassen. Nach einer kurzen Pause kehrte Juba zu seiner üblichen Geschäftigkeit zurück.

In der Lodge machte es sich Gabriel mit einem Nile Lager an der Bartheke bequem, einem weiteren örtlichen Bier, das in einer Vierteliterflasche daherkam. Die sommersprossige Ms. Preston und die UN hatten ihn abgespeist. So viel war klar. Wenn er weitermachen wollte, musste er sich wahrscheinlich eine andere Art von Hilfe suchen. Das British Council, das auch in Juba aktiv war, hatte ihm bereits erklärt, dass es ihm außerhalb der Stadt nicht behilflich sein könne. Die amerikanischen Agenturen hatten sich nicht einmal die Mühe gemacht, auf seine Mails zu antworten. Médecins Sans Frontières hatte wissen wollen, ob er einen medizinischen Abschluss habe. Samaritan's Purse waren hier sehr aktiv. Gabriel hatte bereits einige ihrer Fahrzeuge gesehen. Doch ohne eine kirchliche Empfehlung würden sie ihm vermutlich auch nicht unter die Arme greifen.

Wieder dachte er, dass er einfach abreisen könne. Es war ein beruhigender Gedanke, den Fliegen und der Hitze zu entkommen. Dann könnte er allen erzählen, dass er im Südsudan gewesen sei und sein Bestes gegeben habe, in den Norden zu gelangen. In weniger als achtundvierzig Stunden konnte er zu Hause sein.

Zu Hause. Erneut musste er an Jane denken. Ein unbestimmter Ärger nahm von ihm Besitz. Er nippte an seinem Bier und sah einer Sportveranstaltung zu, die ohne Ton im Fernsehen lief. Rasta hatte Musik eingeschaltet – Dire Straits' *Sultans of Swing* –, was Gabriels Missmut nur verstärkte.

Ein großer, traurig aussehender Mann mit Glatze und sanfter Stimme setzte sich neben ihn an die Bar. Er orderte ein Sodawasser und stellte sich als William vor.

»Bin gerade dabei, eine weitere Typhus-Attacke zu überwinden«, sagte er, als ob das seine Getränkewahl erklären würde. In Juba tat es das vielleicht auch.

William war Mitarbeiter des British Council – ein Lehrer. Er reiste in die Orte der Welt, wo man keine Touristen fand. »Ehe sie ruiniert werden«, meinte er. Er hatte drei Jahre in Kabul verbracht, bevor er vor achtzehn Monaten nach Juba versetzt worden war.

»Ich lebe in dieser Lodge seit etwa drei Monaten. Sie ist eine der wenigen, die das Council als sicher eingestuft hat. Man hat die Befürchtung, dass man uns entführen könnte, wissen Sie.«

Wer sollte einen Lehrer entführen, dachte Gabriel, hakte

aber nicht nach, da er nicht tiefer in diese Unterhaltung gezogen werden wollte. Stattdessen blieb er beim Smalltalk. »Muss schwierig sein, so weit weg von zu Hause zu leben«, meinte er.

»Zu Hause?« William schien einen Moment lang überrascht. »Ich habe seit Jahren kein Zuhause mehr. Nicht, seitdem ich aus der Armee ausgetreten bin.«

Natürlich. Ein Mann der Armee. Jetzt vermochte Gabriel die breiten Schultern, das markante Kinn und die Augen einzuordnen, die einmal kalt und entschlossen gewesen sein mussten, doch nun seltsam zögerlich wirkten und ihn kaum jemals ansahen.

Jannie, der Südafrikaner, hatte inzwischen die Bar betreten und scherzte gerade laut mit Rasta. William schien es kaum zu bemerken, doch Gabriels Blick wanderte immer wieder über die Schulter seines Gesprächspartners. Der Hinweis auf die Armee ließ ihn erneut an Jane und ihren Soldatenliebhaber denken.

»Sie waren in der Armee? Und jetzt unterrichten Sie? Das ist ja ein ziemlicher beruflicher Wandel. Was unterrichten Sie denn?«, wollte Gabriel wissen, dessen Neugier nun doch geweckt war.

»Englisch. Und zwar Männern, die bisher nur wussten, wie man eine Kalaschnikow reinigt und bedient. Manche waren Kindersoldaten, von der *SPLA* oder dem sudanesischen Militär geraubt. Oder auch von irgendwelchen verrückten Milizleuten.«

»Klingt hart«, erwiderte Gabriel.

»Sie kennen nichts außer Krieg und Kämpfen. Jetzt, nachdem es Frieden gibt, sitzen sie in diesen riesigen Militärlagern, reinigen ihre Waffen und warten. Es ist eine tickende Zeitbombe. Man kann sie nicht ausmustern, man kann sie nicht wieder in die Gesellschaft integrieren und ihnen erklären, dass sie einfach neu anfangen sollen. Deshalb behält sie die Armee, die größte der Welt, und sie sitzen rum und polieren ihre Patronen. Oder hören sich mein Gelaber an.«

Gabriel kannte natürlich einige Geschichten über die afrikanischen Kindersoldaten. Aber sie waren ihm bisher immer wie erfundene Figuren erschienen. Ehe er noch eine Frage stellen konnte, sah er Jannie auf sie zusteuern. Er merkte, dass sein Körper sich augenblicklich anspannte.

Jannie schlug William auf die Schulter. »Willie, *my vriend.* Wie läuft der Unterricht mit den Drecksäcken?«

William schien tief in sich versunken zu sein und reagierte nicht auf die Gegenwart des Mannes. Jannie trug ein weißes Muscleshirt, das seine kräftigen Arme und Schultern zur Geltung brachte. Seine dichten Achselhaare waren ebenfalls sandfarben. Er wandte seine Aufmerksamkeit Gabriel zu.

»He, Vogelmann. Der Einzige, der zwischen uns und einem verdammten Truck voll zugekiffter Kids mit Sturmgewehren steht, ist dieser Mann. Willie. Haben Sie auch nur die geringste Ahnung, wie krank die Drecksäcke hier sind, *Boet*? Mann, die haben Scheiße erlebt, die Sie sich nicht mal in Ihren tollsten Träumen ausmalen können.«

Jannie leerte das Tusker-Bier, das er in der Hand hielt, und Rasta stellte, ohne zu fragen, ein neues hin. Jannie zwinkerte dem Barkeeper dankend zu. Lauf gerade erst warm, lautete die Botschaft.

»Ich sag Ihnen was über diesen gottverdammten Ort. Zuerst benutzen beide Seiten chinesische Weishi-Raketen. Eine Weishi fliegt verdammt schnell, *Boet* – ungefähr Mach vier –, aber mit dem Ding kann man nicht besser als auf circa hundert Quadratmeter anvisieren. Also, Sie wissen, dass der Norden alte russische Antonows für die Bombardierungen verwendet?«

Das hatte Gabriel nicht gewusst, aber er nickte trotzdem.

»Es handelt sich um die AN-12 mit vier Propellerturbinen – alte Transportflugzeuge, also ohne Waffenschächte. Sie packen Ölfässer voller Dynamit und Altmetall, und die lassen sie im Flug über die Hinterrampe etwa zweihundert Meter über dem Boden rausrollen. Mit dem verdammten Ding kann man nicht zielen. Man lässt es einfach rausrollen, es fliegt durch die Luft und schlägt irgendwo ein.«

William kam wieder zu sich. Offenbar erinnerte er sich nun an seine Zeit beim Militär. »Wenn die auftrifft, kommt es zu einer gewaltigen Explosion«, sagte er, um Jannies Schilderung fortzusetzen. »Damit wird alles plattgemacht, was nicht in Deckung geht. Meistens Zivilisten, die keine Ahnung haben. Die Soldaten hingegen verstecken sich dann bereits in den Gräben.«

»Stellen Sie sich das mal vor: Ölfässer, die hinten von der Rampe gerollt werden. Krass, oder?«

Die Interaktion zwischen den beiden Männern wurde zunehmend beunruhigender. Sie wirkten seltsam instabil, während sie das Massaker beschrieben – William traurig, Jannie beinahe träumerisch. Als ob er sich wünschte, daran teilhaben zu können. Als ob er etwas verpassen würde.

Das war also der Typus Mann, auf den Jane sich eingelassen hatte. Nur Muskeln und kein Hirn. Ein Mann der Tat. Er selbst hatte Diskussionen über Kriegsführung und Militärtaktiken immer als völlig sinnfrei erlebt.

»Dann schicken sie die Mi 17er und -19er«, fuhr Jannie fort, »Kampfhelikopter aus der Ukraine und China. Manchmal auch eine MiG oder eine Sukhoi-Su-25. Die mähen alles nieder, was ihnen im Weg steht. Wenn sie fertig sind, hinterlassen sie nur Feuer, Rauch und verbrannte Erde. Die Kämpfer erwischen sie nicht, und deshalb merzen sie alles aus, was die Kämpfer unterstützen könnte.«

»Die gleichen Taktiken, die man vor Jahren schon in Angola und Namibia angewandt hat. Nichts Neues.« William starrte in sein halb getrunkenes Sodawasser, ehe er den Rest hinunterkippte.

»Ja, same same but different. Namibia hatte nicht die *Dschandschawid*, die auf Pferden durch Feuer reiten, die Gesichter verhüllt, sodass man nur ihre ausdruckslosen Augen sehen kann. Wie aus der Hölle. Wie Satan in Person.« Jannies Augen leuchteten, und sein Gesicht rötete sich trotz des braunen Teints sichtbar.

William erhob sich, ohne etwas zu sagen. Er wanderte zu den Toiletten hinter dem Empfangsbüro. Gabriel wandte sich wieder dem Fernseher in der Hoffnung zu, dass Jannie ihn nun in Ruhe lassen würde. Der Südafrikaner zündete sich eine Zigarette an und schwieg. Einige Momente später hörte Gabriel, wie er mit einem anderen ein paar Schritte weiter sprach. Erst jetzt bemerkte er, dass er vor Nervosität schon sein Bier geleert hatte. Rasta stellte ihm unaufgefordert ein neues hin. War das die Antwort auf ein Leben, das in sich zusammenstürzte, überlegte Gabriel – so lange trinken, bis man das Bewusstsein verlor?

Er drehte sich um und schaute zum Speisesaal hinüber. Dort waren nun deutlich mehr Leute als zuvor, und man hatte auch die Musik lauter gedreht. Rasta hatte etwas von Police aufgelegt – *Roxanne*, vermutete Gabriel. Der Barkeeper mit den Dreadlocks befand sich hinter der Theke und schenkte, so schnell es ging, Gläser voll und öffnete Flaschen, während junge, rosig aussehende UN-Angestellte bei ihm orderten. An den Rändern saßen ein paar missmutiger wirkende, ältere Entwicklungshelfer über ihren Drinks und beobachteten rauchend den Enthusiasmus der Jüngeren mit zynischen Mienen. Ein lachender junger Mann taumelte gegen Gabriel und schüttete etwas Weißwein auf sein Hosenbein. Als er sich entschuldigte, roch sein Atem nach Alkohol. Irritiert wandte sich Gabriel ab.

Zwei junge einheimische Frauen saßen nun neben ihm, deren Aufmerksamkeit ganz dem kleinen Schwarzweiß-Fernseher galt, der zwischen dem Kühlschrank und einer Sammlung von Spirituosen stand. Der Ton war weiterhin ausgeschaltet und das Bild körnig, dennoch waren die Frauen von dem, was auf dem Bildschirm ablief, in Bann gezogen. Die Frau direkt neben ihm empörte sich immer wieder lautstark. Gabriel blickte nun ebenfalls auf und sah die undeutliche Wiederholung eines Passes.

»Sie schauen sich Rugby an?«, fragte er völlig verblüfft.

Die Frau drehte sich zu ihm um. »Oh ja!«, erwiderte sie. Ihr Gesicht war hübsch, wenn auch die Weichheit der Jugend darin fehlte. Ihre Miene wirkte streng und ernst. »Das Problem mit Western Province ist die Abwehr. Da gibt es zu wenig Übereinstimmung, und sie spielen nicht als Team. Jeder von denen will der Held sein.« Die Frau wandte sich wieder dem Fernseher zu. Gabriel war nun noch perplexer.

»Western Province?«

»Der südafrikanische Amateurverein.« Die Frau wirkte überrascht. »Kennen Sie Rugby nicht?«

Gabriel überlegte, ob er so tun sollte, als würde er sich für Sport interessieren. Aber ihm war klar, dass man seine Unkenntnis schnell bemerken würde. »Ich bevorzuge Cricket«, schien ihm die beste Ausrede zu sein.

»Cricket!« Damit sackte die Frau gegen ihre Begleiterin, die beiden steckten die Köpfe zusammen und begannen brüllend zu lachen. Gabriel lächelte über ihre Belustigung, sagte aber nichts. Dann wandte sich die Frau ihm wieder zu, und in ihren Augen standen kleine Tränen. Ihr Gesicht war völlig verändert. Es hatte nun eine sichtbare Leichtigkeit, als ob der Moment des Lachens völlige Entspannung bei ihr ausgelöst hätte. Schließlich lächelte sie. Ihre Augen strahlten, und sie wirkte so jugendlich, wie sie wohl war. Die Zähne waren weiß und perfekt, ihre Miene hingegen hatte etwas Schelmisches. Gabriel erzitterte innerlich.

»Oh, mein Gott«, sagte sie und legte eine Hand auf Gabriels Arm, als ob sie die Ältere von ihnen wäre. »Ich war Zweite-Reihe-Stürmerin für das ugandische Frauen-Rugbyteam, darum weiß ich nicht allzu viel über Cricket. Allerdings habe ich gehört, dass es sehr ... würdevoll zugehen soll.« Ihre Begleiterin begann erneut zu lachen. »Ich heiße übrigens Justine. Und Sie?«

»Gabriel.« Er wandte sich ihr mit dem ganzen Körper zu. »Sie waren Zweite-Reihe-Stürmerin? In Uganda? Dann sind Sie gar nicht Sudanesin?«

»So viele Fragen! Wollen Sie die lange oder die kurze Version?«

»Sie können mir gerne die ganze ...«

»Nein, da reicht die Zeit nicht«, unterbrach sie ihn und warf wieder einen Blick auf den Bildschirm. »Hier die Kurzversion. Als der Krieg hier so furchtbar war, bin ich aus Juba geflohen. Damals war ich elf. Ich bin den ganzen Weg allein zu Fuß gelaufen. Schließlich nahm mich jemand mit, und ich landete in einem Flüchtlingslager in Uganda. Dort blieb ich zwei Jahre, bis mich meine Familie entdeckt hatte. Meine Mutter lebte in einem anderen Lager, im Sudan, aber sie schickte meinen Onkel los, der mich finden sollte. Ich hatte Glück. Er hat mich gefunden.«

»Und Rugby?«

»Ach ja. Ich war gut in Sport und bekam ein Sportstipendium, um eine Schule in Kampala besuchen zu können. Dort spielte ich Rugby. Ich mag das Spiel, die körperliche Seite. Ich war voller Wut und deswegen auf dem Feld ziemlich... stark. Die Leute hatten Angst vor mir, wenn ich spielte. Und irgendwann landete ich dann in der Nationalmannschaft von Uganda.«

»Und jetzt?«

»Jetzt bin ich zurück in meinem neuen Land. Und führe das weiter, was man so Leben nennt.« Sie wandte sich ab und redete nun mehr zum Fernseher, wodurch ihre Unterhaltung ein Ende fand.

Gabriel war sich nicht sicher, ob in ihrer Stimme Sarkasmus mitschwang, aber ihre Ausdrucksweise beeindruckte ihn. Er zögerte. Er fand keinen richtigen Anknüpfungspunkt, um das Gespräch fortzusetzen, obwohl sie selbst jede Heuchelei vermieden hatte. Auch war er sich nicht sicher, ob er einen väterlichen Ratschlag geben oder tiefer in das Gespräch einsteigen sollte. Aus irgendeinem Grund verspürte er auf einmal das Bedürfnis, sich ihr mitzuteilen, dieser Fremden von Jane und ihrer grauenvollen Untreue zu erzählen. Der festgetretene Erdboden schien zu schwanken. Er war betrunken, stark betrunken. Jemand drängte sich neben ihn und klatschte südsudanesische Pfund auf die Theke. Gabriel sah sich um. Der Bereich um die Bar war nun voll, die Unterhaltungen und Rufe übertönten noch die Reggae-Musik, die Rasta inzwischen ausgewählt hatte. Mehr und mehr Leute trafen ein, wobei viele untergehakt über die kleine Brücke kamen. Es war eine Mischung aus jungen NGO- und UN-Mitarbeitern sowie einer Reihe gut gekleideter Einheimischer.

»Ihrem Land scheint es gut zu gehen«, meinte Gabriel zu seiner neuen Bekannten.

»Lassen Sie sich nicht täuschen durch das, was Sie sehen«, antwortete Justine, die sich nun auch umschaute. »Das sind alles Ausländer – Ugander und Amerikaner, Kenianerinnen, die mit Deutschen schlafen. Sudanesen könnten sich das hier nie leisten«, fügte sie hinzu und zeigte auf eine weitere Runde Whisky, die gerade eingeschenkt wurde.

Als Gabriel über die Menge blickte, entdeckte er eine groß gewachsene, dürftig bekleidete Frau mit dünnen Beinen, die ihm begeistert zuwinkte. Es war ihm zutiefst peinlich, dass er nicht die geringste Ahnung hatte, woher er sie kannte. Vielleicht aus dem Flugzeug. Oder vom UN-Gelände? Halbherzig hob er eine Hand, um sie zu grüßen.

»Freiheit ist ein Luxus, den sich nur die Reichen leisten können«, sagte Justine rätselhaft. Aggressiv musterte sie die Frau auf der anderen Seite des Raums. Einige Sekunden lang starrten sich die beiden rivalisierend an, bis die Frau genug hatte und sich abwandte.

»Die einzigen Einheimischen hier sind die Huren«, fügte Justine zu seiner Beschämung hinzu.

Irgendwann im Verlauf des Abends begann Justine zu tanzen. Sie drückte ihren Hintern heraus und lachte mit ihrer Freundin, mit der zusammen sie die Beine schüttelte, während sie sich immer mehr auf den Boden zu bewegten. Gabriel beobachtete sie amüsiert und zugleich zwiespältig. Das Tempo und die Lautstärke der Musik nahmen zu, und er fing an, sich in dem Wirbel von Aktivität um ihn herum zu verlieren. Auf der Tanzfläche wimmelte es nur so von Menschen, und der Staub stieg wie Nebel bis zu den Hüften der Leute hoch. Aus den Wasserpfeifen strömte ein dicker säuerlicher Rauch. Zigarettenrauch und etwas Süßeres füllten die Luft.

Er überlegte gerade, ob er in sein Zimmer zurückkehren sollte, als eine Hand seine Schulter umfasste. Gabriel blickte auf blonde Härchen, die einen muskulösen Unterarm überzogen. Jannie. Der Südafrikaner lachte über Justines Mätzchen auf der Tanzfläche und bestellte Wodka für alle. Gabriel trieb der scharfe Alkohol Tränen in die Augen, doch sobald er das leere Glas abgestellt hatte, folgte ein Schuss Tequila. Der Alkohol explodierte in seinem Mund und wurde gleich durch ein weiteres Glas ersetzt. So zog sich der Abend dahin. Bei jeder Runde protestierte er und wollte Rasta durch ein Winken zu verstehen geben, dass er nichts mehr trinken mochte. Aber je heftiger er mit der Hand wedelte, während ihm die Tränen über die Wangen liefen, desto mehr amüsierte sich seine Umgebung. Zwei sudanesische Frauen gesellten sich zu Jannie – eine von ihnen in einem hautengen schwarzen Kleid, das abrupt knapp unterhalb ihrer Hüften endete, und die andere in einer Kunstlederhose und einem lockeren weißen Oberteil. Ihre Lippen schimmerten knallrot und pink, während sie Jannie umschnurrten, ihm erlaubten, ihre Schenkel zu streicheln und ihre Hälse zu berühren. Monica und Abbey, erfuhr Gabriel.

Jannie umfing Monicas Brüste mit seinen Pranken. »Du geiles kleines Luder«, lallte er. »Was hast du mit deinen kleinen Titten so getrieben, meine Süße?« Die Musik dröhnte so laut aus den Lautsprechern, dass man ihn kaum verstehen konnte. Aber Monica gab ihm in Erwiderung einen eindringlichen

Kuss auf die Lippen, während sie mit der Fingerkuppe zärtlich über die Narbe an seinem Nacken strich. Gabriel sah zu, halb angewidert, halb dennoch erregt.

»Ist deine Möse immer noch so eng, Schätzchen?«

Abbey lachte manisch, während Jannie ein Wolfsgeheul nachahmte.

Monica trat zu Gabriel. »Hi, Baby, und wie heißt du? Ich hab kein Höschen an. Willst du mal fühlen?«

Einen Moment lang verspürte Gabriel das berauschende Gefühl reiner sexueller Lust. Sein Herz begann schneller zu schlagen, und auf einmal war er wieder nüchtern. Da sah er aus dem Augenwinkel das nächste Glas Tequila, das bereits auf ihn wartete. Seine geleerten Tequilagläser waren in einer feuchten Pfütze auf dem Tresen gestapelt. Neben ihnen stand ein halbvolles Whiskyglas, in dem langsam das Eis schmolz. Jannie nahm einen kleinen Schluck, während er ihn mit einem Lächeln beobachtete. Nur Gabriel hatte getrunken.

Ehe er protestieren konnte, drängte Monica ihre Vulva gegen sein Knie. Abbey trat zu ihr und ließ ihre Hand seinen anderen Schenkel hochwandern – wie ein vielbeiniges Wesen, das auf sein Nest zukroch.

»Morgen früh gehen wir nackt Drachenfliegen«, meinte Jannie grinsend. »Vom Jebel Hill herunter. Kommen Sie doch mit!« Er schien jetzt gar nicht mehr lallen zu müssen.

»Oh ja, komm mit!«, quietschte Monica begeistert. »Ich versprech's: keine Höschen. Keine Höschen.«

Jannie hielt seine Hände an den Schritt und machte Flatterbewegungen, während er mit seinen Lippen obszöne Geräusche produzierte. Monica lachte. Sie fiel nach vorn und drapierte sich quer über Gabriels Oberkörper, wobei ihre erhitzte Haut sein Hemd befeuchtete, während sie ihre Brüste an ihm rieb und etwas in sein Ohr murmelte. Sie roch nach billiger Seife und Schweiß. Als Abbeys Hand ihr Ziel erreichte, erstarrte Gabriel vor Ekel und Verlockung. Es war unerträglich animalisch und zugleich herrlich. Jannie grinste und wandte sich wieder seinem Whisky zu. Niemand sonst achtete auf sie. Alle tanzten, tranken und brüllten über die Musik hinweg.

Niemand würde es erfahren, dachte Gabriel ermutigt. Dieser Ort war losgelöst von allem. Er war noch nie bei einer Prostituierten gewesen, hatte Jane nie betrogen. Was bedeutete das schon hier, wo statt Selbstreflexion Unmäßigkeit herrschte? Seine plötzliche Wut auf Jane steigerte nur seinen Wunsch, den Trieben seines Körpers zu ihrem Ausleben zu verhelfen.

»Komm, Baby, nimm uns mit in dein Bett.« Die Frauen schienen seine Gedanken lesen zu können. »Wir geben dir die beste Zeit deines Lebens.«

Sie hatten ihn in einer Ecke – Hyänen, die um ihr besiegtes Opfer kreisten, die Zungen lasziv leckend. Gabriel sah sich nach einer Rettung um. Auf einmal fehlte ihm der Mut. Justine war nirgendwo zu sehen. Rasta zog nur die Augenbrauen hoch und fing an, die leeren Gläser einzusammeln. Er war betrunken und in Schwierigkeiten, wurde Gabriel endlich bewusst. Man hatte ihn angelockt, jede Zurückhaltung um der Genusssucht willen fallen zu lassen. Der Raum fühlte sich plötzlich wie ein Dampfkochtopf unter Druck an. Er musste dringend hier raus.

Monica zog einen Schmollmund, während sie ihre Hand langsam über seine Wange wandern ließ. Dann zog sie diese eine Sekunde lang zurück, um sich zur Bar zu lehnen und eine Flasche Wasser zu nehmen. Gabriel glitt von seinem Hocker, schob Abbeys zudringliche Hand fort und stürzte sich in die Menge. Mit den Händen ruderte er wie ein Schwimmer, der das Wasser teilt. Klebrige Körper drängten sich gegen ihn, als er sich aalgleich einen Weg bahnte. Er glaubte, ein protestierendes Kreischen hinter sich zu hören, hielt aber nicht an, bis er die Tanzfläche hinter sich hatte. Stolpernd floh er ins etwas kühlere Freie hinaus und eilte dann den schmalen Pfad zwischen den Bananenbäumen zu seinem Zimmer entlang.

Er versperrte die Tür von innen. Das Licht schaltete er nicht an, da er befürchtete, dass sie ihn sonst finden würden. Er wagte es nicht einmal, nach draußen zu gehen, um sich zu duschen. Also lag er schmutzig und verschwitzt auf seinem Bett. Du Feigling, dachte er, während er der Party lauschte, die noch bis in die frühen Morgenstunden andauerte.

ZEHN

Filton, Südwestengland

Bartholomew ließ sich noch einen weiteren Tag die Schlussfolgerungen durch den Kopf gehen, die Ms. Easters Bericht nahelegte. Als Richards schließlich um ein weiteres Meeting bat, gab er nach. Sie würden Ms. Easter am darauffolgenden Tag im BAE Filton treffen, teilte er seinem Untergebenen mit. Er wusste zwar, wie sinnlos diese Aktion war, aber zugleich hoffte er, dass es Richards zumindest eine Zeitlang beschwichtigte. Außerdem würde es eine sachgerechte Grundlage für seine unvermeidliche Entscheidung bieten, die Bergung des Teils zu veranlassen.

Die beiden Männer reisten getrennt voneinander nach London, wo sie sich ein Fahrzeug im Ministerium liehen, um dann gemeinsam nach Filton zu fahren. Richards wirkte aufgeregt, auch wenn er sich bemühte, es sich nicht anmerken zu lassen. Obwohl seine Gesichtszüge und sein Ausdruck wenig Spielraum ließen, spürte Bartholomew doch eine erhöhte Anspannung bei seinem schweigsamen Begleiter.

In den Außenbezirken von Filton kamen sie an stillgelegten Flughallen vorbei – früher einmal der ganze Stolz des BAE-Airbus-Programms, inzwischen dem Verfall preisgegeben. Das gesamte Flugfeld war wegen finanzieller Nöte geschlossen worden, und BAEs Bitte an das Verteidigungsministerium, die Einrichtung zu übernehmen, war auf kein Interesse gestoßen. Das Forschungsgebäude wirkte äußerlich modern, doch im

Inneren herrschte Verwahrlosung vor. Im Warteraum waren die Armlehnen der Sessel abgeschabt, der Boden schien nicht geputzt, und die herumliegenden Zeitschriften waren mehr als ein Jahr alt. Nach einer kurzen Wartezeit führte man sie zu den gesichtslosen Konferenzräumen, die sich in der Nähe des Empfangs und der öffentlichen Toiletten befanden, vermutlich um Besucher davon abzuhalten, sich zu weit in das düstere Innere von British Aerospace zu wagen. Wie es seine Gewohnheit war, merkte sich Bartholomew die genaue Lage der Männertoilette.

Ein Tablett mit Gläsern und einem frisch aufgefüllten Krug Wasser samt Zitronenscheiben und Minzzweigen stand in der Mitte des Tisches. Ms. Easter hatte sich für das Treffen etwas zurückhaltender, wenn auch weiterhin kokett gekleidet. Sie trug einen kürzeren Rock, der ihre attraktiven, athletischen Beine gut zur Geltung brachte. Ein ziemlich prüder Handschlag für den Generalleutnant, die Andeutung eines Lächelns für Richards.

»Kommen wir sofort zur Sache«, begann Bartholomew, noch ehe er Platz genommen hatte. Er war nicht bereit, sich auf irgendwelches informelles Geplauder mit einer Zivilistin einzulassen.

»Ms. Easter, wir brauchen Ihre Einschätzung, um einige wichtige Entscheidungen treffen zu können«, sagte er, um dann hinzuzufügen: »Natürlich nur teilweise. Und bitte denken Sie daran, dass es militärische Entscheidungen sein werden, die Sie nichts angehen.«

Von dem kurzen Rock einmal abgesehen, merkte Bartholomew, dass sie ihn ungewöhnlich stark irritierte – mit ihrem selbstbewussten Auftreten, den exakt geschnittenen Haaren, den Beinen.

»Danke, Generalleutnant«, erwiderte Ms. Easter und räusperte sich, als ob sie eine vorbereitete Rede halten wollte. Bartholomew hätte am liebsten laut aufgestöhnt, da er befürchtete, es würde nun der langweilige Versuch folgen, ihn zu beeindrucken. Doch ihre Zusammenfassung war präzise und hob nur die Hauptpunkte ihres Berichts noch einmal hervor. Frank Richards hörte ihr aufmerksam zu, machte sich Notizen und unterbrach sie zwischendurch mit so viel Höflichkeit, wie es dem bulligen Mann möglich war, um ein paar Fragen zu stellen. Ms. Easter reagierte professionell, wenn auch ihr Blickkontakt etwas zu lange dauerte. Richards' Auffassung von einem Flirt schien sich auf das Anspannen seiner Kiefermuskeln zu beschränken.

Ms. Easters Erklärung ihrer Schlussfolgerungen bestätigte, was Bartholomew bereits wusste: Es war alles rein theoretisch, und die Daten, die diese stützten, konnten aufgrund der Parameter unzuverlässig sein. Doch höchstwahrscheinlich traf die Theorie des Bedienungsfeldes zu. Wollte er dieses Wagnis aber wirklich auf sich nehmen? Die Sorge, nicht gehandelt zu haben und nur abzuwarten, würde stets das Risiko einer Intervention und des sicheren Wissens überwiegen. Sie mussten heimlich vorgehen und Drittpersonen als Agenten statt Briten einsetzen, jemanden, zu dem sie gegebenenfalls jegliche Verbindung leugnen konnten, sollte etwas schieflaufen. Vielleicht musste man die Detonationsstelle aufsuchen, Dorfbewohner befragen, Bestechungsgeld zahlen und das zurückholen, was außerhalb der Explosionszone geschleudert worden war. Hoffentlich verstand dann niemand dessen Bedeutung. Sie konnten es noch vor Ort zerstören, anstatt das Risiko einzugehen, es zurückbringen zu lassen.

Eine geheime Aktion, um dieses katastrophale Ergebnis des

geheimen Angriffs zu vertuschen… Allein der Gedanke verursachte bei Bartholomew Bauchschmerzen. Er wusste, dass Stress eine starke Auswirkung auf seine Gesundheit hatte. In den letzten Tagen hatte es ihm den Appetit verschlagen, und seine Eingeweide wirkten wie verknotet. Lilly servierte ihm ihre üblichen Mahlzeiten mit Fleisch und Kartoffeln, und er hörte sie jeden Abend leise vor sich hin schnalzen, wenn sie das Essen von seinem fast unberührten Teller in den Abfall kippte. Er musste das Projekt Reaper aufgeben, seine elende Verbindung zu Hussein kappen und dann die letzten Jahre genießen, ehe er in Würde und mit einer ungekürzten Pension die Rente antrat. Doch das Anwesen auf Korfu blieb ein Mühlstein um seinen Hals, und er wusste, dass Hussein ihn nicht in Ruhe lassen würde, bis der Helikopterdeal in trockenen Tüchern war. Maurice warnte ihn immer wieder, dass sein Blutdruck gestiegen sei. Bartholomew hatte bereits selbst das Flattern einer Herzrhythmusstörung gespürt, dies aber vor seinem Arzt geheim gehalten. Seine Darmkoliken wurden zudem unerträglich. Maurice bezeichnete das Ganze als Reizdarm, was irgendwie dem Gefühl, es würden sich glühende Eisenstangen in seinem Inneren befinden, nicht gerecht zu werden schien. »Brüllend schmerzhafter Reizdarm« wäre wesentlich angemessener. Er fragte sich, ob Maurice ihn für hypochondrisch hielt. Doch sein Hausarzt hatte ihn einem weiteren Check-up unterzogen, bei der er in demütigender Haltung nach vorn gebeugt knien musste, während man seinen hinteren Bereich mit einer Lampe ausleuchtete. Dennoch vermied es Bartholomew, einen Spezialisten aufzusuchen.

»Bei diesem angenommenen Flugbahnverlauf«, schloss Ms. Easter, »kann man mit großer Wahrscheinlichkeit annehmen, dass sich ein Teil des seitlichen Gehäuses vor dem vorderen stabilisierenden Heckruder löste und in einem 65-Grad-Winkel zur Flugbahn des Geschosses nach der Zündung über Bord ging. Auf diese Weise blieb er trotz der Hitze des sich selbst zerstörenden Kerns intakt. Die Größe, die regelmäßige Form und der wahrscheinliche Ursprung lassen mich mit einiger Sicherheit schlussfolgern, dass das Fragment, das wir auf den Aufnahmen sehen, tatsächlich der hintere Zugangsdeckel der Hellfire-Rakete ist.«

Richards nickte bestätigend, als ob genau diese Aussage nicht bereits in der Zusammenfassung ihres Berichts zu lesen gewesen wäre. Und trotz der Tatsache, dass damit das Ende des Projekts Reaper besiegelt war. Er verstand die Situation offenbar recht naiv als ein herausforderndes Missgeschick anstatt als die karrierezerstörende Katastrophe, die es in Wirklichkeit war. Richards hatte noch immer die Genehmigung, Militärmaschinen zu fliegen, auch wenn sein letzter Einsatz schon eine Weile her war. Doch der Mann war ein Soldat, dessen Erfahrung aus einer unkomplizierten Welt aus Aktion und Reaktion bestand, sicher vor einer Unentschlossenheit der Abwehr, dem Mangel zuverlässiger Informationsquellen sowie dem unvermeidlichen Einfluss von Geld auf den Militärapparat. Bartholomew empfand das Ganze alles andere als aufregend. Er wusste nur zu gut, wie gern der MI5 einen Skandal zu Hause aufdecken würde, bei dem das Ministerium und die Beschaffung von Waffen für ausländische Regierungen eine wichtige Rolle spielten. So etwas würde den MI6 nicht nur bis auf die Knochen blamieren – vom gegenwärtigen Verteidigungsminister einmal abgesehen –, sondern es würde auch den Inlandsgeheimdienst als denjenigen zeigen, der »in Großbritannien aufräumt«.

»Sicherheit ist das Einzige, was bei dem ganzen Unterfangen fehlt, Ms. Easter«, entgegnete Bartholomew, als er aus seinen Gedanken auftauchte. »Aber ich danke Ihnen für Ihre Arbeit. Wir werden sie in Betracht ziehen, wenn wir unsere Entscheidung treffen. Und bitte: Ich muss Sie bestimmt nicht an Ihre hochgestufte Sicherheitsüberprüfung und die Bedeutung der Geheimhaltung dieser Sache erinnern, nicht wahr? Ihnen noch einen schönen Tag.«

Bartholomew sah sich nicht in der Laune zu ausgiebigen Verabschiedungen. Er war aus der Tür und auf dem Weg zu der Marmortreppe, noch ehe sich Richards erhoben hatte. Der große Mann folgte ihm mit raschen Schritten, seine Miene wirkte ernst.

»Generalleutnant, wir brauchen vielleicht weiterhin Ms. Easter. Sollten wir uns nicht überlegen, sie als Teil des Teams an Bord zu lassen?«

»Oberst, es gibt hier kein *Team*. Es gibt nur Sie, mich und irgendein gottverdammtes Arschloch auf der anderen Seite der Erde. Nur weil Ms. Easter hübsche Beine hat, bedeutet das nicht, dass wir unsere Lage noch mehr kompromittieren, indem wir eine Zivilistin an Bord nehmen, die uns dabei behilflich ist, rein militärische Entscheidungen zu treffen.« Bartholomew war stehen geblieben, um mit seinem Untergebenen zu sprechen. Doch jetzt ging er weiter und drückte die schwere Glastür auf, um in den stürmischen Wind hinauszutreten.

»Verstehe. Wie Sie meinen, Generalleutnant«, erwiderte Richards.

Die Luft draußen war kalt. Auf dem Boden lagen überall Laub und Kies. Bartholomew redete weiter, während er auf den Wagen zuging, wobei er wegen des Sturms beinahe brüllen musste. »Also, wir haben Ms. Easters Einschätzung, dass es sich ›mit einiger Sicherheit‹ um ein identifizierbares Stück einer britischen Reaper-Rakete handelt, das irgendwo in der Nähe der Einschlagstelle in Afrika herumliegt. Was haben wir sonst noch?«

»Keine guten Nachrichten.« Richards blieb stehen, doch Bartholomew lief weiter, da er nicht länger als nötig dem Wind ausgesetzt sein wollte. Richards holte ihn wieder ein. »Wir reden im Auto, Sir.«

Die Enge im Wageninneren half nicht, eine Unterhaltung in Gang zu bringen. Die beiden Männer starrten durch die beschlagene Windschutzscheibe auf den Filton-Müll, der an ihnen vorbeiflog. Das Auto schwankte auf seinen Reifen, während sich das Wetter verschlechterte und die Sturmböen über den Parkplatz fegten.

»Verdammt, ich wünschte, der Wind würde aufhören. Macht mich so schlecht gelaunt.«

Klugerweise enthielt sich Richards jeglicher Bemerkung.

»Also, raus damit. Was sind keine guten Nachrichten?«, wollte Bartholomew wissen. »Ich kann mir gar nicht vorstellen, dass dieses Schlamassel noch schlimmer werden kann.«

»Die Zielperson hatte eine Tochter, Sir. Sie tauchte im Büro der UN in Juba auf – das ist die Hauptstadt des Südsudan, Sir – und äußerte einige schwerwiegende Anschuldigungen wegen des Angriffs. Wir haben einen Informanten dort vor Ort, doch dieser war nicht da, als die Frau kam. Deshalb wissen wir nichts Genaues. Anscheinend hat sie aber versucht, die UN-Leute dazu zu bringen, den Vorfall zu untersuchen. Es ist uns gelungen, das abzuschmettern.«

Bartholomew war überrascht zu erfahren, dass es einen solchen Vorfall gegeben hatte, ohne dass er dazu befragt worden war. Doch er ging nicht weiter darauf ein, sondern erkundigte sich stattdessen: »Hatte sie irgendeine Ahnung hinsichtlich der Reaper-Drohne?«

»Nein, es gibt keinen Hinweis darauf, dass jemand von dem Drohnenangriff weiß. Vielleicht denkt sie, dass es sich um eine Helikopterattacke gehandelt hat. Was auf die nordsudanesische Armee deuten würde…« Richards hielt inne und besann sich einen Moment lang, ehe er weitersprach. »Wir haben unseren Mann in Juba gebeten, ihre Unterkunft zu durchsuchen. Kein Ergebnis. Sie scheint keine Ahnung von der Hellfire-Rakete, der Reaper-Drohne oder dem Metallstück zu haben. Sie scheint überhaupt nicht viel zu wissen, sondern zumindest augenblicklich nur Fragen zu haben.«

Die Frau mochte wenig wissen, aber Oberst Frank Richards war dennoch alarmierend genau informiert, dachte Bartholomew. Zum ersten Mal betrachtete er seinen Untergebenen mit einem gewissen Respekt, aber auch mit Misstrauen. Wurde ihm sein Oberst hinter seinem Rücken etwa abtrünnig? Es wäre nicht das erste Mal, dass ein ehrgeiziger Thronanwärter eine Geheimmission an sich riss.

Bartholomew ließ den Motor an. Sein Magen begann wieder zu schmerzen – ein dumpfes Pochen irgendwo in seinem Inneren, unterhalb des Bauchnabels. Er musste einen Termin beim Arzt vereinbaren, sobald er wieder am Stützpunkt war. Nun war es wirklich eindeutig, dass er es nicht länger herausschieben konnte.

»Noch eine Sache, Sir.«

Bartholomew ließ den Motor im Leerlauf, starrte Richards an und machte sich diesmal nicht die Mühe, seinen Groll zu verbergen. »Warum erfahre ich von all dem erst jetzt, Oberst?«

Richards wirkte nicht so, als hielte er es für nötig, diese Frage zu beantworten. Er zuckte mit seinen breiten Schultern, ehe er fortfuhr. »Es gab bei dem Einschlag auch einen Kollateralschaden.«

»Bei solchen Angriffen gibt es immer Kollateralschäden. Fragen Sie die Israelis oder die Amerikaner. Diesmal nur einen?«

»Die Nichte der Zielperson. Ein sechsjähriges Mädchen. Sie rannte zu der Zielperson hinaus, als die Hellfire gezündet wurde. Ich dachte, das sollten Sie wissen.«

Bartholomew spürte seinen Zorn wachsen. Er wurde wie ein altersschwacher Greis behandelt, der zu gebrechlich war, um all die beunruhigenden Neuigkeiten auf einmal zu erfahren, und dem stattdessen alles nach und nach in ekelhaft kleinen Portionen serviert wurde. Du widerlicher Emporkömmling, dachte er wütend.

Trotzdem. Ein Kind als Opfer war nie gut. Genauso alt wie seine Großnichte, bemerkte er jetzt und stellte sich die kleine Sarah vor, die auf ihrer Schaukel saß und plötzlich von glühender Hitze und Rauch ausgelöscht wurde.

ELF

Juba, Südsudan

Der Morgen brachte nur Bedauern. Nicht nur, weil Gabriels Kopf dröhnte, seine Stirn schweißüberströmt war und er befürchtete, sich jeden Moment übergeben zu müssen, sondern auch wegen eines vage quälenden Gefühls, dass Dinge gesagt und getan worden waren, die jetzt nicht mehr ungeschehen gemacht werden konnten.

Die Bar war menschenleer. Die Aschenbecher quollen noch immer von Asche und Kippen über. Ausgelaufene Bierflaschen lagen auf dem Boden, und der Alkoholdunst mischte sich mit dem beißenden Gestank der Stadt. Gabriels Übelkeit nahm zu. Zu seinem Erstaunen stand Rasta schon hinter der Theke. Flaschen klirrten, während er die Kühlschränke mit neuem Bier füllte. Bereit für die nächste Runde, dachte Gabriel und massierte seine pochenden Schläfen.

»Sie sind weggerannt«, meinte Rasta lachend und stellte eine Flasche mit kaltem Wasser vor ihn hin. »Die Damen haben Ihnen Angst gemacht.«

Gabriel trank das kühle Wasser in einem Zug leer und versuchte, den vergangenen Abend zu verharmlosen. »Sie sollten mich eigentlich beschützen, Rasta!«

»Aber Sie sahen glücklich aus, mein Freund. Ein bisschen Glück an diesem Ort... Die meisten laufen nicht gleich davor weg.«

Rasta lag nicht ganz falsch. Eine Weile hatte Gabriel sich

einer Art von Euphorie überlassen. Warum hatte er so nicht weitergemacht, sondern sich auf einmal zurückgezogen?

Rasta bemerkte Gabriels verstohlenen Blick in Richtung Essbereich. »Keine Sorge«, gluckste er. »Sie sind jetzt in Sicherheit. Die sind wie Wasserratten. Sie kommen erst raus, wenn es dunkel wird.«

Gabriel wählte den saubersten Tisch und setzte sich mit seinem Laptop hin, um seine Mails abzurufen. Janes Nachricht war noch in seinem Eingangsfach, um ihn an seine jämmerliche Unentschlossenheit zu erinnern, wie er damit umgehen sollte. Für den Moment ignorierte er sie und schrieb stattdessen eine kurze, lustige Nachricht an Brian Hargreaves, in der er die Hitze und die grässlichen Wohnbedingungen unterschlug und auch nicht das wohl sinnlose Abenteuer seiner Reise erwähnte. Innerhalb weniger Sekunden erhielt er die automatische Antwort, dass Hargreaves drei Tage lang nicht im Büro war. Gabriel starrte auf die Nachricht, als ob sie etwas Persönliches vor ihm verborgen hielte, während ihn das Gefühl eisiger Einsamkeit überkam.

Rasta brachte ihm Tee: eine Tasse, ein Metallkännchen mit heißer Milch und zwei Teebeutel. Gabriel begann das kleine Ritual zu genießen, auf diese Weise seinen Tee zu machen, indem er den rotbraunen Saft aus dem Beutel drückte und zusah, wie die Milch dunkler wurde. Zum Frühstück aß er zwei Scheiben die Darmtätigkeit abstumpfendes Weißbrot mit Erdnussbutter. Einer der jungen Entwicklungshilfemitarbeiter stolperte noch halb schlafend und offensichtlich völlig verkatert zur Bartheke, um dann mit zwei Dosen Cola wieder in Richtung Zimmer zu verschwinden.

Gabriel schloss den Laptop. Er musste einen klaren Kopf bekommen, ehe er Jane antwortete. Am besten unternahm er einen sonntäglichen Morgenspaziergang, um seinen Körper in Schwung zu bringen und sich dann besser auf die Dinge konzentrieren zu können, die anstanden. Er wollte den Tag damit beginnen, dass er den Hauptmarkt von Juba – Konyo Konyo – zu Fuß erkundete.

Die schlammige Straße vor dem Gelände der Lodge war bereits voller *Bodaboda*-Taxis. Die Leute brüllten sich vom Rücksitz laut aufheulender Motorräder etwas zu, während sie mit der einen Hand Päckchen festhielten und sich mit der anderen an den Fahrer klammerten. Einige lächelten Gabriel direkt an. Die Äste eines riesigen Baums auf einem leeren Grundstück wurden durch das Gewicht zahlreicher flusiger Marabus weit heruntergedrückt. Die Vögel beobachteten ihn wie missmutige Greise, als er vorüberging. Er musste durch einen Haufen von fauligem Abfall steigen, um eine besonders große Grube in der Straße umrunden zu können. Ein *Bodaboda* versank bis zur Achse im Dreck, als es sich seinen Weg dort hindurchbahnte. Der weiche Müll unter seinen Füßen gab bei jedem Schritt eine Art Rülpsen von sich. Gabriel kam an Männern vorbei, die Kohlebrocken in Tüten füllten – der Boden voll schwarzem Pulver, die Tüten wie dicke Kokons, die Augen der Männer weiß leuchtend in dem sie umgebenden Ruß.

Dann entdeckte er auf einem vermüllten Pfad zu seiner Linken das Schimmern von Wasser. Diesmal war es keine schlammige Pfütze, sondern eine große bewegliche Fläche. Er lief darauf zu, musste über das Fahrgestell eines zerfallenen Trucks steigen, wo der Erdboden vor ausgelaufenem Öl glitzerte, und bahnte sich schließlich auf dem schlängelnden Pfad zwischen den hohen Gräsern so gut es ging einen Weg. Als er am Ende ankam, waren seine Hosenbein klatschnass. Er stand an einem breiten Ufer voller Schilf. Vor ihm lag der Weiße Nil, dessen braunes Wasser schnell wirbelnd an ihm und der Stadt vorbeirauschte. Sein Ziel war der Sudd, das Sumpfgebiet in der Mitte des Landes, wo das Wasser durch einige Tausend Quadratkilometer von Vegetation gefiltert wurde, um sich gereinigt mit dem Blauen Nil für den großen Einzug in Ägypten zu vereinen.

Flussaufwärts badete eine Gruppe nackter Männer – insgesamt vielleicht vierzig – an einer seichten Stelle. Um ihre Beine sammelte sich Seifenschaum. Flussabwärts saugte ein riesiger Tanker Wasser auf. Während Gabriel zuschaute, beendete der Tanker seine Arbeit und tuckerte rückwärts davon. Sogleich nahm ein weiterer, identisch aussehender Tanker seine Stelle ein. Ein schwarzer Schlauch schlängelte sich wie ein Rüssel in den Fluss, und die Maschine begann, das schmutzige Wasser in das Schiffsinnere zu saugen. *Juba Aqua* stand an der Seite – ein Name, den Gabriel auch bereits auf den Wasserflaschen in der Bar gelesen hatte. Wo es hoffentlich angemessen gereinigt worden war, dachte er.

Eine kurze Strecke lief er am Ufer entlang, bis er wieder auf eine breitere Straße zur Stadt zurückkehrte. Unter einem Baum hatten sich einige Männer versammelt und tranken Tee. Ein Mann mit einer Zeitung las den anderen vor, die alles, was er las, kommentierten. Auf einer Seite der Straße wurden große flache Brote, die wie grobe Pfannkuchen aussahen, in breitrandigen Pfannen gebacken und verkauft. Der Geruch von glühender Kohle mischte sich mit dem von wiederverwendetem Öl und etwas wie geschmortem Fleisch. Gabriel blieb an einem der Stände stehen. Eine imposante Frau mit einer leuchtenden grüngelben Kopfbedeckung löffelte gerade große Stücke Ziegenfleisch mit Soße in die Mitte eines flachen Brotes.

»*Kisra*?«, fragte sie und wies auf das Essen.

»Nein, danke«, erwiderte er, trat einen Schritt zurück und rieb sich den Bauch, um zu zeigen, dass er bereits gegessen hatte. Das Essen sah appetitlich aus, und das Erdnussbutter-sandwich hatte ihn keineswegs befriedigt. Doch Essen vom Straßenrand machte ihn nervös. Die Frau lächelte und beachtete ihn nicht weiter.

Rasta hatte ihm erklärt, dass er auf das Minarett der Hauptmoschee zuhalten solle, indem er den hochfliegend bezeichneten Unity Boulevard – eine der wenigen geteerten Straßen – weg vom Fluss entlanglief. Nach Rastas Schilderung hatte Gabriel angenommen, der Markt würde sich wie in Europa auf einem einzigen Platz befinden und könnte leicht übersehen werden. Doch Konyo Konyo stellte sich als ein ausgedehnter Vorort heraus, der ziemlich nahe am Fluss begann und sich über fast vier Quadratkilometer von Juba ausbreitete. Das erste Anzeichen war ein riesiges ummauertes Grundstück, wo Lastwagen in einer unmöglich festgefahrenen Anordnung parkten, der Boden unter ihnen voller Diesel und Öl. Auf dem Gelände herrschte ein fieberhaftes Treiben. Leute brüllten. Verschwitzte Männer mit nackten Oberkörpern luden riesige Säcke von den LKWs und wuchteten sie neben die Fahrzeuge. Auf dem Dach eines Lasters, das voller grüner Bananen war, stand eine gut gekleidete Frau, die sich mit einem aufgespannten Schirm vor der Sonne schützte. Gabriel brauchte einen Moment, um zu begreifen, dass sie tatsächlich auf den meisterhaft aufgestapelten Früchten stand und von hoch oben gelassen ihre Anweisungen gab.

Der Markt selbst schien auf der anderen Straßenseite anzufangen, was man vor allem daran merkte, dass in den Gassen noch mehr los war als bisher. Gabriel drängte sich mit einer gewissen Nervosität in die Fußgängerunterführungen, wo es stark nach Urin und verfaulenden Abfällen stank. Die geriffelten Seiten der improvisierten Konstruktionen lehnten sich nach innen, als wollten sie ihm den Weg versperren. Auf einmal tauchte er wieder im Freien auf, wie ausgespuckt aus einem düsteren Labyrinth von Gängen, die sich ins scheinbar Unendliche kreuzten. Die Gassen waren mit einem dünnen Stoff überdacht, der Schutz vor der Hitze bot. Die Geräusche klangen gedämpfter, denn auch über jedem Stand befand sich ein Dach aus Stoff. Trotz der Masse an Menschen, die sich hindurchschob, herrschten hier weiches Licht und Stille vor.

Schneider saßen über Stoffe gebeugt da und bedienten mit Fußpedalen ihre Nähmaschinen, um den vorgezeichneten Linien zu folgen. Ihre Kunden standen in der Nähe und nippten an einem Tee, während sie zusahen, wie ihr Kleid oder ihr Anzug Gestalt annahm. Ein Mann hockte neben einem umgearbeiteten Fahrrad, dessen Räder abmontiert worden waren und an dem es statt des Lenkers einen Schleifstein gab. Das Messer zischte auf dem Stein, als der Mann mit seinen Beinen auf und ab pumpte und dabei ein Funkenregen auf den Boden niederging. Rechts von ihm hingen pastellfarbene Stoffe in der Größe von Tischdecken von einer Schnur, die hoch über seinem Kopf festgezurrt war. Auf jedem Stoff waren mit schwarzer Tinte entweder Hibiskusblüten und verschlungene Kletterpflanzen, zwei Tauben, die Brust an Brust dasaßen, Herzen oder religiöse Motive gezeichnet. Ein junger Mann arbeitete an einem Tisch, wo er geschickt mit einem schwarzen Filzstift den Stoff mit solchen Motiven bemalte. Mehrere Männer saßen auf Stühlen und schütteten vorsichtig Wasser aus verzierten Emaillekannen über ihre nackten Füße, um so vor dem Moscheebesuch Füße und Fesseln zu waschen.

Die Szene hatte etwas Mittelalterliches. Gabriel glaubte, durch ein Tor in eine uralte Stadt getreten zu sein, wo die Einwohner noch immer ihren verschiedenen Tätigkeiten nachgingen.

Er lief stundenlang umher, wobei er immer wieder vorsichtig über die schlammigen Löcher in der Straße steigen musste. Die Geräusche, die Bewegungen und die Farben waren geradezu erdrückend und wirkten zugleich durch die eigenartige Zurückhaltung der Sudanesen noch zu bewältigen. Er musste einen außergewöhnlichen Anblick bieten: blass, verschwitzt, seltsam gekleidet. Und doch musterte ihn niemand. Er lief durch einen Markt mit vielen Tausend Leuten, ohne dass ihn eine Menschenseele angesprochen oder auch nur berührt hätte. Wie ein Geist unter Lebenden, unbemerkt von seiner Umgebung. Nach einer Weile verstand er, dass es sowohl einen Segen als auch einen teuflischen Fluch bedeutete: die Narbe des Selbstmörders, des Missachteten, des Ungesehenen. Kein Wunder, dass sich seine Einsamkeit unerträglich anfühlte. Doch dann bemerkte er, dass in dem Moment, in dem er Blickkontakt suchte, zu einem Vorübergehenden leise Guten Morgen sagte oder jemandem eine Hand hinstreckte, deren Gesichter aufleuchteten und ihr Lächeln breiter wurde. »Guten Morgen. Wie geht es Ihnen? Schön, dass Sie hier sind.«

Er lief durch enge Straßen, die von ausgestellten Stoffen und hohen Türmen aus Sandalen flankiert waren. Man verkaufte zweifelhafte UN-T-Shirts und grelle amerikanische Jeans mit Nietenmustern. In vielen Läden gab es eine Ansammlung von chinesischer Plastikware, von Haarbürsten über Eimer bis zu Fliegenklatschen. Er wanderte durch eine besonders matschige Gasse zwischen zwei Teeräumen hindurch und kam in einen Bereich mit Essensständen, wo der Boden sehr uneben war.

Hier herrschte ein noch geschäftigeres Treiben. Die Verkäufer riefen und handelten lautstark, Gelächter vermischte sich mit dem Blöken von Ziegen, deren Hinterbeine zusammengebunden waren. Einladend zog sich der Duft von gebratenem Fleisch durch die Passage. Auf provisorischen Tischen waren Bananen, Ananas, Mangos und Berge schwarzer Datteln aufgetürmt, deren Haut wie der Rücken einer Kakerlake schimmerte. Kleine Pyramiden hellroter Tomaten drängten sich neben Auberginen, roten Zwiebeln und rot-orangefarbenen Chilis in der Größe von Patronen, die sorgfältig zu kleinen Stapeln geordnet waren. So mancher kaute an einem Zuckerrohr und spuckte die Fasern aus, wenn sie leer gesogen waren. Viele Frauen trugen muslimische Tücher um den Kopf, einige hatten knöchellange, traditionelle Kleider an. Eine Ecke des Essmarkts schien der arabischen Küche gewidmet zu sein. Hier sah man offene Säcke mit Gewürzen, und Räucherwerk und Weihrauch erfüllten mit ihren rauchigen Düften die Luft. Gabriel blieb an einem Stand stehen, wo es seltsame rosafarbene Harzkugeln gab, die bröcklig wirkten, doch bei genauerer Inspektion überraschend fest waren. Der Verkäufer winkte ihn heran und zeigte ihm, dass man sie rauchte. »Medizin«, informierte ihn ein Passant freundlich.

Einige Verkäufer boten Ananas in der Größe von lang gezogenen Footballs an – viel riesiger, als Gabriel diese Frucht bisher gekannt hatte. Schubkarren wurden mit quietschenden Rädern durch den Markt geschoben, auf denen saftige Obststücke wie Wassermelonen bereits aufgeschnitten und geschält lagen, in Folie gewickelt, um sie vor den Fliegen zu schützen. Saft tropfte von den Karren und hinterließ eine klebrige Spur, während sich die Schiebenden einen Weg zwischen den Säcken mit Reis, Kuhbohnen, Augenbohnen und Linsen bahnten. Ein weiterer Schubkarren bot saubere Stücke Zuckerrohr an und lud die Interessierten ein, sich die süßen Stücke mit den Zähnen abzuziehen.

Gabriel kaufte eine kleine Tüte geröstete Erdnüsse und machte sich auf den Rückweg Richtung Lodge, wobei er genussvoll die Nüsse in seinem Mund zermalmte. Fahrräder schlängelten sich an ihm vorbei, vorne, hinten und an den Seiten schwer beladen mit rechteckigen Wasserkanistern. Schmarotzermilane, die sich wesentlich beängstigender verhielten und auch größer waren als die eleganten Raubvögel der Hotwells Cliffs, segelten unbeeindruckt knapp über ihn hinweg. Ihre rechteckigen Schwanzfedern lenkten ihren Flug und ließen Skinke und andere Schuppenechsen panisch davonjagen. Zügig lief Gabriel eine schlammige Straße entlang, die auf den Friedhof zuführte und deren Oberfläche aus einem riesigen Teppich zerdrückter Plastikflaschen bestand, sodass man den darunterliegenden Erdboden kaum mehr erkennen konnte. Immer wieder fuhren Taxis und *Bodabodas* darüber hinweg und zermalmten sie wie brüchige Knochen.

Weder ein frühes Zubettgehen noch das Weglassen von Alkohol half Gabriel, besser in den Schlaf zu finden. Er ertrug eine weitere feuchtschwüle und ruhelose Nacht, um dann lange vor Sonnenaufgang endgültig zu erwachen. Die Sudanesen fingen mit der körperlichen Arbeit vor der Hitze des Tages an, sodass das Hämmern der Generatoren, das chorartige Klimpern von Stein auf Metall und das Muhen von Rindern, die zum Schlachten geführt wurden, bereits um vier Uhr morgens einsetzten. Er erwachte mit einem Ruck, herausgerissen aus einem Traum mit zerbrochenen Zähnen, einer blutigen Zunge und Stückchen von Zahnfüllungen, die wie kleine Maiskörner in seinem Mund herumrollten. Sein Kiefer fühlte sich steif an, so stark hatte er offenbar mit den Zähnen geknirscht.

Er hing im Speiseraum herum, trank abgestandenen Kaffee und verschaffte sich mit schwer verdaulichem Brot eine Grundlage, während er auf Rasta wartete, damit ihn dieser wieder zur UN-Stelle brachte. Inzwischen wusste er, dass es sinnlos war, nach der Abfahrtszeit zu fragen. Dennoch erinnerte er seinen Fahrer vorsichtshalber an das Treffen um zehn Uhr. In seinem E-Mail-Eingang war keine Antwort von Hargreaves eingetroffen. Aber zumindest gelang es ihm, an Jane eine neutrale Erwiderung zu verfassen, in der er eine würdevolle Kälte signalisierte, ehe er mit dem Land Cruiser abfuhr.

Nachdem er sich bemüht hatte, rechtzeitig im Büro der UN einzutreffen, stellte er zu seinem Verdruss fest, dass Ms. Preston nirgendwo zu sehen war. Er setzte sich auf eine ramponierte Bank unter einem Mangobaum und wartete auf sie, umgeben von alten Kernen, die wie glatte Kieselsteine aussahen. Gabriel nahm einen in die Hand und fand ihn verblüffend leicht. Er warf ihn zum Geländeeingang hinüber. Das Geräusch hallte über das Grundstück, und er hob einen weiteren hoch, den er ebenfalls über den Steinboden schleuderte.

Endlich tauchte Ms. Preston auf und ging zu ihm, um mit ihm zu reden. Offenbar lohnte es sich für dieses Gespräch nicht, sich in ihr Büro zu setzen.

»Guten Morgen, Mr. Cockburn. Die Frau, die ich erwähnt habe, wird gleich da sein. Sie können sich dann mit ihr weiter unterhalten.« Ms. Preston schien noch schlechter gelaunt zu sein als beim letzten Mal, und auch ihre Sommersprossen wirkten im morgendlichen Licht härter.

»Diese Person, die mir helfen soll – sie ist eine Frau?«, fragte Gabriel und bemerkte zu spät, wie unhöflich das klang.

»Ja, Mr. Cockburn. Alek ist eine Frau. Wie ich auch. Wie alle hier, die irgendwas auf die Reihe kriegen, falls Ihnen das noch nicht aufgefallen sein sollte. Während die Männer herumsitzen, Tee trinken, ihre AK-47 reinigen und sich dicktun.«

Frostig war eine maßlose Untertreibung. Ms. Preston wartete seine Erwiderung nicht ab, sondern machte auf dem Absatz kehrt und ging in ihr Büro zurück. Gabriel fuhr fort, lustlos Mangokerne herumzuschleudern, wobei er immer besser zielte, je frustrierter er wurde. Eine Frau, die ihn durch dieses höllische Land führen sollte, dachte er, und dann gleich auch noch völlig unpünktlich kam. Er nahm einen größeren Kern und ließ ihn über den Boden schlittern. Scheppernd knallte er gegen das Metalltor. Erst da bemerkte er eine kleine Gestalt, die ihn durch das Tor beobachtete – ein Mädchen in einem schlichten Kleid, barfuß und mit den Fingern in ihrem Mund. Sie starrten sich einen Moment lang an, ehe Gabriel seine Hand hob und ihr zuwinkte. Sie zögerte, wandte sich dann um und rannte davon.

Er folgte ihr, mehr um sich die Beine zu vertreten als aus Neugier. Dem UN-Gelände gegenüber befand sich ein leeres Grundstück, überwuchert von Wunderbäumen und hohen Gräsern. Müll sammelte sich auf den schmalen Pfaden zur Straße. Das kleine Mädchen verschwand auf einem der Pfade hinter den welk herabhängenden Pflanzen. Von irgendwoher stieg eine Rauchsäule auf. Gabriel überquerte einen breiten unebenen Weg und blickte dann über eine Mauer aus Unkraut auf die andere Seite hinüber.

Das Feld vor ihm war alles andere als leer. Es stand vielmehr voller provisorischer Bauten, die meist aus abgeschnittenen Jungbäumen bestanden, welche aneinanderlehnten und mit Ranken zusammengebunden waren. Manche hatten seitlich noch Metall- und Plastikstücke eingebaut, was dem Ganzen das Aussehen eines seltsamen Puzzles verlieh. Es wirkte wie eine Spielzeugstadt, die bei einem Pfadfinderausflug aufgebaut worden war, wenn es nicht den durchdringenden Gestank von warmen Exkrementen und den erhitzten UNHCR-Planen gegeben hätte, die über einige Bauten gezogen waren. Das kleine Mädchen war in die Mitte einer Stockkonstruktion mit niedrigen Wänden gerannt. Ein schmaler Schal war oben befestigt worden, ein erbärmlicher Versuch, ein wenig Schutz zu bieten. Die Gestalt einer älteren, knochendürren Frau hockte in dem winzigen Stückchen Schatten. Zwei jüngere Frauen saßen neben ihr, der Sonne voll ausgesetzt. Das kleine Mädchen versteckte sich hinter ihnen.

Gabriel wusste nicht, warum, aber er hob seine Kamera, um ein Foto zu machen. Möglicherweise lag es daran, dass er so etwas noch nie gesehen hatte – die jämmerliche Hoffnungslosigkeit in dieser Versammlung. Eine der Frauen blickte auf. In ihren Augen zeigte sich etwas oder vielleicht war es auch die Abwesenheit von etwas, das ihn davon abhielt, tatsächlich den Auslöser zu drücken. Stattdessen ließ er seine Hand wieder sinken. Er nickte ihr grüßend zu und wandte sich dann ab, um zum UN-Gelände zurückzukehren.

Eine groß gewachsene Frau, die fast schon als dürr bezeichnet werden konnte und ein ausgemergeltes Gesicht hatte, stand am Tor. »Man hat mir gesagt, dass Sie einen Führer brauchen«, begrüßte sie ihn. »Und trotzdem lassen Sie mich warten.«

Alek.

»Aber Sie können doch gerade erst eingetroffen sein«, protestierte er.

»Ihre Zeit ist also wertvoller als meine?«

Es war kein guter Anfang. Er wusste nicht genau, was ihn

an ihr irritierte, befürchtete aber, dass es an ihrer tiefschwarzen, glanzlosen Haut oder ihrem selbstbewussten Auftreten lag. Ihre Haare, ein Geflecht aus eng gerollten Strähnen, schienen nur teilweise gebändigt zu sein. Sie strahlte einen Hochmut aus, der auf seltsame Weise eine instinktive Abneigung und zugleich ein Bewusstsein für seinen tief sitzenden Rassismus in ihm auslöste.

»Sind Sie Journalist?« Ihr Blick war gnadenlos, als ob sie ihre Beobachtungen ermüden würden, aber dennoch notwendig waren. »Sie brauchen eine Genehmigung, um Bilder zu machen. Solche Genehmigungen werden momentan nicht ausgegeben. Wir werden nicht weit kommen.«

So musste es sein, wenn man einem Erschießungskommando gegenüberstand, dachte Gabriel – eine Maschinengewehrsalve voller Negativität. Ihn übermannte auf einmal Erschöpfung. Seine Zwiegespaltenheit hinsichtlich der Reise nahm ihm jegliche Motivation oder Dringlichkeit, und jede Ausrede, sie abzublasen, war ihm willkommen. Zugleich verspürte er in dieser unsympathischen Frau eine Stärke, die ihm etwas Hoffnung zurückgab.

»Können wir uns irgendwo hinsetzen, und ich erkläre Ihnen, warum ich hier bin? Wenn Sie die Fakten kennen, entscheiden Sie. Ich bin es allmählich leid ... dass Leute automatisch etwas annehmen und mir nicht zuhören. Können wir das zumindest so machen?«

Es war erbärmlich, das wusste er – dieser lächerliche Appell an ihr Verständnis. Und die Frau zeigte sich auch nicht beeindruckt. »Merken Sie sich nur, dass ich nicht Ihre *Bamba* bin – Ihr Frauchen, das Sie herumkommandieren können«, erklärte sie. »Vergessen Sie das nicht. Aber ja, ich kann mich gerne mit Ihnen irgendwohin setzen und Ihnen zuhören.«

Gabriel nickte erleichtert.

»Und dann verabschiede ich mich.« Sie lächelte zum ersten mal, ein Aufblitzen von Humor auf seine Kosten und ein Schimmern schief stehender Zähne.

Sie verließen das UN-Gelände und suchten ein kleines Teehaus auf. Im Inneren der Hütte wurden die Innereien irgendeines Tieres ausgekocht. Sie setzten sich draußen in einiger Entfernung zu dem ekelerregenden Geruch von Kutteln auf zwei Plastikstühle. Gabriel war Rasta dankbar, dass er nun zumindest wusste, wie man einen Tee bestellt und dass er sich nicht mehr den Mund verbrannte, sobald dieser vor ihm stand. Schweigend saßen sie einen Moment lang da und nippten an den milchigen Getränken.

»Was wollen Sie mir sagen?«, fragte Alek nach einer Weile.

Gabriel seufzte. »Das ist kompliziert«, erwiderte er. Ihm war nicht klar, wie er ihr seinen Plan am besten darlegen konnte, damit dieser in ihren Ohren attraktiv oder vielmehr nicht verrückt oder selbstgefällig wirkte. Sollte er sie mit wissenschaftlichen Fachbegriffen bombardieren oder alles möglichst schlicht schildern? Die bisherige Interaktion mit ihr machte es schwierig für ihn, ihre Intelligenz einzuschätzen. Aber Alek hörte ihm aufmerksam zu. Nur wenn sie etwas genauer wissen wollte, hakte sie nach. Sie schien sofort zu begreifen, was er sagte, sodass er sich bald tiefer in seine Materie hineinwagte. Sie lauschte, ohne auf dem Stuhl herumzuzappeln oder sich von dem vorbeifahrenden Verkehr ablenken zu lassen. Gelegentlich nippte sie an ihrem Tee, doch sie hatte die ganze Zeit über die Augen auf Gabriel gerichtet. Es verunsicherte ihn fast, derart das Zentrum ihrer Aufmerksamkeit zu sein, und er wich ihrem Blick öfters aus. Doch wenn er sie wieder ansah, stellte er jedes Mal fest, dass sie ihn weiterhin betrachtete.

Als er fertig war, musterte sie ihn eine Weile emotionslos. Nur die Zikaden durchbrachen die Stille, die zwischen ihnen herrschte. »Sie sind also niemand, der die Welt retten will. Das sehe ich. Es ist demnach etwas anderes, was Sie an dieser Pflanze interessiert.«

Das war eine faire Einschätzung. Natürlich trieb ihn ein gewisser persönlicher Ehrgeiz bei diesem Projekt an sowie sein Versuch, seinen unerträglichen häuslichen Verhältnissen zu entkommen. »Sie haben recht«, antwortete er. »Es gibt viele Gründe. Aber letztlich geht es bei dieser Forschungsarbeit um das Thema der botanischen Selbstregulierung. Dem gilt meine Leidenschaft. Die schönste aller Gleichungen. Die Bedeutung des Lebens. Gott selbst.«

»Sie sind also hier, um Gott in eine Formel zu bringen? Auch ohne Ihre Hilfe glänzt Gott im Sudan vor allem durch Abwesenheit.«

»*Vim promovet insitam*: Lernen fördert die angeborenen Kräfte. Das Motto meiner Universität. Es stammt von Horaz. Es geht nicht immer nur ums Überleben, Ms. ...« Die Tatsache, dass er ihren Nachnamen nicht kannte, ließ seine defensive Erwiderung noch erbärmlicher klingen – fast wie eine gehässige akademische Kampfansage.

Ihre Entgegnung klang scharf. »Im Sudan sagen wir: Leere Mägen haben keine Ohren. Hier stoßen Sie sicher nicht auf allzu viel Gelehrtheit.« Sie lachte nicht offen über ihn, ja lächelte nicht einmal. Er fühlte ihre Verachtung. »Hier zitieren wir nicht auf Lateinisch, Mr. Gabriel. Sondern auf Arabisch.«

Trotz ihrer abschätzigen Art spürte er unter dieser Fassade einen wachen Geist, der sich messen, herausfordern und verstehen wollte. Er erkundigte sich, wo sie ihre Ausbildung absolviert hatte.

»In Kampala und Nairobi«, antwortete sie in einem Ton, der kein Nachhaken erlaubte. »Sie haben mir von dieser Pflanze erzählt. Vielleicht werde ich ihren Namen noch lernen. Aber zuerst einmal geht es darum, was Sie mir *nicht* erzählt haben. Sie wollen nach Bahr al-Ghazal. Haben Sie dafür eine Genehmigung vom NISS?«

»NISS?«

»Der Inlands- und Sicherheitsgeheimdienst des Sudan.«

»Nein, habe ich nicht. Ich habe ein Empfehlungsschreiben von Professor Ismail vom botanischen Institut der Universität von Khartum.«

»Khartum?« Alek sah ihn mit einer unangenehmen Mischung aus Verachtung und Spott an. »Jemand hat Ihnen das gegeben und behauptet, das würde Ihnen im Südsudan nützen? Man hat Sie zum Narren gehalten. Wissen Sie, was wir hier von Khartum halten? *Baschir*!« Sie spuckte auf den Boden. »Ich glaube, Sie wissen gar nichts, Mr. Gabriel. Sie sind tatsächlich ein Narr.«

Sie stieß den Stuhl nach hinten und stand auf, um sich energisch einige Schritte von ihm zu entfernen. Ihre Fesseln und Waden schienen zu dünn zu sein, um sie zu tragen. Sie sahen wie Stöcke aus, die unter ihrem Kleid hervorschauten. Dennoch bewegte sie sich voller Kraft. Er hörte, dass sie sich selbst heftig tadelte – hart und in einer fremden Sprache, deren Wörter wie Steine auf dem Erdboden zu ihren Füßen aufprallten. Mehrere Minuten lang lief sie die Straße auf und ab, wütend in einem Gespräch mit sich selbst versunken.

Gabriel versuchte, sich nicht zu ducken, als sie zurückkam.

»Ich werde Sie hinbringen«, sagte sie noch immer zornig.

Er stand auf, um ihr die Hand zu reichen. »Gut. Ich meine, danke.«

»Sie bezahlen für das Fahrzeug. Ich werde es organisieren. Sie bezahlen auch für das Benzin. Und für den Fahrer. Und für mich.«

»Ja, ist in Ordnung.«

Sie wandte sich zum Gehen. Er rief ihr hinterher. »Warten Sie! Warum haben Sie zugestimmt?«

Alek zuckte mit den Achseln. »Ich muss eine Weile weg von hier. Die UN-Leute, sie haben genug von mir und meinen Fragen.«

Er nickte, obwohl er ihre Erklärung nicht verstand.

»Außerdem«, fügte sie hinzu, »haben Sie etwas, das ist… nützlich.«

»Geld?«

»Eine Kamera. Sie sind Ausländer, aber nicht von der UN. Sie sind kein Journalist. Sie sind kein Armeeangehöriger. Vielleicht wird man nicht wissen, wie man Sie einordnen soll. Und deshalb besteht die kleine Chance, dass Sie erfolgreich sein könnten.«

Gabriel beschloss, nicht weiter nachzufragen.

ZWÖLF

Verteidigungsministerium, Whitehall, London

Bartholomew blieb unter der Statue eines Gurkha-Soldaten auf der Horse Guards Avenue stehen, um zu verschnaufen. Der Soldat trug stoisch sein Gewehr mit Bajonett, und nur der verwegen aufgesetzte Hut mit der breiten Krempe verlieh ihm einen Hauch Individualität. Am Sockel waren einige Spuren von Sprühfarbe zu erkennen, das Werk der antikolonialen Lobby, die gegen die »Idealisierung« der britischen Geschichte in fernen Ländern protestierte. Wie die Beschimpfungen, die den Soldaten aus Vietnam bei ihrer Rückkehr nach Amerika entgegengeschlagen waren, kam auch dieser Protest Bartholomew außerordentlich illoyal und fehlgeleitet vor. Nun sahen sich die britischen Truppen derselben Ablehnung bei ihrer Rückkehr aus Afghanistan ausgesetzt, in Bartholomews Augen eine höhnische Ablehnung ihrer Ehre und ihres Mutes. Als ob die trägen Mitglieder der Öffentlichkeit auch nur das geringste Recht hätten, ihren großartigen Beitrag zu kritisieren.

Er hatte zuerst versucht, einen Termin mit dem Kabinettsminister im Verteidigungsministerium zu vereinbaren, um ihn über das Raketenteil zu informieren. Doch der parlamentarische Staatssekretär für internationale Sicherheitsfragen hatte ihn abgewimmelt. Bereits der Foxley-Betrugsskandal hatte zu mehr Vorsicht hinsichtlich ministerialer Verwicklungen in Waffenbeschaffungsprogrammen geführt, doch erst durch das Chinook-Helikopter-Desaster waren die Politiker richtig aufgeschreckt worden. Jeder, der mit diesem Debakel zu tun gehabt hatte, war einer heftigen Kritik in den Medien und einer scharfen internen Kontrolle ausgesetzt gewesen. Eine wütende Welle von Säuberungen führte zu zahllosen Degradierungen, Rücktritten und Entlassungen. Das Ergebnis: Es wurde beinahe unmöglich, die Leitung innerhalb des Verteidigungsministeriums dazu zu bringen, irgendeine Verantwortung für schwierige Entscheidungen zu übernehmen, was Waffenbeschaffung und taktische Einsätze betraf. Die Vermeidungsstrategien des ehrenwerten Kabinettsministers waren nichts Ungewöhnliches. Doch der parlamentarische Staatssekretär stand nicht hoch genug, um eigenständig etwas bestimmen zu können. Das bedeutete, dass Bartholomew sich in einem Kreislauf aus Weiterleitung und Ausweichen befand. Natürlich trug die Beteiligung des saudischen Agenten Hussein nicht gerade dazu bei, seine Nerven zu beruhigen. Ebenso wenig wie die Tatsache, dass die Identität des Endverbrauchers nur einigen wenigen bekannt sein durfte. Und dennoch roch die Unfähigkeit des Verteidigungsministeriums, die Verhandlungen entweder abzubrechen oder sich handelseinig zu werden, nach größter Feigheit.

Er fuhr sich mit der Hand über die feuchte Stirn und machte sich dann auf den Weg zum nördlichen Zugang an der Horse Guards Avenue. Das Portal wurde von zwei riesigen Skulpturen aus Portland-Stein flankiert, die Erde und Wasser darstellten und von Sir Charles Wheeler entworfen worden waren. Warum das Ministerium gerade einen gewaltigen Akt vor seinem Eingang sehen wollte, blieb ein Geheimnis, wobei Bartholomew froh war, dass es die Etatkürzungen im Verteidigungsministerium verhindert hatten, auch noch die anderen beiden »Elemente« der Sammlung hinzuzufügen. Unglaublich, was die Regierung für förderwürdig hielt. Der parlamentari-

204

sche Haushaltsausschuss hatte damals einen Kommentar hinsichtlich der katastrophalen Chinook-Helikopter abgegeben und war zu der Schlussfolgerung gelangt, dass »sie genauso gut acht Truthähne hätten kaufen können«. Das traf den Nagel auch in diesem Fall auf den Kopf, dachte Bartholomew reumütig, während er die Treppe hinaufeilte.

»Generalleutnant.« Ein makellos gekleideter Mann mit zurückgekämmten schwarzen Haaren und einem aufrechten Gang trat zu ihm. Er roch nach teurem und übermäßig blumigem Eau de Cologne. Bartholomew wäre früher automatisch davon ausgegangen, er sei homosexuell, doch inzwischen war ihm klar geworden, dass solche raschen Einschätzungen oft nicht mehr zutrafen. Auch heterosexuelle Männer schienen heutzutage Feuchtigkeitscremes zu benutzen und ihre Haare mit Festiger zu behandeln.

»Leider …«, fuhr der Mann fort und fasste nach Bartholomews Arm, »ist der Staatssekretär augenblicklich mit einer anderen dringenden Angelegenheit beschäftigt und schafft es nicht, den Termin mit Ihnen einzuhalten. Er bat mich, Ihnen sein Bedauern auszudrücken. Persönlich. Und das Meeting auch ohne sein Beisein abzuhalten. Ich habe einen Konferenzraum für uns gebucht. Wenn Sie mir freundlicherweise folgen würden.«

Bartholomew zog seinen Arm weg und signalisierte deutlich seinen Frust. »Tut mir leid, aber das reicht nicht«, entgegnete er. »Diese Angelegenheit betrifft allein die höchsten Ränge des Ministeriums. Wünsche noch einen angenehmen Tag.«

Er drehte sich auf dem Absatz um. Doch der Mann ließ sich nicht so leicht abschütteln, sondern fasste erneut nach seinem Arm – schnell und entschlossen.

205

»Generalleutnant Bartholomew, ich muss darauf bestehen, dass Sie mir erst einmal zuhören. Bitte kommen Sie mit ins Konferenzzimmer. Hier draußen auf dem Flur kann und möchte ich diese Sache nicht mit Ihnen besprechen.«

Die Festigkeit des Griffs passte zu der unbeugsamen Miene, die das perfekt sitzende Haar und die geschrubbte Haut auf einmal geradezu unheimlich wirken ließ. Bartholomew nickte und schaute auf die Hand des Mannes in der Hoffnung, dass er ihn so loslassen würde. Die Finger lösten sich, und der Mann zupfte seinen Jackenärmel zurecht, als ob er sich nach einer Schlägerei wieder herrichtete. Er bat Bartholomew, ihm zu folgen, wobei er mit durchgedrücktem Rücken vor ihm herlief, ein leichtes Tänzeln im Schritt. Seine hochglänzenden Schuhe machten dabei leise Klappergeräusche auf dem Marmorboden. Er war vermutlich zwanzig Jahre jünger als Bartholomew, hatte aber etwas Beunruhigendes an sich, ein Selbstbewusstsein, eine Entschlossenheit, die den Luftwaffenmann gehorchen ließ.

Man führte ihn in ein Konferenzzimmer, wo es nur einen Tisch und ein paar Stühle gab. Der Mann drückte auf einen Schalter an der Wand, und es setzte ein leises Surren ein. Dann ließ er sich Bartholomew gegenüber nieder. Übertrieben demonstrativ faltete er seine Hände zu einem spitzen Dach und betrachtete Bartholomew über seine Finger hinweg. Es folgte eine ungewöhnlich lange Pause.

»Ich heiße Todd. Das Zimmer befindet sich im Abfangmodus, wir können also frei sprechen. Von jetzt an werde ich derjenige sein, der sich um Ihre Angelegenheiten kümmert, wenn Sie etwas mit dem Staatssekretär zu bereden haben.«

»Und wer genau sind Sie, Mr. Todd?«

»Einfach Todd, Generalleutnant. Es tut nichts zur Sache,

wer ich bin. Ich bin einfach nur derjenige, der autorisiert ist, sich um diese Dinge zu kümmern.«

»Und um welche Dinge genau handelt es sich?«

Todd lächelte. Seine Zähne standen natürlich perfekt und waren blütenweiß. Doch das Lächeln strahlte keine Wärme aus, sondern wirkte wie ein spöttisches Grinsen. Bartholomew wurde ein wenig schwindlig, als ob sein Blutdruck abrupt gesunken wäre. Er hätte jetzt ein Glas Wasser vertragen, hatte aber nicht vor, den Vernehmungsoffizier darum zu bitten.

»Nun, das sollte ich *Sie* fragen, Generalleutnant«, entgegnete Todd. »Sie beantragten schließlich ein Treffen mit dem Staatssekretär. Aber lassen Sie mich der Zweckdienlichkeit willen antworten.« Er legte seine Hände mit den Handflächen nach unten auf den Tisch. »Sie stehen im Austausch mit Mr. Khalid Hussein, einem Mann saudiarabischer Nationalität, der einen großen Vertrag zwischen einer ausländischen Regierung und BAE Systems aushandelt. Der parlamentarische Staatssekretär ist sich der – finanziellen – Bedeutung eines solchen potenziellen Vertrags für BAE Systems und auch für das Verteidigungsministerium bewusst. Wir sind nicht naiv und sehen, dass Ihre Verwicklung in diese Transaktion vermutlich unumgänglich war. Sogar vorteilhaft.«

Bartholomew war inzwischen ziemlich übel. Sein Gehör wurde zudem durch einen hohen, schrillen Ton beeinträchtigt, der vielleicht von dem Abfanggerät kam, obwohl er zugleich weiterhin das leise Surren ausmachen konnte. Sein Magen verkrampfte sich, und ein Zucken durchlief seinen Bauch. Dieser gottverdammte Widerling.

»Aber wir möchten eine Sache absolut klarstellen«, fuhr der Mann fort. »Wir wissen, dass die betreffende Regierung in den Augen der Öffentlichkeit wohl nicht zu den anerkanntesten oder … vorzeigbarsten der Welt gehört. Um es einfach zu formulieren, Generalleutnant: Sie verhandeln mit einer Nation, die noch immer auf Amerikas Liste der Terroristenstaaten steht.«

Bartholomew versuchte etwas zu sagen. Aber Todd hob die Hand, um ihn abzuhalten. »Ja, schon gut. Vermutlich wollen die Saudis zuerst, dass der Käufer von dieser Liste gestrichen wird. Ich kann Ihnen versichern, das beruhigt unsere Regierung nur wenig. Wir wissen zudem, dass Hussein in den Chinook-Helikopterdeal verwickelt war. Unter keinen Umständen – und wir meinen das auch so, Generalleutnant –, *unter keinen Umständen* wird diese Regierung, dieses Ministerium oder auch der Staatssekretär zugeben, von diesem Vertrag oder auch nur dem Aushandeln des Vertrags gewusst zu haben. Wir übernehmen keinerlei Verantwortung. Keine. Wenn Sie sich entschließen, zwischen den verhandelnden Parteien vermittelnd einzugreifen, dann ist das allein Ihre Entscheidung, Ihr Risiko und Ihre Karriere, die auf dem Spiel steht. Haben wir uns verstanden, oder muss ich noch deutlicher werden, Generalleutnant?«

Bartholomew hatte das Gefühl, sich jeden Moment übergeben zu müssen. Er nickte mit feucht geschwitztem Kragen, der eng um seinen Hals zu liegen schien. »Wir haben uns verstanden. Ich hatte nichts anderes erwartet.«

»Also, Generalleutnant. Was wollten Sie dem parlamentarischen Staatssekretär mitteilen? Gibt es ein Problem, über das wir Bescheid wissen sollten?« Todd lehnte sich vor und starrte ihn an wie zur Einschüchterung. »Irgendein Problem?«

Bartholomew fragte sich, ob das ein Test war. Wusste der Mann von dem Projekt Reaper und testete er jetzt seine Ehrlichkeit? Oder vielleicht seine Vertrauenswürdigkeit? Wenn er etwas sagte, würde es dann als lobenswerte Ehrlichkeit oder als Bruch des Sicherheitsprotokolls gesehen werden? Konnte man elegant und selbstverständlich von einem geheimen Angriff in einem ausländischen Land berichten, ohne das Gesicht zu verlieren?

»Nein, keines. Ich wollte Sie nur auf dem Laufenden halten. Es gibt ein paar offene Fragen, aber ansonsten befindet sich der Vertrag auf Kurs.«

Todd nickte nachdenklich, als ob Bartholomew etwas Hochkomplexes von sich gegeben hätte.

»Nein, es gibt gar nichts«, sagte Bartholomew und bereute sogleich die verdächtig klingende Wiederholung.

»Das ist sehr rücksichtsvoll von Ihnen, Generalleutnant. Ich werde dem Staatssekretär Ihre frohe Botschaft mitteilen.« Todd reichte ihm eine weiße Karte, auf der nichts als eine Handynummer gedruckt war. »Wenn Sie dem parlamentarischen Staatssekretär doch mal wieder etwas zu sagen haben sollten, kontaktieren Sie mich bitte direkt. Und zwar ausschließlich mich.«

Bartholomew nahm die Karte mit einem gewissen Widerwillen entgegen und schob sie in die Brusttasche seines Jacketts. Innerlich kämpfte er währenddessen gegen den kindischen Impuls an, die Karte zu zerfetzen und dem Mann vor die übermäßig spitzen Schuhe zu werfen. Todd nickte ihm nicht überzeugt zu und beendete das Treffen, indem er die Tür aufhielt und ihn dann fast wie einen Strafgefangenen zum Eingang zurückführte. Dort bot er ihm nicht die Hand zum Abschied und klopfte ihm auch nicht auf den Rücken, sondern sagte nur knapp »Auf Wiedersehen«.

Bartholomew ging zur Toilette, um sein erhitztes Gesicht mit kaltem Wasser abzukühlen. Als er sich aufrichtete und in den Spiegel blickte, sah er dort einen alternden Mann mit

209

geröteten, herabhängenden Wangen und müden Augen. Und hinter den rot umrandeten Augen bemerkte er noch etwas anderes. Angst. Nicht vor dem Tod, sondern vor dem Tod in Schmach und Schande.

Wieder draußen auf der Horse Guards Avenue ging es ihm besser. Seine Übelkeit ließ nach, und der kalte Wind nahm ihm ein wenig die Hitze. Er ging an der Ecke von Whitehall vorbei, jenem Fleck, wo die IRA ihren Bombenangriff auf Downing Street vorgenommen hatte. Die Gründe mochten sich ändern, aber Krieg blieb Teil des menschlichen Daseins, dachte Bartholomew, während er an der Statue von Spencer Cavendish vorübereilte. Er war gerade an der Embankment-Parkanlage eingetroffen, als sein Handy schrill in seiner Brusttasche klingelte. Die Nummer war unterdrückt.

»Generalleutnant Bartholomew«, sagte er, als er abhob, und presste das Telefon an sein Ohr, um trotz des Windes etwas zu hören.

»Ah, George. Mein Klient möchte wissen, wann Sie diesen kleinen Gefallen tun können.«

Es war Hussein. Die fehlende Begrüßung, der vertraute Tonfall, das Timing des Anrufs – all das schmeckte nach Respektlosigkeit und einer gewissen Anspruchshaltung.

»Das Zeitfenster ist nicht sehr groß«, fügte der Saudi hinzu.

Bartholomews übliche Verärgerung wegen einer solchen Störung wurde diesmal von einer mulmigen Nervosität übertüncht. »Dieser Gefallen muss möglicherweise noch um eine Weile verschoben werden«, erwiderte er. »Es hat vielleicht ein ... ein Problem mit dem letzten Geschenk Ihres Freundes gegeben. Ich erkläre es Ihnen, wenn wir uns sehen.« Sein Hals schien sich zusammenzuschnüren, als ob eine Tablette in seiner Luftröhre feststecken würde. Er hustete trocken.

»Das ist nicht nötig. Ich interessiere mich nicht für Ihre Probleme. Aber mein Klient wird sehr enttäuscht sein, dass Sie nicht bereit sind, ihm weiterzuhelfen.«

»Es liegt nicht daran, dass wir nicht bereit sind …«

»Ich glaube, Sie scheinen nicht zu begreifen, Generalleutnant«, unterbrach ihn Hussein, nun lauter. »Lassen Sie es mich ganz klar für Sie formulieren: Ihr Versagen, diesen Gefallen zu erweisen, wird uns dazu bringen, unsere Verhandlungen mit Ihnen abzubrechen. So versteht mein Klient die Lage. Mein Klient braucht eine Geste Ihrer Bereitschaft. Wenn es die nicht gibt, wird sich unser Lieferant der Gegenpartei zuwenden. Es liegt ganz an Ihnen.«

Er legte auf, ehe Bartholomew antworten konnte. Der Generalleutnant spürte ein Flattern in seiner Brust und dann ein starkes Kitzelgefühl, als ob jemand mit den Fingern auf seinen Brustknochen trommeln würde. Das Handy rutschte aus seiner Hand, doch als er auf den Boden blickte, um es zu suchen, bemerkte er, dass alles vor seinen Augen verschwamm. Das Klopfen verwirrte ihn – etwas schien sich an seine Brust gehängt zu haben, obwohl es eher in seinem Inneren vergraben lag, als von außen zu kommen. Schwach schlug er mit dem Arm auf seine Brust. Ihm wurde immer schwindliger, und nun fühlte er auch noch einen brennenden Schmerz am unteren Teil des Schädels. Unsicher streckte er die Hand aus, wollte sich an einem Geländer festhalten. Doch stattdessen hechelte er nur und stürzte nach vorne, sodass er mit der Schulter gegen die Metallstange krachte. Er hörte sich selbst ächzen, auch wenn er bewusst gar keinen Laut von sich gegeben hatte.

Jemand sprach mit ihm, fragte, ob alles in Ordnung sei. Bartholomew sah ein Paar dunkle Hosen und die schwarzen

Schuhe eines Mannes. Er versuchte etwas zu sagen, ihn zu bitten, sein Handy zu finden. Aber das Ächzen hörte nicht auf. Der Schmerz breitete sich jetzt über seinen Hinterkopf aus und schien sich auf die Stirn zuzubewegen. Er war sich nicht mehr sicher, ob er die Augen offen oder geschlossen hatte. Die Welt war auf einen schwarzen Himmel reduziert, dessen Sterne ihn grell anleuchteten.

Mein Gott, dachte er, als seine Knie zu zittern begannen. Lass mich so nicht abtreten, mit nasser Hose und zusammengesackt auf der Avenue liegend wie ein Obdachloser.

DREIZEHN

Beim Durchqueren der Staaten Lakes und Warrap, Südsudan

Der erste Rückschlag erfolgte schon früh. Rasta traf am nächsten Morgen mit Alek ein. Er fuhr einen mitgenommen aussehenden Toyota Land Cruiser, dessen senfgelbe Farbe den Rost so wirken ließ, als würde er zur Karosserie gehören. Gabriel konnte noch die frühere Schrift der UNHCR auf einer Tür erkennen, auch wenn dieses Fahrzeug seine Einsätze für den Weltfrieden schon lange hinter sich hatte. Die Bremsen quietschten, als Rasta anhielt, und das Auto schwankte auf seinen Federn hin und her, während sich der Staub allmählich legte.

Dann erklärte Rasta, dass er nicht über die Grenzen der Stadt Yirol hinausfahren würde. Seine Gründe – vor allem wohl Angst – blieben im Dunkeln. Am Abend zuvor hatte er die Reise nach Wau zuversichtlich als sicher bezeichnet, doch jetzt weigerte er sich, das Abenteuer mitzumachen. Die persönlichen Motive, die er aufführte – eine erblühende Liebesgeschichte und der Geburtstag seines Neffen – wirkten wenig überzeugend. Gabriel beschloss, ihn nicht zu bedrängen, auch wenn ihn die klare Absage des Barkeepers verstörte. Rastas übliche gute Laune schien ebenfalls getrübt zu sein, weshalb Gabriel beschloss, Alek zu fragen, was das Problem sein konnte.

»Er ist ein Bor Dinka.« Sie zuckte mit den Achseln. »Das sind Feiglinge.«

Diese ethnische Einordnung war nicht nur wenig hilfreich,

sondern der Hinweis, dass ihr Unternehmen keines war, bei dem Feiglinge mit von der Partie sein wollten, beruhigte ihn keineswegs.

»Aber ich dachte, Sie sind auch Dinka?«

Alek warf ihm einen vernichtenden Blick zu. »Wir sind beide *Muonyjieng* – so wie Sie und ich beide Menschen sind. Ich bin Malual Dinka. Wir sind nicht gleich.«

Sie würden einen Ersatzfahrer finden, versicherte sie ihm und starrte dabei den geknickten Rastafari zornig an. Allerdings brauche sie vorab Geld, um das organisieren zu können. Und sie müsse dem Besitzer des Fahrzeugs eine Kaution geben. Gabriel zog zwei britische Hundert-Pfund-Scheine aus dem Seitenfach seiner Kameratasche.

»Was ist das?« Alek schnappte sich die Scheine und wedelte sie vor Rasta hin und her, als wäre er ein ungehorsames Kind, während sie ihn in ihrer Sprache beschimpfte. Der Barkeeper wagte es nicht, Gabriel anzusehen, sondern scharrte nur mit dem Fuß im Staub. Alek brüllte Rasta erneut an und marschierte von dannen.

»Und jetzt?«, fragte Gabriel. Es war bereits sehr heiß, und seine Laune wurde minütlich schlechter.

»Sie wollte wissen, ob Sie glaubten, das hier sei noch immer eine Kolonie«, sagte der Barkeeper und grinste jetzt verlegen. »Sie ist eine stürmische Lady.«

Die nächsten zwei Stunden vergingen mit dem Trinken von Pulverkaffee und dem Warten darauf, dass etwas passieren würde. Gabriel gab Rasta einen großen Betrag Geld, damit ihn dieser auf dem Schwarzmarkt in sudanesische Pfund umtauschte. Er kehrte mit einer Plastiktüte voll schmutziger Scheine zurück, die in Bündel gefaltet und von ausgeleierten Gummibändern zusammengehalten wurden.

Gabriel hatte in der Nacht Durchfall bekommen, und obwohl er zum Frühstück nur darmzementierende Stärke gegessen hatte, musste er alle zwanzig Minuten auf die Gemeinschaftstoilette. Rastas Weigerung zu fahren, war ein echter Rückschlag, aber als er mit grummelndem Bauch auf dem Rand der Kloschüssel saß, war er ausgesprochen dankbar, noch nicht in dem schwankenden Land Cruiser festzustecken. Er hatte außerdem eine Art Pilzerkrankung zwischen den Zehen bekommen, und seine Haut juckte höllisch. Alles in allem war es kein guter Start für die Reise.

Als er von einem solchen Ausflug auf die Toilette zurückkehrte, entdeckte er Alek, die allein an der Bar saß und kaltes Wasser trank.

»Kein Fahrer?«, fragte er, verärgert über ihre Untätigkeit.

Sie zuckte ungerührt mit den Schultern.

»Wenn wir schon heute nicht fahren, könnten Sie wenigstens so höflich sein, mir das mitzuteilen.«

»Er kommt.«

»Der Fahrer?«

»Der Fahrer.«

»Wann?«

Wieder zuckte sie mit den Achseln. »Hier passiert nichts überstürzt. Seien Sie geduldig. Sie müssen zu warten lernen.«

Er setzte sich wutentbrannt neben sie und versuchte seinen Zorn mit Wasser aus dem Barkühlschrank zu dämpfen. Nach einer weiteren Stunde kam ein griesgrämig blickender Mann mit einer dürren Brust und dünnem Hals in die Bar geschlendert. Sein Haar war bis zu einer Linie oben auf dem Kopf zurückgewichen und hatte eine riesige leere Fläche aus Stirn mit einer alarmierenden Anzahl von Furchen und Löchern hinterlassen – wie ein vernarbtes Schlachtfeld.

»*Salaam alaikum*«, sagte der Mann zu Alek, wobei er Gabriel bewusst ignorierte.

»*Aiwa, ana kwais. Shukran jazilan.*«

Es folgte eine kurze Unterhaltung auf Arabisch, ehe Alek den Mann als Kamal Maarouf vorstellte, ihren neuen Fahrer. Der Mann schien Gabriels ausgestreckte Hand finster anzustarren, schüttelte sie aber dennoch. Seine Finger fühlten sich schlaff und fettig an. Er sprach offenbar kein Englisch, und seine einzige weitere Interaktion mit Gabriel war ein Reiben der Finger aneinander, um zu zeigen, dass er im Voraus bezahlt werden wollte. Gabriel legte eine großzügige Summe von sudanesischen Pfund in die hingehaltenen Hände, was den Mann eine Weile zu besänftigen schien. Er zog sich dann in den Schatten eines niedrigen Baums zurück und begann eine Zigarette zu rollen, die wie verbrannter Kuhfladen roch.

Es blieb Gabriel nichts anderes übrig, als selbst die Taschen in den Land Cruiser zu hieven. Er war gerade damit beschäftigt, im hinteren Teil des Fahrzeugs einen ramponierten Kanister festzuzurren, als er eine Hand auf seiner Schulter spürte.

»Wohin geht's denn, Vogelmann?« Der Akzent tonlos und nasal. Ein Geruch nach Zigaretten und Whisky. Gabriel drehte sich um und berührte beinahe das angespannte braune Gesicht von Jannie. Alek lief vorbei, und der Südafrikaner warf ihr einen spöttischen Kuss zu. »Wird das ein Auswärtsspiel oder was?« Sie zuckte zusammen und zog sich dann mit finsterer Miene zurück. Jannie lachte nur, wobei es eher ein höhnisches Grinsen war als tatsächlich empfundener Humor. »Also, wohin soll's gehen, *Boet*?«

»Ich ziehe ein paar Erkundungen ein. Im Norden.«

»Erkundungen?«, wiederholte Jannie, als ob Gabriels Antwort bizarr oder irrational wäre. »Im Norden?«

Jetzt packte der Südafrikaner Gabriels Arm, und Gabriel spürte, wie seine Finger zu kribbeln anfingen, als der Blutzufluss durch den Griff unterbrochen wurde.

»Passen Sie auf, Vogelmann«, flüsterte Jannie verschwörerisch in sein Ohr. »Dar al-Harb ist kein Ort für jemanden wie Sie. Die einzigen Vögel, die es dort gibt, sind bereits gerupft und *braaied*.« Er ließ Gabriels Arm los und zwinkerte ihm langsam zu – als ob eine Falltür gemächlich geschlossen und dann wieder geöffnet werden würde. »Wir sehen uns, mein Freund.«

Alek stand an der Beifahrertür, als der Südafrikaner vorbeiging. »He, Süße, du benimmst dich, okay? Und vielleicht solltest du etwas mehr essen, du bist ein bisschen *skraal*.«

Sie spuckte dem Mann vor die Füße. Einen Moment lang glaubte Gabriel, Jannie würde sich auf sie stürzen, denn er bemerkte, wie sich die drahtigen Muskeln in den angespannten Schultern zusammenzogen. Doch dann grinste er nur und ging über die Brücke des Parkplatzes zurück auf das Grundstück der Lodge, während er tonlos eine kleine Melodie durch die Zähne pfiff.

Alek nahm den Beifahrersitz, und Gabriel kletterte auf die Rückbank. Er atmete erleichtert auf, als er hörte, wie das Gefährt mit einem leisen Rumpeln angelassen wurde. Kamal riss das Auto mit einer heftigen Bewegung nach links und raste dann aus dem Tor. Gabriel war froh, den Südafrikaner vorerst nicht wiedersehen zu müssen, auch wenn er zugleich etwas nervös war, als sie die sichere Umgebung der Lodge endgültig hinter sich ließen.

»Ein Freund von Ihnen?«, erkundigte sich Alek, um einen neutralen Ton bemüht.

»Nein, nicht direkt. Der Mann spricht in Rätseln. Er ist so ungefähr das Gegenteil von einem Freund.«

»Er ist ein gefährlicher Mann.«

»Und dieser Ort, den er erwähnte? Dar alab?«

»Dar al-Harb. Es bedeutet ›Land des Krieges‹. Das nennt man in Khartum jeden Ort, wo keine Araber leben. Dar al-Islam hingegen ist da, wo die Araber leben und wo kein Krieg erlaubt ist.«

»Was bedeutet das?«

»Keine Angst. Das reicht, um genügend über den Sudan zu wissen.« Alek gab einen Schnalzlaut von sich – der gleiche Laut, den auch Rasta mit der Zunge gemacht hatte, als sie sich kennenlernten.

»Schnalzen Sie nicht mit der Zunge!« Gabriel vermochte seinen Ärger nicht zu unterdrücken.

»Sie müssen aufhören, so empfindlich zu sein, Mr. Gabriel. Sie werden nicht durchhalten, wenn Sie jedes Wort auf die Goldwaage legen.« Sie fügte etwas zu Kamal hinzu, der mitfühlend den Kopf schüttelte. Dann fuhr sie fort: »In unserem Land schnalzen wir mit der Zunge, um zuzustimmen oder um etwas zu unterstreichen, was wir Ihnen erzählt haben. Sie müssen nicht glauben, dass ich Sie kritisieren will. Das würde ich Ihnen direkt sagen.«

Gabriel lehnte sich verletzt zurück. Er starrte aus dem Fenster, während sie die Straße zum Flughafen entlangrasten, ehe sie auf einen improvisierten Kreisverkehr einbogen – ein gebrochenes Zementrohr, das in die Luft ragend die Mitte der Straßeninsel bildete – und Juba verließen.

Die Stadt kam abrupt zu einem Ende, als ob sie plötzlich keine Kraft und keine Motivation zu einer Fortsetzung mehr hätte. Häuserruinen wurden in Sekundenschnelle durch Buschland ersetzt, und der Wandel von einer geschäftigen Gemeinschaft zu einer leeren Ebene erfolgte fast ohne Übergang. Die

Schnellstraße, die die Chinesen erbaut hatten, lief noch einige Kilometer lang, bevor auch sie das Interesse zu verlieren schien und sich von dem herannahenden Umland abwandte.

Das erhöhte Fahrwerk ließ den Geländewagen wie einen Fischkutter auf hoher See von einer Seite zur anderen schwanken. Die Polsterung auf der Rückbank war mit der Zeit zu einem harten Streifen geworden, sodass Gabriels Rücken schon bald zu schmerzen begann. Der neue Teer auf der Straße wurde nun zu einem Chaos aus Schlammlöchern, Wellen und rutschigen Anhöhen. Die Klimaanlage funktionierte nicht, weshalb sie mit offenen Fenstern fuhren und die klebrige Luft um ihre Gesichter blies. Kamal hatte das Radio eingeschaltet, es lief ein arabischsprachiger Sender, der immer dasselbe jammernde Lied in einer Endlosschleife abzuspielen schien.

»Sollten wir nicht tanken, bevor wir weiterfahren?«, fragte Gabriel. Alek übersetzte Kamal, der knapp auf Arabisch antwortete.

»Er meint, das brauchen wir nicht.« Alek zuckte mit den Achseln.

Kaum waren sie unterwegs, hielten sie auch schon wieder an. Kamal lenkte den Wagen von der Straße in eine kleine Ansammlung von Hütten aus Lehm und Gitterwerk, um auf einem unbebauten Stück Land zu halten, wo die Sonne noch heftiger als anderswo herabzubrennen schien. Er schaltete den Motor ab und verschwand ohne ein Wort der Erklärung hinter einer Hütte. Alek redete kurz mit einer älteren Frau, die an den Wagen herantrat und dann wieder weiterging – zufrieden oder enttäuscht, wusste Gabriel nicht. Danach saßen sie schweigend da. Gabriel hatte das Gefühl, als selbstverständlich betrachtet zu werden, beschloss aber, nichts zu sagen, für den Fall, dass er etwas Offensichtliches oder Wesentliches nicht begriffen hatte. Der einzige Vorteil dieser Pause war die Unterbrechung des jammernden arabischen Sängers. Nach einer halben Stunde kehrte Kamal zurück, wobei er mit dem Zeigefinger etwas auf sein Zahnfleisch rieb. Die Fahrt wurde fortgesetzt. Es gab keine Erklärung, und nichts schien erreicht worden zu sein.

Gabriel vermochte nicht länger das Jucken auf seinen Zehen zu ignorieren und zog Schuhe und Socken aus. Die Haut hatte angefangen, sich abzulösen, wodurch seine Zehen rosa und nackt aussahen – wie neugeborene Mäuse. Sobald er sie berührte, um sich zu kratzen, brannte auch schon der salzige Schweiß seiner Finger auf der Haut. Der Apotheker von der Apotheke Clifton Village hätte schnell Abhilfe geschaffen, dachte er. Wobei seine Zehen an den milden Ufern Englands nie in einen solchen Zustand gekommen wären.

Nach weiteren dreißig Kilometern fuhren sie eine holprige, sandige Straße entlang, bogen in eine andere Siedlung und hielten wieder an. Ein Mangobaum spendete hier Schatten, doch unerklärlicherweise parkte Kamal den Wagen dennoch in der prallen Sonne.

»Warum halten wir schon wieder?« Diesmal platzte Gabriel damit heraus.

»Kamal sagt, dass wir tanken müssen.« Aleks Stimme klang ausdruckslos.

»Mein Gott«, zischte Gabriel.

Alek drehte sich zu ihm um und starrte ihn scharf an.

Gabriel senkte entschuldigend den Blick. Doch als er aufsah, musterte sie ihn noch immer. »Ich will einfach nur vorwärtskommen«, sagte er.

Ihre Augen wurden schmal, ehe sie sich wieder nach vorne wandte. »Man sollte nicht in Eile sein für eine Fahrt zum Teufel. Und wir brauchen Benzin, um dorthin zu gelangen. Mit oder ohne die Hilfe Gottes.«

Gabriel wollte gerade nachfragen, was sie mit dem Teufel gemeint hatte, als Kamal wieder auftauchte. In einer Hand trug er einen schweren Kanister und in der anderen einen Trichter. Alek stieg aus und hielt den Trichter fest, während Kamal das Benzin über ihre Hände und die Seite des Autos schüttete. Gabriel seufzte und schloss die Augen.

In seinem augenblicklichen Leben herrschte ein Wahnsinn, sein gewöhnliches, bisheriges Dasein war völlig aus dem Lot geraten. Alles Gute und Vertraute schien entzweizubrechen. Ein zeitweiliger Sinneswandel hatte ihn dazu gebracht, mit zwei völlig Fremden, einer unfreundlicher als der andere, durch ein fremdes afrikanisches Land zu reisen. Und doch war er noch Gabriel Cockburn, Privatdozent an der Universität Bristol, verheiratet mit Jane, wenn ihm auch zugegebenermaßen von einem ihm unbekannten Armeeangehörigen Hörner aufgesetzt wurden. Tatsächlich, dachte er, während sein Kopf auf dem holprigen Sitz ruhte, war Jane ihm genauso fremd wie seine Führerin und der Fahrer. Die Enthüllung, dass seine Frau eine Affäre hatte – und offenbar nicht die erste –, war genauso zerstörerisch wie alles, dem er sich jetzt ausgesetzt sehen konnte. In einem klapprigen Land Cruiser durch den Sudd zu fahren, war genauso unberechenbar wie der Versuch, sein respektables Mittelschichtsleben in Clifton Village zu halten. Und dabei vermutlich spannender, fügte er in Gedanken hinzu, als er über sein kaum gelebtes Leben sinnierte. Garantiert wesentlich spannender.

Er öffnete die Augen und zuckte zusammen, als er das Gesicht eines jungen Mannes bemerkte, der zum offenen Fenster hereinschaute und ihn beobachtete. Der Mann senkte gleich den Blick und murmelte eine Entschuldigung, ehe er davonlief. Dann wurde die gegenüberliegende Tür geöffnet, und eine schwere Frau kletterte ins Auto, ein großes Päckchen so an ihre Brust gedrückt, dass man sie kaum sehen konnte. Gabriel nickte grüßend, was mit einer Art Knurren erwidert wurde. Der Geruch von abgestandenem Schweiß und Asche erfüllte das Wageninnere. Kamal und Alek stiegen ebenfalls wieder ein, stanken nach Benzin. Die Mischung war ebenso ekelerregend wie die von Abgasen und Meerwasser auf einem Fischerboot. Gabriel wandte sich dem offenen Fenster zu und starrte zum Horizont, als sie erneut aufbrachen und eine Weile über eine holprige Steinpiste fuhren, bevor sie die Kiesstraße von zuvor erreichten.

Die neu hinzugekommene Frau legte ihr Päckchen auf die freie Stelle der Bank zwischen ihnen. Gabriel blieb mit dem Arm an der Plastikhülle hängen, und sofort trat Schweiß aus seinen Poren. Er blickte nach unten und sah das enthäutete Antlitz einer augenlosen Ziege, die leeren Blickes zu ihm hochstarrte. Das Päckchen roch leicht süßlich, irgendwie bäuerlich anmutend, und Gabriel wandte sich voller Widerwillen ab.

Inzwischen fand das Radio keine Sender mehr, doch Kamal dachte nicht daran, es auszuschalten. Immer wieder heulte es zwischendurch auf oder machte zischende Laute. Die Straße war beinahe menschenleer, abgesehen von vereinzelten Transportern, die Dieselabgase von sich gaben und über den welligen Schlamm schlitterten, während sie gleichzeitig vorwärtsschossen. Die Vegetation bestand vor allem aus niedrigem Buschwerk mit großen Flächen dazwischen, wo offensichtlich einmal Brände stattgefunden hatten. Jetzt, zu Beginn der Regenzeit, konnte man immer wieder grüne Grasbüschel und andere Pflanzentriebe sehen, die nun sprossen.

Das Ufer des Nils war sichtbar durch den dichten Palmenbewuchs. Doch schon bald wandte sich das Auto vom Lauf des Flusses ab, sodass die einzigen großen Bäume die dunkelgrünen Niems waren, die neben jeder Ansammlung von Hütten gepflanzt worden waren, durchsetzt von zotteligen Akazien. Die winzigen Dörfer – wenn man sie so nennen konnte – verbargen sich vor der Straße, versteckt in einiger Entfernung hinter hohem Gras und Dornenbüschen. Aber jedes Dorf offenbarte seine Anwesenheit durch zusammengerollte Grasmatten, die neben der Fahrbahn lagen und darauf zu warten schienen, mitgenommen zu werden.

Hier und da verkündete ein großes Schild, dass die Straße bald im Auftrag des südsudanesischen Innenministeriums verbessert werden würde. Allerdings war nirgendwo ein Anzeichen zu sehen, dass etwas geschah. Gabriel lehnte den Kopf gegen die Autotür und versuchte einzudösen, doch die unebene Fahrbahn und das ekelhaft süßliche, tote Tier neben ihm ließen ihn nicht abschalten.

Sie kamen nur langsam voran. Einen Großteil der Zeit schienen sie auf der falschen Seite der Straße zu verbringen, da sie riesige Wasserlöcher und schlammige Rinnen umfahren mussten. Was Gabriel beunruhigte, waren allerdings weder ein schlechter Fahrstil noch der Zustand der Piste. Es war vielmehr, dachte er, das völlige Fehlen organisierter menschlicher Anstrengungen. Sie glitten nicht von einem heckengesäumten Vorort in den nächsten. Sobald sie Juba hinter sich gelassen hatten, hörte jegliche Andeutung von Ordnung plötzlich auf. Es gab keine Schilder, keine Tankstellen oder Geschäfte; es gab kaum eine identifizierbare Straße. Sein Handy fand kein Netz. Das Radio war völlig tot. Ein Zusammenstoß oder eine Panne würde keinen beflissenen Verkehrspolizisten mit Blaulicht und gezücktem Notizblock zu ihnen bringen. Auch keine Sanitäter, um seine Schmerzen zu lindern oder seinen verletzten Kopf zu bandagieren. In Gabriels Vorstellung hatten sich unentwickelte Länder bisher immer durch Chaos und nicht durch Leere ausgezeichnet.

Irgendwann blieben sie neben einem weiteren kleinen Dorf stehen. Auf der Straße war eine Sperre errichtet. Ein einsamer Polizist in marineblauer und weißer Camouflage trat aus dem Schatten einer Akazie und stieß in einer Geste trägen Misstrauens vorne gegen das Fahrzeug. Sein Sturmgewehr baumelte an einem khakifarbenen Riemen, als er sich herunterbeugte, um das Nummernschild zu inspizieren. Dann wanderte er zu Kamal hinüber und führte mit ihm eine kurze Unterhaltung, die einen unsicheren Ausgang zu haben schien. Der Polizist schlenderte quälend langsam vorne um das Auto herum, bis er neben Alek zu stehen kam. Im Gespräch mit ihr wirkte er angeregter – ein halbherziger Versuch, in der sengenden Hitze etwas frivol aufzutreten, wenn nicht sogar zu flirten.

Schließlich richtete er seinen Blick auf Gabriel. Er starrte ihn eine ungemütlich lange Zeit verständnislos an.

»Wer sind Sie?«, fragte er schließlich.

»Professor Gabriel Cockburn.« Als ob das alles erklären würde.

Der Mann überlegte. Er schien die Information so zu verarbeiten, als habe er gerade etwas besonders Bedeutsames erfahren. Dann: »Wo sind Ihre Papiere?«

Gabriel schob die Hand ins Seitenfach seiner Kameratasche und holte seinen Pass heraus. Der Polizist machte sich nicht die Mühe, ihn zu nehmen. »Nicht Ihr Pass. Ich will Ihre Papiere. Ihre Papiere.«

Gabriel schüttelte den Kopf.

»Ihre Papiere! Wer sind Sie? UN, WFP, Ärzte ohne Grenzen? Sind Sie von der Kirche? Papiere!«

Alek meldete sich zu Wort und sagte etwas auf Arabisch zu dem Mann. Er lachte. Dann grinste er Gabriel auf eine Weise an, die diesen nur nervöser werden ließ. Gabriel erwiderte es mit einem Lächeln. Das brachte den Polizisten noch mehr zum Lachen. Sein Mund öffnete sich rosa schimmernd und selbstzufrieden. Die schwere Frau neben ihm schaute Gabriel finster an und schob das Päckchen näher zu ihm, wodurch ihn der Ziegenkopf nun an der Seite berührte.

Es folgte eine weitere angeregte Unterhaltung. Allerdings galt die Aufmerksamkeit des Polizisten jetzt eindeutig wieder Alek. Die anderen saßen regungslos in der vormittäglichen Hitze, während die beiden einander umtänzelten, lachend, einander berührend und wie zwei Hyänen ihre Zähne zeigend, die einen Weg aus einer Sackgasse suchten. Dann war es vorbei. Der bewaffnete Mann verbeugte sich lächelnd und winkte sie weiter, auch wenn es nichts auf der Straße gab, das ihnen den Weg versperrt hätte. Nichts als eine Kalaschnikow, die hinter ihnen herumgeschwenkt wurde.

Gabriel erkundigte sich nicht, worum es in dem Gespräch gegangen war, und Alek sagte auch nichts. Sie legte stattdessen ihren Kopf in ihre Armbeuge und schien einzuschlafen. Gabriels übergroße Mitfahrerin versuchte noch mehr Platz für sich zu machen, als ob sie sich ganz auf der Rückbank auszustrecken gedachte und es Gabriel übelnahm, dass sie das nicht konnte. Eine Fliege knallte surrend gegen das Rückfenster. Die Hitze lastete auf ihm.

Zehn Minuten später sagte die Frau etwas zu Kamal. Und dann verließen sie ohne Vorwarnung mit einer solchen Abruptheit die Straße, dass Gabriel einen Moment lang befürchtete, sie hätten einen Unfall. Doch zu seiner Erleichterung hievte sich nur die Mitfahrerin aus dem Wagen, wobei sie ihr Päckchen von Gabriel wegriss, als ob er geplant hätte, es sich unter den Nagel zu reißen. Geld wurde ausgetauscht – zerknüllte, schmutzige Scheine angeboten, entgegengenommen und weggesteckt. So war das nicht gedacht. Gabriel zahlte für den Wagen, den Fahrer, das Benzin. Kamal sah ihn nicht an, sondern ging hinter das Auto und öffnete die Heckklappe. Ein Mann mit einer zappelnden Ziege, deren Vorder- und Hinterläufe gefesselt waren, tauchte auf. Man schob das Tier kurzerhand an seinem Rückgrat entlang auf die Ladefläche. Es folgte eine zweite, ebenso verschnürte Ziege, und dann wurde die Klappe geschlossen. Die Hufe der Tiere schlugen laut gegen die Seitenwände. Ein weiteres Gespräch und Anweisungen folgten, ehe Kamal wieder auf den Fahrersitz kletterte.

»Wir sind kein Taxiunternehmen, Kamal«, sagte Gabriel über den Lärm der Ziegen hinweg, die sich hinter ihm wanden. Seine Bemerkung klang mager und wenig großzügig, hier in der südsudanesischen Kargheit.

Kamal reagierte nicht, sondern drehte den Zündschlüssel, lenkte den Wagen wieder auf den schmalen Weg und schließlich zurück auf die Straße Richtung Norden.

Es war nach zwölf Uhr mittags, als sie die kleine Stadt Yirol erreichten. Nach Gabriels Berechnung hätten sie schon Stunden zuvor hier eintreffen sollen. Aber das Fortkommen auf den Straßen war eine Qual gewesen, und auch Kamals häufige, ungeplante Zwischenhalte hatten die Fahrt deutlich verlangsamt. Gabriel war schlecht gelaunt, als sie schließlich neben einem Teeladen in der gesichtslosen Stadt anhielten. Die juckende Pilzerkrankung hatte sich inzwischen auch über die Unterseite der Zehen ausgebreitet. Die Moskitostiche von dem Aufenthalt im Freien in der Nacht zuvor hatten sich an dem rauen Autositz aufgerieben, und sein Unterarm blutete leicht. Sobald der Motor aus war, legte sich die intensive Hitze wie eine schwere Decke über Gabriel.

Hochgewachsene Männer, viele über zwei Meter groß, liefen mit gemächlichen, giraffenartigen Schritten am Auto vorbei. Eine Gruppe Jugendlicher in gebügelten rosafarbenen Röcken, schwarzen Krawatten und langen Hosen kamen ebenfalls auf ihrem Weg zur Schule vorüber. Ihre ordentliche Kleidung bot einen starken Kontrast zu der Stadt, die von dem starken Geruch der Rinder beherrscht wurde, welche eingezäunt dastanden und bis zu den Knien im Morast versanken. Der Gestank des frischen Mists wurde allerdings durch den Rauch zahlreicher offener Kohlefeuerstellen bekämpft. Ein paar Schweine – haariger und furchteinflößender, als Gabriel sie kannte – lagen in der Gegend herum, ihre Rücken voll getrockneten Schlamms. Ein Junge hütete die Tiere. Er trug bloß ein Stück Stoff um seine Lenden. Seine Haut war ebenfalls von Schlamm überzogen, wodurch er fast gespenstisch bleich wirkte.

Eine riesige Fächerpalme in der Mitte dieser Umgebung weckte Gabriels Interesse. Es war ein ungewöhnlicher Baum, der von den Pharaonen geschätzt wurde, wie er wusste. Der lateinische Name lag ihm auf der Zunge, ließ sich jedoch nicht greifen. In dieser Hitze fiel ihm nicht einmal der englische ein.

»Wir nennen sie *Dom*«, sagte Alek, die bemerkte, dass er die Palme betrachtete.

Doumpalme, so hieß sie. Eine der wenigen echten Palmen, die Äste hatten.

»Früher gab es hier viele solche Palmen. Jetzt nicht mehr.

Im Südsudan sind sie geschützt. Vielleicht sollten Sie sich lieber damit beschäftigen. Dann müssen Sie nicht weiterreisen.«

Gabriel ignorierte den Seitenhieb. Er überlegte, ob er über den offenen Platz laufen sollte, um den Baum genauer unter die Lupe zu nehmen, entschied sich aber dagegen, da er sich auf kindische Weise beleidigt fühlte. Ihm wurde klar, dass diese Umgebung und seine Begleiter seine schlechtesten Seiten ansprachen.

Alek brachte ihn zu einem Stand, wo über einem offenen Feuer in großen Aluminiumtöpfen Essen gekocht wurde. Sie setzten sich auf niedrige Plastikhocker, die Füße weit auseinandergestellt, um nicht das Gleichgewicht zu verlieren. Eine junge Frau trat zu ihnen, deren Wangen und Stirn unzählige kleine Narben in Gestalt von Punkten, Wirbeln und Kreisen übersäten. Sie reichte Gabriel einen Plastikteller mit bleichem Maniok und Kochbananen, zusammen gebraten ohne die Andeutung einer Soße, sowie einem grünen Gemüse, dessen säuerlicher Geschmack ihn an den gekochten Rosenkohl seiner Mutter erinnerte. *Kudra*, informierte ihn Alek. Die blasse Farbe passte zu der geschmacksarmen Stärke, wobei die zermanschte Konsistenz des Gemüses alles besonders abstoßend erscheinen ließ. Fliegen landeten auf seinem Teller, während er das Essen hin und her schob. Eine mit einem besonders leuchtenden grünen Hinterteil machte es sich mitten auf dem Maniok bequem und bohrte ihren Saugrüssel in die weiche Knolle. Gabriel wedelte sie wenig entschlossen fort.

»Haben Sie keinen Hunger?«

Gabriel antwortete nicht. Alek gab einen knurrenden Laut von sich und wandte sich ab. Kamal betrachtete ihn einen Moment lang und murmelte dann etwas zu Alek, wobei er seinen Kopf schüttelte.

»Was hat er gesagt?« Gabriels Frage klang etwas schärfer, als er es beabsichtigt hatte.

»*Khawadja*. Ein Ausländer«, antwortete Alek. »Ein Europäer. Jemand, der nicht hierhergehört.«

»Sie haben viele Wörter für andere Menschen«, gab Gabriel zurück. »Bezeichnungen für diejenigen, die Ihrer Meinung nach nicht dazugehören. Wörter, um Leute zu kritisieren, sie als minderwertig zu bezeichnen. Kein Wunder, dass Ihr Land im Chaos versinkt. Ihre ganze Sprache besteht ja nur aus Verleumdungen.«

Alek blieb unnahbar wie zuvor, während Kamal seinen Finger in einen kleinen Plastikbehälter aus seiner Tasche steckte und sein Zahnfleisch mit der Schmiere einrieb, die er herausgeholt hatte. Würde er wirklich weitere Tage einer anstrengenden Reise mit diesen beiden aushalten, fragte sich Gabriel. Er dachte an sein bequemes Büro, den abgenutzten Ledersessel in Brians Zimmer, die Annehmlichkeit, ein gutes Essen an der Harbourside zu bestellen. Hatte sein Ehrgeiz sein Urteil getrübt? Wo hatte er sich hier hineinkatapultiert, sinnierte er düster.

Er stand auf und hörte, dass Alek hinter ihm etwas zu Kamal sagte, während er auf den Land Cruiser zuging. Der Fahrer schnaubte durch seine Nase wie eine Art Tier. Gabriel wartete auf die beiden im Schatten neben dem Auto, warmes Wasser aus einer Flasche trinkend. Nach einer Weile kam Kamal herbeigeschlendert, nur um sich direkt vor das Auto zu stellen und laut und ausgiebig in einen Graben mit stehendem Wasser zu urinieren. Gabriel machte sich nicht die Mühe, wegzuschauen. Er stieg wortlos wieder auf die Rückbank, um dort seinen Platz einzunehmen.

Alek sagte nichts zu ihm, als sie mit ihrem knochigen Körper vorne auf den Beifahrersitz kletterte. Kamal fummelte an seinem Hosenschlitz herum und setzte sich dann ebenfalls. Der Geruch alten Schweißes stieg Gabriel in die Nase. Alek starrte nach vorne, als der Fahrer den Wagen anließ. Der Motor blieb im Leerlauf, während die drei aus der schmutzigen Windschutzscheibe blickten.

»Sie schulden ihr noch zwanzig Pfund für das Essen«, sagte Alek nach einer Weile und nickte in Richtung der jungen Frau, die geduldig neben ihrem Stand wartete.

Gabriel fluchte leise und kletterte wieder hinaus in die Hitze, wo er in seinem übervollen Portemonnaie nach den passenden sudanesischen Scheinen suchte. Er gab ihr zwei Zehn-Pfund-Scheine und bedankte sich. Wie er bemerkte, stand sein voller Teller noch immer an derselben Stelle, nun von Fliegen übersät.

Die Straße zwischen Yirol und Rumbek war die schlimmste auf ihrer bisherigen Fahrt. Innerhalb weniger Kilometer bestand die Strecke aus einer klebrigen Schmiere, die sich an die Reifen heftete, als wollte sie das Auto in darunterliegende Schichten zerren. Der gemeine Schlamm hatte sich auch zwischen den Bäumen ausgebreitet und ließ die Grenze zwischen Land, Graben und Ackerboden verschwimmen. Der Wagen schlingerte von einer Seite zur anderen, und die Reifen versuchten zu greifen. Als sie um eine besonders gefährliche Kurve bogen, versperrte etwas die Straße vor ihnen. Ein großer Tankwagen stand quer auf der Fahrbahn und neigte sich in dem schwarzbraunen Schlamm schwer auf eine Seite. Kamal bremste. Die Motorhaube des Land Cruiser senkte sich und sprühte dabei so viel Schlamm auf die Windschutzscheibe, dass die Welt einen Moment lang schwarz wurde. Es fühlte sich an, als würden sie in einer Jauchegrube schwimmen.

Sobald sie hielten, stellten sie fest, dass ein Taxi unter dem gekippten Tankwagen lag. Das Gewicht der Ladung presste auf eine zerdrückte Ecke des Minibusses. Keiner der beiden konnte sich bewegen, ohne dass sich der andere zuerst bewegte. Und beide steckten fest, zu einer scheinbar permanenten Einrichtung auf der Straße geworden und ohne Platz, um aneinander vorbeizugelangen – wie zwei Giganten, im Kampf erstarrt. Auf einer Seite der Straße war der Morast in breiten Wellen hochgeschoben worden. Hier hatten offenbar LKWs versucht, durchzukommen, und nun waren halb getrocknete Gräben und riesige Erdbrocken zurückgeblieben. Einen Tata-Laster hatte man zurückgelassen, er war bis zu den Türen im Schlamm versunken und nun nicht mehr zu bewegen. Die andere Seite der Straße sah sumpfig aus und so schimmernd, wie Gabriel fand, als ob ständig Wasser darüberfließen würde. Etwas anderes rührte sich nicht in der mittäglichen Hitze.

»Und jetzt?« Gabriel stellte die Frage eher sich selbst als den anderen im Auto.

Kamal betrachtete die verschiedenen Wegmöglichkeiten vor ihnen. Dann sagte er etwas zu Alek auf Arabisch.

»Wir müssen aussteigen und auf die andere Seite laufen«, übersetzte die Frau. »Um das Auto leichter zu machen. Er wird hindurchfahren.«

Es schien keine Chance zu bestehen, dass dieser Plan aufgehen würde. Größere Fahrzeuge hatten es offensichtlich probiert und waren gescheitert. Das Los des Tata zeigte, wohin ein solcher Versuch führen würde. Gabriel zog dennoch seine Socken und Stiefel wieder an, wobei er spürte, wie die Haut an seinen Zehen protestierte, als sie in ihr feuchtes Gefängnis zurückkehren sollte. Er öffnete die Tür, seinem Schicksal ergeben, und stieg aus. Sein Bein versank bis zur Hälfte seines Unterschenkels im Morast. Kleine Insekten, die winzigen Heuschrecken ähnelten, wuselten über die Oberfläche und schienen es beunruhigenderweise auf seine entblößte Haut abgesehen zu haben. Gabriel versuchte seinen Fuß herauszuziehen, aber der Schlamm sog an ihm und hielt ihn zurück. Er stellte sich vor, bis auf die Knochen von kleinen Insektenzähnen abgenagt zu werden, sein Schienbein nackt wie ein Fahnenmast im Morast. Vorsichtig tauchte er mit dem anderen Bein in den Brei. Gehen würde nicht einfach werden. Und er musste unbedingt vermeiden, hinzufallen. Unsicher machte er seinen ersten schwankenden Schritt, indem er sein Bein aus dem Sumpf zerrte und es knapp dreißig Zentimeter vorwärtsbewegte. Beim nächsten Schritt hing an seinem Stiefel eine klebrige Masse, die ihn wie einen verkrüppelten Klumpfuß aussehen ließ. Regungslos dastehend hingegen wirkte er wie ein Beinamputierter.

Zuerst tröstete ihn der angewiderte Blick in Aleks Miene, als sie von der geöffneten Autotür aus den Morast vor ihr musterte. Doch dann zog sie ihre Sandalen aus und glitt aus dem Wagen, ihre langen Beine waren scheinbar an die Sogkraft des Schlamms gewöhnt. Mit langen Schritten wie eine Antilope lief sie über die Straße, ihre Waden verschmiert und schmutzig, sonst aber nicht beeinträchtigt. Gabriel fluchte erneut und arbeitete sich stampfend und schwankend weiter vor. Schweiß rann in Strömen von ihm herab, und die Fliegen um seinen Mund ließen sich nicht mehr verjagen, als er endlich den Tankwagen erreichte.

Die Szene erinnerte ihn an seine Teenagerzeit, als er an einem Strand in Portugal an dem verrosteten Rumpf eines Fischerbootes vorbeigegangen war. Das Aufeinanderprallen von bearbeitetem Stahl und uraltem Sand sowie der unvermeidliche Sieg der Natur über die Maschine und deren Rückkehr zu den Elementen hatten ihn damals mit einer gewissen Zufriedenheit erfüllt. Gabriel legte seine Hand auf die glänzende Seite des Tankwagens und wünschte sich weit weg von dieser verfluchten Straße, wieder zurück an den weichen Strand von Portugal.

Auf der anderen Seite des Tankwagens stellte sich das Taxi als größer heraus, als es auf den ersten Blick gewirkt hatte. Fast die gesamte Karosserie war im Morast versunken – ein alter Austin-Transporter, mit leuchtenden Farben neu gestrichen und mit zahlreichen Aufklebern versehen. Das ikonische Microsoft-Logo war auf die Kühlerhaube gemalt worden, und verschmutzte Quasten hingen von den Spiegeln. Die fensterlosen Türen hatten holzgeschnitzte Ellbogenstützen, die der jahrelange Kontakt mit der Haut des Fahrers glatt und dunkel gerieben hatte. Im Inneren war das Taxi mit Teppichen und Figuren wie eine gemütliche Höhle geschmückt. Sowohl die Passagiere als auch der Fahrer hatten das Wrack zurückgelassen, nirgendwo war eine Menschenseele zu sehen. Vielleicht würde jemand wiederkommen und versuchen, das Auto doch noch zu retten. Gabriel malte sich die Angst der Passagiere aus, als die beiden Fahrzeuge ineinanderschlitterten, der bedrohlich wirkende Tankwagen kippte und sie zu Boden presste. Ein silbernes Kreuz hing am Rückspiegel, als ob es dort platziert worden wäre, um den Austin vor weiterem Schaden zu schützen.

Gabriel hörte, wie der Motor des Land Cruisers hinter ihnen aufheulte. Er drehte sich um und sah graublauen Rauch aufsteigen. Kamals pockennarbige Stirn drängte sich fast an die Windschutzscheibe, während er das Lenkrad mit beiden Händen griff, nach vorne starrte und die Drehzahl nach oben jagte, ehe er die Kupplung losließ. Der Geländewagen ging vorne in die Höhe, seine schweren Reifen wirbelten durch den Morastberg und schoben sich vorwärts. Kamal versuchte die Furchen zu durchqueren, wobei er die trockeneren Klumpenberge auswählte. Doch das Auto begann zu schlingern und kämpfte um Halt, während es laut aufheulend in die tiefen Rinnen und dann wieder hinaus fuhr. Es gewann an Geschwindigkeit, aber die Richtung, die es nahm, blieb unberechenbar. Plötzlich schoss es auf die Unfallstelle zu. Gabriel suchte Deckung hinter dem gestrandeten Austin, was nicht leicht war, da der Schlamm weiterhin seine Stiefel festhielt. Kamal drehte erneut wie wild am Lenkrad, und die hinteren Reifen glitten aus dem Brei. Eine Fontäne aus Schlamm traf Gabriel. Die Tropfen spritzten auf seine Kleidung und sein Gesicht, der Geruch eine schreckliche Mischung aus abgestandener Brühe und Motoröl. Er hatte die Arme in die Seiten gestemmt. Schwarzes öliges Wasser lief ihm über das Gesicht, seine Füße steckten tief in übel riechender sudanesischer Erde.

Er wollte brüllen. Er wollte die hauchdünne Grenze zwischen Zurechnungsfähigkeit und Wahnsinn überschreiten. Stattdessen spürte er Tränen auf seinem Gesicht, heiß und klebrig liefen sie von einem Augenwinkel herab und vermischten sich mit dem Schmutz auf seinen Wangen.

Jemand rief ihn. Er blickte auf und sah, dass Kamal in einiger Entfernung von ihm neben Alek stand. Der Land Cruiser befand sich mit leise laufendem Motor wieder auf festerem Boden. Alek winkte Gabriel zu sich, doch aus irgendeinem Grund klang ihre Stimme leise und weit weg. Eine Familie war aus den Gebüschen aufgetaucht – vielleicht hatte sie in dem Taxi gesessen – und starrte ihn an. Ein kleiner Junge begann

234

zu weinen und musste von seiner Mutter getröstet werden. Gabriel wischte sich über das Gesicht. Er spürte die grießige Erde auf seiner Haut. Ihm wurde klar, dass es jetzt keine Möglichkeit gab, würdevoll zu erscheinen, während er einem nachdenklichen Dinosaurier gleich die Füße hob, um sich langsam auf die wartende Gruppe zuzubewegen.

Alek musterte ihn wortlos, als er schließlich ins Auto kletterte. Er glaubte, eine gewisse Fröhlichkeit in ihrer Miene zu erkennen. Kamal wirkte ungewöhnlich zufrieden mit sich selbst, und sein miesepetriger Gesichtsausdruck war zumindest für den Augenblick einem wohlgelaunten gewichen. Er klopfte auf das Lenkrad, als ob er dem Toyota zum Erfolg gratulieren wollte und sagte etwas auf Arabisch zu Alek. Sie knurrte, fügte aber nichts hinzu. Gabriel lehnte sich zurück und schloss die Augen.

Heute Abend wollte er ihnen mitteilen, dass sie die Reise abbrachen, überlegte er. Heute Abend würden sie ihre sofortige Rückkehr nach Juba planen, und dann sollte es nach England gehen. So würde er Arabidopsis Cockburn eben nicht in ihrer natürlichen Umgebung sehen.

Gabriel schlummerte ein – trotz des schlechten Zustands der Straße, wodurch er auf der Rückbank hin und her geschleudert wurde. Als er erwachte, hatte sich die Haut auf seinem Gesicht durch den getrockneten Schlamm unangenehm zusammengezogen. Er versuchte ihn abzureiben, aber auch seine Hände waren schmutzig. Die Vegetation hatte sich in die einer offenen Savanne verwandelt, und der Straßenboden war nun fester. Einige Dörfer glitten vorüber – schlichte Häuser mit Strohdächern sowie Holzbalken und Gittern, die mit Lehm und Kuhmist verputzt worden waren. Jungen hüteten Vieh an der Straße. Die riesigen Rinder wichen nur widerwillig aus, als sich der Land Cruiser einen Weg durch ihre Herde bahnte. Die Hütejungen, fast nackt und mit weißem Schlamm bedeckt, winkten ihnen begeistert zu. Einer hielt seine Hand in einer flehenden Geste auf. Kamal rief ihm etwas mit kehliger Stimme zu.

Plötzlich war die Straße geteert. An den Seiten war sie zerfurcht, aber in der Mitte perfekt glatt. Ein einsames Schild erklärte, dass Civicon Limited vom Bundesstaat Lakes beauftragt worden war, die Straße zu bauen. Obwohl die Fahrt nun angenehmer wurde, kamen sie noch immer nicht schneller voran, da viele Viehtreiber dieselbe Route gewählt hatten. Gabriels Frustration kehrte zurück.

»Warum können sie ihre Tiere nicht an der Straße entlang treiben?«, schimpfte er.

Keiner im Auto antwortete, und Gabriel blieb nichts anderes übrig, als zornig aus dem Fenster zu starren, wo sich ein weiteres langsames Rind weigerte, zur Seite zu treten und sie durchzulassen. Gabriel fragte sich, ob er wohl ein Flugzeug finden konnte, das ihn nach Juba zurückflog. Der Gedanke an die Rückreise im Wagen erfüllte ihn mit Verzweiflung.

Es wurden immer mehr Dörfer, bis die Straße ohne Unterbrechung von Hütten und kleinen Menschenansammlungen gesäumt war. Rauch stieg von den Feuerstellen der Häuser auf. Die Reifen des Land Cruisers machten in der Soße der Kuhexkremente schmatzende Geräusche. Fliegen quälten Gabriel im Gesicht, und einer gelang es, sich in sein Ohr zu bohren, wo sie mit einem beängstigend schrillen Ton surrte. Er holte sie mit einem schmutzigen Finger heraus und schnipste sie gegen eine vorübertrabende Kuh.

Endlich trafen sie in der Stadt Rumbek ein. Die Prozession aus strohgedeckten Hütten wurde zu einer Anhäufung von Ziegel- und Zementhäusern. Sie kamen an einer Filiale der Nile Commercial Bank und an einem staatlichen Krankenhaus vorbei. Gabriels Laune besserte sich, als er ein Schild zum Flughafen von Rumbek entdeckte. Sie blieben auf dem Freedom Square stehen, einem offenen, geebneten Platz mit einem seltsamen Denkmal in der Mitte. Hier schien sich die gesamte Jugend von Rumbek zu treffen. An einem Ende wurde voller Elan Fußball gespielt – eine abgeänderte Form des Sports, bei der es keine Tore und keine Pässe zu geben schien. Einige der Spieler trugen T-Shirts des FC Liverpool, beneidenswert ahnungslos hinsichtlich der Hässlichkeit dieser Stadt, wobei er annahm, dass sogar Liverpool das Paradies für sie bedeuten würde.

Kamal unterhielt sich ausführlich mit einem jungen Mann, wobei beide in der Gegend herumdeuteten und mit den Köpfen nickten, bevor das Auto weiterfuhr und in eine kleine Seitenstraße einbog. Einige Blöcke weiter schwenkten sie auf ein Grundstück ein, wo bereits mehrere LKWs parkten. Gabriel musste weiteres Geld herausrücken, ehe er in ein kleines Zimmer mit einer niedrigen Decke und Betonboden geführt wurde. Es gab drei Betten, eines genauso tief durchhängend und zerschlissen wie das andere. Zwei waren bereits mit Kleidung und anderen persönlichen Gegenständen belegt. Gabriel fühlte sich zu erschöpft, um zu protestieren, und warf seine Tasche auf die freie Matratze neben der Tür. Er setzte sich auf den Rand des Bettes und vergrub seinen Kopf in den Händen. Mit geschlossenen Augen saß er da, regungslos vor Müdigkeit und Elend.

Alek schreckte ihn auf, indem sie ein abgenutztes, aber sauberes Handtuch neben ihn auf das Bett warf. »Duschen sind um die Ecke. Sie brauchen eine.«

Er hasste sie. Ihre Selbstsicherheit, ihre fehlende Rücksicht,

ihren klapperdürren Körper und den mangelnden Respekt für
körperlichen Abstand, wenn sie um ihn herumschlich. Er riss
das Handtuch an sich und eilte um die Schlafsäle herum nach
hinten, wo er einen Baderaum und eine Reihe von Duschkabi-
nen entdeckte, deren Türen offen standen. Er wählte die erste
und war angenehm überrascht von den sauberen Fliesen und
dem leichten Geruch nach Desinfektionsmittel. Die Dosier-
flasche mit Seife, die in einer Halterung an der Wand hing,
war halbvoll, und obwohl es kein heißes Wasser gab, tauchte
Gabriel gleich in den starken Strahl aus dem Duschkopf. Das
Wasser zu seinen Füßen wurde dunkelbraun und hinterließ
eine Spur Schlick, als es über die Fliesen in den Abfluss lief. Er
klatschte Unmengen von Flüssigseife auf seinen Körper und
seine Haare, bis das Wasser endlich in sauberen Rinnsalen von
ihm herabfloss.

Als er fertig geduscht und in frische Kleidung geschlüpft
war, saßen Alek und Kamal auf umgedrehten Kisten um ein
knisterndes Feuer. In einem Aluminiumtopf, der an einem
Dreifuß über den Flammen hing, brodelte etwas vor sich
hin. Gabriel entdeckte eine weitere kaputte Kiste neben dem
Haus – ihm fiel auf, dass sie keine Sitzmöglichkeit für ihn
organisiert hatten – und gesellte sich zu ihnen. Die Dusche
hatte seine äußere Erscheinung verbessert, aber seine Stimmung blieb missmutig.

»Ich glaube, es reicht mir. Ich glaube nicht, dass diese Reise
weiterhin Sinn macht«, erklärte er, nachdem er sich gesetzt
hatte. »Wie ich gesehen habe, haben die hier einen Flughafen.
Morgen finde ich heraus, ob es Flüge zurück nach Juba gibt.«

»Der Flughafen ist geschlossen«, erwiderte Alek.

»Sind Sie sicher? Woher wissen Sie das?«, brauste Gabriel
auf.

»Der nächste Flughafen ist in Wau. Dort sind wir morgen. Da können Sie es dann versuchen.«

Damit schien das Thema abgeschlossen zu sein. Alek nahm einen Stock und stocherte in der Kohle am Rand des Feuers. Kamal murmelte etwas vor sich hin.

»Es tut mir leid, ich ertrage dieses Land einfach nicht«, sagte Gabriel, der das Bedürfnis verspürte, sich zu erklären. »Jemand versuchte es mir zu schildern. Er sagte, es sei der Schatten, der entsteht, wenn die Sonne im Norden scheint. Damals habe ich das nicht verstanden. Aber jetzt verstehe ich es.«

Alek fuhr fort, mit dem Stock in der Kohle zu stochern, und ignorierte ihn.

»Es gibt hier einfach keine… Leistungsfähigkeit. Es gibt keinen Willen. Es ist alles so… engherzig, so selbstsüchtig. Es ist hoffnungslos. Völlig hoffnungslos. Tut mir leid.«

»Das hier ist nicht England, Mr. Gabriel.« Alek starrte ins Feuer. Ihre Wangen glühten im Licht der Flammen. Oder vielleicht aus Wut.

»Offensichtlich nicht. Es könnte kaum anders sein als Großbritannien.«

»Sie sagen, das sei offensichtlich. Aber in Wirklichkeit verhalten Sie sich so, als wären Sie blind.« Alek wandte sich ihm nun zu und sah ihn an. Sie wirkte eindrucksvoll und beängstigend, wie sie ihn so offenkundig verurteilend anblickte. »Wenn wir einen hässlichen alten Mann beobachten, der versucht, mit seinem Geld eine junge Frau zu verführen, nennen wir ihn *Miraya maafi*. Das bedeutet ›Mann ohne Spiegel‹. Er sieht nicht, wie hässlich er ist, er sieht nur das Geld in seinen Taschen, nur seine Hände auf ihrem Körper. Er sieht nur, was er sehen will. *Miraya maafi*.«

»Und das bin ich? Ein hässlicher alter Mann, der versucht,

die anderen einzulullen? Ich habe kein Bedürfnis, meine Hand auf Sie zu legen.«

»Ich habe es Ihnen schon mal erklärt. Ich bin keine *Bamba*, und mich können Sie nicht bezirzen. Aber das meinte ich nicht. Ich meine, Sie haben keinen Spiegel. Es ist lange her, seit Sie sich selbst angeschaut haben.«

Die Nacht zeichnete sich durch pausenlose Moskitoattacken sowie das dröhnende Schnarchen eines seiner Zimmerkollegen aus. Der Mann lag in der Unterhose auf dem Rücken, und bei jedem Einatmen kam ein langer, stöhnender Laut aus seiner Kehle – wie ein beharrliches Todesröcheln. Irgendwann döste Gabriel ein, doch im Schlaf plagten ihn schreckliche Bilder. Kurz vor Sonnenaufgang träumte er von einem Feld voll blühender Arabidopsis, ein gelber Teppich, der sich wie bei einer Sonnenblumenfarm in Kansas bis zum Horizont erstreckte. Doch Alek war auf dem Feld und ging lachend auf ihn zu. Die Haut löste sich von ihrem Gesicht, um die darunterliegenden Knochen zu enthüllen, und ihre Zähne klapperten lose in ihrem Mund. Erschreckt wachte er auf. Für einen Moment war er sich nicht sicher, ob er noch immer schlief, während seine Augen durch das fensterlose Zimmer wanderten.

Er begann den Tag mit einer weiteren kalten Dusche. Das Wasser floss über sein müdes Gesicht, während er versuchte, die Traumbilder der Nacht abzuschütteln. Er besänftigte sich mit der Vorstellung, so rasch wie möglich von Wau nach Juba zurückzufliegen. Jetzt kam ihm sogar die Unterkunft in der White Nile Lodge einladend vor. Als er seine geschundenen Zehen betrachtete, schnitt er eine Grimasse, um dann jeden Zeh einzeln mit dem Handtuch abzutrocknen.

Am Land Cruiser wurde er mit einem unfreundlichen Schweigen begrüßt. Alek hatte sich etwas duftendes Öl auf den Körper geschmiert, was Kamals Geruch eine Weile zu überdecken vermochte. Sie sah frisch und erholt nach einer Nacht in einem Einzelzimmer aus. Der Fahrer allerdings schien sich gegen die Waschmöglichkeiten vor Ort entschieden zu haben. Der Duft von Vanille und Moschus schaffte es nicht lange, die Intensität seines Körpergeruchs zu verbergen, und schon bald kehrte der bekannte säuerliche Geruch ins Auto zurück. Gabriel seufzte innerlich, hielt es jedoch nach dem gestrigen gereizten Austausch für das Beste, kein Wort über die furchtbare Hygiene des Mannes zu verlieren.

Ein Fluss – teilweise mehr als zwanzig Meter breit – floss an der Stadt vorbei. Lange Kanus aus Baumstämmen schwammen darauf, die am hinteren Ende von Fischern gesteuert wurden. Eine Gruppe Männer und Frauen, in weiße Roben gekleidet, standen betend am Ufer. Zwei von ihnen hielten ein hohes Kreuz. Gabriel beobachtete, wie eine der Frauen in ihrem Kleid ins Wasser watete und langsam untertauchte. Riesige Hornraben mit schmutzigen Federn und einem Kehllappen unter ihren leuchtend roten Schnäbeln stolzierten ebenfalls am Fluss entlang, als ob sie zu einem eingeladenen Publikum gehörten, das auf das Auftauchen der Frau wartete.

Kamal hielt an einem Teestand, und erneut bezahlte Gabriel für die Erfrischungen. Alek schnitt zwei Mangos in Stücke und legte sie auf einen Plastikteller, um sie mit den Männern zu teilen. Der Saft tropfte auf den Boden zu ihren Füßen. Die bessere Straße und die kühlere Morgenluft hoben trotz der schlimmen Nacht Gabriels Laune. Auch Alek schien weniger mürrisch zu sein. Es kam ihm so vor, als würde sie ihren Ausbruch vom Abend zuvor beinahe bedauern. Sie bot ihm das letzte Stück Mango an, das Gabriel dankbar annahm, indem er das glitschige Fruchtfleisch fest mit den Fingern packte. Alek lächelte zwar nicht, aber zumindest wurde ihre Miene weicher, während sie beobachtete, wie er kämpfte, um sich die Mango in den Mund zu schieben. Irgendwann schluckte er sie hinunter wie ein Fisch, der Luftblasen aufsteigen ließ.

Wieder holte Kamal den schmutzigen Plastikbehälter aus der Tasche und schmierte sich mit dem Finger etwas aufs Zahnfleisch.

»Was ist das für ein Zeug?«, wollte Gabriel von Alek wissen.

Alek sprach Kamal auf Arabisch an, und der Mann reichte Gabriel den kleinen Becher. In ihm befand sich etwas Pflanzliches, das zu einem Gel zerstoßen worden war und leicht sauer, aber nicht unangenehm roch.

»Wofür ist es? Hat er das gesagt?«

»Zahnschmerzen. Es ist eine weitverbreitete Pflanze. Er meint, er könnte sie Ihnen zeigen.«

Kamal wirkte ungewöhnlich lebhaft, und nachdem er seinen Medizinbehälter wieder entgegengenommen hatte, bedeutete er Gabriel, ihm zu folgen. Nach einer kurzen Unterhaltung mit dem Besitzer des Teestands begleitete ihn Gabriel in den hinteren Teil des Grundstücks. Dort war ein Beet mit diversen Pflanzen und Wurzelgemüse angelegt worden, wobei die Pflanzen unterschiedlich gut wuchsen. Kamal zeigte auf eine mit einem grünen Speerkopf und gelben Blüten. Justicia Flava, dachte Gabriel.

»Ah ja, ich kenne die Pflanze«, sagte er und zog den Pflanzenkopf sanft durch seine Faust. »Auf Englisch nennen wir sie Zimmerhopfen. Oder auch Gelbe Gerechtigkeit.«

»Gelbe Gerechtigkeit …« Gabriel hatte nicht bemerkt, dass Alek hinter ihn getreten war. »Das ist ein guter Name.« Sie übersetzte die Bezeichnung für Kamal ins Arabische, der diese Erkenntnis offenbar interessant fand. Er nickte wild und enthusiastisch.

Dann nahm er Gabriel am Arm und zog ihn weiter zu einigen kleinen Flecken kultivierten Bodens. Ein großer Baum, dessen Äste mit graugrünen Blättern wie das ungepflegte Haar eines alternden Hippies in alle Richtungen standen, bildete den Mittelpunkt. Pelzige Samenschoten hingen von den Enden der Zweige. Die Blüten des Baums erinnerten Gabriel an Maracuja – sternförmig angeordnete Staubgefäße mit einem dunkelvioletten Zentrum.

»Wüstendattel oder auch Zachunbaum«, erklärte Gabriel mit einem gewissen Stolz. Kamal wirkte enttäuscht, weshalb Gabriel es mit dem lateinischen Namen versuchte. »Balanites aegyptiaca.«

»Hier nennt man ihn *Heglig*«, übersetzte Alek. »Oder *Hidjihi*. Kamal sagt, man benutze ihn bei Blutzucker. Meine Tante verwendete die Rinde und die Früchte, um uns vor den Bilharziose-Schnecken aus dem Fluss zu schützen. Als wir klein waren, sagten wir, dass die Fruchtschoten… Na ja, Sie wissen schon, dass sie in Wirklichkeit der männliche Teil des Bullen seien.« Sie wirkte auf liebenswerte Weise beschämt. »Wie auch immer – in dieser Gegend gibt es in jedem Dorf einen *Heglig*-Baum.«

Gabriel hob eine heruntergefallene Schote auf und rieb mit dem Daumen über die äußere Haut, während sie zum Wagen zurückgingen. Die Haut schimmerte bereits glatt, als er wieder hinten auf die Rückbank kletterte.

Sie fuhren einige Stunden lang weiter, ehe sie in einem kleinen Dorf zum Mittagessen hielten. Die Landschaft war durchzogen von seltsamen runden Gebäuden, die wie Tierpanzer auf dürren langen Beinen aussahen. Unter manchen dieser Dachbauten standen Rinder, doch viele waren leer, der Boden um sie herum von den Hufen der Tiere niedergetrampelt. Sie erinnerten Gabriel an riesige Käfer und verliehen der Gegend eine fast futuristische Anmutung.

»*Zaraib al-hawa*«, sagte Alek spontan. »Arabisch für Haus... aus Luft gemacht. Es ist für das Vieh. Wir nennen sie Schildkröten, weil sie wie Schildkröten an Land aussehen. Diese hier haben glatte Beine, aber die echten *Zaraib*, die man im Norden findet, sind aus Ästen der Dornenbäume gemacht. Sie bieten den Kühen einen sehr guten Schutz.«

Sie parkten im Schatten eines großen Niembaums. Kamal ging los, um mit den Dorfbewohnern hinsichtlich eines Mittagessens zu sprechen, und Gabriel wanderte über die Straße auf die Felder, um sich eines der *Zaraib* genauer anzuschauen. Es war einfach, aber stabil gebaut. Den »Panzer« hatte man mit Gras und Lehm verputzt, um ihn wasserdicht zu machen. Die glatten Beine waren tief im Boden versunken und standen nahe nebeneinander. Es gab nur eine Lücke für das Vieh in Gestalt einer Tür aus Draht und Holz. Hinter dem letzten Stall bemerkte Gabriel ein erbärmlich wirkendes Feld mit Sorghumhirse. Die Pflanzen waren verwelkt und braun. Verräterisch schimmerten rosafarbene Blüten zwischen den Pflanzenreihen auf.

Ein älterer Mann am Rand des Feldes lehnte sich schwer auf einen langen Stab, während er traurig an der Hirse zupfte. Sein Gesicht war von tiefen Falten durchzogen, und seine Kleidung hing an seinem dürren Körper.

Gabriel streckte eine Hand aus, um ihn zu grüßen. Noch hatte er die arabische Form des Grußes nicht gemeistert. Der Mann nickte und reichte ihm seine Hand mit schwachem Druck. Gabriel zeigte auf das absterbende Hirsefeld. Der Mann hob die Hände und zuckte mit den Schultern. Das Schicksal lag in Gottes Hand.

»Sie haben einen Parasiten«, sagte Gabriel, der die Pflanze aus dem Lehrplan für die dritte Jahrgangsstufe kannte. »Striga hermonthica. Hexenkraut.«

Der Mann lächelte ihn an. Er hatte nur noch wenige Zähne, die fleckig und schief waren. »*Durra*«, sagte er und zeigte mit der Hand auf sein Feld. Gabriel beugte sich herab, um eine der parasitären Striga-Pflanzen aus dem Boden zu ziehen. Mit ihren Wurzeln zerrte sie auch die Hirse heraus. Sie hatte sich unter der Erde um das Getreide gewunden, um so ihrer Wirtspflanze die Nahrung zu entziehen. Das zeigte er dem Mann, der wissend nickte. »*Buda*«, sagte er.

Gabriel bedeutete dem Mann zu warten und kehrte zur Straße zurück, um Alek zu finden. Sie kam überraschend bereitwillig mit.

»Erklären Sie ihm, dass sich die Striga-Pflanze in die Wurzeln des Sorghums eingräbt und es so am Wachsen hindert«, bat er sie, als sie das Feld erreichten.

Alek hielt eine Hand hoch, um ihn am Weiterreden zu hindern und für den Bauern zu übersetzen. Dieser schien zuerst nicht zu verstehen.

»Tut mir leid. Er ist Dinka Gok, der Dialekt ist also ein anderer.«

Alek versuchte es erneut, und jetzt nickte der Mann und betrachtete die Pflanze, die Gabriel aus dem Boden gezogen hatte. Gabriel zeigte ihm, wie sich die Wurzeln des Parasiten in der Hauptwurzel der Hirse eingenistet hatten.

»Sie müssen ihm erklären, dass es zu spät ist, sobald die Striga einmal diese Größe erreicht und die Wurzel des Sorghums durchdrungen hat. Sehen Sie: Wenn man sie jetzt herausreißt, kommt die Sorghumhirse mit aus dem Boden. Man *muss* sie herausziehen, wenn sie noch klein sind. Das ist das Einzige, was man machen kann.«

Es folgte eine lange Unterhaltung zwischen Alek und dem Bauern. Offenbar bezweifelte er Gabriels Qualifikation auf diesem Gebiet. Gabriel hörte, wie mehrmals das Wort »Professor« fiel. Der Mann nickte schließlich, während seine Augen über Gabriels Gesicht huschten.

»Alek, fragen Sie ihn, was er mit dem Unkraut tut, wenn er es herausgerissen hat.«

Die Antwort ließ nicht lange auf sich warten. »Sie verfüttern es an die Kühe. Sie mischen es mit den Schoten des Anabaums zum Futter für die Tiere.«

»Okay, das hatte ich mir gedacht.« Er hatte so etwas bereits in Studien über Kenia gelesen. »Das Problem ist, dass die Rinder die Samen über ihre Fäkalien wieder aussäen.«

Alek runzelte die Stirn bei diesem Wort.

»Ihre Kacke. Die Samen arbeiten sich durch ihr Verdauungssystem und kommen als Kacke heraus, um dann wieder zu wachsen. So verbreiten sich die Parasiten. Man muss die Pflanzen herausziehen, während sie noch klein sind, und dann verbrennen. Auf keinen Fall darf man sie an das Vieh verfüttern. Erklären Sie ihm das.«

Alek lächelte. Zum ersten Mal, seit sie aus Juba abgereist waren, zeigten sich an ihren Augenwinkeln Lachfältchen, und ihre hervorstehenden Zähne blitzten auf. Sie wandte sich dem Bauern zu und erläuterte ihm Gabriels Ratschlag. Der Mann lehnte sich auf seinen Stock und hörte zu, während sein Blick von Alek zu Gabriel und wieder zurück wanderte. Dann lachte er und stupste Gabriel mit dem Finger an.

»Er bedankt sich bei Ihnen. Er wird es versuchen und dann sehen, ob es einen Unterschied macht. Er meint, Sie müssen sehr große Durra-Felder in Ihrem Dorf haben. Jetzt sollen wir mitkommen und bei ihm essen.«

Sie kehrten ins Dorf zurück, wo der alte Mann sie zu seinem Haus führte. Vor seiner einfachen Hütte setzten sie sich auf abgesägte Baumstämme, während seine Frau mit einem Topf über einem Feuer beschäftigt war. Als das Essen fertig war, wurde der Topf vor sie hingestellt, und sie bedienten sich alle von der Okra.

»Bamia«, sagte Alek. »Ladyfingers. So haben wir sie genannt, als ich klein war. Uns gefiel die Vorstellung, dass wir die Finger einer eleganten Dame essen, einen nach dem anderen. Ich glaube, auf diese Weise hat es meine Mutter geschafft, dass wir sie zu uns nehmen. Mütter sind bei so etwas ziemlich geschickt.«

Gabriel musste an seine eigene Mutter denken. Zuerst fiel ihm kein passendes Beispiel ein. Dann sagte er: »Froscheier.« Das Wort platzte aus ihm heraus. »Meine Mutter gab uns immer Tapioka zu essen. Winzige Kügelchen, die eigentlich nach nichts schmecken. Aber sie nannte sie Froscheier, und deshalb wollte ich sie unbedingt essen. Sie haben recht: Mütter sind bei so was sehr einfallsreich.«

Wieder lächelte Alek – gleich zweimal an einem Tag, dachte Gabriel – und übersetzte dem Bauern und seiner Frau diese Geschichte. Die beiden lachten höflich, auch wenn sich Gabriel nicht sicher war, ob sie das Konzept der englischen Küche mitsamt der seltsamen Rolle verstanden, die diese durchsichtigen Stärkekügelchen spielten, welche damals in Milch gekocht wurden.

»Und was war mit Ihren Brüdern und Schwestern? Mochten sie diese Eier auch?« Auf Aleks Gesicht stand noch immer der Nachklang des Lächelns.

»Ich bin Einzelkind.«

Alek sah ihn verständnislos an.

»Ich habe keine Geschwister. Da gab es nur mich in meiner Familie.«

Das Lächeln verschwand, und Alek senkte den Blick. Gabriel bemerkte, dass sie diese Information ihren Gastgebern nicht übersetzte. Es schien sie traurig zu machen, als ob er ihr ein schreckliches Schicksal enthüllt hätte. Auch nachdem das Essen vorüber war und sie sich von den beiden verabschiedet hatten, blieb sie still.

Eine Weile fuhren sie schweigend dahin, während Gabriel die Hütten der Dinka mit den konischen Dächern und die Kuhställe betrachtete.

»Ich kann mir nicht vorstellen, das einzige Kind in einer Familie zu sein«, meinte Alek nach einer Weile. »Wie soll das eine Familie sein, mit nur einem Kind? Es ist der Beginn einer Familie, das vielleicht, aber es ist noch keine Familie. Bei uns sagt man: ›Ein Armband allein kann nicht klimpern.‹ Sie strahlen eine Einsamkeit aus, die mir auffällt und die wohl daher kommt, dass Sie der Samen einer Familie waren, der nie zu einem Baum wurde.«

Gabriel antwortete nicht. Sie hatte leise und ohne Groll gesprochen. Doch ihre Worte trafen ihn tief. Er hatte seine Kindheit nie als einsam betrachtet – die langen Stunden, in denen er allein durch die Wälder streifte, die verschiedenen Pilze zwischen den Kiefern und Eichen identifizierte und das winzige Leben in den Pfützen ausgetrockneter Bachbetten beobachtete. Er war damit zufrieden gewesen, in seinen Fantasiewelten isoliert zu spielen, Stockmännchen zu bauen und

Boote auf dem Ententeich schwimmen zu lassen. Je erwachsener er jedoch wurde, desto mehr wurde ihm bewusst, dass die anderen ihn als Einzelgänger sahen und er sich in Gesellschaft oft ungeschickt benahm. Oft wählte er Formulierungen, die ihm selbst geläufig waren, dem Zuhörer aber erst einmal schwer verständlich erschienen. Er wusste nicht, ob Geschwister einen Unterschied gemacht hätten – vielleicht wäre er immer so geworden –, aber ihm war klar, dass ihn viele als abgehoben erlebten und seine Einsamkeit als einen Ausdruck von einer vorschnellen Urteilsfällung oder Unzufriedenheit verstanden. *Ein Armband allein kann nicht klimpern.* Klimpern war tatsächlich etwas, was ihm schwerfiel.

Die Stadt Wau stellte sich als unerwartet groß heraus. In vielerlei Hinsicht war sie eine ähnlich geschäftige Stadt wie Juba, nur sauberer und weniger überlaufen von westlichen Hilfsorganisationen. Die Straße, die ins Zentrum führte, war breit genug für drei Spuren in beide Richtungen – auch wenn die Fahrbahn keine Markierungen hatte. An den Seiten befanden sich Stände und Viehmärkte. *Bodaboda*-Taxis rasten herum, während Esel Holzkarren zogen, die auf alten Autoachsen ruhten. Ein Fluss – mindestens so gewaltig wie der Weiße Nil – erstreckte sich zur Rechten, von Inseln aus Grün durchsetzt. Das andere Ufer war mit Schilf und Dickicht bewachsen, doch auf der Seite der Stadt wuchs nichts mehr. Vieh und menschlicher Verkehr hatten alles entblößt. Eine gemeinschaftliche Wasserpumpe tuckerte vor sich hin und ließ Öl und schmutziges Wasser in einen Kanal laufen, der die Mischung in den Fluss führte. Esel warteten geduldig in der Sonne, hinter sich Karren aus zwei Ölfässern ziehend, die zu einem Rohr zusammengeschweißt worden waren. Das Futter für den Tag – eng gefasste Grasbündel – baumelte an der Achse. Einige Esel waren zudem mit Quasten und Kappen verziert.

»Der Fluss Jur«, erklärte Alek. »*Jur* ist ein Dinka-Begriff für einen Nicht-Dinka, einen Fremden.« Ihr Gesicht war ausdruckslos, als sie das sagte. »Stellen Sie sich vor, Sie würden Ihren Fluss nach Ihrem Feind benennen? Sie haben recht, dieses Land für verrückt zu halten. Wir sind hier alle verrückt.«

Die Straße führte auf den Fluss zu, und Gabriel beobachtete zwei Männer, die fein gewebte Netze ins flache Wasser warfen. Einige der Stände neben der Straße boten kleine Berge silberner Fische an, die Kopf an Schwanz aufgereiht dalagen. Viele Gebäude hinter den Ständen schienen zerstört zu sein, die Dächer eingestürzt und die Mauern pockennarbig mit Löchern.

»Letztes Jahr gab es heftige Kämpfe zwischen der Armee und den Nuer-Rebellen«, erläuterte Alek, als sie bemerkte, dass er ein Haus musterte, das faustgroße Löcher in seinen Ziegeln hatte. »Bloß weil wir uns abgespalten haben, bedeutet das noch lange nicht, dass wir jetzt zusammen leben können.«

Gabriel versuchte sich die Straße vorzustellen – die jetzt so geschäftig wirkte –, wenn sich hier Soldaten verschanzten und Artilleriegeschosse durch die Luft pfiffen. Man spürte noch jetzt die Anspannung. Diese Stadt war an die Gegenwart der Armee gewöhnt. Viele Leute trugen eine Art Uniform, und immer wieder fuhren LKWs voller Soldaten vorüber, Sturmgewehre auf dem Rücken. Gabriel betrachtete die Frauen, die Schubkarren mit Brotfrucht schoben, deren Haut knorrig grün war, während das aufgeschnittene Fruchtfleisch weiß schimmerte. Auf irgendeine Weise waren sie alle Teil der Auseinandersetzungen gewesen. Man hatte große Plakate mit Präsident Salva Kiir Mayardit und seinem charakteristischen breitkrempigen Hut an den Straßenkreuzungen errichtet – jedes mit einer anderen Botschaft der Hoffnung oder einem Friedensappell.

Ein Konvoi aus drei Land Cruisern mit UN-Kennzeichnung fuhr vorüber. Ihre hohen Antennen waren wie Angeln an den vorderen Stoßstangen angebracht, und die Insassen trugen Armeeuniformen und die üblichen blauen Helme.

»Es heißt, man könne in Wau nie zu Hause sein«, sagte Alek. »Das liegt daran, weil sich an diesem Punkt so viele verschiedene Menschen treffen. Es ist ein Zentrum, wo man hinkommt, um zu handeln und Transport zu organisieren, aber es ist für niemanden Heimat. Selbst das Flüchtlingscamp hier ist nur ein Durchgangslager.«

Ein Verkehrspolizist, in weißgraue Camouflage gekleidet, hielt ihren Wagen an und fragte nach den Ausweisen. Rituelle Narben verzierten seinen Hals und seine Wangen, dünne parallel verlaufende Linien auf seinem Gesicht. Es war eine oberflächliche Kontrolle, und der Mann salutierte vor Gabriel, als sie weiterfuhren. Gabriel fragte sich, ob er versehentlich für eine Art Würdenträger gehalten worden war.

Er bat Kamal, an einer kleinen Niederlassung der Equity Bank zu stoppen. Ein Esel stand mit einer tropfenden Ladung Wasser vor dem Eingang. Er hatte eine ausgebleichte UNHCR-Kappe auf dem Kopf, in die man Löcher für seine langen Ohren geschnitten hatte. Gabriel musste weitere britische Pfund wechseln, und gleichzeitig war die Bank der beste Ort, jemanden zu finden, der ihn verstand. Im Inneren war es kühl und sauber, und wie sich herausstellte, sprach die Kassiererin ausgezeichnetes Englisch. Nach einem kurzen Austausch konnte sie ihm die Informationen geben, die er benötigte.

»Ich möchte uns heute Abend eine bessere Unterkunft

ermöglichen«, sagte Gabriel, als er wieder in den Land Cruiser stieg. »Für unsere letzte gemeinsame Nacht.«

»Sie wollen also nicht noch mal Ihr Zimmer mit LKW-Fahrern teilen?«, fragte Alek leichthin.

Sie wies auf ein großes Plakat neben der Bank. Es schien sich um einen zukünftigen Lageplan der Stadt zu handeln. Die Wohnhäuser sollten in seltsame Blocks eingeteilt werden. Über dem Plan stand, dass das Wohnungsbau- und Umweltministerium vorhabe, die Stadt Wau in Gestalt einer Giraffe anzulegen. Alek begann zu lachen. Auch Gabriel lachte amüsiert und schüttelte dabei den Kopf.

»Welche idiotischen Ideen werden unsere Politiker als Nächstes haben?« Alek seufzte.

Gabriel gab Kamal die Richtungsanweisungen wieder, die ihm die Kassiererin genannt hatte. Sie fuhren in Ufernähe entlang, bis sie zu einem von Mauern eingefassten Eingang kamen. Im Innenhof stand ein weißes Gebäude. Rosenbeete flankierten die kurze Einfahrt. Eine kleine Gruppe ließ sich gerade mit den Rosen im Hintergrund fotografieren. Eine Frau in einem dunklen Kleid und einem dramatisch wirkenden Pfauenfederhut bildete den Mittelpunkt, umgeben von Männern in grünweißen Roben. Die Männer trugen geschnitzte Stöcke und setzten ernste Mienen auf, während man sie ablichtete. Gabriel und Alek warteten, bis die Sitzung vorbei war, um nicht versehentlich auf Bildern aufzutauchen, die offensichtlich im Rahmen einer Hochzeit gemacht wurden.

Die Wau Luxury Lodge stellte sich als teuer heraus – sie bevorzugten US-Dollars oder Euros –, und der europäische Besitzer musterte Kamal mehrmals von Kopf bis Fuß, ehe er seinen Namen auf das Anmeldeformular schrieb. Doch das Hotel bot willkommenen Komfort, einschließlich getrennter

Zimmer, weicher Betten und frischer Leintücher. Es gab sogar einen Swimmingpool, der über den Jur blickte, wobei das Wasser so aussah, als wäre es direkt aus dem Fluss gepumpt worden. Weihnachtssternbüsche und rosafarbene Geranien verliehen der kleinen Bar eine unpassend fröhliche Ausstrahlung – angesichts der von Narben gezeichneten Kriegsumgebung –, doch Gabriel war froh, eine Weile dem Schein erliegen zu dürfen. Die Wirklichkeit in Afrika erwies sich immer mehr als eine zermürbende Angelegenheit.

Die Luft war heiß, doch nicht so schwül wie in Juba und Rumbek. Die Hitze fühlte sich sauberer und erträglicher an. Sein Zimmer stellte sich als kühl und nach südsudanesischem Standard als sehr groß heraus. Ein Deckenventilator ließ die Luft zirkulieren, und es gab sogar ein eigenes kleines Badezimmer. Gabriel zog sich bis auf seine Unterhose aus und inspizierte seine geschwollenen Füße mit den sich abschälenden Zehen. Die Haut löste sich in dicken Stücken, und das Fleisch hatte eine ungesund dunkelrote Farbe. Er musste sich dringend eine Salbe in der Stadt besorgen.

Nachdem er ein Handtuch aus dem Bad genommen hatte, ging er durch den Unterhaltungsbereich zum Pool. Kamal saß bereits im Schatten eines Sonnenschirms, noch immer angekleidet und ungewaschen. Er wirkte so unbeeindruckt wie meist. Mit einer Reihe wütender Gesten gab er Gabriel zu verstehen, dass er nicht schwimme.

Das Wasser im Becken war lauwarm und verschlammt, es roch auch stark nach Chlor, dennoch fühlte sich Gabriel belebt. Manchmal ging er im Hallenbad der Universität zum Schwimmen, doch das hier war etwas ganz anderes. Die Hitze der Sonne, die Nähe des langsam dahinfließenden Flusses und der Geruch der Rinder, der in der Luft lag, machten dieses Erlebnis zu etwas wesentlich Exotischerem. Er fragte sich, wie er jemandem zu Hause davon erzählen sollte – von diesem Gefühl der Entwurzelung und der gleichzeitigen Aufregung, das seine Sinne auf bisher unbekannte Weise ansprach. Und wem würde er es schildern? Dieser Gedanke beunruhigte ihn, während er sich Wasser über die Schultern spritzte. Wer war da und wartete auf seine Rückkehr, freute sich darauf, seine Geschichten zu hören, seine Erlebnisse mit ihm zu teilen? War Brian Hargreaves der Einzige, der ihm noch geblieben war? Ihm wurde bewusst, dass er seit Tagen nicht an Jane gedacht hatte. Seine Frau – und sein Leben in Bristol – kamen ihm unwahrscheinlich weit entfernt vor.

Alek tauchte aus ihrem Zimmer auf. Sie trug einen schwarzen BH und ein schwarzes Höschen. Das Handtuch hatte sie über eine Schulter und den Arm gehängt. Gabriel fand sie schmerzhaft dünn, als ob ihre Glieder allein durch das Gehen jeden Augenblick zu brechen drohten. Er versuchte das Traumbild von ihr in dem blühenden Feld abzuschütteln. Zum ersten Mal, seit er sie kannte, wirkte sie ein wenig schüchtern und hatte den Blick abgewandt. Sie ließ das Handtuch auf den Boden gleiten und hechtete ohne zu zögern in den Pool, wobei sie wie ein knorriger Zweig aussah, der ins Wasser fiel. In dem Moment, kurz bevor sie untertauchte, sah sie Gabriel an und bemerkte, dass er sie beobachtete. Etwas an ihrem Oberarm, über dem das Handtuch drapiert worden war, schien nicht zu stimmen. Er sah dort vernarbte Haut und eine seltsam unstimmige Form des Arms oder der Muskeln. Dann war sie untergetaucht.

Sie kam genau an der Stelle wieder hoch, wo sie hineingeglitten war, und ließ das Wasser von ihrem Gesicht tropfen, ohne sich die Augen zu wischen. Beide verweilten an den entgegengesetzten Enden des kleinen Beckens, wohl in Sorge, sich aus Versehen berühren zu können. Alek hielt ihren Körper unter Wasser, sodass man nur ihren Kopf sehen konnte und wie sie kleine Kreise über die Oberfläche blies.

»Es gefällt mir hier. Danke.«

Zum ersten Mal bedankte sie sich bei ihm für irgendetwas – wobei es auch das erste Mal war, wie er zugeben musste, dass er an ihre Bedürfnisse gedacht hatte. Er nickte, eine einfache Geste, um dem Moment nichts zu rauben. Doch sie tauchte schon wieder und rieb sich dabei ihre Haare, um den Staub der Reise zu entfernen. Gabriel war versucht, sein Gesicht ebenfalls unterzutauchen, um sie zu beobachten, als ob sie ein seltener Fisch wäre. Stattdessen nutzte er die Gelegenheit und stieg aus dem Becken. Er war sich der leuchtenden Weiße seiner Haut ebenso unangenehm bewusst wie des dicklichen mittelalterlichen Bauchs, der jetzt in einem kleinen Wulst über seine Badehose quoll. Hastig wickelte er das Handtuch um sich.

Ein junger Barkeeper stand regungslos hinter der Theke, als ob er den kleinen Kühlschrank mit der Glastür und der überschaubaren Auswahl an Bieren bewachte. Gabriel bestellte ein Heineken. Er hatte aus dem Vorfall in Bristol seine Lehre gezogen und bot Kamal nichts an. Als er sich mit geöffneter Flasche dem Pool zuwandte, musste er zu seiner Enttäuschung feststellen, dass er bereits leer war. Nasse Fußabdrücke auf dem Boden zeigten, dass Alek offenbar in ihr Zimmer zurückgekehrt war.

Er wandte sich wieder dem Barkeeper zu. »Geht es Ihnen gut?«

»Ja, danke. Und Sie kommen aus Juba?« Das Gesicht des Mannes wirkte freundlich und hatte keine Narbenverzierungen. Doch die Jugend schien aus seinen Augen verschwunden zu sein. »Hier ist es besser als in Juba. Hier gibt es keinen Ali Baba.«

»Ali Baba?«

»Ali Baba. Diebe. In Wau gibt es keine Diebe.«

Gabriel lachte über den Bezug, aber die Miene des jungen Mannes blieb ernst. »Dann mögen Sie es in Wau?«, wollte Gabriel wissen. »Wurden Sie hier geboren?«

Der Mann schüttelte den Kopf. »Ich wurde von der Armee hierhergebracht. Mit acht haben mich die Soldaten verschleppt, aus meiner Schule, in den Busch zum Kämpfen. Sieben Jahre lang. Als wir fertig waren, haben sie mich hiergelassen. Es ist nicht so schlecht.«

Der Mann erzählte das alles ohne sichtbare Emotion. Eine einfache Geschichte der Kindheit, erzählt und abgeschlossen. Gabriel war zu fassungslos, um antworten zu können. Der Barkeeper kehrte zum Spülen einiger Gläser zurück, da er offenbar das Schweigen des Gastes als Zeichen verstand, dass die Unterhaltung zu Ende war.

Alek tauchte wieder auf, in einem frischen Kleid, rubbelte sich die kurzen Haare mit einem Handtuch trocken. Gabriel war sich unsicher, ob er ihr etwas zum Trinken anbieten sollte oder nicht. Sie warf einen Blick auf das Heineken und bemerkte das Zögern in seiner Miene.

»Wir dürfen im Südsudan jetzt wieder trinken«, erklärte sie ihm. »Wir sind nicht mehr dem Norden ausgeliefert. Oder Ihren männlichen Vermutungen. Ich nehme auch ein Heineken. Danke.«

Gabriel bestellte noch ein Bier. Er fühlte sich zwar getadelt, aber auch erleichtert ob ihrer Direktheit. Sie nahm die Flasche entgegen und trank einen so großen Schluck, dass beinahe das halbe Bier weg war. Dann saßen sie da und blickten auf den

Fluss hinaus. In der Mitte tanzten drei dunkle Formen hin und her. Wenn eine größere Welle kam, spülte sie Wasser über sie. Nach einer Weile rollte eine zur Seite, und Gabriel wurde klar, dass er gerade zum ersten Mal ein Nilpferd in freier Wildbahn beobachtete. Er wollte das gerade kundtun, da begann Alek ohne Vorwarnung, eine Geschichte zu erzählen, als ob sie sich bereits mitten in einem Gespräch befänden.

»Einmal hat einer meiner älteren Brüder erklärt, ich hätte Augen wie eine Katze. Ich war etwa zwölf Jahre alt. Das war kurz bevor ich ins Lager ging. Mein Vater lebte damals noch bei uns, auch wenn wir ihn nicht oft sahen. Er war Brigadegeneral der Sudanesischen Volksbefreiungsbewegung und häufig unterwegs. Ich glaube, er dachte, wir wären sicherer, wenn er nicht bei uns wäre. Aber ich habe ihn jeden Tag vermisst. Ich hasste die Soldaten, alle Soldaten, denn sie waren es, die ihn uns weggenommen haben. Merkwürdig, dass mein Vater diese Kriegszeit überlebt hat, nur um dann in Friedenszeiten umzukommen ...«

»Ihr Vater überlebte den Krieg?«

»Ja, aber inzwischen ist er tot. Seit ein paar Monaten. Er wurde getötet. Ermordet. Und meine Nichte auch.«

»Von wem? Ich meine, wie?«

Alek zuckte mit den Achseln. »Irgendeine Bombe. In so kleine Teile zerfetzt, dass wir sie nicht identifizieren oder sie richtig beerdigen lassen konnten. Adama war noch ein kleines Mädchen.«

»Verstehe«, sagte Gabriel, obwohl er in Wahrheit nicht verstand. »Warum?«

»Man sollte annehmen, die UN würde eine solche Frage stellen«, erwiderte Alek bitter. »Ich versuche sie seit Monaten dazu zu bringen, eine Untersuchung einzuleiten. Das ist ein

Bruch der Menschenrechte. Aber man erklärt mir immer wieder, dass es eine interne Polizeiangelegenheit sei.«

»Und deshalb will man Sie loswerden?«

»Deshalb will man mich loswerden.«

»Verstehe.« Es war eine hoffnungslos unpassende Antwort, aber Aleks Schilderung hatte ihn derart sachlich angemutet, dass er keine Möglichkeit für tröstende Worte sah.

Als ob sie sein Unbehagen spüren würde, wechselte Alek das Thema. »Darum ging es mir jetzt gar nicht. Ich wollte Ihnen von meinem Bruder erzählen. Mein Bruder sagte, meine Augen seien groß und rund wie bei einer Katze. Man könne überall das Weiße sehen. Das war sehr gemein. Ich wurde wütend. Aber ich tat nichts. Er erwartete, dass ich hinter ihm herjagen würde. Oder ihm eine Ohrfeige geben. Aber Mama war da und meinte, es sei nicht richtig für ein Mädchen, seinen Bruder oder irgendeinen Jungen zu schlagen, und dass sie ihre Töchter nicht für so etwas erzogen habe.«

Sie erzählte eine amüsante Geschichte über Geschwisterrivalitäten – von einem Bruder, der die Gewieftheit seiner Schwester unterschätzte, von einer jungen Alek, die abwartete und sich darüber freute, ihn auszutricksen. »Er glaubte, dass ich als Mädchen nichts machen würde«, erläuterte sie lachend, während sie an glücklichere Zeiten dachte.

Es wäre eine einfache Kindheitserinnerung gewesen, wenn es nicht diese ständigen Hinweise auf den Krieg und seine Auswirkungen gegeben hätte – das Umfeld der Kinder zerstört von den Folgen des Konflikts zwischen den Erwachsenen. Gabriel faszinierte die Geschichte, außerdem verstand er zum ersten Mal, wie jung Alek tatsächlich noch war. Und auf andere, wichtigere Weise, wie alt.

»Ich wartete ab, bis der richtige Zeitpunkt kommen würde

und er glaube, alles sei vergessen. Als schließlich die Bombardierung aufhörte«, meinte Alek wie nebenbei, »kehrten wir zu den Feldern zurück, um zu versuchen, die Pflanzen wieder zu setzen, die verbrannten Blätter wegzuräumen und das tote Saatgut durch neues auszutauschen. Eines Tages arbeiteten wir also so auf dem Feld. Mein Bruder steckte die Samen in die Löcher, die meine kleine Schwester gebohrt hatte. Sie lief mit einem Stock, den meine Mutter ihr geschnitten hatte, damit sie wusste, wie tief sie ihn in den Boden stoßen musste. Mein Bruder folgte ihr und beugte sich immer wieder vor, wobei ihm der Schweiß von der Nasenspitze tropfte. Er wandte sich weg von mir, und ich musste zur Seite treten. Doch er dachte sich nichts dabei. Ich sagte: ›Du siehst wie eine Kuh aus, wenn deine Nase so auf den Boden tropft.‹ Dann schlug ich ihn mit der Hacke auf den Hinterkopf. Er schrie und weinte und rannte vom Feld, während er sich den Kopf hielt. Und meine Schwester und ich lachten und lachten und lachten, fielen auf den schlammigen Boden, zeigten auf ihn und lachten wieder. Da verstand er: Ich würde mir nichts gefallen lassen. Man kann mich nicht einfach so beleidigen, und es passiert nichts.«

Gabriel sah sie ein wenig schockiert an. »Aber …«

»Es war der flache Teil der Hacke«, entgegnete sie aufgebracht. »Und es hat nur ganz wenig geblutet.«

VIERZEHN

Arztpraxis, City Road, London

»Panikattacke? So ein Scheiß!«

Bartholomew zuckte zusammen, als er unabsichtlich im Zorn auf das Ergebnis seiner – schmerzhaften – Darmtätigkeiten verwies.

»George, das war kein Herzinfarkt.« Sein Allgemeinarzt behielt einen ruhigen, mitfühlenden Blick bei. »Ein Myokardinfarkt hat ganz bestimmte Symptome und hinterlässt spezifische Anzeichen. Allein schon Ihre Blutergebnisse sprechen dagegen. Dieser Vorfall war schlichtweg eine Reaktion auf den Stress, den Sie mit sich herumschleppen. Ihr Blutdruck ist wieder gestiegen. Sie schwitzen, sind angespannt, können sich nicht konzentrieren. Das sind alles Zeichen von Stress. Und Ihrem Darm wird das auch nicht guttun.« Maurice legte eine beruhigende Hand auf die Schulter seines Patienten, als er dessen erkrankten Verdauungstrakt erwähnte.

Nach Bartholomews »Vorfall« – wie Maurice das Ganze immer wieder nannte – auf der Horse Guards Avenue war er mit dem Krankenwagen in die Notaufnahme des Royal London Hospital in der Whitechapel Road gebracht worden. Ein beunruhigend junger indischer Arzt hatte seinen Zusammenbruch als Angstattacke abgetan und Bartholomew erklärt, er solle sich ausruhen und »es locker nehmen« – was auch immer das in der Welt militärischer Verteidigung und Spionage bedeuten mochte. Obwohl Bartholomew weiterhin verwirrt war, entließ man ihn bald, und er ging voller Furcht aus dem Krankenhaus, da er glaubte, dass sein Herz jeden Moment nicht mehr funktionieren würde. Er war direkt zu Maurice gefahren und dort in dessen Wartezimmer gestürmt.

Doch nach einer ersten Untersuchung bot Maurice ihm wenig Beruhigung. »George, es tut mir leid, aber ich kann dem jungen Assistenzarzt nicht widersprechen.«

»Es locker nehmen? Das war seine medizinische Schlussfolgerung! *Es verdammt noch mal locker nehmen?* Meine Karriere geht gerade den Bach runter, mein Herz gibt seinen Geist auf. Mein Körper schwankt zwischen Zement und Wasser in meinen Eingeweiden. Mein Gott, Maurice!«

Maurice rief seine Praxishelferin, bestellte Tee und bat sie, ihn bei den wartenden Patienten für die Verzögerung zu entschuldigen. Dann setzte er sich hinter seinen Schreibtisch und musterte den Generalleutnant über seine gefalteten Hände hinweg.

»George, ich möchte, dass Sie das verstehen. Sie leiden unter *extremem* Stress und *extremer* Angst. Das kann genauso gefährlich wie ein Herzinfarkt sein. Es ist nichts, was wir ignorieren dürfen. Aber letztlich hängt es von Ihrer Mitarbeit ab. Ich kann Ihnen Angstlöser verschreiben, die helfen Ihnen kurzfristig, doch langfristig gesehen … Nun, wir müssen Ihre Stressfaktoren identifizieren und einen Weg finden, sie zu reduzieren oder zu kontrollieren.«

Bartholomew beruhigte sich ein wenig durch Maurices besänftigenden, väterlichen Tonfall. Obwohl sein Arzt nur wenige Jahre älter als er war, hatte er seine Ratschläge immer geschätzt. Doch jetzt verspürte er einen leisen Zweifel. Etwas wurde übersehen. Etwas Schwerwiegendes lag in der Luft, das merkte er deutlich.

»Ich weiß nicht, Maurice. So einfach ist das nicht, verdammt. Nicht bei meiner Art von Arbeit.«

Da sprach Maurice das Unvorstellbare aus. »Ich denke, dass ein paar Psychotherapiestunden ausgesprochen hilfreich wären, George. So könnten Sie viel besser herausfinden, woher Ihr Stress rührt. Und sich jemand anderem mitzuteilen, …«

»Psychotherapie? Maurice, das darf nicht Ihr Ernst sein! Mein ganzes Leben wurde mir beigebracht, mich niemand anderem mitzuteilen. Ich bin von Spionen und Soldaten umgeben. Ich kenne Geheimnisse, die unsere Regierung in die Knie zwingen könnten. Ich habe Angst davor, dass ich aus Versehen im Schlaf etwas ausplaudere. Und Sie schlagen vor, ich soll mit einem Therapeuten über meinen Stress reden? Das wird nicht funktionieren, Maurice. Nie im Leben.«

Maurice schnitt eine Grimasse, widersprach seinem Patienten aber nicht.

»Außerdem, wenn das Verteidigungsministerium davon Wind bekommen würde, dass ich privat einen Psychofritzen aufsuche – dann nimmt man mir garantiert meinen Job weg. Ich darf denen nichts gegen mich in die Hand geben, Maurice. Nicht jetzt.«

»Nun, George, es alles in sich hineinzufressen, wird auch nicht helfen. Was Sie heute Vormittag erlebten, war nur ein Vorgeschmack. Sie bereiten den Boden für eine schreckliche Ernte, mein Freund. Gibt es denn keine Möglichkeit, dass Sie sich Urlaub nehmen können oder so etwas?«

Was sollte er da tun, fragte sich Bartholomew. Urlaub war etwas, wovor er sich fürchtete. Die leeren Stunden, das Fehlen jeglicher Produktivität. Er schaffte es nicht einmal, sich einen Spielfilm anzusehen, ohne ungeduldig zu werden. Und während er fort war, würde Hussein seinen Auftrag einem anderen geben, und Richards würde das Projekt Reaper übernehmen. Er hätte nichts mehr zu sagen. Es war undenkbar.

»Nein, Maurice. Die Dinge sind zu ... diffizil momentan. Für mich und ... allgemein.«

»Ich weiß nicht, was ihr Leute von der Armee den ganzen Tag über macht. Selbst in Friedenszeiten scheint ihr immer unglaublich beschäftigt zu sein. Ich frage mich, was ihr alles aussheckt.« Maurice lächelte, doch Bartholomew hörte den Tadel in seiner Stimme.

»Maurice, es gibt keine Friedenszeiten. Nicht mehr.«

Sein Arzt ließ es damit gut sein. Er verschrieb ein schwaches Beruhigungsmittel und bestand auf einer Woche Krankschreibung. Bartholomew versuchte ihm zu erklären, dass eine Woche zu Hause mit Lilly, die ein ständiges Aufheben um ihn machte, ohne Wissen um die zunehmende Katastrophe, welche seine Laufbahn gefährdete, keine Erholung für ihn bedeutete. Aber Maurice ließ sich nicht davon abbringen. Er lachte, als ob Bartholomew einen Witz gerissen hätte, klopfte ihm wohlwollend auf den Rücken und geleitete ihn aus dem Behandlungszimmer.

Seinem bevorstehenden Untergang entgegen, wie sein Patient befürchtete.

FÜNFZEHN

Unity State, Südsudan

Sie verbrachten den Abend in der Wau Luxury Lodge im Freien, wo sie scharf gewürztes Hühnchen aßen und kaltes Bier tranken. Kamal war in sein Zimmer verschwunden, aber Alek leistete Gabriel Gesellschaft. Sie erzählte ihm weitere Geschichten aus ihrer Kindheit, sie sprachen über Gabriels Forschung und das Leben als Akademiker, das sie zu faszinieren schien. Sie trank wenig und blieb zurückhaltend, was ihre eigenen Enthüllungen betraf, und doch war die Unterhaltung locker, ja sogar charmant. Am nächsten Morgen erwachte er mit dumpfen Kopfschmerzen, aber neuer Kraft. Er machte sich auf die Suche nach einer Apotheke und kehrte schon bald mit einer Salbe für seine Zehen zurück, nachdem er einem verhutzelten Araber seine Pilzinfektion gezeigt hatte. Bewaffnet mit der Antifungizidcreme und mit nachlassenden Kopfschmerzen näherte er sich hoffnungsvoll dem Land Cruiser. Er hatte im Laufe des Abends seine Pläne aufgegeben, nach Juba zurückzukehren. Es kam ihm kontraproduktiv vor, jetzt, da sie schon so weit gekommen waren, umzudrehen. Der Erfolg war nur ein oder zwei Tage entfernt, und er hatte angefangen, sich mit seiner Begleiterin anzufreunden.

»Sehr gut, Mr. Gabriel«, sagte Alek, als er seinen Sinneswandel verkündete. Sie wirkte weder erfreut noch enttäuscht. Kamal hingegen reagierte empört und warf Gabriel einen wütenden Blick zu, als Alek das Ganze für ihn übersetzte.

Es war eine Entscheidung, die Gabriel allerdings schon bald bereute. Sobald sie nämlich für einen Tee in Gogrial, der nächsten Kleinstadt am Ufer des Flusses Jur, anhielten, mussten sie sich einer neuen Herausforderung stellen.

Hier schien ein Ausnahmezustand zu herrschen. Auf der Straße gab es kaum Leben, und die Rinder bewegten sich träge in ihren Pferchen. Männer hockten auf niedrigen Stühlen, die Bärte grau, fast alle mit muslimischen Gebetskappen. Eine riesige Maulbeerfeige mit Unmengen von Früchten an den Ästen schenkte ihnen Schatten. Nur eine Frau, die mit einem zusammengebundenen Bündel langer Gräser die Gegend um ihren Teestand fegte, verlieh der Szene einen gewissen Schwung. Ein leuchtend violetter Schal bedeckte ihren Kopf und ihren Nacken.

Sobald Kamal den Wagen angehalten hatte, erklärte er, dass er nicht weiterfahren würde. Er drückte Alek den Autoschlüssel in die Hand, woraufhin eine erhitzte Diskussion zwischen den beiden entflammte. Speichel sammelte sich in den Mundwinkeln des Fahrers. Überrascht stand Gabriel neben der Teefrau, die mit dem Fegen aufgehört hatte und nun die Auseinandersetzung mit Interesse verfolgte.

Einer der sitzenden Männer schien Kamals Sicht unterstützen zu wollen, wenn er auch wenig Enthusiasmus zeigte. Alek fuhr ihn wutentbrannt an. Der Mann schüttelte den Kopf. Es gefiel ihm offenbar nicht, von einer Frau zurechtgewiesen zu werden. Doch er sagte nichts weiter. Alek schwitzte und keuchte, als sie schließlich zu Gabriel mit einer Lösung trat. Wie er bereits befürchtet hatte, würde Kamal nur weiterfahren, wenn er erheblich mehr Geld im Voraus bekam. Gabriels Vorrat begann zu schwinden, und seiner Einschätzung nach hatten sie erst etwas über die Hälfte ihrer Reise zurückgelegt.

Aber Kamal ließ sich nicht umstimmen. Er setzte sich zu den Männern vor dem Teestand und signalisierte so seine Entschlossenheit.

»Warum macht er sich plötzlich solche Sorgen? Er wusste doch die ganze Zeit, wohin wir wollen. Was ist jetzt anders?«

»Wir stehen kurz vor Unity State«, erwiderte Alek, ohne Gabriel in die Augen zu sehen. »Dort hat es neulich einige Kämpfe gegeben. Aber alle weiter im Norden. Nicht in dieser Gegend.«

Gabriel runzelte die Stirn. Er konnte sich nicht erinnern, dass sie ihre Reise durch Unity State führen sollte. Wau befand sich in Warrap State, und von dort aus sollten sie in der Nähe der Stadt Aweil den Staat Northern Bahr al-Ghazal erreichen. Er zog seine Landkarte aus der Tasche und verfolgte mit dem Finger die Route. Wenn sie jetzt in Gogrial waren, dann hatten sie einen Umweg von der Straße nach Aweil gemacht. Sie fuhren in Richtung Norden anstatt in Richtung Westen. Etwas stimmte nicht.

»Was ist hier los, Alek? Warum haben wir unseren Kurs verlassen?«

Kamal schien seine Fragen zumindest teilweise zu verstehen, denn er nickte heftig und gestikulierte in Aleks Richtung. Das Geplauder der Teetrinker schwoll an.

»Wir fahren heute Abend nach Bentiu«, erwiderte sie. »Dort werden wir übernachten. Es gibt da ein Fernfahrerhotel, wo wir schlafen können. Hier in der Gegend sind keine Übernachtungsmöglichkeiten, also fahren wir dorthin.«

Gabriel studierte die Landkarte. Bentiu lag mindestens hundertfünfzig Kilometer nach Norden, und man musste den Windungen des Flusses in den nördlichsten Teil des Südsudan folgen. Auf der Karte war die Grenze zum Sudan mit dramatischen pinken und roten Linien gekennzeichnet. Anvisiert hatte er Safaha, um von dort zu seinem Feldforschungsort zu gelangen. Bentiu war ganz woanders.

»Schauen Sie sich Ihre Karte genau an«, meinte Alek. »Zeigen Sie mir einen einzigen Ort, wo man zwischen Wau und Raga übernachten kann. Sehen Sie, es ist alles offenes Land. Da gibt es nichts.« Sie wischte über die Landkarte und schlug sie ihm so aus der Hand. Als sie die Karte aufgehoben und den roten Staub abgeschüttelt hatte, breitete Alek sie wieder auf der Kühlerhaube des Land Cruiser aus. Gabriel betrachtete die Karte erneut. Alek hatte recht. Es gab kaum einen Ort entlang der Straße. Und sie kamen viel zu langsam voran für seine ursprünglichen Übernachtungsplanungen.

»Wir hätten einfach nach Bentiu fliegen können, Alek. Und hätten uns so zwei Tage auf der Straße gespart!«

»Schon. Aber dann hätten wir kein Fahrzeug gehabt. Wohin Sie wollen, kann man nur mit einem Land Cruiser kommen.«

Sie hatte auf alles eine Antwort. Und doch fühlte er sich getäuscht. »Ich verstehe nicht, warum Sie mir das jetzt erst sagen. Und auch Kamal.«

Der Fahrer blickte zustimmend auf. Gabriel fragte sich nicht zum ersten Mal, wie viel Englisch er tatsächlich verstand.

»Ich bin derjenige, der Sie bezahlt«, protestierte Gabriel. »Ich muss wissen, wofür ich bezahle. Sie können nicht einfach eigenmächtig Entscheidungen treffen, ohne vorher mit mir darüber zu reden.«

Alek sah ihn trotzig an. Der ganze Charme vom letzten Abend war verschwunden. Sie brüllte Kamal wütend etwas zu, der sich von seinem Sitz erhoben hatte, um an der Auseinandersetzung teilzunehmen. Er wich zurück, sein Geld in den Händen. Der Boden um ihn herum lag voller gelbroter Kugeln von der Maulbeerfeige, und der Geruch der faulenden Früchte hing süß-säuerlich in der heißen Luft.

»Kommen Sie mit«, sagte Alek, nahm Gabriel am Arm und zog ihn in den kleinen Teestand aus Blechwänden. Ein junger Mann war dort mit den Wasserkesseln beschäftigt, die über einem kleinen Kohlenfeuer standen. Gabriel setzte sich erwartungsvoll hin. Doch Alek bestellte nur Tee bei dem Mann und schwieg dann. Offenbar brauchte sie Zeit, um sich zu sammeln, denn sie schaukelte nachdenklich auf dem Stuhl hin und her. Erst als der Tee kam und der junge Mann zu seinen Kesseln zurückkehrte, begann sie wieder zu reden. Ihre Augen schimmerten, und sie hielt den Kopf sehr still, Gabriel direkt zugewandt.

»Bentiu ist ein guter Ort, um dort die Nacht zu verbringen. Das stimmt, und da habe ich Sie nicht angelogen. Aber ich habe Ihnen nicht alles gesagt.«

Gabriel merkte, wie sich sein Magen verkrampfte, und er stellte seinen Tee ab. Plötzlich verursachten ihm die klebrige Süße des Milchpulvers und der viele Zucker Übelkeit. Er hatte noch immer gewisse Zweifel seiner Begleiterin gegenüber, auch wenn sich ihre Beziehung allmählich verbesserte. Nun war er erneut voller Misstrauen.

»Da ist ein Ort in der Nähe von Bentiu. Meine Mutter liegt dort begraben. Ich bin seit Langem nicht mehr an ihrem Grab gewesen. Ich habe die Route über Bentiu gewählt, damit ich ihr Grab besuchen kann. Das ist der wahre Grund. Und es tut mir leid, dass ich Sie nicht von Anfang an gefragt habe, aber ich hatte Angst, Sie würden ablehnen. Von Bentiu ist die Straße nach Westen gut ausgebaut, und wir werden Ihre Pflanze innerhalb eines Tages finden. Ich verspreche Ihnen, dass wir nicht noch mehr Zeit verlieren.«

Es war eine dermaßen schlichte, zutiefst menschliche Bitte, dass Gabriel vor Erleichterung beinahe gelacht hätte. Sie weinte nicht, aber ihre Miene spiegelte deutlich ihre Verzweiflung wider. Seit er sie kennengelernt hatte, war sie ihm noch nie so verletzlich erschienen. Er streckte eine Hand aus und umfasste ihr Handgelenk, spürte die zarten Knochen unter einer seidigen, trockenen Haut.

»Danke«, sagte sie, da sie seine Zustimmung erkannte, ehe er sie ausgesprochen hatte.

Es war ein kurzer Austausch. Seine Hand lag auf ihrem Arm, sie hatte die Augen mit einem dankbaren, beinahe gütigen Blick auf ihn gerichtet. Dann erhob sie sich. Den Tee hatte sie bis auf den letzten Rest unaufgelösten Milchpulvers am Grund des Glases ausgetrunken. Sie bellte Kamal einen Befehl zu, und wenige Minuten später saßen alle wieder im Auto.

Nach ihrer Unterhaltung war Alek nun heiterer, geradezu redselig. Sie zeigte auf die Maulbeerfeige, als sie losfuhren. »*Jumeiz*«, erklärte sie. »Es heißt, dass Juden sie aus Palästina hierhergebracht haben. In Äthiopien wachsen sie überall. Wie viele Dinge, die Ausländer eingeführt haben, sieht auch dieser Baum hoffnungsvoll aus, ist aber nutzlos. Man kann die Früchte nicht essen. Sie vergammeln nur und beginnen zu stinken.«

Gabriel hörte, wie die Reifen knirschend über die Schoten rollten. Der Geruch der faulen Früchte ließ ihn beinahe würgen.

»Einmal hat mich der Baum allerdings gerettet. Vor den Lagern gab es einen jungen Mann, der an mir interessiert war. Er kam zu Besuch, und ich zog eine kurze Hose über, wie ein Junge, um mich dann in der Maulbeerfeige zu verstecken. So sah ich wie einer meiner Brüder aus – als ob ich nach den

Vogeleiern suchen würde. Ich erklärte den Kindern, dass ich sie mit den verfaulten Früchten bewerfen würde, wenn sie mich verrieten. Er hat mich nie entdeckt, selbst als er direkt unter mir stand.«

Gabriel stellte sich ihre langen dünnen Beine vor, wie sie von dem Baum baumelten. Ihre Geschichten aus der Kindheit hatten etwas Beruhigendes – obwohl es immer die Einschränkung »vor den Lagern« gab.

Auch Kamal schien die Diskussion am Teestand vergessen zu haben. Er war durch das Geld in seiner Tasche beschwichtigt und fuhr zügig dahin, ließ ein Dorf nach dem anderen hinter sich. Die Gegend war trockener und die Straßenoberfläche härter, wenn auch teilweise weiterhin mit tiefen Furchen durchzogen. Nach einer Weile wurden es weniger Siedlungen, die bestellten Felder verwilderten, Unkraut überwucherte die Nutzpflanzen. Die Stimmung im Land Cruiser schien sich wieder zu ändern, je leerer die Landschaft wurde. Gabriel bemerkte einen ausgebrannten Armeelastwagen, der hinter Büschen versteckt war, die Plane über der Ladefläche zerfetzt. Auch Kamal starrte dorthin und wandte so die Augen für eine gefährlich lange Zeit von der Fahrbahn ab. In sich versunken murmelte er etwas vor sich hin.

Gabriel schloss die Augen und versuchte zu dösen. Doch sein Kopf schlug immer wieder gegen den Sitz, und er spürte das Drahtgeflecht unter der dünnen Schaumstoffpolsterung. Fliegen landeten direkt unter seiner Nase und in seinen Augenwinkeln auf der Suche nach Feuchtigkeit. Gerade als er abzudriften begann, hörte er Aleks Stimme, die beunruhigt den Fahrer warnte. Das Auto wurde langsamer, und Gabriel öffnete die Augen. Er sah, dass sie sich einer großen Straßensperre durch das Militär näherten.

Die Sperre war kurz vor einer kleinen Brücke aufgestellt worden. Die sich verengende Straße ermöglichte es den Soldaten, den Weg völlig abzuriegeln. Ein Kampfwagen parkte im rechten Winkel, das Maschinengewehr auf sie gerichtet. Es gab ein großes khakifarbenes Zelt mit Tischen und Stühlen sowie ein weiteres größeres Zelt, das als Schlaflager benutzt zu werden schien. Eine hohe Antenne stand auf einer Lichtung, von allen Seiten aus an Bäumen festgezurrt. Die Männer in Militäruniformen trugen ihre AK-47er mit beunruhigender Lässigkeit. Mehrere LKWs parkten neben der Straße. Auf einer Ladefläche sah man den Lauf eines Flakgeschützes, der in den Himmel zeigte. Das war offensichtlich keine gewöhnliche Verkehrskontrolle, wie sie diese bereits erlebt hatten.

Ein junger Soldat stand in der Mitte der Straße. Er wedelte mit seinem Sturmgewehr dem heranrollenden Auto entgegen und deutete zu einer gerodeten Stelle neben der Fahrbahn. Diesmal würde ein Lächeln nicht helfen, um rasch durchzukommen. Kamal steuerte das Auto zur Seite, fuhr auf den angewiesenen Platz und schaltete schicksalsergeben den Motor ab. Niemand trat zu ihnen. Gabriel begriff. Man erwartete, dass sie von sich aus das Zelt aufsuchen würden, um sich irgendwelchen Befragungen zu stellen. Er nahm seine Tasche mit Pass und Geld und marschierte an den Soldaten vorbei zu dem Zelt. Der junge Mann, der sie angehalten hatte, ignorierte ihn und starrte stattdessen aufmerksam auf den Verlauf der Straße. Unter den Soldaten, die neben dem Zelt standen, herrschte spürbare Nervosität. Einen Moment lang richteten sie ihre Blicke auf den Fremden, doch dann wandten sie sich ab und schauten in den Busch hinüber. Während der vergangenen zwei Tage hatte Gabriel allmählich die Angst verloren, die er empfunden hatte, als sie aus Juba abgereist waren, da die schiere Anstrengung der Fahrt all seine Furcht gedämpft hatte. Jetzt kehrte sie zurück – die Unruhe darüber, dass er sich jenseits jeglicher Hilfemöglichkeiten befand, Menschen ausgeliefert, die er nicht verstand und die sich keine Mühe mit ihm machen mussten.

Im Inneren des Zeltes war es heiß und düster, obwohl der Eingang aufgeklappt war, um möglichst viel natürliches Licht hereinzulassen. Es roch nach abgestandenem Rauch, menschlicher Aktivität und etwas wie Lack. Ein dünner Mann mit sehr dunkler Haut und einem Menjoubärtchen saß hinter einem Tisch mit einem Radioempfänger. Hinter ihm in der Dunkelheit des Zelts befanden sich drei weitere Soldaten, die sich über eine umgedrehte Kiste beugten, ihre Gewehre auseinandergenommen vor ihnen. Was Gabriel gerochen hatte, war Waffenöl, das mehrere alte Lampen durchtränkte, mit denen die Männer ihre Läufe polierten. Lose neben ihnen lagen die Geschosse und erinnerten seltsam an die Körper von Heuschrecken.

Der Soldat hinter dem Tisch betrachtete lustlos Gabriels Pass und bat weder Alek noch Kamal um die ihren. Er wandte seine Aufmerksamkeit dem Fahrer zu, der viel zu erzählen hatte, wobei er rasch und lebhaft redete. Alek schien sich über seine Auslassungen zu ärgern und versuchte sich einzumischen, erfolglos. Gabriel verstand auf einmal, dass Kamal die Gelegenheit der Straßensperre nutzen wollte, um ihre Reise Richtung Norden doch noch abzubrechen, während Alek entschlossen war, ihm bei diesem Vorhaben einen Strich durch die Rechnung zu machen. Gabriel merkte, wie hin- und hergerissen er selbst war. Er verließ das Zelt, seine Stirn bereits schweißüberströmt. Ein weiteres Auto traf ein und kam wackelnd in einer Staubwolke zum Stehen. Der Fahrer schien die Soldaten zu kennen, man begrüßte sich. Kurz darauf durfte der Wagen weiterfahren, die alte Kupplung knirschte beim Gangwechsel, ehe das Auto schneller wurde. Hinter ihm hörte Gabriel, wie Alek mit schriller Stimme widersprach. Der Offizier brüllte sie an.

Dann stürmte sie an Gabriel vorbei aus dem Zelt. Ihr Körper krümmte sich wie der einer aufgebrachten Peitschennatter.

Der Offizier winkte Gabriel wieder herein. »Sie können nicht weiterfahren. Al Babr ist jetzt im Norden. Sie müssen hier umkehren.«

Kamals Kopf hörte endlich zu nicken auf. Etwas in der Miene des Fahrers machte Gabriel wütend – dieser Blick eines geheimen Einverständnisses, selbstzufrieden, weil er die beiden überlistet hatte.

»Bitte warten Sie draußen, Kamal«, sagte Gabriel. Die Augen des Fahrers wurden schmal. Er begann zu protestieren, doch Gabriel unterbrach ihn und bedeutete ihm, dass er gehen solle. »Ich möchte allein mit dem Herrn sprechen. Bitte lassen Sie uns einen Moment allein.«

Kamal verließ murrend das Zelt. Gabriel überraschte seine eigene Entschlossenheit. Er bemerkte, dass ihn der Offizier nun genau musterte.

»Falls Sie vorhaben sollten, mir Geld anzubieten, würde ich Sie bitten, das bleiben zu lassen. Ich will kein Geld von Ihnen.«

Gabriel ließ seine Tasche auf den Boden sinken.

»Wir sind Soldaten, keine Polizisten«, fügte der Offizier mit einer gewissen Schärfe hinzu.

»Ich hatte nicht vor, Sie zu bestechen. Das kann ich Ihnen versichern«, schwindelte Gabriel mit wild pochendem Herzen. Hatte er wirklich vorgehabt, Geld dafür zu bezahlen, dass er diese Reise des Wahnsinns fortsetzen durfte? »Sie haben recht, dass man bei einigen Polizeisperren Geld von uns erwartet hat. Aber das hier ist offensichtlich eine andere Situation.«

»Ja, das ist eine andere Situation.« Der Mann strich sich mit den Fingern seinen Schnurrbart glatt, als ob das genau geschnittene Bärtchen diese Unterscheidung noch stärker unterstreichen würde.

»Was ich Ihnen erklären wollte, ist Folgendes: Ich bin der Verantwortliche für diese … Expedition.« Gabriel wäre es lieber gewesen, wenn ihm ein besseres Wort für ihr Unterfangen eingefallen wäre. »Expedition« klang beinahe kolonial, aber der Offizier schien sich an seiner Wortwahl nicht zu stoßen. »Wir sind zu einer Gegend in Northern Bahr al-Ghazal unterwegs, wo ich Feldforschungen an einer Pflanze anstellen möchte. Ich komme von einer Universität in England, und diese beiden begleiten mich, damit ich die Pflanze finde. Wir sind nur hier, weil wir heute in Bentiu übernachten möchten. Danach werden wir wieder Richtung Südwesten fahren und Unity State verlassen. Darauf gebe ich Ihnen mein Wort.«

Der Mann betrachtete Gabriel schweigend.

»Wir bleiben nur eine Nacht in Bentiu …«

»Ich habe Sie verstanden, mein Freund.« Der Soldat hob eine Hand, um Gabriel zum Schweigen zu bringen. Sein restlicher Körper rührte sich nicht. Dann richtete er sich auf und setzte sich gerade hin. »Geben Sie mir Ihren Pass und Ihre Papiere und warten Sie draußen.«

»Ich habe keine anderen Papiere«, erwiderte Gabriel. »Ich gehöre zu keiner Vereinigung. Ich arbeite auch für keine Kirche. Ich bin Wissenschaftler. Ich bin hier, um diese Pflanze zu untersuchen. In eigener Verantwortung.«

Der Mann sah ihn erneut an. Dann nickte er. »Ich werde Sie hereinrufen, wenn ich eine Entscheidung gefällt habe.«

Gabriel verließ das Zelt. Er achtete nicht auf Kamals finstere Miene, sondern schaute sich nach Alek um. Als er sie auf der kleinen Brücke stehen sah, wie sie auf das Schilf blickte, lief er an den Soldaten vorbei zu ihr hin. Aus dem Augenwinkel bemerkte er mit einer gewissen Unruhe, dass die Männer noch immer die Straße hinunterstarrten.

»Ich habe mit dem Offizier gesprochen«, erzählte er Alek. »Keine Ahnung, ob das etwas bringen wird. Aber er meinte, wir sollen warten.«

Alek zuckte mit den Achseln, ohne den Blick von dem Schilf zu heben. Vögel mit roter Brust flatterten zwischen engmaschigen Nestern hin und her.

»Dieser kleine Fluss ist ein Sinnbild des gesamten Landes«, sagte sie unvermittelt. »Er reicht bis in die Zeiten der Völker zurück, die hier einmal lebten. Er ist ein Teil der Geschichte und der Erzählungen aller. Die Dinka nennen ihn Kiir, was sich auf ihre Vorfahren bezieht. Bei den Baggara hingegen heißt er Bahr al-Arab – der Fluss der Araber. Er bildet die Grenze zwischen den Dinka und den Baggara. Hunderttausende sind hier gestorben. Als wir von Khartum regiert wurden, mussten wir seinen arabischen Namen benutzen, und dieser Name steht auch auf allen Landkarten. Seitdem jetzt Juba und die Dinka herrschen, nennen wir ihn Kiir. Hunderttausende mehr werden sterben, ehe es vorbei ist.« Alek blickte traurig auf das Wasser, auf dessen Oberfläche sich Florfliegen- und Moskitoschwärme tummelten. »Und dennoch ist es weiterhin nur ein Fluss.«

Gabriel stand neben ihr und versuchte zu ergründen, warum er plötzlich verstört war. Weshalb erzählte sie ihm das? Befand er sich in Gefahr? Er hatte bisher noch nie mit körperlicher Gewalt zu tun gehabt. Selbst die Krawalle in Bristol und der Rüpel, der ihm ins Gesicht geschlagen hatte, oder die Szenen der Massaker, die er aus den Nachrichten kannte – nichts davon hatte die intellektuelle Verkrustung aufgebrochen, die seine Gefühle verbarg. Doch hier, umgeben von Buschland, Soldaten und den vielen Verweisen auf den Krieg, entwickelte sich eine instinktive Furcht.

Wie als Antwort auf seine unausgesprochenen Fragen zeigte einer der Soldaten plötzlich in den Himmel und brüllte: »Antonow! Antonow!«

Dieser Ruf hatte eine dramatische Wirkung auf seine Kameraden. Die Männer im Zelt, einschließlich des schnurrbärtigen Offiziers, stürmten heraus und suchten den Himmel ab, der Offizier mit einem Fernglas in Tarnfarben. Die Soldaten auf der Straße hatten die Sperre verlassen und rannten zu den Armeelastern. Sie rissen die Plane von der Ladefläche, und der lange Lauf des Flugabwehrgeschützes schimmerte in der Sonne. Jemand ließ den Fahrzeugmotor an, und der LKW rollte rückwärts in eine bessere Position.

»Oh mein Gott«, stöhnte Gabriel und spürte, wie es in seinen Eingeweiden auf einmal warm und flüssig zu rumoren begann. Kamal lief die Straße hinunter in die entgegengesetzte Richtung, ehe er sich in einen Abflussgraben warf. Gabriel sah sich panisch nach einer ähnlichen Deckung um.

»Weg von der Brücke!«, schrie Alek, die jetzt auch rannte, jedoch über den Fluss zu den Büschen am anderen Ufer.

Gabriel folgte ihr keuchend. Er hätte öfter mit Jane joggen gehen sollen, dachte er vage, während das Blut in seinen Ohren so laut rauschte, dass er bald nichts anderes mehr hörte. Alek lag flach auf dem Bauch nicht weit von der Straße entfernt und reckte den Hals, um in den Himmel hochzuschauen. Gabriel warf sich neben ihr auf den Boden, wobei der Kies und die Steine an seiner Brust und seinen Beinen scheuerten.

»Was zum Teufel ist das?«

»Russische Antonow.« Sie zeigte auf einen Punkt am Himmel in einiger Entfernung vom Horizont. Dort glitzerte etwas Metallisches und verschwand dann, ehe ein weiteres Licht aufblitzte. Die Straße war nun menschenleer. Der Offizier und seine Männer hatten sich versteckt. Nur zwei Soldaten waren bei dem Laster und der Flugabwehr zurückgeblieben, das Rohr hatte man auf das Flugzeug gerichtet. Große schwarze Ameisen krochen über Gabriels Hände. Eine begann sich hinter seinem Ohr umzusehen, bevor es ihm gelang, sie zu zerdrücken. Ein scharfer Geruch stieg ihm in die Nase. Das Metall am Himmel kam näher und verschwand dann im Dunst. Wenn er genau hinhörte, konnte er noch ein fernes Dröhnen hören.

Sie schienen stundenlang nebeneinander zu liegen und warteten schweigend, ob das Flugzeug zurückkam. Die Ameisen attackierten ihn immer wieder, so dass schon bald seine Beine und sein Nacken brannten. Die Steine drückten gegen seine zerkratzte und sonnenverbrannte Haut. War so der Krieg, fragte er sich – eine toxische Mischung aus Langeweile und Panik? Warten, den Atem anhalten, darauf hoffen, dass etwas passiert, beten, dass etwas anderes nicht passiert?

Keiner sprach ein Wort. Dann war es ohne weitere Vorankündigung vorbei.

Die Soldaten tauchten aus den Schatten auf, die Plane wurde über das Geschütz geschlagen, und der LKW tuckerte zurück ins Gebüsch. Einige Männer lachten und zündeten sich Zigaretten an. Die Straßensperre wurde wieder errichtet, als ob nichts geschehen wäre, allerdings bemerkte Gabriel, dass der junge Mann, der sie angehalten hatte, noch immer den Himmel absuchte.

Gabriel und Alek kehrten ins Zelt zurück, wo der Offizier wieder an seinem Platz saß. Das Funkgerät knisterte.

»Ein Transportflugzeug für die UN«, sagte der Mann. Er reichte Gabriel seinen Pass. »Sie können nach Bentiu weiterfahren. Noch einen schönen Tag.«

Sie kamen in Bentiu an, als es dunkel wurde. Dort schien es nur wenige Generatoren zu geben, die Licht für die Nacht erzeugen konnten, und die Stadt war in einen dichten Nebel aus Rauch von offenen Feuern und Paraffinlampen eingehüllt. Erschöpft von den Erlebnissen des Tages und der verbleibenden Anspannung von dem Vorfall an der Straßensperre, sprachen die drei wenig, während sie um ein Feuer saßen. Kamal wirkte besonders schlecht gelaunt, wie er so in seinem Essen stocherte und auf Arabisch vor sich hin murmelte.

Die Flammen zischten, als das Harz in den feuchten Hölzern zu kochen und an den Astenden zu blubbern begann. Der Geruch nach Teeröl war stark, was vielleicht von den umliegenden Zäunen oder dem Holz aus dem Feuer herrührte. In dem seltsamen Licht konnte Gabriel das nicht genau sagen. Zum Abendessen gab es *Nyama choma* – ein fettiges Ziegenfleisch, das über den offenen Flammen gegrillt und mit einem dicken Batzen zerstampftem Maniok serviert wurde. Gabriel war ausgehungert und aß deshalb gierig. Seine Finger klebten vor Fleischsaft und trocknender Stärke. Er bemerkte, wie Alek ihn musterte. Doch sie wandte den Blick ab, ehe er reagieren konnte.

Es gab Momente, da strahlte sie etwas geradezu Königliches aus – wenn das Licht in einem vorteilhaften Winkel auf ihre knochige Herbheit fiel und ihre Gesichtszüge weicher erscheinen ließ. Die wenigen Male, als sich die Anspannung zwischen ihnen löste, hatte Gabriel die Unterhaltung mit ihr genossen und gerne ihren wehmütigen Geschichten gelauscht. Doch die Zweifel in seinem Inneren verschwanden nicht. Ein tief sitzender Egoismus bestimmte ihr Handeln, und ein alternder europäischer Professor würde garantiert nicht den Vorrang gegenüber ihren eigenen Plänen genießen. Sie hatten noch nicht über die Strecke nach Bahr al-Ghazal und Safaha gesprochen, wo die Arabidopsis zu finden war. Seit ihrem ersten Treffen hatte Alek kein Interesse an seiner Feldarbeit geäußert, und er selbst glaubte nur teilweise, was er dem Offizier an der Straßensperre gesagt hatte. Er mochte vielleicht zahlen, aber das gab ihm bloß die Illusion, alles unter Kontrolle zu haben.

Gabriel erhob sich steif und wünschte den beiden eine gute Nacht. Zum Glück war die Fernfahrerunterkunft beinahe leer, und sie hatten jeder ein eigenes Zimmer bekommen. Ohne sich zu waschen, ließ er sich auf dem Campingbett nieder. Seine Füße schmerzten, und sein Körper war klebrig von Schweiß und Sand.

Ihn weckte der morgendliche Ruf des Muezzins, ein melodischer Singsang aus Gebeten von dem angrenzenden Gebäude. Gabriel lag auf seinem unbequemen Bett. Er spürte bereits die Hitze, die durch die Tür kroch, während er dem Muezzin lauschte. Schließlich stand er auf, schmierte die Salbe auf seine Zehen und humpelte hinaus. Im Licht des Morgens war der arabische Einfluss auf die Stadt deutlich zu erkennen. Minarette und die Kuppeln der Moscheen erhoben sich über einfachen Wohnhäusern. Überall gab es arabische Schilder, und die Kleiderordnung war offenbar ganz traditionell.

Das sagte er zu Alek, die neben der Asche des Feuers von der Nacht zuvor saß und an einem Tee nippte.

»Das ist Dar al-Islam«, erklärte sie. »Arabisch war hier überall die Sprache in den Schulen, bis es zur Abspaltung kam.«

»Jetzt scheint es eher UN-Land zu sein«, scherzte Gabriel, als ein weiterer Konvoi aus UNHCR-Fahrzeugen an der Unterkunft vorbeidonnerte und dabei Wolken aus rotem Staub aufwirbelte.

Bentiu wirkte so, als wäre es vorrangig von UN-Blauhelmen bewohnt, die in militarisierten Land Rovern herumfuhren. Von ihrem Standort aus konnte Gabriel die beschädigte El-Salaam-Brücke sehen, die MiG-29-Kampfjets aus dem Sudan im Laufe der Jahre immer wieder bombardiert hatten. Inzwischen wurde sie ständig von einem Flugabwehrgeschütz auf der Ladefläche eines LKWs bewacht. Ein gedrungener UN-Armeewagen mit sechs Rädern und einem Drehkreuz auf dem Dach parkte in der Nähe. Die plötzliche Zunahme von sichtbaren Armeeangehörigen half nicht, Gabriels Unbehagen zu besänftigen.

»Warum sind hier so viele Soldaten zu sehen?« Eine weitere Wagenladung voll Blauhelme fuhr gerade vorbei, als wollten sie seiner Frage mehr Gewicht verleihen.

»Die Heglig-Ölfelder liegen nördlich von hier. Sie sind ziemlich weit weg, aber das hier ist die nächste Stadt.« Alek öffnete die hintere Tür des Land Cruiser und warf ihre Tasche ins Auto. »Erinnern Sie sich, was ich Ihnen gestern über den Fluss Kiir erzählt habe? Die Grenzlinie zwischen Baggara und Dinka?«

Gabriel nickte.

»Dann stellen Sie sich einmal vor, das wäre kein Fluss aus Wasser. Stellen Sie sich vor, es wäre ein Fluss aus Öl. Stellen Sie sich vor, wie die Leute darum kämpfen und deshalb sterben würden.«

Alek streckte ihm ein Paar Plastiksandalen entgegen, schlichte Flipflops in knalligem Blau. »Hören Sie auf, Schuhe zu tragen«, riet sie. »Ihren Füßen tut es nicht gut, immer in Leder eingehüllt zu sein.«

Gabriel dankte ihr. Er war gerührt, dass sie an ihn gedacht hatte. Sie wandte sich ab und öffnete die Fahrertür. Er hörte sie in einer ihm unverständlichen Sprache leise fluchen.

»Was ist los?«

»Der Schlüssel steckt. Kamal hat ihn immer bei sich gehabt.«

Gabriel brauchte einen Moment, um die Bedeutung dessen zu begreifen. Bis dahin marschierte sie bereits auf die schmutzigen Schlafräume zu, wo sie die Nacht verbracht hatten. Ohne zu klopfen, drehte Alek an der Klinke und trat mit dem Fuß die Tür auf. Gabriel folgte ihr in das Zimmer. Das Bett war unberührt.

Alek seufzte und stürmte dann an Gabriel vorbei nach draußen. »Wir brauchen ihn sowieso nicht.«

»Da bin ich mir nicht so sicher. Wer soll uns jetzt fahren?«

Alek zuckte mit den Achseln und ging. In Wahrheit machte sich Gabriel um etwas anderes größere Sorgen. Der Verlust ihres miesepetrigen Fahrers bekümmerte ihn weniger als die Tatsache, dass Kamal verängstigt genug war, um seinen Job sausen zu lassen und damit mehr Geld. Gabriel stand auf der Schwelle des leeren Zimmers, lehnte sich an den Türrahmen und beobachtete, wie Alek wütend gegen die Reifen des Land Cruisers trat. Er fühlte sich auf einmal unendlich einsam. Er würde hier sterben, allein, ohne dass jemand davon erfuhr oder auch nur einen Gedanken an ihn verschwendete. Alek würde ohne ihn weitermachen. Die Armee würde ihn ignorieren. Sein Tod würde unbemerkt bleiben, undokumentiert und ohne Interesse für irgendjemanden. Die Intensität seiner

Angst hatte etwas Manisches. Diese neue Entwicklung entzog ihm den Boden unter den Füßen. Wie konnten die Leute hier in diesem erhöhten Zustand der Emotionalität leben, fragte er sich. Er wäre innerhalb eines Tages völlig erledigt.

Alek hatte ihre herrschsüchtige Miene aufgesetzt und sah ihn an. »Steigen Sie ein und fahren Sie los.«

»Was?«

»Sie haben mich verstanden.«

»Das ist absurd«, protestierte er.

»Es bleibt uns nichts anderes übrig. Das wissen Sie genauso gut wie ich.«

Er war zu erschöpft, um sich zu streiten. Seinen Führerschein hatte er nicht dabei, und mit so großen Fahrzeugen kannte er sich nicht aus. Auch auf staubigen Straßen war er noch nie unterwegs gewesen, von diesen grauenvollen afrikanischen Nebenwegen nach einem Regen einmal ganz abgesehen. Aber Alek stand mit verschränkten Armen da und starrte ihn herausfordernd an.

»Nur bis zum Grab Ihrer Mutter. Dann halten wir an und überlegen uns die beste Strecke nach Safaha. Von da ab hat Arabidopsis oberste Priorität.« Das war das Beste, was er bieten konnte. Es war wenig, das wusste er, aber wenn er nicht wie Kamal weglaufen wollte, war er genauso dem ausgeliefert, was in ihrem Inneren brennen mochte, wie sie selbst.

Er schrammte mit der hinteren Stoßstange an einem Pfahl entlang, als er rückwärts aus dem Parkplatz fahren wollte, da er die Größe des Geländewagens unterschätzt hatte. Seine gemurmelte Entschuldigung wurde von seiner Begleiterin mit eisiger Miene ignoriert. Seine neuen Sandalen schnitten zwischen seine Zehen, obwohl er zugeben musste, dass es sich mit nackten Füßen besser anfühlte. Er riss mehrmals erfolglos an der Gangschaltung, bis er den ersten Gang gefunden hatte und sie die Hauptstraße entlang durch Bentiu tuckerten. Am Rand der Stadt bemerkte Gabriel eine riesige, doppelt gelegte Pipeline, die durch den Busch führte und auf deren Seiten mindestens fünfzig Meter breit alle Pflanzen gerodet worden waren. Er fragte sich, wie weit die Heglig-Ölfelder tatsächlich entfernt waren, und überlegte, auf der Landkarte nachzusehen. Doch als er einen Blick auf die Rückbank warf, wo er sie liegen gelassen hatte, musste er feststellen, dass der Sitz leer war.

»Wissen Sie, wo meine Landkarte ist?«

Alek schüttelte den Kopf, ohne ihn anzusehen. Ein Motorradfahrer hupte wütend, und Gabriel bemerkte erst jetzt, dass er durch das Umdrehen auf die entgegengesetzte Spur geraten war.

»Scheiße!«, rief er und schaute Alek ungläubig an.

Sollte er sie beschuldigen, fragte er sich. Wenn er das tat, musste er all seine Bedenken äußern. Er würde sie mit sämtlichen Zweifeln konfrontieren müssen. Inzwischen glaubte er ihr auch die Geschichte über das Grab ihrer Mutter nicht mehr. Niemand würde solche Mühen in Kauf nehmen, nur um ein Grab zu besuchen. Aber er sagte nichts. Feigling, dachte er, als er sich auf dem Fahrersitz zurücklehnte und versuchte, sich auf die schmaler werdende Straße zu konzentrieren.

Zwei Stunden später holperten sie immer noch die gleiche Strecke entlang, nur dass die Straße inzwischen fast die Enge eines Pfades hatte und zu beiden Seiten von hohen Bäumen gesäumt war. Der rotbraune Streifen, der sich vor ihnen dahinwand, bot die einzige Unterbrechung im sonst dichten Buschland. Die Atmosphäre im Auto war wieder einmal zum Schneiden dick. Gabriels wiederholte Fragen hinsichtlich ihres Ziels wurden von Alek mit einem eisigen Schweigen beantwortet. Seine Bitten, etwas zu sagen, wurden verzweifelter, während sie immer sichtbarer mit den Zähnen malmte. Doch es gab keine Möglichkeit, umzudrehen, ohne zu riskieren, im Schlamm stecken zu bleiben. Deshalb erschien es leichter, einfach weiterzufahren und sich nicht zu überlegen, wie sie zurückgelangen konnten. Düstere Gedanken kreisten durch seinen Kopf. Er würde Bristol nie mehr verlassen, dachte er bitter. Am besten würde er in Clifton Village bleiben. Vielleicht auch gleich in seinem Haus. Er würde zu einem Einsiedler werden, der sich nie aus seinem behaglichen Bett herauswagte.

Er versuchte seine Wut zu ignorieren und sich stattdessen darauf zu konzentrieren, den Land Cruiser zu meistern. Die Vorderreifen richtete er nach den seitlichen Rinnen aus und spürte, wie die Hinterreifen fassten und sich anglichen. Das Ganze hatte etwas Befriedigendes. Er begann klarer zu denken, während er sich auf den nächsten matschigen Streckenabschnitt vorbereitete, die Straße nach trügerischen Pfützen absuchte und die Drehzahl möglichst passend hielt. Einmal begann er auf eine flache Stelle neben der Straße zuzusteuern, um seine Blase zu erleichtern.

»Nein, da nicht hin!«, rief Alek beunruhigt. Es war das erste Mal, dass sie seit Bentiu ein Wort gesprochen hatte.

Gabriel lenkte den Wagen wieder auf den zerfurchten Weg. Er traute sich nicht, nach dem Grund zu fragen. Sie fuhren einige Minuten lang schweigend weiter.

Dann erklärte sie: »Landminen.«

»Verstehe.«

»Halten Sie auf der Straße, nicht daneben. Und gehen Sie hinter das Auto.«

Gabriel folgte ihren Anweisungen. Er ließ den Motor laufen und lief so eng am Auto entlang, wie es irgend möglich war. Es herrschte völlige Stille. Man hörte nur den Land Cruiser im Leerlauf und das Plonk-Plonk-Plonk des Auspuffs. Ein bunter Vogel mit einem pinkfarbenen und schimmernd blauen Gefieder stürzte sich herab und erwischte im Flug ein Insekt. Eine große schwarz-gelbe Wespe surrte vorbei. Ihre Flügel gaben ein leises Geräusch von sich. Nirgendwo war eine Menschenseele zu sehen. Gabriels Urin sammelte sich in einer Straßenkuhle, an den Rändern schäumend. Irgendwo im Busch kreischte ein Tier – ein Affe oder ein großer Vogel – und bewegte sich rasch durch die Baumkronen. Äste und Blätter fielen zu Boden.

Gabriel kletterte ins Auto zurück und schlug die Tür zu.

»Wohin fahren wir, Alek?«, fragte er erneut. »Sie schulden mir eine Erklärung. Wohin fahren wir?«

»Ich *schulde* Ihnen etwas? Ich schulde Ihnen überhaupt nichts.«

»Ich dachte, das Grab Ihrer Mutter ist in der Nähe. Es gibt gar kein Grab, oder?«

»Es gibt ein Grab. Oh doch. Wir sind bald dort. Dann werden Sie mir glauben.« Sie schaute ihn an, und Gabriel glaubte, in ihren Augen Tränen funkeln zu sehen. Sich abwendend wiederholte sie: »Dann werden Sie mir glauben.«

Gabriel legte den ersten Gang ein und fuhr los. Es war Wahnsinn, reiner Wahnsinn. Er schüttelte den Kopf und lachte laut auf, so frustriert war er. Aber er hatte inzwischen einen Punkt erreicht, an dem es ihm leichter fiel, vorwärts ins Nichts zu fahren, als zu versuchen, den Weg zurückzufinden. Und zugleich hatte er nicht vor, den eigentlichen Zweck seiner Reise zu vergessen. Er wollte Alek bei der nächsten Gelegenheit darauf ansprechen und sie zwingen, wieder dem ursprünglichen Plan zu folgen.

Nach einer weiteren halben Ewigkeit, in der sie den schlammigen Weg entlangfuhren, begannen sie endlich die ersten Anzeichen von Häusern zu sehen. Eine kleine Ansammlung leer stehender Hütten mit verbrannten Dächern. Dann ein kaputter Lastwagen, dessen Vorderscheibe gesprungen war und nun wie ein Puzzle aus Glasscherben wirkte. Auf der Fahrerseite schienen Kugeln in das Metall eingedrungen zu sein.

Nach ein paar weiteren Kilometern gelangten sie zu mehreren Pfählen, die neben der Straße in den Erdboden gerammt worden waren. Ein weißer Stoff mit dem blauen Logo der UNHCR war zwischen ihnen aufgespannt. Darunter hatte man ein kleineres Schild zwischen zwei gekreuzte Pfähle genagelt. Es zeigte ein Sturmgewehr, das rot umkreist und durchgestrichen war. »Keine Waffen«, stand darunter.

»Jila Flüchtlingscamp«, erklärte Alek.

SECHZEHN

Pottergate Close, Waddington, Lincolnshire

Die Kaltfronten, die mit ihren stürmischen Winden und Graupelregen über Lincolnshire hinweggefegt waren, hatten nachgelassen. Die Gärtner waren im Garten von Pottergate Close beschäftigt, schlenderten durch die Rasenflächen und Blumenbeete und sahen nach, was der Sturm angerichtet hatte. Die Sackgasse hallte vom Klappern der Gartenscheren und dem Rascheln des Laubes wider, das zu Bergen zusammengekehrt wurde. Hunde, die seit Tagen kaum ins Freie gekommen waren und stattdessen vor Glanzkohlefeuern und Gasöfen geschlafen hatten, bellten einander freudig zu und schleuderten beim Buddeln kleine Erdbrocken in die Luft. Noch war der Wind kalt, und diejenigen, die sich nach draußen wagten, um die Sonne zu genießen, trugen weiterhin Rollkragenpullis und Wollmützen. Doch der blaue Himmel und die klare Luft verliehen der Gegend ein belebendes Gefühl der Erneuerung.

George Bartholomew teilte keineswegs die allgemeine Lebensfreude. Er stand da, eine Gartenschere in der Hand, und starrte auf die verwelkten Blätter seiner Princess-Anne-Rosen, während er dem Röcheln in seiner Brust lauschte. Der Vorfall auf der Horse Guards Avenue hatte ihn zutiefst verunsichert und ließ ihn auf jede noch so kleine Veränderung seines Körpers achten – von einem kurzen Schwindel bis zu vorübergehenden Magenschmerzen. Er glaubte, eine leichte Unregelmäßigkeit bei seinem Herzschlag wahrzunehmen, und war sich sicher, dass es nur eine Frage der Zeit sein konnte, ehe seine Pumpe für immer aussetzen und er mausetot zu Boden fallen würde. Zumindest würden diese verdammten Ärzte dann endlich seine Krankheiten ernst nehmen.

Die Rosen waren für den Winter bereits stark zurückgestutzt worden. Doch die verbleibenden Blätter hatten hässliche braune Flecken, umgeben von gelben Kreisen, entwickelt. Sie verwelkten an ihren kräftigen Stielen, und mehrere hatte der Wind kahlgefegt.

Bartholomew hörte das Rascheln von Lillys Mantel hinter sich und roch ihr zu stark aufgetragenes Parfüm, als sie zu ihm trat. Mit dem Alter war sie kleiner und zugleich auch breiter geworden, als hätte ein Leben einfacher Haushaltstätigkeiten von oben auf sie gedrückt und ihren Körper dazu gezwungen, sich zu den Seiten zu verlagern. Manchmal wunderte er sich über ihr stressfreies, einfaches Dasein, und zu anderen Zeiten stieß ihn ihre Unfähigkeit ab, jenseits der Gartenmauer zu blicken. Allein für eine kurze Fahrt in die Stadt Lincoln benötigte sie einen triftigen Grund und vor allem eine lange Vorausplanung. Eine raketenbestückte Drohne über Nordostafrika fliegen zu lassen, schien im Vergleich dazu eine Lappalie zu sein.

»George, siehst du, dass die Rosen eine schreckliche Krankheit haben? Ich bin mir sicher, dass sie von den Abujas die Straße runterkommt. Die haben irgendeine seltsame Pflanze in ihren Vorgarten gesetzt. Mrs. Abuja meint, sie würden sie zum Kochen benutzen. Ich habe keine Ahnung, wozu man eine solche Pflanze verwenden kann, ich meine, die besteht nur aus Stielen und Schoten. Na ja, aber darum geht es gar nicht. Ich vermute nur, dass sie voll ausländischer Käfer oder so ist. Und jetzt schau dir unsere Rosen an, Schatz. Diese Art von Problem hatten wir bisher noch nie.« Lilly war niemand, der sich unnötigerweise in ihrem Redefluss unterbrechen ließ, und ihre Sätze strudelten aus ihr heraus. »Ich finde, du solltest ein Stück abschneiden und zum botanischen Institut bringen, um zu hören, was die da sagen. Es scheint sich in der ganzen Nachbarschaft auszubreiten, und offenbar gibt es kein Heilmittel. Es könnte vielleicht sogar die Landwirtschaft bedrohen, wer weiß. Jedenfalls wäre es schade, die Princess Anne zu verlieren. Sie ist schließlich das einzige Mitglied der königlichen Familie, zu dem wir noch aufblicken können. Von der alten Schule, du weißt schon. Nicht wie diese törichte Kate. Möchtest du einen Tee, Schatz?«

Diese Art von Monolog konnte Stunden dauern, das wusste Bartholomew, weshalb er sich möglichst begeistert hinsichtlich der Aussicht auf eine Tasse Tee äußerte. »Liebend gern«, erwiderte er, während er gleichzeitig versuchte, sich auf das Muster seines Herzschlags zu konzentrieren.

Lilly wollte sich gerade zum Haus umdrehen, als sie innehielt und an ihrem Mann vorbei auf die Straße starrte. Sie hatten eine niedrige Gartenmauer, und auch die Büsche waren kurz gehalten. »Gute Nachbarn müssen sich nicht verstecken«, gehörte zu Lillys sinnlosen Lieblingsäußerungen, als ob al-Qaida-Mitglieder in ähnlichen Dörfern hinter hochwuchernden Sträuchern leben würden. In Lillys Vorstellung wiesen ungeschnittene Hecken auf alle möglichen moralischen Absonderlichkeiten hin.

Ein schimmernder marineblauer Mercedes hatte vor ihrem Haus gehalten, und ein schwarzer Chauffeur mit Schirmmütze und Handschuhen stieg aus, um die hintere Tür des Wagens zu öffnen. Ein elegant gekleideter Herr glitt von der Lederrückbank und musterte die ländliche Wohngegend mit sichtbarer

Abneigung. Er bemerkte, dass Lilly ihn anstarrte, und machte eine leichte Verbeugung. Sie rührte sich nicht.

»George, wie schön, dass Sie sich endlich einmal etwas erholen.«

Khalid Hussein steuerte auf das Gartentor zu und schaffte es problemlos, den Riegel zu öffnen, der schon so manchen Postboten zur Verzweiflung getrieben hatte. Er stolzierte in den kleinen Garten und wirkte dabei mit seinen glänzend polierten schwarzen Schuhen auf dem Kiesweg und dann dem Rasen völlig fehl am Platz. Er streckte Lilly seine Hand entgegen, die zuerst einen besorgten Blick zu ihren Rosen hinüberwarf, ehe sie ihn begrüßte.

»Und wie schön, die Frau hinter dem Generalleutnant kennenzulernen, Mrs. Bartholomew, es freut mich, Ihre Bekanntschaft machen zu dürfen. Und es tut mir überaus leid, die wohlverdiente Erholung Ihres Mannes stören zu müssen, aber leider war es unumgänglich.«

Das Wort »unumgänglich« hatte einen drohenden Beigeschmack. Maurice bezeichnete unangenehme Untersuchungen als »unumgänglich«. Lilly gab ein missbilligendes leises »Hm« von sich und watschelte dann hastig zurück ins Haus. Bartholomew musterte Hussein voller Misstrauen. Die Augen des Saudis wirkten verhangen, und seine Laune war nicht so recht einzuschätzen.

»Was ist, George? Glauben Sie etwa, wir wüssten nicht, wo Sie wohnen? Das kann nicht Ihr Ernst sein.«

Bartholomew weigerte sich, die ihm entgegengestreckte Hand zu schütteln. Er spürte, dass sein Puls bereits schneller schlug, und in seinen Ohren war wieder dieses Rauschen.

»Was wollen Sie von mir, Khalid? Ich bin krankgeschrieben.«

»Ja, ja. Ich weiß. Unangenehmer Vorfall in der Avenue. Kurz nachdem Sie vom Staatssekretär eine Abfuhr kassieren mussten. Ich hoffe, dass Sie sich gut erholen, George. Wir wollen schließlich nicht, dass man Sie plötzlich mit den Füßen voran nach draußen trägt, wie es so schön heißt.« Hussein lachte ungehemmt, ehe er hinzufügte: »Jedenfalls noch nicht so schnell.«

Bartholomews Puls raste und stürzte dann ab, als ob Hussein seine Gesundheit direkt zu kontrollieren vermochte. Er war sich sicher, dass der Saudi mit einem einzigen Wort oder vielleicht auch mit einem Schnippen der Finger sein Herz zum Stehen bringen konnte.

»Gehen wir rein?«, fragte Hussein. »Es ist sehr kalt hier draußen, und Ihr englisches Wetter tut mir gar nicht gut.«

Er legte einen Arm um Bartholomew und führte ihn wie einen unwilligen Psychiatriepatienten den Pfad entlang und durch die Tür ins Haus. In der Garderobe hingen unzählige Regenmäntel und andere Gegenstände, um die unangenehmen Winter zu überstehen. Bartholomew schämte sich auf einmal für die Schäbigkeit und Enge seines Heims. Er stellte sich vor, dass Hussein in einer großen Villa lebte, die auf die Wüste hinausblickte, oder vielleicht auch in einer goldgeschmückten Wohnung mit einem Tauchbecken und glänzenden weißen Fliesen.

Als der Waffenhändler an Bartholomews zerkratztem Esszimmertisch saß, wirkte er noch deplatzierter als draußen im Garten. Bartholomew bemerkte, wie der Mann die Zierteller an der Wand und den alten Speisenwärmer betrachtete, der in der Ecke neben einem schweren Sideboard stand.

Lilly wackelte mit einem Tablett herein. Sie servierte Tee und Ingwerplätzchen, während sie den Fremden misstrauisch beäugte. Schließlich murmelte sie: »Ich lasse euch dann allein.«

Als junger Mann war Bartholomew oft längere Zeitspannen beruflich unterwegs gewesen, doch seine Arbeit war nie bis in ihr Zuhause vorgedrungen. Jedenfalls hatte Lilly noch nie einen muslimischen Fremden erlebt, der es sich in ihrem Esszimmer bequem machte.

Bartholomew schenkte den Tee ein und versuchte, dabei nicht allzu sehr zu zittern. Er hoffte, Hussein würde es seiner nicht weiter definierten Erkrankung zuschreiben, doch er vermutete, dass man ihm seine Angst ansah. Hussein lehnte ab, als er ihm einen Keks anbot, und nippte an seinem Tee, während seine Augen durchs Zimmer wanderten. Als würde er die wahre Verzweiflung des Soldaten, der ihm gegenübersaß, genau begutachten wollen.

Schließlich wandte er seinen Blick auf Bartholomew. »Mein Klient ist beunruhigt, George. Ihre fehlende Bereitschaft, ihm bei seinem durchaus begründeten Anliegen zu helfen, wurde sehr unfreundlich aufgenommen. Es ist dringend nötig, dass Sie sich das Ganze noch einmal genau überlegen. Wir hatten gedacht, dass wir gute Freunde sind. Oder wie sagt man das in Ihrem Land? Dass wir eine vertrauensvolle Zusammenarbeit pflegen. Und jetzt spucken Sie meinem Klienten ins Gesicht.«

»So würde ich das nicht bezeichnen. Niemand spuckt irgendjemandem ins Gesicht. Es soll kein Zeichen der Geringschätzung sein, wenn wir zu diesem Zeitpunkt keine weitere … keine weitere Mission starten. Momentan sind die Dinge einfach … ein wenig delikat.«

»*Delikat*? Das ist noch so ein englisches Wort, das seine wahre Bedeutung verbirgt. Was genau heißt ›delikat‹?«

Bartholomew saß einen Moment lang mürrisch und schweigend da, während Hussein auf seine Antwort wartete. Irgendwo im Haus begann eine Wanduhr zu schlagen. Er konnte Lilly hören, die in der Küche rumorte. Ein leises Klappern von Töpfen, das so tat, als würde sie nach einer extravaganten Dinnerparty am Abend zuvor nun mit dem Aufräumen beschäftigt sein. Bartholomews Darm schien sich wieder zu bewegen und vor Wut zusammenzukrampfen. Sein Instinkt sagte ihm, dass es wenig gab, was Hussein entging – und es noch gefährlicher sein konnte, es ihm vorzuenthalten. Mit einem Seufzer spreizte er also seine Finger auf der Tischplatte und erklärte ihm das Problem des identifizierbaren Raketenteils, ihre Unfähigkeit, es zu lokalisieren, sowie ihre Sorge, dass es die britische Regierung und das Militär in eine peinliche Situation bringen könnte – und möglicherweise Husseins Klienten.

Hussein schien diese Geschichte höchstens ein bisschen zu belustigen. »Mein Klient gerät nicht so leicht aus der Fassung, George. Ehrlich gesagt, ist das Ihr Problem und nicht das meines Klienten. Wenn die Welt erführe, dass die britische Regierung einen geheimen Raketenangriff auf ein gegnerisches Ziel auf eine Bitte meines Klienten hin unternommen hat, würde das meinem Klienten vermutlich sogar ausgesprochen gut gefallen. Seine Feinde würden wahrscheinlich zittern und voller Entsetzen zum Himmel hochschauen. Die Welt erführe so, dass mein Klient die militärische Unterstützung einer der besten Armeen überhaupt hat. Nein, das wäre meinem Klienten garantiert nicht unangenehm. Was allerdings Ihre Regierung betrifft ...«

»Es wäre eine Katastrophe«, unterbrach ihn Bartholomew, den das selbstzufriedene Grinsen seines Gegenübers quälte. »Und aus diesem Grund allein können wir keinen weiteren Angriff riskieren. Nicht bis das Problem endgültig behoben ist.

Es geht einfach nicht. Und was die Sache noch verschlimmert: Irgendein Familienmitglied der letzten Zielperson scheint Fragen hinsichtlich des Explosionsauslösers zu stellen.«

»Ja, ich weiß. Wissen Sie, dass diese Frau die Unterstützung eines Briten hat?«

Die Frage war wie ein Peitschenschlag in Bartholomews Gesicht. Er setzte sich aufrecht hin und starrte den Mann ihm gegenüber an. Hussein wusste von der Tochter des Opfers. Er hatte also höchstwahrscheinlich auch von dem fehlenden Raketenteil gewusst. Und er hatte Informationen, die Bartholomew bisher nicht bekannt waren.

»Ja, wir sind uns bewusst, dass es diesen Briten gibt«, schwindelte er mit hörbar belegter Stimme.

Um Husseins Mund spielte ein leichtes Lächeln. »Wir kümmern uns darum, George.«

»Wie?«

»Auf unsere Art. Wir haben Mittel und Wege, solche kleinen Unannehmlichkeiten zu behandeln. Sie müssen sich deshalb nicht weiter den Kopf zerbrechen. Konzentrieren Sie sich einfach auf den Gefallen, um den wir Sie gebeten haben.« Hussein faltete die Hände, als würde er beten, wobei es eine Geste der Autorität und nicht der Demut war. »Wir werden für Sie aufräumen, und Sie tun uns diesen kleinen Gefallen. Ich lasse Ihnen bald die genauen Einzelheiten zukommen. Bitte danken Sie Mrs. Bartholomew für den Tee von mir.« Ohne auf eine Antwort zu warten, erhob er sich.

Bartholomew war körperlich nicht in der Lage, seinen Gast hinauszubegleiten. Er hörte, wie die Haustür ins Schloss fiel. Einige Minuten später wurde der Motor des Mercedes angelassen, und das Auto machte eine Kehrtwende in der leisen Straße, ehe es davondonnerte. Die Nachbarn würden bei diesem Lärm wahrscheinlich ihre Rosenschnitte konsterniert fallen lassen.

Bartholomew blieb am Tisch sitzen. Der Tee vor ihm war kalt geworden. Lilly kam ins Zimmer und bewegte sich um ihn herum, als wäre er eine Statue. Leise vor sich hin murmelnd stapelte sie das Geschirr zusammen.

SIEBZEHN

Jila Flüchtlingscamp

Gabriel hatte bisher nie einen Grund gehabt, sich über die Ausgestaltung eines Flüchtlingscamps Gedanken zu machen. Aber wäre er gefragt worden, so hätte er sich ein eingezäuntes Gelände mit Armeezelten vorgestellt, die in Reihen standen und zwischen denen Land Rover und LKWs parken konnten. Beamte mit Klemmbrettern säßen an Holztischen, vor denen sich Schlangen bildeten, um familiengroße Essenspakete entgegenzunehmen. Es wäre eine größere Version einer kleinen Zeltstadt gewesen, die man manchmal an englischen Landstraßen sah. Vielleicht dazu noch eine Reihe von mobilen Toilettenkabinen, wie es sie bei diesen Open-Air-Konzerten gab. Wenn er jetzt so darüber nachdachte, kannte er wahrscheinlich ein solches Bild aus dem Fernsehen, denn es stand ihm klar vor Augen. Vielleicht hatte es sich damals um ein Notfallzentrum gehandelt, das nach der Schlammlawine in Brasilien errichtet worden war. Jedenfalls war er nie in seinem Leben auch nur in der Nähe eines solchen Ortes gewesen.

Das UNHCR-Flüchtlingscamp in Jila entsprach keiner seiner Vorstellungen. Tatsächlich war es eine Kleinstadt, viel größer als Gogrial, eine Ansammlung von dicht nebeneinander stehenden Häusern verschiedenster Formen und Größen, als ob ein Kind sie einfach in die Landschaft geschleudert hätte. So weit das Auge reichte, sah man Strohhütten, Häuschen aus Pfählen und Lehm, Zelte mit einigen provisorischen Anbauten und eine Anhäufung von Ziegelgebäuden mit den Schildern der UN. Zwischen einigen Hütten verliefen Schilfzäune, und auf Wänden aus Stöcken waren Dächer gesetzt. Rauch wehte durch die Äste der Bäume, sodass man ab einer gewissen Entfernung die Bauten nur noch verschwommen im Nebel liegen sah. Überall waren Menschen unterwegs, Frauen mit leuchtend rot-orangefarbenen Tüchern, einige mit hellblauen Kopfbedeckungen und Kleidern, die alles außer ihrem Gesicht verbargen. Es gab auch zahlreiche Kinder, von denen beinahe keines ein Oberteil trug, manche nur eine Unterhose hatten und von ihren Müttern getragen wurden, während sie mit ängstlicher Miene die Neuankömmlinge musterten. Hier befanden sich an den Häusern keine Schilder mehr, auf denen »Keine Waffen« stand.

Gabriel kam nur noch schleppend voran, als mehrere Kinder über die undeutlich markierte Straße zwischen den Bäumen wanderten und sich nicht die Mühe machten, hochzublicken, um zu sehen, ob das Fahrzeug auch anhalten würde. Alek wies ihm den Weg zu einem Betongebäude, wo er in einem Bereich parkte, der durch weiß gestrichene Steine ausgezeichnet war. Er schaltete den Motor ab und bemerkte sofort, wie laut es hier war. Im Wald hatte Stille geherrscht, selbst Bentiu wirkte seltsam leise im Vergleich zu diesem unablässigen Raunen aus Stimmen, Schritten, Holzhacken, Essenzubereitung und dem Rühren in Töpfen. Irgendwo weinte ein Kind, nicht theatralisch und um Aufmerksamkeit bettelnd, sondern leise und dumpf. Aber es gab auch Lachen, eine Frau, die mit lauter Stimme eine Geschichte erzählte und deren Zuhörer immer wieder kicherten. Der Geruch kam ihm vertraut vor. Die Juba-Mischung aus Rauch, Vieh, Menschen und ihren Exkrementen. Die leuchtenden Farben, die Geräusche, die Ausdünstungen – alles vereinte sich zu einem unerwarteten Angriff auf Gabriels Sinne. Er saß fassungslos im Auto und starrte durch die Scheibe.

Eine europäische Frau mit krausen orangeblonden Haaren tauchte unter einer Tür des UN-Gebäudes auf. Sie hielt eine Hand hoch, um sich vor der Sonne zu schützen, während sie das Auto betrachtete. Ihr Baumwollkleid schmiegte sich an ihre breiten Hüften und ebenso üppigen Brüste. Die Hitze machte ihre Haut scheckig, und seltsam rote, große Flecken waren auf ihren nackten Armen, dem Dekolleté und dem Hals zu sehen. Alek öffnete die Beifahrertür und lief um die Kühlerhaube herum. Als die Rothaarige Alek sah, lachte sie laut auf, was mehr wie ein kehliger Schrei klang. Dann trat sie mit ausgestreckten Armen vom Vorbau des Hauses in die Sonne hinaus.

»Alek, meine Liebe! Du hast es tatsächlich geschafft. Schön, dass du wieder da bist.« Ihre Stimme war von einem starken Singsang geprägt, einem schottischen Akzent, der trotz des Einflusses vieler anderer Kulturen noch deutlich zu erkennen war.

Die Frau schlang ihre Arme um Alek, wobei man ihre Ellbogen zwischen den fleischigen Ober- und Unterarmen gar nicht erkennen konnte, und küsste sie mit einem lauten Schmatzer auf beide Wangen. Alek hatte körperlich bisher immer so spröde gewirkt, doch jetzt bemerkte Gabriel, wie sie sich der Umarmung hingab und es der Frau erlaubte, in ihre Privatsphäre einzudringen.

»Prächtig. Juba muss dir guttun«, fügte die Schottin hinzu, nachdem sie einen Schritt zurückgetreten war und sie von oben bis unten gemustert hatte. »Aber immer noch zu dünn.

Schau dich an, knochig wie immer. Da ist wirklich nicht genug Fett dran.«

Alek lachte. Einen Moment lang sah es so aus, als ob die beiden Frauen Arm in Arm davongehen wollten und Gabriel dabei ganz vergaßen. Er kletterte hinter dem Steuer hervor aus dem Wagen.

»Margie, das ist Gabriel.« Alek drehte sich zu ihm um und zeigte auf ihn.

»Gabriel heißt er also.« Die Frau ließ Alek los und kam auf ihn zu. Gabriel zuckte zusammen, als ob er sich für einen Kampf wappnen müsste.

»Hallo, Gabriel. Ich bin die Leiterin des Camps. Ich heiße Margaret, aber alle nennen mich Margie.« Ihre Wangen glühten in der Sonne, und Schweiß lief ihr den Hals hinunter. Sie hielt inne und betrachtete seine schlecht sitzenden Sandalen. »Wie lautet denn Ihr Clanname, mein Guter?«

»Cockburn«, erwiderte Gabriel, der von der körperlichen Präsenz der Frau ein wenig eingeschüchtert war.

»Ein Schotte? Grundgütiger, wir haben einen Schotten unter uns! Keiner weiß, wie lange ich schon darauf gewartet habe!«

Margies Hand quetschte seine Finger zusammen. Die dicklichen Unterarme waren überraschend stark. Sie schüttelte seine Hand mit einer Heftigkeit, als wollte sie versuchen, sein Schultergelenk für Gewichtheben oder eine ähnliche Betätigung locker zu machen.

»Oh, mein armes einsames Herz! Ein Schotte, der es bis hierher geschafft hat. Grundgütiger!« Margie ließ seine Hand los und umfasste nun seine Schulter. »Und ich danke Ihnen, dass Sie mir meine schöne Alek wiedergebracht haben, Mr. Cockburn.«

Gabriel wandte sich an Alek. »Haben Sie früher einmal hier gearbeitet?«

Alek sah ihn mit etwas wie Mitleid in den Augen an. »Gearbeitet? Nein, Mr. Gabriel, das hier ist mein Zuhause. Margie ist meine zweite Mutter. Ich habe hier gelebt. Und in anderen, ähnlichen Flüchtlingscamps. Ich habe den Großteil meines Lebens damit verbracht, zu solchen Orten hier zu flüchten, gejagt von Männern und ihren Waffen.«

Gabriel sah sich in der raucherfüllten Umgebung um. »Woher kommen diese Menschen alle?«, wollte er wissen. »Der Südsudan ist doch seit drei Jahren unabhängig, oder?« Er bedauerte die naiv klingende Frage im gleichen Moment, in dem er sie ausgesprochen hatte.

Margie lachte laut auf und ließ seine Schulter los, allerdings nur, um ihm einen kräftigen Schlag auf den Oberarm zu verpassen und so zu signalisieren, dass sie es nicht böse meinte.

»Ich kapiere gar nichts, oder?«, fügte Gabriel hinzu.

»Nein, mein Guter, das tun Sie wahrhaftig nicht. Aber das geht schon in Ordnung. Die Neuen brauchen immer ein wenig Zeit. Und ehrlich gesagt, ich kapiere es auch nicht.« Sie klopfte ein letztes Mal auf seinen Arm, der inzwischen von der vielen Bearbeitung kribbelte. Allmählich begann er sich fast körperlich misshandelt zu fühlen.

»Gabriel ist ein Professor. Er ist hier, um Gott in eine Formel zu gießen«, teilte Alek Margie ohne eine Spur von Sarkasmus in der Stimme mit, wobei Gabriel merkte, dass ihre Weiterreise gar nicht erwähnt wurde.

»Grundgütiger, was für ein seltsames Unterfangen. Ich bin mir nicht sicher, ob das Gott gefallen wird. Ganz und gar nicht sicher.« Sie zog ihre Augenbrauen hoch und lachte leise. Dann

300

nahm sie Alek an der Hand. »Jetzt kommt rein und trinkt einen Tee. Es gibt so viel, was ich dich fragen möchte, mein Kind.«

Die Begrüßung war herzlich gewesen. Doch sobald Gabriel eine Tasse Tee in der Hand hielt, hatte Alek ihn vergessen. Margie hingegen grinste ihn immer wieder auf ausgesprochen verstörende Weise an. Zumindest war es richtiger Tee, dachte er, aus einem Teebeutel und heißem Wasser gemacht. Die UV-erhitzte Milch verlieh ihm zwar einen seltsamen Beigeschmack, aber Gabriel war dennoch dankbar.

Margies Büro war ein kleiner Kasten, der vor allem von einem Tisch ausgefüllt wurde, welcher als ihr Schreibtisch fungierte. Den Rest des Bodens nahmen Aktenschränke und Kisten ein, während an den Wänden Landkarten und Schaubilder hingen. Ein großes handgezeichnetes Diagramm schien den wöchentlichen Verlauf von Malaria- und Typhuserkrankungen im Camp zu erfassen. Es gab auch mehrere Plakate der UN, viele von der UNESCO, mit positiven Botschaften über Menschenrechte und Bildung. In einem Korridor seiner Universität hätte Gabriel sie nur als Hinweis auf einen weiteren irregeleiteten Linken gesehen. Hier hingegen kamen ihm diese Poster grotesk vor. Selbst für ihn war es geradezu ein Affront, an einem Ort wie Jila auf die »Wege des Lernens« zu verweisen.

Das Büro hatte keine Decke, und die Hitze drückte wie in einem Ofen von einem nackten Metalldach auf sie herab. Die grob behauenen Dammbalken knarzten, da die Hitze das Holz weitete, während der Wind draußen an den Rändern der Metallbedachung riss. Es gab keine Klimaanlage, um die Elemente zu bekämpfen. Für Gabriel hatte dieser Arbeitsplatz etwas unerträglich Bedrückendes, und er begann sich klaustrophobisch zu fühlen. Er dachte an die Auseinandersetzungen an der Uni darüber, wer das beste Büro in dem neuen Gebäude bekommen würde. Der Wunsch nach einem schönen Ausblick kam ihm jetzt geradezu pervers vor.

Die Unterhaltung zwischen Alek und Margie war lebhaft, und die Stimme der Campleiterin füllte dröhnend den Raum, wenn sie laut auflachte oder aufschrie. Sie sprachen vor allem über den Verbleib von Leuten, die früher einmal in dem Lager gearbeitet oder vielleicht hier auch als Flüchtlinge gehaust hatten. Jede Enthüllung über die persönliche Entwicklung einer Person führte zu weiterer Erheiterung, manchmal aber auch zu einem traurigen Kopfschütteln über einen Todesfall. Doch jeder Einzelne brachte einen anderen ins Gespräch, sodass es eine endlose und sich selbst immer wieder erneuernde Kette an Erzählungen wurde. Irgendwann war Gabriel es leid, zuzuhören und stand auf, um sich die Landkarten an der Wand genauer anzusehen.

Die größte zeigte ein nicht identifizierbares Land, das in kleine Provinzen unterteilt war, jede mit einer anderen Farbe und einem anderen Namen markiert: Moro, Jau, Angolo, Kudugli. Ein Puzzle aus winzigen Kommunen, die einen komplexen Staat bildeten. In der Mitte befand sich eine kleine graue Fläche. Gabriel beugte sich herunter und sah sie sich genauer an. »UN/NGO-Gelände« stand darauf. Jetzt erst stellte er fest, dass eine andere, lange und braune »Provinz« als »Kinder-Camp« ausgezeichnet war.

»Die Ethnien innerhalb des Lagers.« Margies Singsang tönte in sein Ohr.

»Ethnien?«

»Zugehörigkeit, ja.«

»Sie meinen«, sagte er mit einer gewissen Selbstgerechtigkeit in der Stimme, »Sie haben das ganze Lager in die verschiedenen Völker aufgeteilt?«

»Nicht ich, mein Guter. Das haben die Leute selbst getan.«

Überrascht drehte er sich zu ihr um.

»Was haben Sie erwartet? Liebe, Gänseblümchen und für jeden eine warme Umarmung?«

»Ich hatte nicht erwartet, dass sich die Leute immer noch an ihre Volkszugehörigkeit klammern würden. Nicht, wenn man und alle um einen herum …« Er fand es schwierig, seine Gedanken auszudrücken.

Margie schüttelte den Kopf. »Genau in solchen Situationen klammert man sich doch an seine Wurzeln, oder? Dann braucht man sie am dringendsten. Wenn einem alles andere weggenommen wurde.«

Gabriel drehte sich wieder der Landkarte zu. Eine große Gruppe am südlichen Ende des Lagers war »verschiedenen Ethnien« zugeschrieben, wobei die jeweiligen Völker in Klammern folgten: Katcha, Miri, Tafere, Tuma, Karungo, Damba, Belenka, Tuku, Kafina, Chororo. Ein anderes Gelände wurde für »verschiedene Subethnien« reserviert. Je länger er die Landkarte betrachtete, desto verzweifelter fühlte er sich. Nach einer Weile riss er sich los und setzte sich wieder. Margie sah ihn aufmerksam an.

»Wir haben momentan über hunderttausend Menschen in diesem Lager. Und jeden Augenblick werden etwa tausend weitere eintreffen. Und das gilt für jeden Tag, mein Guter. Sie überqueren den Jau-See vom Sudan, fliehen aus den Nuba-Bergen und aus Dschanub Kurdufan. Sie kommen alle hierher.«

»Warum fliehen sie?« Das Camp, die bizarre Landkarte, die Reise von Bentiu – all das hatte ihn zutiefst gebeutelt.

»Dieses Lager ist für Heimatlose aus dem Norden. Dort findet Darfur ein zweites Mal statt. Karthum ermordet alle, die als nicht arabisch genug gelten. Nur diesmal jagt al-Baschir seine Probleme über die Grenze. Wussten Sie, dass die Sudan-Armee ihre Angriffshelikopter weiß gestrichen hat, um wie unsere Nahrungsmittelhilfetransporte und die Friedenstruppen der Afrikanischen Union auszusehen? Die Rebellen sind zu klug, um darauf reinzufallen, aber die normale Landbevölkerung verwirrt es. Sie sind nie geflohen. Doch dann wurden auf diese Weise Tausende getötet. Und jetzt fliehen sie vor allem, was sie sehen.«

»Abschaum!« Alek spuckte das Wort aus.

»Oh, meine Liebe, al-Baschir fallen alle möglichen abscheulichen Tricks ein. Kennst du schon seinen neuesten? Er versperrte einer Lieferung Korn, die für die Camps bestimmt war, in Port Sudan den Weg, weil er behauptete, das Korn sei genverändert. Das ist Spitzfindigkeit schlimmsten Ausmaßes. Er verzögerte auch unsere Medikamentenlieferungen, weil seine Handlanger erst einmal nachsehen mussten, ob sie nicht bereits abgelaufen waren. ›Wir dürfen der UN nicht erlauben, unseren Leuten zu schaden.‹« Margie sprach mit einem aufgesetzten Akzent und gestikulierte dabei. »Könnt ihr euch vorstellen, mit was für einem Dreck wir uns herumschlagen? Und natürlich muss jeder Angehörige der AU-Friedenstruppen trotz des Programms seiner Armee gegen Vergewaltigung und Missbrauch einen HIV-Test vorlegen, ehe er hineindarf. Möge der Teufel seine erbärmliche Seele holen.«

Gabriel sagte nichts. Ihre Geschichten verstörten ihn noch mehr.

»Al-Baschir ist unfruchtbar«, meinte Alek emotionslos. »Er hat keinen Samen und kann keine Kinder zeugen. Deshalb spürt er nicht die Schmerzen der anderen. Er fühlt nichts. Er ist frei.«

Gabriel wurde ein eigenes kleines Zimmer zugewiesen, während Alek den Raum mit einer italienischen UNHCR-Frau für die Nacht teilen sollte. Das Bett war eine schlichte Campingmatte mit einer dünnen Lage Schaumstoff, die zurechtgeschnitten und daraufgelegt worden war. Dennoch begutachtete Gabriel sie voller Sehnsucht, so steif und müde fühlte sich sein Körper nach der langen Strecke in dem Land Cruiser. Er schaffte es, den Großteil des Staubs in der kalten Dusche des Waschgebäudes für Mitarbeiter abzubekommen, fragte sich aber gleichzeitig, ob er jemals wieder ganz sauber werden würde. Er stellte sich vor, ab jetzt jahrelang Schmutz aus seinen Ohren und unter seinen Achselhöhlen herauszuholen. Was würde er wohl denken, überlegte er, wenn er einen Gang im Supermarkt in der Princess Victoria Street entlanglief und bemerkte, dass unter seinem Fingernagel noch immer rotbrauner afrikanischer Schmutz klebte? Würde er auf die Toilette stürmen, um die ungewollte Erinnerung wegzuwaschen, oder würde er eine gewisse Nostalgie verspüren? Er befand sich in einem seltsamen Schwebezustand – an einem Ort festgehalten, den er zu hassen glaubte, und hatte doch keine Idee, wie er ihn jemals wieder loswerden sollte. Nachdenklich machte er sich auf den Weg zum Speisesaal.

Der Raum fungierte als Küche und auch als Esszimmer, mit einer langen aufgebockten Tischplatte in der Mitte, die von einer Ansammlung von mehr oder weniger wackligen Stühlen und Hockern umgeben war. Es saßen bereits über fünfzehn Leute da, einschließlich Alek und Margie, die an einem leisen Ende ihre Unterhaltung fortsetzten. Die Gruppe war eine

Ansammlung von Menschen aus aller Welt. Alle Altersgruppen und verschiedene Figurentypen – von der einschüchternden Margie bis zu einer winzigen Ecuadorianerin, die auf den ersten Blick aussah wie gerade mal zwölf. Erst als er genauer hinschaute, stellte er fest, dass sie vermutlich mittleren Alters war. Doch die Mischung aus zartem Körperbau und glatter Haut verlieh ihr eine verblüffende Jugendlichkeit. Ein Sudanese mit sehr dunklen Augenbrauen stand am Herd. Ein Aluminiumtopf zischte vor ihm auf dem Feuer. Der Geruch von bräunenden Zwiebeln vermengte sich mit dem Teeröl der Dammbalken an der Decke.

Das Abendessen stellte sich als lärmende Veranstaltung heraus. Das Kochen und Saubermachen wurde mit viel Energie bewerkstelligt und zwar nach einem nicht festgelegten Rotationsprinzip. Die Gruppe hieß Gabriel willkommen, und sogleich setzte ihm ein drahtiger Mann mit einem leichten französischen Akzent in einem *MSF*-T-Shirt einen Teller Bohnen vor, die er schälen sollte. Der Franzose, Bernard, war offenbar ein Lagerveteran, berüchtigt für seine Fähigkeit, seine Küchenpflichten durch seinen Charme Neuankömmlingen aufzuschwätzen.

Der Mann lachte gutgelaunt, während er versuchte, die Beschuldigungen der anderen abzuschmettern.

»Aber ich bin nicht an der Reihe«, protestierte er grinsend. Was nur zu weiteren unbeschwerten Protestrufen von der restlichen Gruppe führte. »Außerdem«, fügte er hinzu und klopfte Gabriel auf die Schulter, »ist mein neuer Freund Gabriel hier Botaniker. Er weiß also, wie man Bohnen behandeln muss. Ich bin bloß Arzt, ich verstehe die Anatomie dieser Pflanze nicht und würde sie ruinieren.« Alle lachten, und jemand warf eine Kartoffelschale nach ihm.

Das Essen war einfach, dafür sättigend, und bestand aus einer Art seltsam geformten Kartoffelbrei und einem Turm runder Frikadellen, die aus Fleisch hätten sein können, sehr wahrscheinlich aber aus Soja gemacht waren. Gabriel lernte ein Gericht namens *Assida* kennen, ein Brei aus gemahlener Hirse, der körnig im Mund war und die unappetitliche Farbe von etwas hatte, das ein Baby hätte produzieren können. Eine Tomaten-Zwiebel-Basis verlieh dem Ganzen ein wenig Würze, aber insgesamt schmeckte es nach ziemlich wenig. Allerdings war Fadheit etwas, was Gabriel im Südsudan bevorzugte, denn wenn Gewürze hinzukamen, bestand immer die Gefahr, dass man etwas überdecken wollte. Die NGO-Küche mochte vielleicht einfallslos sein, doch zumindest schien die Sicherheit des Darms gewährleistet zu sein.

Nach dem Essen wusch Gabriel ab – eine Aufgabe, die der Franzose ebenfalls erfolgreich an ihn delegieren konnte. Gabriel bemerkte, dass im Camp der Alkoholkonsum eingeschränkt zu sein schien, ganz im Gegensatz zu der Lodge in Juba, wo es ja einen ziemlichen Exzess gegeben hatte. Die meisten Angestellten zogen sich schon bald zurück. Einige spielten Karten, andere ruhten sich in ihren Zimmern aus. Bernard lud Gabriel und Alek ein, mit ihm nach draußen zu kommen. Sie trugen einige Stühle hinaus und bildeten einen Halbkreis unter dem Dach eines Dornenbaums.

Margie gesellte sich mit einem weicher gepolsterten Stuhl für sich selbst sowie einer Flasche billigen Whiskys und vier Gläsern zu ihnen. Sie ließ sich in die Kissen sinken. Trotz des Rauchs, der über ihnen hing, konnte man die Sterne klar und dicht nebeneinander funkeln sehen. An manchen Stellen vermochte man auch Sternennebel zu erkennen. Irgendwo bellte ein Hund, und das Gemurmel von tausend Unterhaltungen wehte zwischen den zotteligen Bäumen zu ihnen herüber. Es war ein seltener Moment der Ruhe, und Gabriel empfand eine überraschende Verbundenheit mit den anderen, die wohl teilweise auf den wärmenden Whisky zurückzuführen war.

Dann vernahm man weit weg ein heftiges Prasseln. Ein kurz anschwellender Lärm, danach eine Pause. Erneut ein Prasseln von Metall auf Metall. Als ob jemand Stahlrohre aufeinanderschlagen würde. Ein noch viel lauterer Knall und das Aufblitzen eines Lichts in der Ferne. In England hätte Gabriel das als ein Feuerwerk abgetan.

Bernard blickte zur Abwechslung einmal ernst drein. Seine jungenhafte Verschmitztheit war verschwunden, als er in die Dunkelheit starrte. »Morgen werden wir einen weiteren Ansturm haben.«

»Ansturm? Von wem? Woher?«, wollte Gabriel wissen.

»Mehr Flüchtlinge.« Bernard wies mit der Hand zum Horizont. »Die Grenze ist fünfundzwanzig Kilometer von hier entfernt. Die Kriegszone beginnt drei Kilometer dahinter.«

»Wir sagen: ›Wenn zwei Elefanten miteinander kämpfen, leidet das Gras darunter‹«, meinte Alek. Sie ließ den Whisky in ihrem Glas kreisen, trank aber nicht.

»Ich weiß nicht, wie Sie das schaffen«, erwiderte Gabriel und begann nervös den dunklen Horizont zu beobachten.

Margie lachte leise, als ob er etwas Amüsantes gesagt hätte. »Die Schwierigkeit besteht darin, was man daraus macht, mein Guter. Ich habe fünf Jahre lang ein Lager in Darfur geleitet. Das war wirklich interessant. Der Boden steinhart. In der Regenzeit jeden Nachmittag Regen. Und alle – und ich meine alle – hatten Durchfall. Ehe man sichs versieht, laufen also die menschlichen Ausscheidungen wie ein Fluss durchs Camp. Und die Kinder spielen darin. Also habe ich im Hauptbüro um einen Bagger gebeten, um Latrinen bauen zu können.« Margie schüttelte lachend den Kopf bei dieser Erinnerung.

»Und wissen Sie was? Nach Wochen, wahrscheinlich sogar Monaten von Papierkram, Formularen, Anfragen und all diesem Mist führte ich einen unserer Ingenieure zu einem beinahe verlassenen alten Bahnhof. Dort stand ein Bagger, wir schlossen ihn kurz und fuhren ihn zu uns. Innerhalb von zwei Tagen waren meine Latrinen fertig.« Sie nahm einen Schluck Whisky, ehe sie zu Gabriel aufsah und grinste. »Manchmal, mein Guter, muss man sich selbst um die Scheiße kümmern.« Lachend und zufrieden über ihren Scherz schlug sie sich auf den Schenkel.

Alek blickte mit einer wilden Intensität in ihr Glas. Ihr Whisky war noch immer unberührt. »Manchmal muss man sich selbst um die Scheiße kümmern«, wiederholte sie.

Wieder einmal stellte Gabriel fest, dass er nicht folgen konnte. Aber der Alkohol hatte bereits seine Sinne verwirrt, und er merkte, dass es ihn gerade nicht weiter störte. Er wäre am liebsten für immer unter dem stillen Baum sitzen geblieben, trinkend und das ferne, dumpf dröhnende Feuerwerk an der Grenze beobachtend, emotional unberührt und benebelt.

»Das ist keine gute Geschichte«, lautete seine schwache Antwort.

Margie grinste noch immer. »Hier gibt es keine guten Geschichten. Und auch keine schlechten. Nur die Realität. Und mit Lachen kann man überleben.«

Wieder war eine prasselnde Geräuschsalve in den fernen Hügeln zu hören. Margies Lächeln verschwand, als sie die Dauer des Artilleriefeuers bemerkte.

»Wird morgen ziemlich viel los sein«, meinte Bernard leise und leerte seinen Whisky. Er verabschiedete sich, indem er

Margie und Alek umarmte sowie Gabriel fest die Hand schüttelte.

Die Gruppe löste sich auf, jeder war in seine eigenen Gedanken versunken. Gabriel kehrte in sein Zimmer zurück. Eine undefinierbare Angst erfüllte ihn. Die gute Stimmung, die er zuvor verspürt hatte, war verschwunden. Er gehörte nicht zu diesen Menschen hier. Zugleich konnte er sich nicht vorstellen, nach Bristol zurückzukehren, zu Jane, und sein Leben einfach so wieder aufzunehmen. Das Campingbett knarzte unheilvoll, als er sich darauflegte. Innerhalb weniger Minuten vernahm er das hohe Surren der Moskitos. Obwohl er erschöpft war, störten immer wieder unbekannte Laute und intensive Träume seinen Schlaf. Er wachte mitten in der Nacht auf, desorientiert und durstig. Unbeholfen tapste er durchs Zimmer, um den Lichtschalter zu finden, wobei er sich sein Knie am Metallrahmen des Tisches anstieß. Es war nur eine nackte Glühbirne, die ihm ins Gesicht schien, was ihn einen Moment lang noch mehr verstörte. Er lehnte sich an die raue Wand und fühlte sich kurzfristig völlig verwirrt, während er auf die andere Seite des Zimmers blickte, wo in seiner Vorstellung eigentlich sein Bad hätte sein sollen – die hellgrünen Fliesen, die Jane so hasste, die eleganten Wasserhähne mit dem ständig vorhandenen Trinkwasser, die Bodenheizung, die warmen, weichen Handtücher.

Gabriel ließ sich wieder aufs Bett fallen. Er bemerkte eine Flasche mit Wasser, die auf dem Boden neben dem Kopfende stand. Nichts Unappetitliches schien darin zu schwimmen, weshalb er den Deckel abschraubte und trank. Das Wasser schmeckte leicht nach Algen, aber es war genießbar. Er war dankbar, schaltete das Licht wieder aus und hoffte, dass sich sein benebelter Zustand bis zum Morgen bessern würde.

Das Tageslicht verwirrte ihn jedoch fast noch mehr. Er hatte länger als die anderen geschlafen und erwachte schweißgebadet, die Sonne brannte bereits auf das niedrige Dach. Halb angezogen wankte er aus seinem Zimmer in das glühende Licht hinaus. Eine Gruppe Frauen mit Kleiderbündeln auf ihren Köpfen kam gerade vorbei. Eine flüsterte etwas zu den anderen, und alle brachen in Gelächter aus, während sie ihre feingliedrigen Hände vor ihre Münder hielten.

»*Salaam alaikum*«, murmelte er, ehe er wieder beschämt in den Ofen seines Zimmers zurückeilte, um ein Hemd überzuziehen. So gut es ging, strich er seine Haare glatt und zog seine Plastiksandalen an.

Das Lager war voller Leben, als er auf der Suche nach vertrauten Gesichtern hindurchwanderte. Esel trugen Grasbündel und Pfähle für neue Bauten in eine Richtung, während in der anderen Richtung Karren gezogen wurden, auf denen sich Säcke mit Korn des Welternährungsprogramms befanden. Eine Schlange aus mehreren hundert Leuten hatte sich vor der Klinik gebildet, und man hatte graue Plastikplanen über Pfähle gespannt, wollte den Wartenden ein wenig Schatten vor der aufgehenden Sonne spenden. Viele der Wartenden schliefen, zusammengerollt auf kleinen Kleiderhaufen, unter ihnen auch Kinder, die mit offenem Mund dalagen, während Fliegen um ihre Gesichter kreisten. Kaum einer sprach, alle waren zutiefst erschöpft. Von Alek war nichts zu sehen, und nicht zum ersten Mal befürchtete Gabriel, dass auch sie abgehauen war und ihn als eine Art Flüchtling unter den Heimatlosen zurückgelassen hatte.

Er bahnte sich seinen Weg zum Klinikgebäude und schaute dort durch ein offenes Fenster hinein. Drinnen sah er Bernard, der in einer blauen *MSF*-Schürze gerade einen vor ihm liegenden Patienten untersuchte.

»Guten Morgen, Professor.« Bernard lächelte ihm kurz zu, ehe er sich wieder seinem Patienten zuwandte.

In dieser Umgebung klang der akademische Titel fehl am Platz. Obwohl Gabriel wusste, dass Bernard ihn nicht hatte ärgern wollen, schämte er sich doch zum ersten Mal in seinem Leben für seine professoralen Ambitionen. Er blickte auf Bernards Schützling und sah unglaublich dünne Beine, dunkle Haut, die fest um zarte Knochen lag. Ein ausgehungertes Kind.

Der Vater des Kindes oder sein Betreuer trug eine unpassende amerikanische Baseballkappe mit einem besonders langen Schirm. Er blickte zum Arzt hoch, und in seiner Miene spiegelte sich Verwirrung. Bernard sagte etwas in einer Sprache, die Gabriel nicht verstand. Der Mann nickte, wodurch der lange Schirm auf und ab wippte.

»Das sind die Neuankömmlinge«, meinte Bernard in Gabriels Richtung. »Mehr stehen weiter oben an der Straße, um sich dort zu melden. Sie waren die ganze Nacht unterwegs.«

Bernard trat zur Seite, um die Beine des Kindes zu untersuchen. Gabriel starrte in das eingefallene Gesicht eines kleinen Mädchens, dessen Augen in seinem zusammengeschrumpften Körper riesig wirkten. Man konnte kaum glauben, dass es sich um einen Menschen handelte, so sehr hatte die Unterernährung seine Züge verzerrt. Bernard stellte sich wieder an dieselbe Stelle wie zuvor, wodurch Gabriel nichts mehr zu erkennen vermochte. Er stand am Fenster und starrte vor sich hin, ohne etwas zu sehen, wartete, ohne zu wissen, was als Nächstes geschehen sollte. Er hatte keine Ahnung, ob ihn das Kind angeschaut hatte, doch es fühlte sich in diesem Moment so an, als hätte es seine Brust aufgerissen und seine Seele betrachtet. Und ihn für mangelhaft befunden.

Gabriel trat einen Schritt zurück. Er war nie ein körperlich zugewandter Mann gewesen, was Jane ihm öfters vorge-
worfen hatte, obwohl auch sie in dieser Hinsicht nicht gerade
enthusiastisch war. Doch auf einmal verspürte er das Bedürfnis, in den Arm genommen zu werden, auf eine beruhigende,
unaufdringliche Weise gedrückt zu werden, wie das seine Mutter getan hatte. Es war ein seltsames Gefühl, dieses greifbare
Bedürfnis, in der Körperlichkeit eines anderen Menschen
Geborgenheit zu suchen. Hier gab es nur Fremde, und einen
Moment lang fragte er sich tatsächlich, ob er einfach eine der
Frauen bitten könnte, ihre Arme um ihn zu schlingen. Eine
hochgewachsene Frau in einem leuchtend orangefarbenen
Tuch stand ganz nah bei ihm. Wie würde sie reagieren, wenn
er mit ausgestreckten Armen auf sie zutreten würde? Vielleicht
spürte sie etwas, oder vielleicht war er auch einen Schritt auf
sie zugegangen, jedenfalls rückte sie von ihm ab. Was würde
sie sagen, wenn er ihr erklärte, dass er glaubte auseinander-
zufallen? Dass alles zu viel für ihn war, um es noch länger zu
ertragen? Die Schlange rückte fast unmerklich weiter, und die
Frau nutzte die Gelegenheit, zupfte ihr Tuch zurecht. Dann
hob sie eine schmutzige Tasche vom Boden auf und mied den
Blick des weißen Mannes, der so traurig und verloren allein
dastand.

Ein Raunen ging durch die wartenden Neuankömmlinge.
Gabriel wandte sich zum Gehen, als eine Frau ihre Stimme
erhob. Jemand antwortete ihr. Er blieb stehen und drehte
sich um. Die Menschen in der Schlange richteten sich auf
wie schlafende Tiere, viele wirkten verwirrt. Einige Männer schützten ihre Augen vor der Sonne, während sie in den
Himmel blickten. Und dann, als wäre ein Schalter umgelegt
worden, brach die Hölle los. Ein Mann zeigte hoch, schrie

etwas, und die Leute stoben auseinander. Päckchen fielen zu Boden, kleine Kinder wurden weinend mitgerissen. Mehrere eilten an Gabriel vorbei und rannten ihn dabei fast über den Haufen. Die Frau mit dem orangefarbenen Tuch begann mit schriller Stimme zu schreien. Er hörte eine andere Stimme, die rief, doch er musste sich erst umblicken, ehe er Bernard entdeckte, der am Klinikeingang stand und die fliehende Menge in seine Richtung winkte. Ein paar Leute gingen hinter den Bäumen in Deckung, andere rannten im Zickzack zwischen den Hütten hin und her. Viele stürmten die Straße hoch in Richtung Anmeldestation und vermutlich Busch.

Bernard hörte mit dem Rufen auf und schüttelte den Kopf. »Die Stimme von Antonow. So nennen sie das. Jedes Flugzeug erfüllt sie jetzt mit Entsetzen. Es ist ein Flugzeug des Welternährungsprogramms, das Getreide abwirft. Vermute ich jedenfalls. Die sudanesische Luftwaffe schickt auch Flieger herüber, nur um Angst und Schrecken zu verbreiten. Aber wir sind seit Monaten nicht mehr bombardiert worden.«

»Seit Monaten? Sudan bombardiert dieses Flüchtlingscamp?« Gabriel brüllte, obwohl es im Lager auf einmal völlig still geworden war.

»Oh ja. Früher sogar ziemlich oft. Und überfallen wurden wir auch. Al Babr beehrt uns immer wieder mit Besuchen. Wenn sich die Frauen über die Grenzen des Camps hinauswagen ... Sagen wir es so: keine gute Idee.«

»Al Babr?« Gabriel erinnerte sich daran, diese Bezeichnung bereits bei der Straßensperre gehört zu haben. »Der Name ist mir schon einmal untergekommen. Was ist das?«

»Es ist besser, nicht nachzufragen. Manche Dinge sollte man lieber nicht so genau wissen. Wenn man wissen muss, was

sich dahinter verbirgt, steckt man bereits tief in der Scheiße.«
Bernard lachte über seine laxe Formulierung.

»Da stecke ich längst, Bernard.« Gabriel sah ihn flehend an.
»Bitte. Niemand erzählt mir hier irgendwas.«

»Also gut. Al Babr ist ein Mann und keine Sache. Über-
setzt heißt der Name auf Arabisch ›der Tiger‹ und gehört
einem höchst gefährlichen Kerl. Er hat eine Gruppe von Milizionären, Kämpfern, Exsoldaten, früheren *Dschandschawid*
hinter sich versammelt – wer weiß, wer alles dabei ist. Die
Binnenflüchtlinge nennen sie das Auge des Horus. Sie sprechen nicht offen über solche Dinge, weil al-Baschir überall
seine Spitzel hat. Aber es ist eindeutig, dass diese Milizionäre
über die Grenze in den Südsudan kommen und hier Dorfbewohner und Binnenflüchtlinge überfallen, um in den Ölfel-
dern schwere Verwüstungen anzurichten. Wir haben uns
offiziell schon beschwert. Mehr als einmal. Khartum behauptet, es gäbe keine Grenzüberschreitungen dieser Art und dass
es eine Rebellengruppe sei, die von Juba finanziert würde. In
diesem Teil der Welt ist es schwierig, die Wahrheit zu erfahren.«

»Horus? Wie die Gottheit des Krieges?«

»Das hier ist das ›Herrschaftsgebiet des Krieges‹. Damit
können Sie zwar noch nicht die ganzen Gefahren einschätzen,
aber Sie bekommen eine gewisse Vorstellung.«

»Verstehe«, meinte Gabriel. »Und die internationale Gemeinschaft? Was macht die in dieser Hinsicht?«

Bernard sah ihn belustigt an. »Wir sind doch hier«, sagte er.
»Und beerdigen die Babys.«

Gabriel überließ den Mann von *MSF* wieder seinen Patienten, die sich im ganzen Lager verstreut hatten, und ging
eine ihm unbekannte Straße weiter. Er wollte einfach nur

seinen Gedanken entfliehen. Schon bald war er sich nicht mehr sicher, ob er nicht in einem großen Kreis lief, denn alle Ansammlungen von hastig errichteten Hütten sahen in seinen Augen irgendwie gleich aus. Einige Latrinen stanken stark nach Chemikalien und menschlichen Ausscheidungen, und als er wenige Minuten später wieder auf eine Gruppe von Latrinenhäuschen stieß, glaubte er, tatsächlich im Kreis gegangen zu sein. Das Camp war allerdings noch größer, als er bisher vermutet hatte. Er kam an einem Gelände für Mädchen vorbei, an dessen Eingang ein Sicherheitsbeamter herumlungerte. Dann an einer Kirche, zwei Moscheen, mehreren Bauten, die wie Schulen aussahen, und einer großen Gemeinschaftsfläche, wo offenbar Zusammenkünfte stattfanden. Überall saßen Frauen und Kinder, redeten, flickten Stoffe oder mahlten Hirse – einige in einem besseren Gesundheitszustand als andere.

Als schließlich seine Füße schmerzten und sein bereits sonnenverbrannter Nacken noch stärker zu prickeln begann, entdeckte er die unverkennbare, schwere Gestalt von Margie, die mit einer trist wirkenden Gruppe herumlief. Gabriel ging an zwei Hütten vorbei, um ihnen zu folgen. Die Häuser wurden weniger, und sie betraten einen Friedhof, auf dem hunderte, wenn nicht tausende von Hügeln und Steinhaufen die Gräber markierten. Erst als er ganz bis zu der Gruppe vorgedrungen war, bemerkte er, dass die Männer einen eingewickelten Leichnam trugen.

»Entschuldigen Sie«, platzte er heraus, als er neben Margie stand. »Das war mir nicht klar.«

»Kein Problem, mein Guter. Machen Sie sich keine Gedanken. Als Campleiterin versuche ich nur, an so vielen Begräbnissen wie möglich teilzunehmen. Aber bei unserer rohen

Mortalität sollte ich eigentlich den Friedhof gar nicht mehr verlassen.«

»Rohe Mortalität?«

»So lautet der Fachbegriff.«

Gabriel zuckte innerlich zusammen.

»Tut mir leid, mein Guter. Das sind alte NGO-Ausdrücke. Wir werden hier etwas abgehärtet. Aber solche Termini helfen einem zurechtzukommen.«

Margie wies mit dem Kopf links neben Gabriel, wo in einiger Entfernung eine Gestalt neben einem Grab zu sehen war. Alek stand in der Hitze da, die Hände vor sich ineinander verschränkt. Gabriel bahnte sich mit langsamen Schritten einen Weg zwischen den Hügeln auf sie zu.

Alek blickte nicht auf, als er zu ihr trat. »Haben Sie mir nicht geglaubt, als ich sagte, dass meine Mutter hier begraben liegt?«

Was bedeutete es schon, was er geglaubt hatte, dachte er. Sein Glaube, sein Wissen, sein Intellekt – all das war hier wertlos. Schlimmer noch, es behinderte ihn.

»Nein, ich habe Ihnen nicht geglaubt«, erwiderte er. »Das tut mir leid.«

»Meine Mutter und mein Vater trennten sich, als ich noch klein war«, erzählte Alek traurig. »Ich lebte bei meinem Vater und seiner neuen Frau. Mein anderer Bruder und meine kleine Schwester blieben bei meiner Mutter. Meine Stiefmutter zog ihre eigenen Kinder immer uns vor. Mein Vater merkte das, aber er unternahm nichts, er wollte sie nicht verärgern. Sie war jähzornig. Eines Tages schrie sie mich an und schlug mich, weil ich eine hübsche Schmetterlingshaarspange ihrer Tochter für meine Haare verwendet hatte. In jener Nacht nahm ich ein Streichholz und zündete die Küche an. Sie hatte Wände aus Gras und brannte sehr leicht. Ich stahl Geld aus dem Geldbeutel meines Vaters und rannte zu den Taxis. Mit einem fuhr ich nach Juba, wo es aber schreckliche Kämpfe gab. Die Soldaten waren gefährlich, und ich verstand, dass ich das nicht überleben würde. Von da an war ich entweder in Lagern wie diesem oder draußen auf dem Land.« Sie hielt inne und sah sich um. Jila schien ein trauriges Zuhause für ein Kind zu sein, auch wenn die Kinder, die Gabriel hier gesehen hatte, nur diese staubige Umgebung kannten. Ihr Spiel konnte nichts aufhalten.

»Was war mit Ihrer Mutter?«, fragte er. »Wo war sie?«

»Ich habe sie irgendwann gefunden. Als das Friedensabkommen unterzeichnet war, traf ich meine Stieffamilie wieder. Meine Stiefschwestern waren nach Khartum geschickt worden, um dort auf eine Schule zu gehen, und sprachen bloß noch Arabisch. Ich hatte die Lagerschulen in Kampala und dann in Nairobi besucht. Sie aßen *halal* und trugen lange Kleider. Ich hatte Jeans an und ein Kreuz um den Hals. Damals war mein Vater bereits in die Politik verwickelt, um zu helfen. Also rannte ich wieder weg und suchte meine Mutter. Nach vielen Bemühungen entdeckte ich sie hier. Kurz bevor sie starb.«

»Und Ihr Vater, Alek? Warum wurde er getötet?«

»Mein Vater war ein Träumer. Er glaubte, er könnte all das hier ...« Sie wies auf die zahlreichen Gräber um sie herum. »...Er könnte all das hier beenden. Er versuchte verschiedene Ethnien in Abyei zu befrieden. In diesem Staat wurde er verehrt und geliebt. Aber er dachte nur an die Menschen, die oberhalb der Erde lebten. Er hätte mehr auf das Unterirdische achten sollen.«

»Was meinen Sie damit?«

»Öl.« Alek machte ein kleines Kreuzzeichen auf ihre Brust

und blies einen zärtlichen Kuss über ihre Handfläche zu dem hart gewordenen Erdhügel zu ihren Füßen. »Inzwischen geht es um Öl, Mr. Gabriel. Eines Tages werden es Wissenschaftler wie Sie – oder Gott, den Sie so verhöhnen – vielleicht schaffen, Öl und Wasser zu mischen. Aber bei Öl und Frieden wird das nie gelingen.«

Alek wanderte die Anhöhe hinauf, wo Margie der kleinen Beerdigung beiwohnte. Die Gruppe der Trauernden stand zwischen einer riesigen Ansammlung von Gräbern, über denen einige Krähen krächzend kreisten, und murmelten leise ihre Gebete. Hinter Gabriel war ein Schild am Rand des Friedhofsgeländes in der harten Erde errichtet worden. Das »UN Mine Action Centre« erklärte darauf, dass hier die »UXO Räumungszone« endete. Der Busch dahinter wirkte nicht anders, sondern mit seinen grünvioletten Christuspalmen vielmehr fast unberührt und irreführend üppig. Doch dort lauerten Landminen und Sprengstoffe – von Soldaten oder Rebellen oder Milizionären oder Zivilisten verstreut, von denen jeder wütend nach Gerechtigkeit gierte, jeder für seine eigene Familie kämpfte, um ein gutes Leben für sich bangte sowie seinen Feinden Metallsplitter in den Leib wünschte.

Es waren kleine längliche Steine auf dem Boden verstreut. Als sich Gabriel umsah, bemerkte er überall diese Steinchen, wie Samen auf der Erde verteilt. Er beugte sich herab und hob einen auf. Keine Steine, sondern Projektile. Dieses Geschoss war leicht demoliert, hatte an der Spitze eine Delle und stammte wohl – der verräterischen konischen Form nach zu urteilen – aus einer Automatikwaffe. Wahrscheinlich eine AK-47, dachte Gabriel, während er die Kugel einsteckte. Es fiel ihm schwer, sich vorzustellen, dass man mit einem so kleinen Metallstück jemanden töten konnte, dass es durch einen

319

Körper gedrungen und dann auf den Boden gefallen war, um schließlich von ihm gefunden zu werden.

Das Lager bot keinen Schutz vor der Hitze, und Gabriel verbrachte den restlichen Tag damit, von einem heißen Schatten zum nächsten zu wandern. Währenddessen war er sich der Geschäftigkeit des Camps bewusst, das wie ein wütender Bienenschwarm um ihn herum surrte. Als die Sonne schließlich hinter der Linie aus Dornenbäumen versank und der rauchige Dunst alles in eine sonderbare orangefarbene Schattierung tauchte, war er müde und froh, sich bald auf sein Campingbett sinken lassen zu können.

Er saß draußen vor seinem Zimmer und verscheuchte immer wieder die lästigen Moskitos, die mit den ersten Anzeichen des Sonnenuntergangs herauskamen. Alek trat zu ihm und bat ihn um die Schlüssel des Land Cruiser. Sie trug einen Gegenstand von der Größe eines A4-Buchs, der in einen roten Stoff gewickelt war.

»Was ist das?«, wollte er wissen, als er ihr die Schlüssel reichte.

»Etwas, das mein Cousin für mich aufbewahrt hat.« Ihre Antwort war unverbindlich und lud nicht zu einer weiteren Frage ein. Alek marschierte zum Auto, und Gabriel sah zu, wie sie den Gegenstand unter dem Beifahrersitz verstaute und ihn dabei so weit wie möglich nach hinten schob. Sie versperrte den Land Cruiser wieder und kehrte zu Gabriel zurück, um sich neben ihn auf die staubige Veranda zu setzen.

»Morgen fahren wir früh los.«

»Um meine Pflanzen zu suchen?«

»Ja«, erwiderte sie und blickte auf den Boden. »Ja, Ihre Pflanzen. Ich kenne den Weg von hier.«

Ein Schatten zeigte sich auf der Straße, die an dem Bürogebäude Richtung Friedhof führte. Gabriel konnte die Gestalt eines Mannes erkennen, dessen Baseballkappe einen langen auf und ab wippenden Schirm hatte. Er trug ein kleines, eingewickeltes Bündel in seinem Arm.

ACHTZEHN

Gebäude des Geheimen Nachrichtendienstes, Vauxhall, London

Richards war bereits schlecht gelaunt, noch ehe sie überhaupt den MI6-Agenten getroffen hatten. »Angeblich soll da doch ein Tunnel unter der Themse nach Whitehall führen«, bemerkte er säuerlich. Vor dem Zeitalter der Metrosexuellen und des männlichen Sensibilitätstrainings hätte man den Oberst schmeichelhaft einen echten Kerl genannt. Er strahlte eine raue Gesundheit aus, das Kinn eckig nach vorn gereckt, als wollte er sich jedem Feind entgegenstellen, der den Niedergang des Empire plante. Für das Treffen hatte er seine offizielle Uniform angelegt, wobei Bartholomew überrascht war, dass er nicht den Kampfanzug gewählt hatte, vielleicht sogar samt Seitenwaffe.

Das Gebäude des Geheimen Nachrichtendienstes hieß intern MI6-Gebäude, doch die Anwohner bezeichneten es als Legoland oder als Babylon an der Themse, da es an einen babylonischen Tempelturm erinnerte, ob nun vom Architekten beabsichtigt oder nicht. Ein auffallender Bau, der bereits in mindestens vier James-Bond-Filmen zu sehen war, einschließlich der spektakulären Verfolgungsjagd zu Beginn von *Die Welt ist nicht genug*. Es war tatsächlich attackiert worden, als unbekannte Angreifer eine russische RPG-22-Panzerabwehrrakete von einem nahen Parkplatz aus abfeuerten und dabei einige Fenster im achten Stock zerstörten. Doch trotz seiner Geschichte und wesentlichen Rolle im Geheimdienst hatte

Bartholomew bisher noch nie die hohe rechteckige Eingangs-halle betreten. Auch jetzt war er nicht sonderlich begeistert, dazu genötigt zu sein.

»Verdammte Agenten«, stöhnte Richards. »Ich verstehe noch immer nicht, was wir hier sollen, George.«

»Während des Treffens denken Sie an Rangordnung und Etikette, Oberst«, wies ihn Bartholomew an. »Lassen Sie mich reden, und dann sind wir schnell wieder raus. Sagen Sie nichts, es sei denn, es ist unumgänglich.«

Seine Woche der Erholung hatte sich zu vier Tagen ver-kürzt und nichts zur Besserung seiner Anspannung beige-tragen. Lilly war seit Husseins Eindringen in ihr Heim noch anstrengender als sonst und kaschierte ihre Sorge durch sinn-loses Geplapper. Er hatte überlegt, ob er Todd von dem uner-warteten Besucher erzählen sollte, doch dann war ihm klar geworden, so von der Existenz des Projekts Reaper erzählen zu müssen – und davon wusste Todd entweder bisher nichts, oder er hatte sich bewusst entschlossen, es nicht zu erwähnen.

Innerhalb eines Tages nach Husseins Besuch hatte ihn dann der MI6-Agent kontaktiert und Bartholomew zu einem Tref-fen einbestellt, wobei er darauf bestand, dass auch Richards mitkam. Der Name des Obersts war in ihren Gesprächen noch nie gefallen. Bartholomew fürchtete, dass es nur eines bedeuten konnte: MI6 wusste über das Projekt Reaper genau Bescheid.

Richards brummte, schwieg aber, bis sie das marmorne Foyer durchschritten und Bartholomew mit dem Kopf auf die makellos gepflegte Gestalt von Todd wies, der geduldig auf sie wartete. Richards zischte etwas wie »Verfluchte Schwuchtel« durch seine zusammengebissenen Zähne, aber Bartholomew war sich in diesem Punkt nicht so sicher. Tatsächlich hatte sich Todd diesmal noch mehr um seine Erscheinung bemüht als beim letzten Mal – falls das überhaupt möglich war. Seine schwarzen Haare waren in eine perfekte Form gekämmt, die Hose gepresst, plissiert und an den Fesseln enger werdend, die Schuhe hingegen spitz und weit über seine Zehen hinausreichend.

»Mit den Dingern würde ich nur ungern in den Kampf ziehen«, bemerkte Richards ein wenig zu laut.

Todd achtete nicht darauf und wies ihnen höflich den Weg zu den Fahrstühlen. Der Duft seines blumigen Eau des Cologne verstärkte sich, als sich die Türen mit einem leisen Zischen schlossen und der Lift surrend eine unklare Anzahl von Stockwerken zurücklegte. Die drei Männer warteten angespannt schweigend, bis sich die Türen wieder öffneten. Dann führte Todd sie einen hellen Gang entlang in ein Konferenzzimmer. Dort drückte er einen Knopf neben dem Eingang, und ein dumpfes Murmeln erfüllte den Raum.

»Abfangmodus«, flüsterte Bartholomew Richards wissend zu, der allerdings ebenso verständnislos wie zuvor wirkte.

Todd ging zur gegenüberliegenden Seite des Tisches, wo er einen schmalen Stapel Dokumente vor sich hinlegte. Er bot ihnen Tee an, den sie beide in der Hoffnung ablehnten, die Angelegenheit – was es auch immer sein mochte – möglichst schnell hinter sich zu bringen. Doch Todd schien keineswegs in Eile zu sein, denn eine Weile rückte er nur bedächtig seine Papiere hin und her.

»Das Projekt Reaper. Ein passender Name, Generalleutnant – im Sinne von ›The Grim Reaper‹ also dem Sensenmann.« Todd betrachtete einen Moment lang das Dokument vor sich, ehe er Bartholomew anblickte. Diesem war augenblicklich übel geworden.

»Ich glaube, ich möchte doch einen Tee.«

»Ja, das kann ich verstehen.« Todd wandte sich an Richards. »Oberst?«

Richards sah ihn finster an, die Arme in einer kindlichen Trotzgeste vor der Brust verschränkt. Todd lächelte überraschend schüchtern, ehe er einen Knopf auf der kleinen Konsole in der Mitte des Tisches drückte und sorgfältig die Bestellung für den Generalleutnant durchgab. Dann lehnte er sich zurück und fuhr fort, das Dokument vor sich zu mustern. Bewusst tat er nichts anderes, bis schließlich die Tür geöffnet wurde und eine Sekretärin in einem Bleistiftrock mit einem Tablett erschien. Feierlich platzierte sie eine Tasse Tee vor Bartholomew. Milch war bereits hinzugefügt worden, Zucker wurde keiner angeboten. Erst als die Frau die Tür wieder hinter sich geschlossen hatte, lehnte sich Todd vor. Nun hatte Richards offenbar genug.

»Mein Gott, wollen wir den ganzen Tag mit diesen verdammten Höflichkeiten verschwenden? Sie haben uns aus einem bestimmten Grund hierherbestellt. Also. Können wir jetzt endlich mal anfangen?«

»Einverstanden, Rambo. Beruhigen Sie sich.« Todds Stimme war eisig.

Richards' Wangen röteten sich, und einen Moment lang befürchtete Bartholomew, der Soldat würde sich nicht zurückhalten können und ihrem adretten Gastgeber einen Kinnhaken versetzen.

Doch ehe Richards zum Schlag ausholen konnte, neutralisierte ihn Todd mit ein paar Bemerkungen. »MI6 weiß, dass Sie beide, meine Herren, mit einer verdeckten Operation beschäftigt waren. Einer Operation, die zur Ausschaltung einer Zivilperson in einem nicht aggressiven und unabhängigen Staat führte und zwar im Auftrag eines Landes, das sich noch immer auf der Liste der Terrorstaaten der Amerikaner befindet.«

Die Wirkung auf Richards war erstaunlich. Es wäre vermutlich lustig gewesen zu beobachten, wie der barsche Mann sichtbar langsam die Sätze verarbeitete und sich mit seinem beschränkten Intellekt der Bedeutung der einzelnen Wörter bewusst wurde. Bartholomew konnte dem Erkenntnisprozess fast zuschauen, der sich auf dem Gesicht des Obersts widerspiegelte – zuerst war die Miene ausdruckslos, und dann röteten sich allmählich die Wangen, als ob die Sonne aufgehen würde. Seine Augen weiteten sich, und kaum hatte die Aussage des Agenten schließlich auch für Richards Gestalt angenommen, begann er aufgeregt zu hecheln, was sein Gesicht nur noch röter werden ließ. Er stand halb auf, als ob er wegrennen wollte, und wandte sich dann, während er sich noch immer über den Tisch beugte, Bartholomew zu.

»Was zum Teufel redet er da, George?« Bartholomew konnte die Angst in seinen Augen erkennen. Zum ersten Mal erlebte er Richards in Panik. »Was zum Teufel, George? Das war eine Operation mit den Amerikanern. Das war *ihre* Zielperson. Wovon quatscht dieser Idiot?«

»Nein, Oberst«, mischte sich Todd mit sichtlicher Genugtuung ein. »Die Zielperson war ein südsudanesischer Politiker namens Matthew Deng. Ihre Rakete setzte ihn außer Gefecht, während er sich auf südsudanesischem Boden befand. Die Zielperson wurde von der sudanesischen Volksarmee identifiziert. Ihr Auftraggeber, Oberst, war Khartum. Die Amerikaner mögen ein Auge zugedrückt haben, aber sie haben bestimmt keine Operation für einen Staat angeordnet, der noch immer Terroristen finanziert. Und Mr. Deng war kein al-Qaida-Mitglied. Das kann ich Ihnen garantieren.«

Richards explodierte. »Sind Sie wahnsinnig? Wir haben bestimmt nie irgendeine Operation für Khartum durchgeführt. Al-Baschir! Bomben für al-Baschir! George, wovon zum Teufel redet der Kerl?«

»Bomben für al-Baschir. Sie haben offenbar eine poetische Ader, Oberst. Vielleicht haben Sie den falschen Beruf gewählt. Vielleicht steht Ihnen ja noch eine literarische Karriere offen, nachdem sich Ihre militärische jetzt im freien Fall befindet.«

Todd ließ diese Verhöhnung einen Moment lang wirken, ehe er weitersprach. »Aber bitte, Oberst Richards, seien Sie nicht naiv. Für wen dachten Sie denn, dass Sie arbeiten würden? Für die britische Kinderbibliotheksstiftung?«

Todd hielt sich mit seinem Spott wahrhaftig nicht zurück, und doch starrte Richards Bartholomew an und achtete nicht auf den Quälgeist ihm gegenüber.

»Sie mussten nicht wissen, wer der eigentliche Auftraggeber war, Frank«, sagte Bartholomew. »Das war besser so. Es wurde von höchster Stelle genehmigt.« Er wusste, dass er schwach klang. Doch tatsächlich hatte man Richards keine Unbedenklichkeitsbescheinigung ausgestellt, damit er die genaueren Details erfuhr. »Und diese bescheuerte Liste der Amis ist völlig irrelevant. Glauben Sie wirklich, die USA kaufen nicht so schnell wie möglich Öl von al-Baschir?«

»Was mich zu dem Grund für unser kleines Treffen bringt…«

Bartholomew sah Todd erschreckt an. Er hatte eigentlich gedacht, dass sie bereits den Grund für ihre Einbestellung erfahren hatten. Todd hielt seinem Blick stand, wobei nur ein leichtes Hochziehen seiner Augenbrauen den Ernst der Lage andeutete.

»Die Entscheidung der Luftwaffe, sich auf grenzüberschreitende Bombardierungen einzulassen, ohne vorher MI6 zu befragen, war unüberlegt. Die beinahe garantierte Verwicklung vorteilhafter Waffengeschäfte ist ein weiterer problematischer Faktor. Doch für den Geheimdienst und die Regierung sind die jüngsten Ereignisse wesentlich bedenklicher. Offenbar scheinen noch andere beteiligt zu sein, die vielleicht den Deng-Angriff genauer prüfen wollen. Uns ist bisher nicht klar, wer dahintersteckt, aber unsere erste Sorge wäre eine inländische Untersuchung – entweder durch MI5 oder das Betrugsdezernat. Oder etwas aus Europa, vielleicht das Europäische Amt für Betrugsbekämpfung. Ich muss Sie nicht daran erinnern, Generalleutnant, dass alle drei Erfahrungen in der Ermittlung betrügerischer Regierungsverträge haben. Die Zerstörung, die von Ms. Garlick in der Al-Yamamah-Probe ermittelt wurde, jagt Whitehall jetzt noch kalte Schauder über den Rücken. Ich muss Sie wohl auch nicht daran erinnern, dass Großbritannien ein Gründungsmitglied der OECD-Konvention gegen Bestechung ausländischer Amtsträger ist. Braucht das Verteidigungsministerium wirklich einen weiteren Skandal? Ich bezweifle es.«

Richards sank auf seinen Stuhl zurück. Er war zu einem bloßen Zuschauer geworden, erschöpft von dem Spektakel und unfähig, daran teilzunehmen oder auch nur zu reagieren. Er spürte jetzt zweifelsohne, was Bartholomew schon die ganze Zeit gewusst hatte: dass das Projekt Reaper nicht ihr Pensionsdasein versüßen würde, sondern einen Flächenbrand ausgelöst hatte.

Dennoch hatte Todd bisher nichts Neues mitgeteilt. Er behandelte Altbekanntes, wenn auch Beängstigendes. Er hatte gesprochen, ohne die Papiere vor sich zu beachten. Doch jetzt hielt er inne, richtete den Blick auf die Dokumente und las einige Zeilen, ehe er wieder aufsah. Bartholomew wusste, dass nichts Gutes kommen würde.

»Wie Sie wissen, gab es bei diesem Angriff auch einen Kollateralschaden. Ein Kind. Wir haben die Aufnahmen analysiert ...« Richards setzte sich kerzengerade auf. In seiner Miene zeigte sich Empörung, ehe er wieder angesichts Todds offensichtlichen Desinteresses in sich zusammensackte. »... Und es ist eindeutig, dass der Angriff noch hätte abgebrochen werden können, als man bemerkte, wie das Kind auf die Zielperson zurannte. Sie haben entschieden, weiterzumachen. Eine weitere unglückselige Entscheidung Ihrerseits.«

Man würde sie im Stich lassen. Das war Bartholomew jetzt klar. Man würde das Ganze eine »fehlgeleitete Mission« nennen, von niemandem Ranghöheren im Verteidigungsministerium genehmigt als ihm selbst. Der Kreuzzug eines moralisch armseligen Soldaten, der bereit war, Unschuldige zu töten, um sich finanziell zu bereichern. Es würde zu einer Kreuzigung kommen. Lilly würde das niemals verstehen.

»Wessen Fehler das auch immer gewesen sein mag«, fuhr Todd fort, »ist dem Verteidigungsministerium bewusst, dass die Presse die feine Unterscheidung zwischen Ihrer persönlichen Verantwortung, meine Herren, und der des Ministeriums nicht machen wird. Ehrlich gesagt, ist MI6 auch nicht an dem kurzfristigen Desaster eines schiefgelaufenen Waffenhandels interessiert. Uns beunruhigt mehr, dass ein fremder Akteur möglicherweise unsere Einrichtungen infiltriert hat.«

Jetzt war es an Bartholomew, sich kerzengerade aufzurichten. Das war es also, was Todd bisher zurückgehalten hatte. Er verdächtigte Hussein. Der Saudi hatte ihn gegen die Chinesen ausgespielt und Angebotsdetails weitergegeben. Er hatte es die ganze Zeit schon befürchtet.

»Dengs Tochter scheint wild entschlossen zu sein, die Verwicklung des Ministeriums und unseres Landes in diese Attacke aufzudecken. Ihre Absichten sind unklar, aber da die Zielperson ihr Vater war, könnte es sich auch einfach um eine persönliche, emotionale Reaktion handeln. Allerdings glauben wir, dass ein britischer Staatsbürger sie unterstützt – ein Professor von der Universität Bristol. Er hilft ihr aktiv bei der Suche. Und wir denken, dass er Teil einer größeren Gruppe ist.«

»Ein verdammter Spion!« Richards riss sich aus seinem benebelten Zustand.

»Ja, ein ›verdammter Spion‹, wie Sie das so eloquent bezeichnen. Und damit wären wir bei Ihnen, Oberst.«

Die Spannung zwischen den beiden war unerträglich. Richards ballte die Fäuste, als ob er vorhätte, jeden Moment zuzuschlagen, während Todd ihn schmallippig anlächelte.

»Der Professor interagiert mit den Chinesen über eine Verbindung an der Universität von Zhejiang. Ihr Austausch ist komplex codiert und basiert scheinbar auf mathematischen und wissenschaftlichen Daten. Sie werden über einen Vermittler in Bristol geschickt, einen Kollegen des Professors. Noch war es uns nicht möglich, den Code zu knacken. Aber der Professor hat eine Frau …« Todd hielt inne und konsultierte seine Papiere. »Jane.«

Während der Name Bartholomew nichts sagte, kam von Richards ein tierhafter Laut, ein ersticktes Stöhnen. Der Oberst wurde bleich, und seine Unterlippe schien zu zittern. Todd wandte sich mit funkelnden Augen an Bartholomew. Er wirkte beinahe verzückt.

»Falls Sie Probleme haben sollten, dem Ganzen zu folgen, Generalleutnant, dann möchte ich das Wichtigste kurz für Sie zusammenfassen. Der fremde Akteur, der sich gerade im

Sudan befindet – und den Decknamen Vogelmann benutzt –, ist mit Jane verheiratet, die in Filton für den Waffenhersteller unseres Landes arbeitet und eine Affäre mit Ihrer rechten Hand beim Projekt Reaper hat. Vielleicht die heikelste Operation, die augenblicklich irgendwo auf der Welt vom Britischen Königreich durchgeführt wird. Das sind Tatsachen, von denen ich annehme, dass Sie Ihnen bisher zum Glück nicht bewusst waren, oder?«

Nach dieser Frage folgte eine unangenehme Stille. Todd sah aus, als wollte er sich jeden Moment wie ein Raubvogel von seinem Stuhl erheben.

»Allerdings habe ich erfahren, dass Sie derjenige waren, der Jane eine erhöhte Unbedenklichkeitsbescheinigung ausstellen ließ, damit sie bei dem Projekt assistieren konnte. Das scheint typisch für den Professor und seine Frau zu sein. Ihre vorherige außereheliche Affäre fand mit einem Gärtner namens Jason Long statt. Er hatte einen Abschluss in Kommunikationswissenschaft, arbeitete bei der Armee und tut nun offiziell so, als wäre er ausgeschieden, um sich stattdessen mit Dahlien und Kompost zu beschäftigen. Wir glauben, dass er der Betreuer des Paares sein könnte.«

Bartholomew spürte, wie sein Puls zu rasen begann – ein Donnern, das seiner Brust wehtat und ihm Tränen in die Augen trieb. Jetzt würde sein Herz also endgültig versagen. Er würde um sich schlagen, sein Gesicht würde sich verzerren, und der ungerührte Todd würde weiterhin selbstzufrieden grinsen, während er auf dem beigen Teppichboden des MI6 sein Leben aushauchte. Er sollte gehen, aber er wusste, dass er das Bewusstsein verlieren würde, wenn er jetzt aufstand. Er war gefangen, wie ein Bär in der Falle darauf wartend, dass ihm sein Peiniger den Todesstoß versetzte.

»MI6 ist der Ansicht, dass wir es mit einer raffinierten Aktion zu tun haben, die dieses Land untergraben soll. Sie sind unfreiwillig dafür verantwortlich, dass es so weit kam. Ich sage unfreiwillig. Andererseits sind wir uns durchaus darüber im Klaren, dass Sie kurz vor der Pensionierung stehen, es mit Ihrer Gesundheit nicht zum Besten steht, es Ihre Entscheidung war, besagte Jane fester in das Projekt einzubinden, und Sie mehrere große Zahlungen auf ein Schwarzgeldkonto von einem uns bekannten saudischen Waffenhändler bekamen. Wir kennen auch Ihre ziemlich hanebüchene Entscheidung, ein schäbiges und unvermietbares Apartment auf Korfu zu kaufen. Das mag alles nichts bedeuten, Generalleutnant. Aber ich kann Ihnen versichern: Wenn das hier schiefläuft, machen wir Sie zum Zentrum eines Shitstorms, wie Sie noch nie einen erlebt haben.«

Zu Bartholomews Verblüffung schien Richards zu weinen. Sein ganzer Körper bebte, und er bedeckte mit den Händen sein Gesicht. Unter anderen Umständen wäre er vermutlich innerlich zufrieden gewesen, dass der geile Bock durch seine sexuellen Eskapaden niedergestreckt wurde. Außer einem peinlichen Missverständnis hinsichtlich einer thailändischen Eskortbegleitung hatten sich seine eigenen Ausschweifungen auf Fummeln und Keuchen im Dunkeln mit Lilly beschränkt. Doch die Größe der Katastrophe, die nun eingetreten war, machte ihn völlig empfindungslos. Er war wie betäubt und spürte nur noch seinen kollabierenden kardiorespiratorischen Apparat.

Todd hingegen bestand offensichtlich aus Stahl und kannte kein Mitgefühl. Er musterte den in sich zusammensackenden Luftwaffenoberst mit dem Ausdruck eisiger Langeweile.

»Hören Sie mir genau zu, Sie beide.«

Richards stellte wie ein gehorsamer Schüler das Schniefen ein, verzweifelt auf die elterlichen Anweisungen wartend.

»Das Ganze endet hier. Es geht nicht weiter. Abbruch aller augenblicklichen Operationen. Das Projekt Reaper ist abgeschlossen. Sie machen es zu Ihrer absoluten Priorität, sämtliche Spuren zu verwischen. Belastende Unterlagen verschwinden. Es ist nie passiert.« Todd behielt trotz der schneidenden Anweisungen seine empathielose Miene bei.

»Generalleutnant, die Saudi-Verbindung wird abgeschnitten. Für immer. Sie warten eine angemessene Zeit lang. Dann reichen Sie beide Ihren Rücktritt ein.«

»Und der Professor aus Bristol? Und Dengs Tochter?« Bartholomews Stimme klang heiser. Der Schmerz in seinem Magen breitete sich in seine Brust aus, als ob sein aufgeblasener Bauch ihm keinen Platz mehr zum Atmen ließ.

»Machen Sie sich über die keine Gedanken. Wir arbeiten daran. Auf unsere Weise.«

»Ich befürchte, etwas Ähnliches hat schon jemand anderes gesagt. Vielleicht ist es bereits zu spät.«

Zum ersten Mal bröckelte Todds teilnahmslose Miene. Seine Augen weiteten sich, und eine wütende Rötung überzog seinen Hals. »Was zum Teufel noch mal haben Sie jetzt angerichtet, Bartholomew? Lassen Sie diesen verdammten saudischen Höllenhund ja nicht von der Leine.«

NEUNZEHN

Dorf Malual Kon, Northern Bahr al-Ghazal, Südsudan

Margie stand früh auf, um sich von ihnen zu verabschieden. Sie sah frisch geschrubbt aus, und ihre ganze Erscheinung schien, wenn auch ziemlich rotbraun, zu schimmern. Gabriel erwartete fast, dass sie dampfen würde, als sie aus dem Schatten trat, um sie zum Abschied zu umarmen. Die Trennung war unerwartet schwer. Alek hatte Tränen in den Augen, als sie sich zum Gehen wandte und Gabriel mit Margie allein ließ, um sich noch von einigen anderen Mitarbeitern zu verabschieden. Gabriel war ebenfalls angespannt. Das Camp hatte eine Art von sicherem Hafen geboten. Margie drückte ihn mütterlich an sich, wovor er nicht zurückschreckte.

»Ich bin so verloren«, gestand er ihr zu seiner eigenen Verblüffung. »So hin und her geschleudert von einem Ort zum anderen. Ich kann die Menschen nicht verstehen, ich kann den Unterhaltungen um mich herum nicht folgen. Hier im Camp hatte ich mich irgendwie aufgehoben gefühlt.«

Sein atemloses Bekenntnis überraschte ihn selbst. Es schien in dieser Umgebung keine Zeit für Heucheleien zu geben. So war es wirklich, wurde ihm klar. Er spürte, dass die Zeit knapp wurde. Sein Leben rieselte ihm durch die Finger wie feiner Sand, und in seinen hohlen Handflächen befand sich beinahe kein Nachschub mehr.

»Ach, mein Guter, ich wusste ja, dass Sie letztlich meinem Islay-Charme erliegen würden«, scherzte Margie. Doch sie betrachtete ihn aus großen, mitfühlenden Augen. Das machte ihn mit seinen Emotionen eher unsicherer. Er hatte den Eindruck, nur noch wenige Minuten zu haben, um den Rest seines Lebens erfassen zu können, nur noch wenige Sekunden, um sich erklären zu können.

»Sollte ich Angst haben? Bin ich in Gefahr?«

Die Fragen klangen lächerlich und zugleich tiefgründig. Wie kam es, dass sich das Leben so grundsätzlich geändert hatte, dass er sie jetzt stellte – früh am Morgen, während die Sonne über dem aufsteigenden Rauch eines UNHCR-Flüchtlingslagers aufging?

»Mein Lieber, hier draußen bedroht einen ständig etwas. Aber das ändert sich nicht, wenn man in Manchester oder London eine Straße überquert. Irgendein Kid könnte einen auch dort mit seiner frisierten Karre über den Haufen rasen.«

Einen Moment lang war sich Gabriel nicht sicher, ob er Margie die banale Geschichte des Schlags vor der Universität erzählt hatte. Es war das seltsamste Sinnkontinuum, das er sich vorstellen konnte – von jener harmlosen Attacke bis zu diesem Ort hier, als ob das eine irgendwie zu dem anderen geführt hätte.

»Es ist wahrscheinlich nur eine andere Art von Gefahr«, fuhr Margie fort. »Und ich bevorzuge das hier. Nicht dass es vernünftiger wäre. Aber man fühlt sich realer. Und insgesamt kenne ich meine Feinde da draußen. Ich bin hier weniger verwirrt als in einer großen Stadt, wo sich niemand um einen schert. Immer in Bewegung, aber ohne Gründe. Hier hingegen steht alles still, obwohl alle die besten Gründe haben, sich in Bewegung zu setzen.«

Gabriel dachte über die Klugheit und die Ironie in dieser Aussage nach. Vielleicht vermochten Widrigkeiten ein Leben

zu bereichern. Allerdings nahm er nicht an, dass die Flüchtlinge um ihn herum diesen Gedanken als sonderlich weise
sehen würden.

»Vielleicht haben Sie recht, Margie. Ich weiß es noch nicht.
Mein Problem ist, dass ich nicht die geringste Ahnung habe,
welche Gefahren hier draußen lauern.«

»Passen Sie einfach auf sich auf, Gabriel, mein Guter.« Margies Stirn legte sich in dicke Falten. »Und bitte passen Sie auf
sie auf.« Sie wies zu Alek, die sich gerade wieder näherte. »Sie
verdient Besseres als das, was sie bisher bekommen hat.«

Margie umarmte die beiden ein letztes Mal, ehe sie Gabriel
ein Päckchen mit Früchten und Brot reichte. Fast hoffte er,
dass sich ihre Abreise noch weiter verzögern würde, doch Alek
kletterte auf den Beifahrersitz und schaute in die andere Richtung, über den Horizont aus Hütten und Zelten hinweg. Margie hielt Gabriel die Tür auf.

»Kommen Sie zurück und heiraten Sie mich, mein Guter.
Sonst wird es in Ihrem Leben echt gefährlich.« Sie lachte leise.

Er steckte die Hand in die Hosentasche, um den Autoschlüssel herauszuziehen. Stattdessen hatte er das AK-47-Geschoss in
den Fingern, das er auf dem Friedhof eingesteckt hatte, hart
und kalt. Jetzt würde es keine Gnadenfrist mehr geben.

Die Reise in Richtung Westen ging nur langsam voran. Alek
schien zurückgezogen zu sein. Sie hatte den Kopf an die
Autotür gelehnt und war in Gedanken woanders. Stundenlang wechselten sie kaum ein Wort, während sie sich durch
die endlosen Kilometer dieser heimtückischen Straße kämpften. Die Landschaft war menschenleer. Hier schien die einzige
Bedrohung aus Langeweile zu bestehen. Sie hielten an einer
Straßenlichtung, um die Früchte und das Brot von Margie im

Schatten zu essen. Die Luft war stickig, und kleine Mücken kitzelten Gabriels Wangen und Lippen, als er aß. Die Mischung aus Stärke und Fruchtzucker verursachte bei ihm Verstopfung, aber er hatte inzwischen gelernt, dann zu essen, wenn es etwas gab. Alek schien nicht hungrig zu sein. Lustlos zupfte sie mit ihren dürren Fingern an dem Brot und ließ die Hälfte als Brösel für die Ameisen und Käfer fallen. Ein Spatz zwitscherte interessiert, kam schließlich herbeigeflattert und landete neben ihren Füßen.

Ein kleiner Fluss rauschte mit braunem und schlickigem Wasser hinter ihnen vorbei. Gurgelnd bahnte er sich einen Weg durch verfilztes Gras und Gebüsch. In einem Becken mit einer dünnen Schaumschicht in der Mitte sammelte sich das Wasser, ehe es in einem Rohr verschwand, das unter der Straße hindurchführte. Auf der anderen Seite floss es weiter und verlor sich dort im Dickicht.

Gabriel rutschte am Ufer hinunter. Die Sandalen hatte er oben auf der Straße stehen lassen und tauchte die Füße in das verfilzte Gras. Das Wasser schwappte über seine Zehen, während er sich die Hände wusch, die von der gerade gegessenen Mango klebrig waren. Dann zog er sich bis auf die Unterhose aus – seine Gehemmtheit hatte er abgelegt – und watete in den Fluss, bis das Wasser zu seinen Knien reichte. Er spritzte Brust und Achselhöhlen nass, was seine Haut angenehm kühlte. Auch wenn das Wasser Sand enthielt, war es doch sauberer als der Schweiß und der Schmutz auf seiner Haut. Er rieb sich Brust und Beine ab und beobachtete, wie das braune Rinnsal ins Wasser lief. Wahrscheinlich gab es einen guten Grund, sich nicht in einem solchen Fluss zu waschen, dachte er. Alek würde es ihn zweifelsohne im Verlauf ihrer weiteren Reise noch wissen lassen. Vielleicht gab es schreckliche Flusspara-

337

siten, die in seinen Körper eindringen und ihn von innen verzehren würden. Oder eine wasserbezogene Krankheit, die ihn innerhalb weniger Stunden töten würde. Er fragte sich, ob ihn das überhaupt noch kümmerte.

Da vernahm er das glucksende Geräusch von nackten Füßen im Schlamm hinter sich. Er drehte sich halb um und entdeckte die gertenschlanke Gestalt von Alek, die sich im seichten Wasser herabbeugte und ebenfalls Hände und Füße wusch. Ihr Schal war über ihre Schultern und ihre Oberarme gelegt. Wieder überlegte Gabriel, woher die seltsame Verletzung kam, die er bereits im Swimmingpool in Wau gesehen hatte. Sie bemerkte seinen Blick und wandte sich ab, wobei sie auch ihre Wangen mit Wasser benetzte. Sie hob einen Arm und zog sich mit einer fließenden Bewegung ihr Oberteil zusammen mit dem Tuch aus. Ihr halbnackter Oberkörper bot einen drastischen Anblick. Gabriel vermochte nicht wegzuschauen. Es waren nicht ihr schmerzlich dünner Körper oder ihre beinahe nicht vorhandenen Brüste oder die Linie ihres dunklen Torsos, was ihn fesselte. Es waren die starken Verbrennungen auf ihrem Oberarm, die noch frisch aussahen und die Haut mit wellenartigen Striemen und Narben übersät hatten.

Gabriel bemerkte, dass er das grobe Zeichen eines offenen Auges anstarrte, das man auf ihre Haut gebrannt hatte. Es wirkte wie eine erst kürzlich zugefügte Verletzung und fast lebendig. Vielleicht war es aber auch schon alt. Gabriel konnte es nicht sagen.

Alek sah, wie sich sein Mund vor Entsetzen verzog. Doch sie schwieg. Stattdessen beugte sie sich herab, sammelte Wasser in ihren Händen und bespritzte damit ihre Brust. Es floss in Rinnsalen über ihre Brustwarzen.

»Es ist die Narbe von jemandem, der misshandelt wurde«, sagte sie schließlich. »Ein Fleck auf einer fauligen Frucht.«

Sie redete zum Wasser hin. Doch als Gabriel eine Frage formulieren wollte, sah sie ihn an. »Wie eine Erinnerung wird sie nie verschwinden. Fragen Sie nicht. Was geschehen ist, ist geschehen, und wir leben weiter.«

Sie spritzte noch Wasser auf ihren Körper und watete dann ans Ufer, wo sie sich wieder die Kleidung über den nassen Körper zog.

»Wir sollten fahren. In einigen Stunden sind wir da.«

»Wo, Alek? Wo sind wir in einigen Stunden? Sagen Sie bloß nicht, dort, wo die Pflanzen sind. Ich habe schon aufgehört, daran zu glauben. Sie waren nicht ehrlich zu mir – nicht ein Mal, seit wir uns getroffen haben. Ich fürchte, ich nehme Ihnen nichts mehr ab.«

Alek sah ihn traurig an, erwiderte aber nichts.

»Wohin fahren wir?«

»Wir fahren dorthin, wo wir hinmüssen.« Damit drehte sie sich um und stieg das Ufer hinauf zur Straße.

Ihre arrogante Annahme, dass er jedem Weg folgen würde, den sie vorschlug, machte ihn wütend. Und dennoch hatte sie recht. Ihm blieb nichts anderes übrig. Selbst wenn er sich weigern, umdrehen und auf wunderbare Weise plötzlich in seinem feuchten Haus in Clifton Village wiederfinden würde, wo vor den Fenstern Graupel vom Himmel fiel, wäre es doch zu spät. Er war zu weit gekommen und hatte zu viel gesehen. Hatte er noch eine Wahl? Vielleicht, aber nur als Gedankenexperiment. Tatsächlich lag sein Schicksal ausweglos in Aleks schmalen Händen.

Gabriel zog seine kurze Hose und sein Hemd wieder an, das an seiner feuchten Haut klebte. Es schien keine Möglichkeit zu

geben, sauber zu werden, den Schweiß und den Staub abzu-
waschen, der ihn bedeckte. Langsam lief er durch das Gras,
wobei er aufpasste, dass er seine empfindlichen Zehen und
Füße nicht verletzte.

Stimmen drangen zu ihm von der Straße herunter, als er
die Böschung zu dem Land Cruiser hochstieg. Oben angekommen entdeckte er drei Soldaten, die hinter dem Fahrzeug
standen und versuchten, es zu öffnen. Gabriel sah sich um.
Ein weiteres Auto war nirgendwo zu sehen. Die Männer schienen einfach aus dem Nichts aufgetaucht zu sein. Als er sich
näherte, bemerkte er, dass sie jung waren, Anfang zwanzig,
vielleicht noch jünger. Sie wirkten nervös und erschöpft, ihre
Gesichter und Arme waren verschmiert. Ihre Uniform bestand
aus einer Mischung aus Tarnkleidung und schlecht sitzenden
Zivilklamotten. Einer der Soldaten schaute wie ein Junge aus
und hatte einen seltsam unpassenden, pinkfarbenen Stoff als
Bandana um den Kopf gebunden. Einer der Älteren trug um
seinen Unterarm eine schmutzige Bandage, wobei eine sichtbare, fast schwarz gefärbte Blutkruste die Fliegen in Scharen
anzog.

Alek diskutierte aufgeregt mit ihnen. Es war nicht klar,
worum es in der Auseinandersetzung ging, aber offenbar
gefielen ihnen ihre Antworten nicht. Der mit dem verletzten
Arm zeigte immer wieder die Straße hinunter in die Richtung,
aus der sie gekommen waren. Alek schüttelte den Kopf und
fuchtelte mit den Armen. Sie schimpfte, die jungen Männer
entgegneten ihr mit wütenden, lauter werdenden Stimmen.
Gabriel bemerkte, dass die Augen des Jüngsten tiefrot waren,
als ob er krank wäre. Ununterbrochen fummelte er an einem
Schnappriegel an seinem Sturmgewehr herum. Auf und zu, auf
und zu. Gabriel beobachtete ihn, während der Soldatenjunge

seinen Blick auf Alek gerichtet hielt, der eine Finger an der Sicherung, der andere am Abzug seiner Waffe.

Der verletzte Soldat – er war offenbar der Anführer – schrie Alek erneut an und versuchte die Wagentür aufzureißen. Alek brüllte hasserfüllt zurück und packte die Schulter des Mannes. Die Augen des zitternden Jüngsten weiteten sich, und Gabriel vernahm das endgültige Einschnappen der Sicherung, ehe er mit der AK-47 anlegte, sein Gesicht hart.

»Warten Sie! Stopp!«

Gabriel hörte sich diese Worte rufen, obwohl er das Gefühl hatte, sich nicht in seinem Körper zu befinden, sondern sein Selbst von außen zu betrachten, wie es sich dem Kind näherte. Er fasste den Gewehrlauf mit der Hand. Zu seiner Überraschung ließ ihn der Junge den Lauf fast ohne Gegenwehr nach unten drücken. Es schien fast so, als hätte er Gabriels Einmischung vorhergesehen und wäre sogar erleichtert. Die drei Soldaten drehten sich zu Gabriel und warteten darauf, dass er weiterreden würde. Auch Alek schaute ihn an. Irgendwie hatte er die Situation vorübergehend unter Kontrolle gebracht.

»Was wollt ihr?«, fragte er. »Wir sind hier in wichtigen Geschäften für die Regierung unterwegs. Sie haben uns hier herausgeschickt, damit wir Wichtiges erledigen. Warum haltet ihr uns auf?«

Der verletzte Soldat kam auf ihn zu. Seine Augen wirkten misstrauisch. »In welchem Auftrag sind Sie unterwegs? Sie müssen nach Aweil zurückkehren. Sie müssen uns dorthin mitnehmen.«

»Darum geht es also? Sie wollen bei uns mitfahren, zwingen uns zum Umdrehen und dass wir Sie da hinbringen? Geht es darum?«

In seiner Stimme schwang eine Autorität mit, die ihm

von sich selbst fremd war. Der Junge mit dem pinkfarbenen Bandana hatte seine Waffe heruntergenommen und starrte jetzt traurig auf den Boden. Auch der verletzte Soldat wirkte verunsichert.

»Sie dürfen uns in unserer Arbeit nicht aufhalten. Wir haben Anweisung von höchster Ebene, vom Minister persönlich.« Als er die Worte ausgesprochen hatte, wurde ihm klar, dass er übertrieben hatte. Er sah, wie sich die Augen des Soldaten verengten.

»Welcher Minister?«

Gabriel zögerte, doch Alek sprang in die Bresche – diesmal auf Englisch. »Minister Kuwa vom Justizministerium. Und wenn Sie uns noch länger aufhalten, fordern wir in Juba, Sie vors Kriegsgericht stellen zu lassen. Wer ist Ihr Vorgesetzter? Wo ist er? Weiß er, dass seine Männer versuchen, einen Transport mit Zivilisten einzuschüchtern, die fürs Ministerium unterwegs sind?«

Die Soldaten merkten, dass die Chancen auf eine Mitfahrgelegenheit nach Hause rapide schwanden. In ihren Mienen breitete sich Enttäuschung aus. Aber das Machtspiel zwischen ihnen verlangte noch nach einer letzten Aktion von ihrer Seite, eine Erinnerung daran, dass sie bewaffnet waren und zum Militär gehörten.

»Ihr Fahrzeug müssen wir trotzdem durchsuchen«, sagte der rotäugige Junge.

Erleichtert stimmte Gabriel rasch zu und holte die Schlüssel heraus, während Alek erneut zu protestieren begann. Sie schien nicht willig zu sein, ihnen das Auto zu zeigen, und drängte sich vor sie, um als Erste zur hinteren Tür zu gelangen. Gabriel drückte den Knopf, die Türen wurden entriegelt. Der bandagierte Soldat starrte Alek finster an, aber sie öffnete dennoch die Tür und nahm ihre Tasche heraus, um sie einige Meter vom Wagen entfernt auf den Boden zu stellen.

»Da sind persönliche Dinge drin«, informierte sie die Männer. Sie vergewisserte sich, dass alle Reißverschlüsse an der Tasche geschlossen waren. Der junge Mann sagte etwas zu ihr und stieß sie beiseite. Sie kam zurück und stellte sich erneut neben die offene Autotür, während der Soldat ihre Tasche attackierte, als wollte er einem Tier die Eingeweide herausreißen. Alek achtete kaum auf ihn, denn ihre Augen schossen ununterbrochen zu dem Bündel, das in den roten Stoff gehüllt unter ihrem Sitz lag.

Innerhalb weniger Minuten lagen Aleks Kleidungsstücke auf der Erde verstreut – ihre Unterwäsche von schmutzigen Fingern betastet und genau erkundet, ihre Röcke achtlos auf einen Haufen geworfen. Als ihre Tasche leer war, knallte Alek die Tür zu und ging zornig auf die Männer zu. Ihre Beschuldigungen schienen zu funktionieren, denn die zwei Jüngsten blickten beschämt zu Boden. Nur der Verletzte versuchte sich zu verteidigen, doch Alek steigerte sich in ihre Wut hinein, und es schien nichts zu ändern, ob diese nun künstlich aufgebauscht war oder echt. Englische Worte mischten sich in ihren Dialekt, wobei das Wort »Mama« immer wieder vorkam. Sie vertrieb die drei, indem sie sie blamierte. Der jüngste Soldat begann die Tasche wieder einzupacken. Doch Alek scheuchte ihn fort und hob ihre Kleidung selbst auf, ohne von den Beschimpfungen abzulassen. Die Soldaten waren im Grunde noch Kinder. Allmählich taten sie Gabriel fast leid, wie sie nun schweigend dastanden und von ihr getadelt wurden.

Sie ließen sie in einer Staubwolke zurück, als sie davonbrausten. Gabriel beobachtete sie im Rückspiegel. Erst als sie hinter einer Kurve verschwunden waren, durchbrach er die Stille im Auto.

»Alek, was ist in den roten Stoff gewickelt?«

Zuerst schwieg sie. Vielleicht überlegte sie, ob sie ihm überhaupt antworten sollte.

»Beweise«, sagte sie schließlich.

»Wofür?«

»Etwas, das mit dem Tod meines Vaters zu tun hat. Er wurde durch eine Art Bombe getötet, eine Rakete, die vom Himmel kam. Aber die Dorfbewohner meinten, es habe kein Flugzeug gegeben. Sie sagten, die Explosion sei aus dem Nichts gekommen. Al-Baschir wirft seine Bomben aus lauten Antonows ab. Ich glaube auch nicht, dass die Sudanesische Luftwaffe in der Lage ist, Raketen von Helikoptern oder Jets abzufeuern, die weit weg sind. Also muss jemand anderer darin verwickelt sein.«

Wieder versank sie in Schweigen, und Gabriel überlegte, ob ihre Antwort, die für ihn keine echte Erklärung darstellte, bereits alles gewesen war. Doch dann fuhr sie mit leicht zitternder Stimme fort. »Von der Bombe blieb ein Stück zurück. Die Dorfbewohner fanden es im Holz der Tür und gaben es meinem Cousin. Er brachte es nach Jila, um es dort sicher aufzubewahren. Es hat Zeichen, und ich werde es der UN-Militärpolizei in Juba zeigen. Es ist der Schlüssel, um herauszufinden, wer dafür verantwortlich war.«

Alek stieß einen tiefen Seufzer aus, der voller Sehnsucht klang.

»Diese Explosion hat den Rest meines Lebens zerstört. Mein Vater und Adama blieben zerfetzt und verbrannt zurück. Und dieses Stück Metall.«

Als sie weiter nach Westen vordrangen, wich der dichte Busch einer spärlich bewachsenen Ebene mit Akazien und anderen robusten Bäumen. Sie erreichten die Übergangszone, von der Gabriel in seinen Vorträgen gesprochen hatte, wo die Erde und die Vegetation durch leichte Änderungen der Durchschnittstemperaturen zunehmend karger wurde. Die Luft war diesig vor Staub oder Rauch, und die Linien zwischen Baum, Sand und Straße begannen zu verschwimmen. Statt Schlamm gab es jetzt trockene Rinnen und steinige Anhöhen, was den Wagen zu heftigem Schütteln und Ruckeln brachte. Sie kamen an einigen ausgebrannten Hütten vorbei, deren Dächer eingestürzt waren und wie die Konstruktionen eines Kindes aussahen, eine vorübergehende Festung für ein Versteckspiel, die man jederzeit wieder verlassen konnte. Doch wenn man die Gegend um die Hütten mit ihren Feuerstellen betrachtete, gewann man einen anderen Eindruck. Gabriel bemerkte einen in die Asche gestoßenen Kochkessel, Hinweise auf ein früheres, alltägliches Leben, Zeichen, dass hier einmal eine kleine Gemeinschaft gewohnt hatte, deren Welt jetzt zerstört war. Er fuhr langsamer und starrte auf die Verwüstung. Das umgebende Buschwerk war intakt geblieben. Kein wildes Feuer hatte diese Häuser zerstört. Er blickte fragend zu Alek, doch sie schaute nur geradeaus, nicht bereit, sich auf eine Unterhaltung einzulassen.

Vor ihnen schien sich der Dunst zu verdichten. Gabriel roch nun auch Verbranntes. In der Ferne stieg grauschwarzer Rauch in dicken Wolken in die Luft. Je näher sie kamen, desto klarer wurde Gabriel, dass das Feuer über eine ganze Strecke hinwegzog, im Gras knisterte und aufflammte, wenn es den trockenen Busch erreichte. Er schaltete einen Gang herunter und nahm die nächste Straßenkurve langsamer als zuvor.

Ein Hirsefeld, das jetzt nur noch aus trockenem Gras bestand, brannte. Die Sonne brach durch den Rauch und tauchte die Szene in ein stumpfes orangefarbenes Licht. Einige Dorfbewohner, mit Stoffen und Ästen bewaffnet, versuchten die Flammen niederzuschlagen. Doch mit jedem Schwingen ihrer Arme schossen mehr Funken in die Luft, und neue Brandherde entstanden. Gabriel begriff sofort, dass die Bemühungen der Leute zum Scheitern verurteilt waren.

»Sollten wir nicht anhalten und ihnen helfen?«, fragte er.

»Wir können nichts tun. Wir sind nur zu zweit.«

Gabriel wurde noch nervöser, als sie einige Kilometer weiter an einer Gruppe von etwa zwanzig Leuten vorbeikamen, die mit Taschen neben der Straße entlangliefen. Sie zogen zwei Ziegen hinter sich her, und einige hatten Hühner dabei, welche sie an den Beinen festhielten. Kinder trotteten neben ihren Müttern dahin, während Männer Babys trugen, die noch zu klein zum Laufen waren. Sie ließen das Auto ohne Reaktion an sich vorbeifahren, blickten kaum auf.

»Sie werden sie wiedersehen«, meinte Alek.

Es folgte längeres Schweigen, und Gabriel fragte sich, ob das die einzige Bemerkung bleiben würde.

»In Jila«, fügte sie leise hinzu.

Die letzte Gestalt war ein kleiner Junge, dessen Miene vor Erschöpfung – und durch eine Traumatisierung, vermutete Gabriel – völlig leer wirkte. So jung, wie er war, hatte er schon zu viel gesehen, zu viel verloren. Im allerletzten Moment blickte der Junge auf und schaute ihn an. Ein beunruhigender Moment des Kontakts, dann waren sie an den Leuten vorbeigefahren. Jetzt war es nur noch eine Gruppe verwahrloster Gestalten in seinem Rückspiegel, auf dem Weg zu welchem Trost auch immer ihnen die westlichen Hilfsorganisationen geben konnten.

»Ich kenne sie. Sie sind aus einer benachbarten Gegend. Wir sind gleich da.«

»Wo sind wir gleich, Alek? Wohin bringen Sie uns?«

»Zu einem Dorf. Malual Kon.« Eine weitere Erklärung gab sie ihm nicht.

»Wozu? Warum fahren wir in dieses Dorf? Wieso werden meine Nachforschungen von Ihren persönlichen … Racheplänen durchkreuzt? Ich finde, ich verdiene eine Erklärung, Alek.«

»Ich bin nicht undankbar, Mr. Gabriel. Ich verstehe, dass es für jemanden wie Sie, der aus einer ganz anderen Welt kommt, nicht leicht sein kann. Und ja, Sie verdienen jetzt eine Erklärung. Früher ging es nicht, denn sonst wären Sie nicht mitgefahren. Malual Kon ist das Dorf, wo die Familie meines Vaters lebte. Sie lebten dort einfach und verstanden nicht, was in unserem Land um sie herum geschah. Mein Vater versuchte es ihnen zu erläutern, aber sie schüttelten nur den Kopf und beklagten sich, dass der Regen noch nicht da sei. Die Hirse auf den Feldern verdorrte, die Ziegen waren krank, das Leben war schon hart genug, und sie wollten nichts von irgendwelchen Grenzdisputen wissen. Oder von al-Baschirs Plänen, an Öl zu gelangen, das sie gar nicht kannten.«

Alek starrte vor sich hin, und ihre Stimme klang beinhart. Bisher hatte Gabriel sie noch nie so unterschwellig grimmig erlebt.

»Mein Vater hat sie nicht oft besucht, weil ihm die Gefahren bewusst waren, wenn man der Grenze zu nahe kommt. Man hat ihn ständig im Blick behalten und nur auf eine Gelegenheit gewartet, ihn zu fassen. Gegen Ende seines Lebens wurde er sehr vorsichtig. Al-Baschir hatte überall Spione. Ich wusste nicht, dass sie auch *mich* beobachteten. Aber irgendwann würde ich ihn aufsuchen. Meine Liebe zu ihm war zu stark, ich konnte einfach nicht wegbleiben. Als ich meine Tante besuchte, war mir all das nicht klar. Ich wusste, dass ich meinen Vater nicht sehen würde, er war nicht da. Ich wusste das, sie wussten das nicht. Sie folgten mir in der Hoffnung, dass sie ihn durch mich finden würden. Ich war es. Ich brachte sie hierher.«

»Wen? Wer ist ›sie‹? Wer sind diese Leute, die Ihnen folgen?«

»Al Babr. Im Auftrag des Teufels.«

Gabriel war verwirrt. Aber Alek lieferte keine weitere Erklärung.

»Es ist besser, wenn Sie nicht mehr fragen. Sie werden alles sehen, was Sie sehen müssen. Sie werden verstehen, was Sie verstehen müssen.«

Mehrere Minuten lang fuhren sie schweigend dahin. Gabriel ergab sich in sein Los, während Alek auf dem Sitz nach vorne rutschte, um die Landschaft nach vertrauten Orientierungspunkten abzusuchen.

»Hier sind wir«, sagte sie schließlich, als der nächste Ort vor ihnen auftauchte.

Es musste früher ein großes Dorf gewesen sein. Die Häuser standen über eine weite Fläche verbreitet, mit kleinen Pfaden, die zwischen den verschiedenen Ansammlungen von Hütten und Viehumzäunungen verliefen. Kinder waren wohl einmal auf diesen Wegen gerannt, von einer Familieneinheit zur anderen springend, die Hühner aufscheuchend. Doch die Pfade und der niedrige Pflanzenbewuchs waren alles, was zurückgeblieben war. Jede Wohnstätte war auf einige Flecken aus Mauerresten und verkohlter Erde reduziert. Die Vieh-*Zaraib* waren niedergebrannt worden, sodass man nur noch ein paar Stümpfe sehen konnte. In der Mitte der ehemaligen Konstruktion erkannte Gabriel einen grässlichen Haufen aus verdrehten Beinknochen und Rückenwirbeln, die manchmal von versengtem Leder zusammengehalten wurden. Die Tiere waren in ihrer Unterkunft gestorben. Obwohl die Feuersbrunst bereits vor Monaten stattgefunden haben musste, hing der Gestank der Kadaver noch immer säuerlich in der Luft. Gabriel hielt in dem vergeblichen Versuch, den Geruch nicht einatmen zu müssen, einen Arm vor sein Gesicht. Doch Alek war bereits weitergelaufen und bahnte sich einen Weg zwischen den eingestürzten Hütten. Gabriel folgte ihr. Nur einen Moment lang blieb er noch mal stehen, als er ein halb verbranntes Stück Stoff liegen sah, vielleicht früher einmal das violette Kopftuch einer Frau, das nun an dem unteren Ast eines Dornenbaums hing.

»Haben Sie Ihre Kamera?«, fragte Alek.

Gabriel erinnerte sich an ihre Bemerkung in Juba über seine Nützlichkeit – die Tatsache, dass er keine offizielle Zugehörigkeit hatte und eine Kamera besaß. »Allmählich glaube ich zu verstehen, warum Sie mich hierhergebracht haben«, sagte er. »Ich kann nicht behaupten, überrascht zu sein, Alek, oder sonderlich entzückt. Und ja, ich habe meine Kamera dabei.«

Er hob seine Kamera und richtete das Objektiv auf die Überreste des zerfetzten Tuchs – ein Farbfleck vor einem kohlschwarzen Hintergrund.

»Das ist unwichtig«, sagte Alek. »Kommen Sie mit.«

Gabriel drückte trotzdem auf den Auslöser, ehe er seine Kamera senkte und ihr folgte.

Sie liefen einen schmalen Pfad entlang, ohne auf die zerstörten Hütten zu achten, an denen sie vorbeikamen. Die Umgebung hatte etwas Surreales, als ob all die Brandmale auf die halbhohen Mauern gemalt worden wären und das Dorf ein Vergnügungspark sein sollte, der ein Untergangsszenario vorgaukelte. Gabriel hätte sich auch auf einem Filmset befinden können und wartete fast darauf, dass jemand ihnen befehlen würde, die Aufnahmen nicht zu stören. Wenn da nicht der Geruch gewesen wäre, eine Gegenwart, die kam und ging, ungreifbar und doch eindeutig real.

Die Hütten wurden weniger, und vor ihnen erstreckten sich steinige Felder, die ein wenig hügelaufwärts führten. Die Luft schien plötzlich noch schlechter zu werden. Gabriels Schritte wurden bedächtiger, und auch Alek ging langsamer, ihre Atmung war nun klar zu hören, als ob sie sich innerlich auf etwas vorbereiten würde. Sie stiegen eine kleine Anhöhe hinauf und blieben stehen. Unter ihnen lag ein trockenes Flussbett aus Felsen und Gebüsch.

Steine waren den roterdigen Hügel hinabgerollt und hatten sich vor großen Felsbrocken gesammelt, die in der Mitte des Flussbetts ruhten. Die Gesteinstrümmer verteilten sich über dessen ganze Länge, abgerundetes Granitgeröll, das auch noch in der Ferne zu sehen war, wo die Wasserfurche in den Hügeln verschwand. Es war schwer, sich hier Wasser vorzustellen und wie es die unter der Hitze glühenden Steine kühlte. Doch sobald die Regenzeit kam, würde hier zweifelsohne ein Fluss entstehen, rostbraun und schlammig.

Gabriel starrte in die Klamm. Der Boden des Bettes schien verschwommen zu sein, als ob sein Blick durch etwas behindert würde, das sich irgendwo zwischen seinen Augen und dem Grund befand. Die Umrisse der Felsen waren unscharf, die Ränder durch Rauch oder eine Art apokalyptischen Nebel seltsam schemenhaft. Etwas stimmte hier nicht, das spürte er deutlich, auch wenn sein Gefühl nicht genau ausmachen konnte, was es war.

»Die Frauen und die Kinder sind bereits in den Lagern«,

erklärte Alek unvermittelt. »Sie leben von dem Getreide, das aus den Transportflugzeugen abgeworfen wird. Oder sie sind auf den Friedhöfen begraben. Wie meine Mutter. Aber die Männer und die Jungen sind hier. Im *Wadi*.«

Gabriel versuchte erneut, das Flussbett genauer zu mustern, als ob er nach Jungen Ausschau halten würde, die sich hinter den Felsen versteckten. Noch kämpften seine Augen damit, irgendwelche Formen auszumachen. Die Sonne brannte auf seinen Nacken. Bilder begannen in ihm hochzusteigen, eines nach dem anderen, schartige Ergänzungen zur natürlichen Ordnung der Dinge.

Er spürte, wie die Kraft seinen Körper verließ, als er schließlich klar sehen konnte. Er sank auf die Knie, die er sich dabei an den Steinen aufkratzte. Die Umrisse der Formen unter ihnen verschwammen durch die gebleichten Stoffe, die überall verstreut waren, getrennt von den Körpern, wie alte Wäsche, von Obdachlosen ausgelegt. Zwischen diesen Lumpen sah er nun, wohin er auch blickte, Gliedmaßen, undeutliche menschliche Schemen.

Er erinnerte sich daran, wie er als Kind mit seinen Eltern eine Landwirtschaftsmesse in Sherborne verlassen hatte. Sie hatten den Tag damit verbracht, Schafe zu streicheln und Ponys beim Tänzeln zuzuschauen. Die Sonne begann unterzugehen, und sein Mund war vor Zuckerwatte ganz klebrig. Auf seinen Lippen waren noch immer kleine Zuckerkristalle zu schmecken. Sie waren an einem Laster vorbeigekommen, dessen Ladefläche voller Vogelscheuchen lag, achtlos zu einem Haufen aus Stöcken und alter Kleidung zusammengeworfen. Die Gefühllosigkeit, die sich darin ausdrückte, hatte ihn schockiert und der Anblick der schiefen Figuren betrübt. Früher hatten die Vogelscheuchen einmal so stolz auf den Feldern gestanden, und nun waren sie wie kaputte Tische und Stühle einfach weggeschmissen worden. Auch die Gestalten unter ihm lagen zerbrochen da.

»Sie müssen jeden fotografieren«, befahl Alek, die jetzt aufgeregt am Rand der Klamm auf und ab lief. »Jeden Einzelnen. Nicht nur von hier oben. Sie müssen runter und jeden Menschen dort fotografieren.«

Gabriel blickte auf das ihm am nächsten liegende Bündel. Er sah den Umriss eines Brustkorbs unter einem früher einmal blauen Hemd, das in der Sonne beinahe grau geworden war. Zum Glück baumelte der Kopf für ihn nicht sichtbar über den Felsen hinab.

»Das kann ich nicht.« Er begann zu weinen. »Es tut mir leid, aber das schaffe ich nicht.« Kaum erkannte er seine eigene Stimme wieder, die wie die eines klagenden Kindes klang, das um Verzeihung bat. Er befürchtete, jeden Moment zu würgen, und streckte Alek die Kamera hin.

Sie hielt in ihrem Auf-und-ab-Gehen inne. »Erwarten Sie wirklich, dass ich meine eigene Familie fotografiere? Wie sie hier so alle daliegen? Meine Cousins, meine Neffen? Sie sind ein Fremder für sie. Können Sie das nicht machen?«

Gabriels bereits sonnenverbrannte Wangen röteten sich noch mehr. Er spürte eine Wut in sich aufwallen, vielleicht sogar Hass auf Alek und ihre Forderungen, ihre Weigerung, einen Kompromiss zu finden. Aber auch einen unerklärlichen Zorn auf die Toten, dass sie sich hier so offen zeigten, wie Treibholz, das von einer Flut angespült worden war – dass sie es nicht schafften, sich aufzulösen und zu verschwinden.

Er ballte die Fäuste und versuchte, nicht zu schreien, gelähmt von dem Ansturm der Gefühle. Er musste sich dem Bedürfnis entgegenstemmen, diesen gruseligen Gestalten und

Formen den Rücken zuzukehren und wegzurennen. Was war mit den Tätern, dachte er plötzlich. Warum war er nicht auf sie zornig? Warum empfand er ihnen gegenüber, wer auch immer sie sein mochten, nichts als jämmerliche Angst? Alek hatte recht, ihm fehlte der Mut. Vielleicht war die Wut nur ein Ausdruck seiner Schwäche.

»Oh mein Gott!« Die Worte entwichen ihm zischend wie heißer Dampf. Mühsam stand er auf und schaute nach einem Weg in die Schlucht hinab. Die Vorstellung, zwischen den Toten in knallblauen Flipflops herumzuwandern, machte das Ganze noch unerträglicher. Doch er wusste, wenn er jetzt zum Auto zurückkehren würde, um seine Stiefel zu holen, würde er nicht wiederkommen. Er kontrollierte seine Kamera und schoss eine Aufnahme von oben – das Panoramabild eines trockenen Flussbetts. Niemand würde begreifen, was sie betrachteten, es sei denn, er wies sie darauf hin. Dann würden sie das sehen, was auch er sah.

Es war schwer vorstellbar, jemandem ein solches Bild zu zeigen. Die Idee, das zu Hause einem interessierten Publikum zu präsentieren – er fragte sich vage, wer das sein sollte –, kam ihm noch fremder vor, als sich in das Tal der zerstückelten Leichen zu wagen.

Die Luft flirrte. Langsam und vorsichtig stieg er nach unten, um nur nichts zu berühren. Es war schwierig, irgendetwas außer dem Geruch wahrzunehmen. Hier stank es nicht nach Verwesung, wie es das damals getan hatte, als er eine tote Katze entdeckt hatte, die schon mehrere Tage lang in der Abflussrinne seines Hauses gelegen hatte. Es war weniger intensiv, doch er erkannte den eindeutigen Geruch des Todes, der gekommen und wieder gegangen war, eine trockene Ausdünstung, die ihm in den Schlund kroch und zum Husten reizte. Als würde er Ruß von einem erloschenen Kohlenfeuer einatmen.

Auf dem flacheren Boden kletterte er über einige Felsbrocken, die Augen auf das verblichene blaue Hemd gerichtet, das sich jetzt nur wenige Schritte von ihm entfernt befand. Er versuchte, seine Angst zu unterdrücken, die Furcht, dass sich ein Leichnam aufrichten und wie ein Zombie seine letzte Ruhestätte verlassen könnte.

Gabriel sah die Linie von zwei Rippen, wo das Hemd aufgerissen worden war, und dahinter Schwärze. Der Mann lag auf seinem Rücken, der Körper über den Felsen gebogen, der Kopf nicht sichtbar auf der anderen Seite herabhängend. Gabriel hob die Kamera und machte hastig ein paar Bilder, eine unpersönliche Sammlung von Kleidung und wettergegerbter Haut.

»Sie müssen unbedingt ihre Gesichter fotografieren«, rief Alek von oben.

»Verdammte Scheiße, Alek!«

Gabriel merkte erst, wie laut er geschrien hatte, als das Echo von den Steinwänden widerhallte. Warme Tränen liefen ihm über die Wangen. Er nahm die Kamera in beide Hände, bereit, sie auf den harten Boden zu seinen Füßen zu schleudern.

»Bitte, Mr. Gabriel. Bitte.« Diesmal klang die Stimme weicher.

Die Emotionen, die darin mitschwangen, trafen ihn. Der herrische Tonfall war verschwunden. Er blickte zu ihr auf. Sie stand in einiger Entfernung über ihm am Rand des *Wadis*. Ihr Kleid hatte sich um ihre dünne Gestalt gewickelt. Er sah, dass sie am ganzen Körper zitterte, und als sie sich ihm zuwandte, bemerkte er auch ihre Tränen.

»Ich bitte Sie um sehr viel«, flehte sie. »Das weiß ich. Und ich werde Sie von jetzt ab um nichts mehr bitten. Aber, bitte, Sie müssen das tun. Nicht für mich, sondern für sie.«

Gabriel nickte und ließ wieder die Kamera niedersinken.

Er stolperte um den Felsbrocken zum oberen Teil des Toten. Die Haut war ausgetrocknet, spannte sich über den Schädel, hatte den Mund des Mannes geöffnet und die schiefen Zähne entblößt. Gabriel versuchte, nicht auf die leeren Augenhöhlen zu blicken, während er scharf stellte und ein Bild machte. Ein Schauder des Ekels schüttelte ihn. Er wandte sich ab und ging langsam zum nächsten Leichnam – ein junger Mann, vielleicht noch ein Junge, in der Spalte zwischen zwei großen Felsen liegend, Arm und Hand auf einem der beiden ruhend, wie um ihn zu umarmen. Der dritte Tote lag frei da, mit dem Gesicht nach unten und weit gespreizten Gliedmaßen, als ob er hier in der Klamm getötet und nicht nur hier tot zurückgelassen worden wäre. Seinen Schädel hatte etwas hinten so stark eingedrückt, dass er beinahe flach war. Die Kamera klickte, ungerührt von dem, was sie aufnahm.

Jeder Moment des Fokussierens und Fotografierens betäubte Gabriel ein wenig mehr. Wie ein Schlafwandler bahnte er sich seinen Weg durch das Flussbett, während er fast automatisch seiner Aufgabe nachging. Jeder Schritt stumpfte ihn mehr ab. Der Geruch schien nachzulassen, selbst die Farben wurden undeutlicher, und die ganze Szene, die sich ihm bot, schien bald nur noch aus dumpfen Braun- und Grautönen zu bestehen. Ein verdorrtes Gesicht ging ins nächste über, ein nach oben gewandter Körper war wie der nächste. Zum Schluss empfand er fast gar nichts mehr. Er lief wie in einem Kokon, die Geräusche gedämpft, die Gerüche diffus. Er hätte genauso gut die Gesteinsformationen auf dem Mond studieren können, dachte er, als er das letzte Mal auf den Auslöser drückte. Dann sah er zu Alek hoch. Sie stand noch immer am Rand der Schlucht und beobachtete ihn mit gefalteten Händen, als würde sie beten. Noch nie war sie ihm zerbrechlicher vorgekommen.

Er drehte die Kamera zu ihr, stellte sie scharf ein und zoomte heran, bis Alek den Sucher ausfüllte. Sie blickte ihn direkt an, und er drückte auf den Auslöser. Ihr Körper war einen Augenblick lang regungslos und vor ihm zum bloßen Bild erstarrt.

Als er die Kamera senkte, sah er eine Gestalt, die auf einmal hinter ihr aufragte.

Als Gabriel wieder zu Alek am Rand des *Wadis* trat, war aus der einen Gestalt eine Gruppe bunt zusammengewürfelter Männer geworden. Einige trugen Teile von Uniformen, andere hatten Jeans und Turnschuhe an. Doch alle waren mit AK-47ern bewaffnet. Mehrere hatten Patronengurte voller Munition um ihre Oberkörper gelegt – wie die Zähne eines ausgestellten Dinosaurierskeletts. Das waren keine Kindersoldaten, keine verängstigten Männer wie jene an der Straßensperre, die panisch nach Deckung suchten, wenn eine UN-Frachtmaschine über sie hinwegflog. Ein paar der Kerle trugen Spiegelbrillen, doch selbst ohne ihre Augen sehen zu können, spürte Gabriel die Kampfeshärte, die sie ausstrahlten. Sie fuchtelten mit ihren Waffen so selbstverständlich herum, wie man in Bristol im Winter mit einem Regenschirm spielte. Ohne zu sprechen, standen sie in einem Halbkreis da und beobachteten Gabriel, wie dieser das letzte Stück der Schlucht nach oben stieg und zu Alek trat. Einer der Männer warf einen Blick auf Gabriels Schuhe und schnaubte verächtlich.

In einer gewissen Entfernung stand ein Kampfwagen, dessen Motor noch lief und dessen montiertes Maschinengewehr von einem stämmigen Mann in grüner Camouflage und einem roten Bandana um den Kopf bewacht wurde. Der Lauf der riesigen Waffe war direkt auf Gabriel und Alek gerichtet, einsame Ziele vor dem Abgrund. Gabriel hörte, wie die Tür auf der Fahrerseite aufging. Die Scharniere knarzten, dann wurde sie zugeschlagen. Ein kleinerer Mann mit einem zotteligen Bart kam mit steifen Schritten auf sie zu. Sein rechtes Bein zog er nach. Er war der Einzige in voller Militärmontur: olivgrüne Uniform mit Baskenmütze, schmaler Ledergürtel und polierte schwarze Stiefel. Gabriel fühlte sich durch den Anblick dieses offiziell wirkenden Mannes seltsam beruhigt. Er hatte offenbar das Sagen und war einer, der sich die Zeit nahm und das Bedürfnis verspürte, seine Stiefel zu putzen. Gabriel hatte stets die Autorität von leitenden Amtspersonen zu schätzen gewusst.

Doch je näher der Offizier kam, desto ungepflegter wirkte seine Gestalt. Seine Haare waren nicht gekämmt, seine Hose wies Flecken auf. Der Mann drängte sich an einem der Soldaten vorbei und stand dann vor ihnen, sodass ihnen eine Mischung aus Zigarettenrauch und altem Schweiß in die Nase stieg. Erst jetzt bemerkte Gabriel, dass sein linkes Auge nicht mehr fokussieren konnte, sondern ständig hin und her rollte. Seine Zähne waren schwarz vor Fäulnis oder Tabak oder auch beidem.

Alek zuckte immer wieder. Sie atmete jetzt schnell und flach, und Gabriel spürte deutlich ihre Angst.

Der Offizier musterte ihn mit seinem einen Auge von Kopf bis Fuß, während das andere irgendeinen unsichtbaren Gegenstand zu seiner Linken absuchte. »Ich bin Al Babr. Für Sie, der Sie nicht Arabisch sprechen: der Tiger.« Er drehte sich zu seinen Männern. »Und das ist die Tiger-Brigade. *Meine* Brigade. *Allahu akbar.*«

»*Allahu akbar*!«, riefen die Männer im Chor, und einige hoben ihre Waffen in die Luft.

Das Maschinengewehr des Kampfwagens blieb weiterhin auf sie gerichtet, während Gabriels vorübergehende Beruhigung verflog. Er betrachtete die Epauletten, die von den Schultern des Mannes hingen, genauer. Ein Adler mit ausgebreiteten Flügeln, der eine rote Kugel in den Klauen hielt und über die uralte Darstellung des Auges des Gottes Horus flog.

»Das Auge des Horus«, murmelte Gabriel und bereute sofort, den Mund aufgemacht zu haben.

Doch der Soldat schien zufrieden zu sein, dass er wusste, wer er war. »Ah, Sie haben bereits von mir gehört, Professor Cockburn.«

Die Nennung seines Namens ließ Gabriel innerlich erschaudern.

»Ausgezeichnet. Ausgezeichnet.« Der lose Augapfel rollte angetan in seiner Höhle hin und her.

»Sie sind nichts anderes als ein *Ghazzua*!« Alek spuckte die Worte aus, um dem Offizier zu zeigen, dass sie sich nicht einschüchtern ließ. Doch Gabriel sah ihre Angst. Ihre Stimme klang fremdartig, und ihre Augen waren geweitet – beides Anzeichen für echtes Entsetzen über das Eintreffen dieses kleinen Mannes.

»Das ist bloß das Zeichen von Abu Tira«, fuhr sie fort und zeigte auf das Emblem des Adlers, das auch auf die Brusttasche der Offiziersjacke gestickt war. »Schauen Sie sich doch das Arabische an, da steht es sogar: ›Die Polizei im Dienst des Volkes.‹ Welches Volkes? Von Südsudan? Das Volk der Dinka? Das der Fur? Nein, eure Herren sitzen in Khartum, ihr seid hier Eindringlinge.« Alek wandte sich an Gabriel, als würde er sie beschützen, sobald er nur begriffen hatte, worum es ging.

»Er hat die Grenze ohne Pass überschritten, ohne die Genehmigung der südsudanesischen Regierung. Das sind die Insignien der sudanesischen Reservepolizei. Hier will er töten und plündern. Unschuldigen das Leben nehmen. Und dann wie eine Kakerlake wieder zurück über die Grenze huschen.«

»Sudanesische Polizei? Hier?« Gabriel betrachtete verwirrt die Insignien. »Aber das ist … Das ist ein Bruch der Staatssouveränität von Südsudan.«

Der Milizionär fand ihrer beider Empörung sichtbar amüsant, und er lachte schallend über Gabriels Bemerkung. »Ach, Professor, was ist schon eine Grenze? Schauen Sie sich um. *Sehen* Sie hier eine Grenze? Es ist nicht wie die Mauer in Israel oder wie der große Zaun, den die Amerikaner gegen Mexiko gebaut haben. Können Sie eine Grenze spüren oder berühren? Wohl kaum. Es ist bloß eine Linie, die von verängstigten Menschen auf eine Landkarte gezeichnet wird. An einem Tag ist sie hier, am nächsten dort. Noch vor Kurzem war Heglig Teil des Sudan. Dann brachte es Juba gewaltsam an sich. Jetzt haben unsere glorreichen Truppen es zurückerobert. *Allahu akbar.*«

Die Männer wiederholten das Mantra, und Al Babr zeigte mit einem manischen Grinsen seine kaputten Zähne, während sein orientierungsloses Auge weiterhin ankerlos umherkreiste.

»*Ich* bin es nicht, der in euer Land gekommen ist. Ihr seid in *meine* Welt eingedrungen.« Er wies mit der Hand auf die Landschaft um sie herum. »Hier steht ihr, in meinem Büro.« Seinen Männern gefiel der Scherz, und mehrere lachten betont laut.

Gabriel dachte an die Leichen, die hinter ihm im *Wadi* aufgetürmt lagen.

»Hier gelten meine Gesetze, Professor. Nicht die der Vereinten Nationen oder des Vereinigten Königreichs oder der Vereinigten Staaten. So viel ›vereinigt‹, und doch herrscht keine Einheit unter ihnen.«

Der Milizionär lachte über seine letzte Bemerkung. Einen Moment lang ließ er sein Sturmgewehr lose hin und her baumeln, während er sich seinen runden Bauch hielt. Seine Männer lachten ebenfalls wie auf Zuruf und hörten abrupt wieder auf, als das Lachen auf den Lippen ihres Anführers erstarb. Das Grinsen schwand zu einer schmalen Linie aus Speichel.

Ohne Vorwarnung machte Al Babr einen Satz nach vorn und riss mit seinen dicken Fingern an Aleks Rücken und Schultern. Ehe Gabriel verstand, was geschah, rutschte ihr zerrissenes Kleid nach unten. Es streichelte ihre Beine, während es zu Boden sank. Die Männer grinsten hämisch über ihre Nacktheit. Doch Alek tat nichts, um sich zu bedecken. Alle sahen ihre kleinen Brüste, und wieder einmal konnte Gabriel den Blick nicht von der schrecklichen Narbe auf ihrem Oberarm abwenden, deren feuerrote Striemen sich noch immer deutlich abhoben.

»Das Zeichen des Tigers.« Der Wahnsinnige strich mit seinem Finger über die Narbe. »Diesmal lasse ich keine Gnade mehr walten, Tochter des Deng. Es war ein Fehler, dich das letzte Mal am Leben zu lassen. Ich hätte dich zusammen mit den Männern in das *Wadi* werfen sollen. Denn jetzt bist du zurückgekommen, um wieder Schwierigkeiten zu machen, was?«

Alek sank auf ihre Knie und senkte geschlagen den Kopf. Al Babr fuhr fort, sie in verschiedenen Sprachen zu beschimpfen, wobei er Aleks Vater und sie selbst zu gleichen Teilen verfluchte und seine Tirade mit Anrufungen an Allah würzte. Viele der Schmähungen verstand Gabriel nicht, doch eines wurde klar: Der Tod von Aleks Vater war für den Mann eine große Niederlage. »Noch einmal lasse ich mich nicht demütigen!«, brüllte er in Richtung Himmel. »*Allahu akbar*!«

Von irgendwoher tauchte plötzlich eine Pistole in seiner Hand auf, wobei Gabriel nicht gesehen hatte, wie er die Waffe aus dem Halfter zog. Ohne Vorwarnung und scheinbar ohne richtig zu zielen schoss Al Babr auf Alek. Es war beinahe eine wegwerfende Geste, wie ein Teil einer Unterhaltung. Gabriel schreckte beim Knall zurück, verstand jedoch erst, als er Alek aufheulen hörte, was geschehen war. Sie stürzte nach vorn und hielt sich die linke Schulter fest. Die Kugel hinterließ eine kleine Einschusswunde, ein rotes Loch mit einem erhabenen Rand. Auf ihrer Haut sah man kaum Blut.

Ohne nachzudenken, trat Gabriel einen Schritt vor, doch die Waffe wurde sofort auf ihn gerichtet. Al Babr schüttelte beinahe betrübt den Kopf und legte einen Finger über seine Lippen, als wollte er ein Kleinkind beruhigen. Er wandte sich wieder Alek zu, die jetzt stöhnend und zusammengerollt auf dem Sand lag. Er sagte etwas in einer fremden Sprache zu ihr. Als sie nicht antwortete, erfolgte ein weiterer Schuss, der den Staub neben ihrem Schenkel aufwirbelte. Al Babr knurrte unzufrieden über sein verfehltes Ziel.

Alek schrie ihm dann eine Antwort entgegen. Er nickte einem seiner Männer zu, der in das zerstörte Dorf zurücklief.

Während der Mann verschwunden war, verlangte Al Babr Gabriels Kamera. Er legte sie auf einen flachen Stein und stampfte mit seinem Stiefel darauf. Es gab einen unheilvollen Laut, als die Plastikfugen knackten, doch die eigentliche Kamera blieb heil. Wütend trat der Soldat noch einmal und noch einmal darauf, wie ein Kind, das einen Wutanfall hatte. Je entschlossener er war, desto weniger vermochte er zu erreichen, denn er trat immer wieder daneben und rammte stattdessen seinen Stiefel mit voller Wucht auf den Stein. Die Männer sahen ihrem Anführer ausdruckslos zu. Schließlich traf Al Babr die Mitte der Kamera, und das Gehäuse brach auf. Plastikstücke und Glas breiteten sich aus. Er schwitzte, und sein Brustkasten hob und senkte sich vor Anstrengung.

Nachdem er es geschafft hatte, die Kamera zu zerstören, schien Al Babr einen Moment lang nicht zu wissen, was er als Nächstes tun sollte. Gabriels Angst nahm zu. Doch der Milizionär wurde von der Rückkehr seines Untergebenen, der den eingewickelten Gegenstand aus dem Land Cruiser in der Hand hielt, aus seiner Unentschlossenheit gerissen. Al Babr zog den roten Stoff ab und betrachtete das eckige Stück Metall. Er wirkte amüsiert, während er murmelte und das Ding dann seiner Truppe zeigte, indem er damit herumwedelte.

Alek hatte es geschafft, sich wieder hinzuknien. Sie rang nach Atem und sog die Luft keuchend ein. Jetzt sah Gabriel eine dünne Linie Blut, das von der Schussverletzung am oberen Teil ihres Schulterblatts herausgelaufen war.

»Sie haben, was Sie wollten«, hörte Gabriel sich selbst sagen. »Jetzt lassen Sie uns gehen.«

Doch Al Babr achtete nicht auf ihn. Irgendwo in der Ferne, jenseits des abgebrannten Dorfs, hörte man den dumpfen Knall eines Schusses. Dann noch einen. Die Männer spannten sich an, rührten sich aber nicht von der Stelle. Al Babr warf einen Blick zu dem Soldaten auf der Ladefläche des Kampfwagens und nickte dann. Ein Befehl ertönte, und die Männer drehten sich um. Einer sprang auf den Fahrersitz, die anderen kletterten hinten auf den Kampfwagen. Mit einem Aufheulen des Motors drehten sich die Reifen, Kiesel spritzten, und das Auto raste in Richtung Dorf. Sie blieben allein zurück.

»Professor«, sagte Al Babr und wandte sich mit beängstigender Bedächtigkeit Gabriel zu. »Sagen Sie mir nicht, was ich tun soll. Dieses Stück Metall ist vieles, je nachdem, wer es in Händen hält. Für Ihre Regierung ist es ein gefährliches Beweisstück. Für mein Land ist es das Indiz dafür, dass man seine Ideale kaufen und verkaufen kann, dass die ausgesprochenen Worte eines Mannes nicht das Gleiche sind wie seine Gedanken. Für sie ist es die Rache für den Tod ihres verdammten Vaters. Und für mich ist es ein Zeichen meiner Demütigung. Verstehen Sie? Ich hätte es sein sollen. Ich hätte den Ungläubigen Deng töten müssen. Beinahe hätte ich es geschafft, aber nur beinahe. Und mein Land musste Ihre Regierung um Hilfe bitten, Hilfe, die mein Volk mit Blut bezahlt hat. So wurde dieses Stück hier wie der Teufel vom Himmel herabgeschickt. Doch selbst Ihre ausgefeilten Techniken können Fehler machen, Professor. Und ihre schmutzigen Fingerabdrücke hinterlassen. Ich scheitere nicht gern, Professor. Ich nehme niemandem leichten Herzens das Leben. Obwohl ich, und Sie wissen das, viele getötet habe. Oh ja, viele kamen durch die Hand Al Babrs um. Aber ich tue das, was nötig ist, was Allah und mein Land von mir verlangen. Der Tod dieser Frau ist nötig. Selbst Ihre Regierung will den Tod dieser Frau. Aber Ihr Leben wird Ihnen vielleicht geschenkt, je nachdem, wie Sie sich jetzt verhalten.«

Al Babr zog den Verschluss seiner Pistole zurück, nahm eine Patrone heraus und lud dann durch. Er drehte die Waffe so, dass er sie am Lauf festhielt, und streckte den Griff Gabriel entgegen. Gabriel wich einen Schritt zurück, wobei er seine Arme entschlossen an seine Seiten presste.

»Nehmen Sie die Waffe.« Al Babr bot ihm erneut die Pistole an.

Es schien keine andere Möglichkeit zu geben. Alek stöhnte

und schwankte auf den Knien vor und zurück. Vielleicht wäre es eine Verbesserung, bewaffnet zu sein, dachte Gabriel, obwohl er keine Ahnung hatte, wie er die Pistole benutzen sollte. Er streckte die Hand aus, und zum ersten Mal in seinem Leben umschloss er den Griff einer Feuerwaffe. Sie war leichter als gedacht, fühlte sich aber dennoch fest und beruhigend an. Seine Finger glitten an den vorgesehenen Platz, und sein Zeigefinger presste gegen den Abzugbügel. Gabriel starrte Al Babr verständnislos an.

»Sie haben eine Kugel, Professor«, sagte Al Babr. »Wählen Sie weise. Kehren Sie zu Ihrem Leben in England zurück. Dieser Kampf hat nichts mit Ihnen zu tun. Das hier sind nicht Ihre Leute. Es ist auch nicht Ihr Schmerz. Es ist Zeit für Sie, diesen Ort zu verlassen. So oder so.«

Das linke Auge des Mannes schielte aus einer Ecke. Gabriel versuchte sich zu konzentrieren und verzweifelt einen Plan zu entwickeln, was er als Nächstes tun konnte. Doch seine Gedanken schossen wild durcheinander, zusammenhanglos und abgehackt. Worauf sollte er zielen? Auf das wandernde Auge des Mannes? Woher kannte der Kerl seinen Namen? Wo waren die anderen Soldaten? Er blieb verwirrt.

»Erschießen Sie sie«, beantwortete Al Babr seine unausgesprochenen Fragen. »Kommen Sie, befreien Sie die Frau von ihren Qualen, Professor. Sie leidet schon ihr ganzes Leben lang und wird froh sein, endlich Erlösung zu finden. Es ist an der Zeit für sie. Und wenn Sie das machen, lasse ich Sie gehen. Wenn Sie sprechen, werde ich der Welt sagen, dass Sie ihr Mörder waren. Und Sie werden es nicht leugnen können. Aber wenn Sie es nicht tun, sind Sie beide Zeugen und müssen beide zusammen sterben. Sie können entscheiden. Nur verschwenden Sie nicht meine Zeit.«

Alek hatte sich halb aufgerichtet. Sie kniete auf einem Bein und versuchte sich mit ihrer unverletzten Schulter vom Boden hochzuhieven. Immer wieder gab sie leise ächzende Töne von sich. Laute wie aus einem Schlachthof, dachte Gabriel schaudernd.

Er würde Alek nicht erschießen. Er wusste, dass ihm das nicht möglich war. Aber konnte er die Waffe auf ihren Angreifer richten, die Mündung in eine Linie mit dem rollenden Auge des Wahnsinnigen bringen und abdrücken? Konnte er das?

Der Knall einer AK-47 fühlte sich wie ein Peitschenschlag direkt in seinem Trommelfell an, so schmerzhaft war er. Rote Flüssigkeit spritzte bis zu einem Felsen, der sich etwa einen Meter vor Alek befand. Sie stürzte, die Arme schlaff herabhängend, mit dem Gesicht voran zu Boden. Gabriel vermochte sich nicht zu bewegen. Die Hand mit der Pistole hing noch immer seitlich herab, den Mund hatte er in einem stummen Schrei aufgerissen. Zeitweilig konnte er durch den Schuss nichts mehr hören und war in einer Welt lautlosen Schreckens verloren. Seine Augen wanderten zum Lauf des Sturmgewehrs, das lässig an Al Babrs Seite baumelte, dann zu Aleks Körper, der nun reglos im Sand lag.

Er begriff, dass der Mann erneut auf Alek geschossen hatte. Diesmal war es bedenklicher. Doch Gabriel war wie gefangen in einer stummen, erstarrten Welt. Er wartete darauf, selbst irgendwelche Schmerzen zu empfinden, und hoffte, dass Alek jeden Moment aufstehen und Al Babr beschimpfen würde. Eine Weile rührte sich niemand. Der Mann ließ sich Zeit, Gabriels Entsetzen in vollen Zügen zu genießen. Dann wandte er sich langsam seiner Gefangenen zu, eine Hand ruhte noch immer auf der AK-47, die andere hielt das Päckchen aus dem Land Cruiser.

Die nächsten Töne waren dumpfe Schläge, ein gedämpftes

365

Grollen in einiger Entfernung. Auf den ersten regierte keiner von ihnen, aber beim zweiten Knall zuckte Al Babrs Körper wie der einer Marionette, als ob ihn jemand zur Seite reißen und mit einem langen Stab schubsen würde. Er hatte immer noch dieses Grinsen auf seinem Gesicht, doch in seinem intakten Auge spiegelte sich auch etwas wie Überraschung wider, und seine Augenbrauen runzelten sich.

Gabriel sah Blut über den Arm des Mannes laufen, an der Innenseite des Ellbogens entlang und über die Hand, um schließlich über den Daumen auf den Boden zu tropfen. Eine rote Linie rann über das eckige Stück Metall. Hatte er ihn doch erschossen?, dachte Gabriel und hob seine Pistole. Er war sich eigentlich sicher, dass er sie die ganze Zeit über auf den Boden gerichtet gehalten hatte. Das blutige Rinnsal strömte stärker heraus, und Al Babr ließ das Metall fallen. Es landete mit dem Rand im Boden wie ein Wurfstern, während Blutstropfen den Sand darum herum vollregneten. Gabriel musterte fasziniert den Boden. Nichts schien wichtiger zu sein als das Muster, das durch das Blut entstand. Wie tiefrote Schneeflocken.

Allmählich vermochte er wieder zu hören, zumindest so weit, um neben dem Wirrwarr aus inneren Surrgeräuschen die seltsamen Saugtöne wahrzunehmen, die Al Babr von sich gab. Der Milizionär sank nun ebenfalls auf die Knie und versuchte mit seiner unverletzten Hand den Blutfluss zu stoppen, der seinen Arm hinablief.

»Vogelmann. Ich habe Ihnen doch gesagt, dass das hier nichts für Sie ist.«

Die Stimme kam ihm bekannt, aber seltsam fern vor. Gabriel überlegte, ob er sich diese Äußerung gerade nur eingebildet hatte. Vielleicht führte die Stresssituation dazu, dass er Stimmen zu hören glaubte, die gar nicht da waren.

»Das ist kein Ort für denkende Menschen. Nur diejenigen, die handeln können und das Notwendige auch tun, werden hier draußen überleben, *Boet*.«

Gabriel drehte sich um, wollte den Besitzer der Stimme sehen. Jannie schritt auf ihn zu, ein gewaltiges Jagdgewehr mit einem Zielfernrohr in der Hand. Der Südafrikaner trug grau-khakifarbene Camouflage mit dazu passenden Stoffstiefeln und einer Art weichem Hut, wie ihn Gabriels Mutter immer am Strand ihrem Sohn aufgesetzt hatte. Dieser jedoch hatte auch ein Camouflagemuster und erinnerte eher an Operation Desert Storm als an den Strand von Brighton. Gabriel starrte fassungslos in das vernarbte Gesicht des Mannes.

»Ich hab in Juba einen Peilsender an Ihrem Fahrzeug ange-bracht«, erklärte Jannie. »Das verdammte Ding hat allerdings immer wieder gesponnen. Irgendein billiger Chinascheiß. Nach Wau hatte ich euch eine Weile verloren. Aber im Lager hab ich euch wieder eingeholt. Ich hab nicht begriffen, wieso zum Teu-fel ihr in dieses Drecksloch gefahren seid. Aber offensichtlich musstet ihr ein kleines Päckchen mitnehmen. Sie und Ihr süßes Vögelchen, was?«

Seine Tätowierung zog sich zusammen, als er in seine Tasche fasste und ein Päckchen filterloser Zigaretten heraus-holte. Er schnippte das brennende Streichholz auf den ver-wundeten Milizionär und stieß eine große Wolke blaugrauen Rauchs aus, als ob es die erste Zigarette des Tages wäre. Al Babr beugte sich vor. Er stützte sich inzwischen mit beiden Armen auf dem Boden ab, und seine Sauggeräusche kamen schneller und lauter.

»Waren Sie die ganze Zeit schon da? Und haben uns beob-achtet?« Gabriel fand seine Stimme wieder, wenn sie auch heiser klang. »Warum haben Sie gewartet? Sie hätten ihn aufhalten können.« Er brüllte Jannie jetzt an, doch dieser zuckte mit keiner Wimper, während er den aufgewühlten Gabriel kalt musterte.

»Ja, sorry wegen Ihrer Freundin«, sagte Jannie emotionslos. »Aber wissen Sie, die gehört nicht zu meinem Auftrag. Haben Sie außerdem das Branding auf ihrem Arm gesehen? Das heißt, sie war bereits verdorben. Schon von den Typen vergewaltigt. Knallhart. Sie hätten sie also sowieso nicht mehr gewollt.«

Jannie beugte sich herab und hob das Stück Metall auf, ohne auch nur einen weiteren Blick darauf zu werfen. Dann schulterte er sein Gewehr, ehe er sich erneut Gabriel zuwandte. »Das hab ich gesucht. Ich muss es den Besitzern zurückgeben, wenn Sie wissen, was ich meine. Ihre Regierung scheint Ihnen nicht zu trauen, dass Sie es selbst zurückbringen würden.«

Der Südafrikaner lachte, und von dem schwarzen Soldaten war ein seltsames Kichern zu vernehmen. Al Babr ächzte und sank noch weiter in sich zusammen, während er leise ein Gebet vor sich hin murmelte.

»Mit ihm können Sie machen, was Sie wollen«, meinte Jannie. Er nahm die Waffe Gabriel widerstandslos aus der Hand und sah nach, ob sie geladen war.

»In der Kammer ist keine Kugel, falls Sie sich damit besser fühlen. Anscheinend traut Ihnen hier niemand, *Boet*.« Er schob eine Patrone hinein und lud durch. »Jetzt schon«, fügte er hinzu und reichte Gabriel die Waffe.

»Aber verlieren Sie keine Zeit. Seine Männer werden bald zurück sein, um nachzuschauen, was hier los ist. Jagen Sie ihm die Kugel in den Kopf, wenn Sie es schnell haben wollen. Falls er mehr leiden soll, ist der Bauch besser. Man hat im Leben immer die Wahl. Was, Mann?«

Al Babr versuchte erneut zu knien und stand in Gefahr, neben Aleks leblosen Körper zu Boden zu stürzen. Der Sand um seinen herabhängenden Arm saugte sich mit Blut voll, und das Muster, das sich zuerst ergeben hatte, war jetzt völlig verwischt. Jannie drehte sich um und ging zum Dorf, sein Gewehr über der Schulter hängend, eine Spur von Rauch in der Luft. Al Babr hob seine blutige Hand Gabriel entgegen.

Dieser hob die Waffe. Kimme und Korn zitterten erst nervös, dann zielten sie auf den Oberkörper des Mannes. Jetzt ist es so weit, dachte Gabriel, als er abdrückte.

ZWANZIG

Gebäude des Geheimen Nachrichtendienstes, Vauxhall, London

»Unser Agent wurde in einem zerstörten Dorf im Norden des Südsudan mit einer Kugel im Rücken und einem ziemlich überraschten Gesichtsausdruck aufgefunden. Haben Sie irgendeine Ahnung, was da passiert sein könnte, Sir?«

Gabriel starrte den makellos gekleideten Mann an, der am Tisch ihm gegenüber saß. In London hatten ihn vor der Passkontrolle zwei finster dreinblickende Männer abgeholt. Er trug immer noch seine schmuddelige Kleidung von seinem Rückflug aus Nairobi. Zweifelsohne wollten sie ihn müde und unvorbereitet erwischen, doch er hatte einen Begrüßungsanruf von Brian Hargreaves erhalten, während er ein Bier in der Nile Lodge in Juba trank. Regierungsbeamte waren in Gabriels Büro eingedrungen und hatten seinen Computer mitgenommen, wie Hargreaves ihm flüsternd mitteilte, als ob diejenigen, die sein Telefon überwachten, ihn nur hörten, wenn er laut sprach. Man hatte Fragen über Gabriels Feldforschung und seine Verbindung zu den Chinesen gestellt. Sie hatten sich sogar über Jane erkundigt.

»Gabriel, die denken, dass du ein verdammter Agent Provocateur bist«, wisperte Hargreaves mit kaum unterdrückter Panik in der Stimme.

Diese Nachricht, so geheimnisvoll und dramatisch sie auch sein mochte, hatte Gabriel die Chance gegeben, sich auf dem langen Flug von Nairobi nach Heathrow genau zu überlegen, was er sagen und wie er vorgehen wollte. Bis er landete, hatte er eine Strategie entworfen, obwohl er nicht sicher war, was ihn erwartete. Wie sich herausstellte, kam sein Schicksal in Gestalt von zwei dümmlichen Trotteln auf ihn zu, gefolgt von einer zuckerlosen Tasse Tee in einem Verhörraum mit einem seltsamen Surren aus der Decke. Dann war der schick gekleidete Mann erschienen, exakt frisiert und mit Bügelfalte. Zuerst hatte er versucht, Gabriel einzuschüchtern, bevor er umgänglicher wurde.

»Ich *habe* Ihnen einige Dinge zu erzählen«, gab Gabriel zu. »Aber ich sage nichts, bis nicht meine Frau, Jane Easter, ebenfalls hier ist, zusammen mit demjenigen Armeeangehörigen, der dafür verantwortlich war, Matthew Deng im Südsudan zu töten. Und jemandem mit genügend Befugnis in unserer Regierung, meinen Bedingungen zuzustimmen, wenn ich Ihnen das liefere, was Sie wollen. Vorher brauchen Sie gar nicht erst zu versuchen, mich zum Reden zu bringen.«

Den Mann schien Gabriels Haltung ziemlich zu verblüffen, obwohl ihr Gespräch bereits seit beinahe einer Stunde auf diese Weise verlaufen war. Tatsächlich hatte Gabriel die Fragen seines Gegenübers dazu benutzt, Informationen über seine angebliche Rolle in einem internationalen Spionageskandal zu sammeln. Zwar war dieser Mann namens Todd ein geschickter Taktiker, doch Gabriel hatte schon lange keine Lust mehr, sich kooperativ zu zeigen.

Gabriel hatte zu dem »Gesprächstermin« einen DIN-A4-Umschlag mitgebracht, der bisher ungeöffnet geblieben und von dem Agenten auch nicht weiter kommentiert worden war, obwohl sich Gabriel nicht die Mühe machte, ihn zu verbergen. Jetzt öffnete er ihn und glitt mit der Hand hinein. Er legte ein winziges Stück Metall auf den Tisch. Todd sah ihn verwirrt an.

»Ihrem makellosen Äußeren und Ihrem Sinn für Mode nach zu urteilen, waren Sie noch nicht in viele Kampfhandlungen verwickelt. Deshalb sage ich Ihnen gerne, was das ist. Es ist eine abgeschossene AK-47-Kugel. Nicht die Patrone, sondern die eigentliche Kugel. Ich habe sie aufgehoben. In einem UNHCR-Lager in Unity State im Südsudan.«

Gabriel ließ das Stück zwischen seinen Fingern hin und her rollen, drückte in die Kerben und abgeflachten Seiten. Todd sah ihn weiterhin ungläubig an.

»Was Ihnen diese kleine Kugel sagt, Mr. MI6, ist Folgendes: Ich habe Dinge gesehen, die Sie sich nicht im Geringsten vorstellen können. Ich habe Dinge gesehen, die auch ich bis vor kurzem nie begriffen hätte. Ich war in der Hölle. Ich habe den Teufel bei der Arbeit gesehen.«

Todd wirkte beinahe peinlich berührt, vielleicht wegen seiner eigenen Unzulänglichkeit – oder wegen Gabriels melodramatischer Bildsprache.

»Ich bin von dort zurückgekehrt, Todd, und zwar verdammt wütend. Wenn Sie also auch bloß eine Sekunde lang annehmen, dass ich mich irgendeinem arroganten Schnösel in einem Armani-Anzug beuge, nur weil er mich in einem kultivierten Akzent darum bittet, dann haben Sie sich geschnitten. Ich interessiere mich weder für Sie, für Ihre Fragen oder für Ihren toten Agenten Jannie. Genauso wenig interessiere ich mich für das Stück der britischen Rakete, das er in seiner sterbenden Hand hielt – seiner linken Hand, in der rechten hält er nämlich immer seine Zigaretten –, als ich es ihm im Dorf Malual Kon abgenommen habe.«

Die Wirkung dieser Enthüllung zeigte sich unmittelbar. Todd klappte fassungslos den Mund auf und schloss ihn dann wieder. Er zog die Augenbrauen hoch, während er die Bedeutung dieser Aussage abwog. Dann verschwand er. Die Tür schloss sich hinter ihm mit einem gepressten Zischen.

Einige Zeit später brachte eine Frau in einem Bleistiftrock Gabriel ein Tablett mit mehr Tee, außerdem Zucker und Kekse.

Es dauerte etwa eine Stunde, bis Todd mit Jane im Schlepptau wieder auftauchte. Zwei weitere Männer begleiteten die beiden: ein gesichtsloser Beamter mit Schweinsäuglein und hässlichen Aknenarben auf Wangen und Hals sowie ein älterer Mann mit dünnen, angegrauten Haaren. Der ältere Mann wirkte krank, seine Haut war teigig, und seine Hände fuhren ununterbrochen über seinen Bauch. In seinem früher einmal hochmütigen Gesicht zeigte sich nun ein elender Ausdruck. Die beiden Männer wurden ihm als Staatssekretär Smith und als Generalleutnant Bartholomew vorgestellt, wobei ihm keiner die Hand reichte. Bartholomew erwiderte nur Gabriels fragenden Blick mit müden, wässrigen Augen.

Jane wirkte mitgenommen und unsicher, wie sie ihrem Mann gegenüber auftreten sollte. Zuerst gab sie sich betont distanziert und lächelte kaum, dann versuchte sie in einer peinlichen Zurschaustellung von Zuneigung seine Hand zu halten. Ihre unterwürfigen Reaktionen auf Todd strahlten etwas Verzweifeltes aus. Gabriel hatte bereits herausgehört, dass der MI6-Mann schon vorher eingehend mit ihr gesprochen hatte. Höchstwahrscheinlich drohte ihr eine Kündigung, und dennoch fand Gabriel ihre ein wenig kokette Art ärgerlich. Ihre Haare wirkten messingfarbener als bisher – was sicher auf den Einsatz von Chemikalien zurückzuführen war –, während ihre Brüste sich unnatürlich und geradezu frech horizontal unter einem engen Oberteil abhoben. Hatte sie immer so ausgesehen und sich so gegeben?, überlegte Gabriel. Warum war ihm das in all den Jahren ihrer Ehe nie aufgefallen?

Gabriel hörte, wie sich Todd räusperte. Aus taktischen Gründen musste er den Agenten davon abhalten, die Kontrolle zu übernehmen, schließlich hatte er die Gegenwart dieser Leute aggressiv eingefordert. Gabriel nutzte den Moment und ließ die Kugel aus der AK-47 in die Mitte des Tisches rollen. Todds Augen wurden schmal.

»Die stammt aus dem Flüchtlingscamp Jila«, erklärte Gabriel seinem Publikum.

Alle beobachteten die Kugel, wie sie über die Tischplatte rollte und dann auf der glänzenden Oberfläche liegen blieb. Gabriel fasste in den Umschlag und zog eine Epaulette von Al Babrs Uniform heraus. Er legte sie mit dem Adler nach oben in die Mitte des Tisches – wie ein Kartenspieler, der beim Poker eine gewinnende Karte präsentierte. Im Nachhinein wurde ihm klar, dass es noch melodramatischer gewesen wäre, wenn der Stoff mit dem Blut des Milizionärs besudelt gewesen wäre. Aber er hatte die Epaulette von der unverletzten Seite des Mannes abgerissen, um den sich weiter ausbreitenden roten Fleck auf seiner Uniform zu vermeiden.

Als Nächstes zeigte ihnen Gabriel ein Foto, die DIN-A4-Aufnahme eines toten Jungen in der Schlucht von Malual Kon, der mit zerbrochenen Knochen auf einem der Felsen lag. Jane gab einen leisen Schrei des Entsetzens von sich, und auch Gabriel merkte, wie sein Herz bei der Erinnerung an den ausgetrockneten Flusslauf einen Moment lang auszusetzen schien.

Der rattenartige Bürokrat starrte mit kaltem Blick auf die Ansammlung von Gegenständen vor ihm. Nur der Generalleutnant wirkte verstört. Immer wieder wanderten seine Augen zwischen Gabriel und Todd hin und her.

»Ihr Söldner aus Khartum dachte, dass er meine Aufnahmen zerstört hat. Aber zu Ihrem Pech ist es deutlich schwieriger, die Speicherkarte zu zerschmettern als die Kamera selbst. Ich habe viele Aufnahmen von dem Massengrab neben dem Dorf Malual Kon, die Ähnliches zeigen wie diese hier. Und ich habe Fotos von Ihrem Agenten, dem Südafrikaner, und von Ihrem Söldner, dem Tiger«, schwindelte Gabriel. »Außerdem habe ich Bilder von Dengs Tochter, ermordet vor...«

»Ihre Leiche wurde nicht gefunden«, unterbrach ihn Todd. »Selbst wenn sie tot ist, hat das nichts mit uns zu tun. Und zu irgendeinem ›Tiger‹ haben wir keine Verbindungen.«

Bartholomew lehnte sich zu Todd hinüber. »Söldner? Der Tiger? Wovon zum Teufel redet er?«

Todd hob eine Hand, um ihn zum Schweigen zu bringen, und Bartholomew sank in sich zusammen, während er Gabriel verwirrt anstarrte. Seine überraschte Miene verriet viel: Sie hatten keine Angst vor dem Massaker in dem Dorf, und sie machten sich nicht einmal Sorgen wegen Jannie, ihres erfolglosen Agenten. Das waren für sie Kollateralschäden. Er musste also alle seine Karten auf den Tisch legen.

»Wo ist Dengs Tochter?«, fragte Todd.

Er und Gabriel starrten sich einen Augenblick lang schweigend an.

»In Sicherheit. Wo man sie niemals finden wird«, erwiderte Gabriel durch zusammengebissene Zähne.

Er nahm die Kugel und rollte sie zwischen seinen Fingern hin und her, um sich ein wenig Mut zu machen, ehe er fortfuhr. »Ich wurde bei meiner Rückkehr in Heathrow festgehalten und durchsucht. Ich weiß, dass Ihre Leute mein Gepäck bereits in Nairobi durchsucht haben. Ich weiß auch, wonach Sie gesucht haben. Es ist, das kann ich Ihnen versprechen, wohlbehalten in diesem Land angekommen.«

Todd neigte den Kopf zur Seite und musterte seinen Gegner finster.

Gabriel bemühte sich, nicht allzu hämisch zu wirken. »UPS bietet wirklich einen tollen Service. Selbst von einem Ort wie Juba aus. Lieferung innerhalb weniger Tage. Überall auf der Welt, zu jedem Adressaten.«

Er sah mit einer gewissen Befriedigung, wie Todd die Lippen schürzte. Manchmal lieferten die einfachsten Lösungen die besten Ergebnisse.

»Wir wollen hier keine Spielchen treiben, Gentlemen. Gleich zum Wesentlichen. Ich habe den Beweis für einen Drohnenangriff im Südsudan auf eine zivile Zielperson. Ich mag nicht belegen können, dass dieser Angriff von unserer Armee ausgeführt wurde oder dass er auf Anfrage Khartums erfolgte. Aber ich schätze, dass die Medien diese Geschichte gerne ausschlachten würden und es dann zu einer offiziellen Untersuchung käme, wer die wahren Geldgeber hinter diesem kleinen Projekt waren.«

Das Wort »Projekt« hatte Gabriel völlig ahnungslos ausgesprochen. Doch die Wirkung auf den Generalleutnant war unübersehbar.

»Das Projekt Reaper wurde ad acta gelegt«, platzte er heraus.

Todd zischte mit gequälter Miene in seine Richtung.

Gabriel hatte noch nie zuvor von dem Projekt Reaper gehört. Todds Reaktion zeigte ihm, dass der Generalleutnant mehr verraten hatte, als er sollte.

»Ach wirklich?«, hakte er bei Bartholomew nach.

»Ja, der Kontakt zu Khalid Hussein wurde eingestellt. Was wollen Sie? Wollen Sie Geld? Für wen arbeiten Sie?«

Gabriel hatte eine ganze Liste mit Forderungen erstellt,

doch darauf waren weder das Projekt Reaper noch ein Mr. Hussein aufgeführt. Anstatt zu riskieren, dass sie seine Unwissenheit durchschauten, ließ er die Liste im Umschlag und konzentrierte sich gedanklich auf die Punkte, die er während des Fluges niedergeschrieben hatte.

»Ich bin Angestellter der Universität Bristol. Ich bin Botaniker. Ich habe nicht den Codenamen Vogelmann. Ich handle nicht unter der Hand mit Helikopterteilen. Ich bin kein Waffenhändler. Ich arbeite auch für keinen internationalen Spionagering. Das Einzige, was ich mal mit James Bond zu tun hatte, war der Besuch des letzten 007-Films, keine Ahnung mehr, wie der Titel lautete. Und ich will kein Geld. Ich will dieser Regierung nicht schaden ...«

Gabriel machte eine Pause, doch es fiel ihm schwer, die Wirkung seiner Rede auf sein Publikum einzuschätzen, falls sie überhaupt eine hatte. Nur Jane schien ihn mit einer gewissen Bewunderung zu betrachten. Auch der schweinsäugige Beamte musterte ihn zum ersten Mal aufmerksam, was Gabriel für ein gutes Zeichen hielt.

»Jedenfalls«, fuhr er fort, »besitzt dieser Skandal das Potenzial, die britische Regierung international zu blamieren. Die Ermordung von Matthew Deng ist unverzeihlich. Das geheime Einverständnis zu dem Schusswechsel, in den seine Tochter verwickelt wurde, kann ebenfalls nicht einfach weggewischt werden. Mich wird es für den Rest meines Lebens begleiten. Demnach sind der Abbruch des Projekts und jeglicher Verbindungen zu Mr. Hussein nur der Anfang, Generalleutnant. Ich erwarte zudem, dass diejenigen, die in diese Angelegenheit verwickelt sind, zumindest von ihren Posten zurücktreten.«

Bartholomew wurde bei diesem Vorschlag merklich blasser. Jetzt wusste Gabriel, dass er seinen Mann hatte.

377

»Aber ich habe auch noch ein paar Bedingungen meiner-
seits«, fuhr er fort. »Im Gegenzug werde ich Ihnen ein kleines
rechteckiges Stück Metall übergeben sowie mich verpflichten,
niemandem außerhalb dieses Raums etwas von dieser Angelegenheit zu verraten.«

Todd sah empört aus und ballte die Hände zu Fäusten.

»Was sind diese Bedingungen? Ist es wirklich nötig, Sie
daran zu erinnern, dass es sich hier um Staatsgeheimnisse
handelt und wir Sie problemlos einsperren lassen können, weil
Sie die Sicherheit dieses Landes gefährden? Wussten Sie, dass
die Regierung von Khartum geplant hatte, diese Beweise zu
verwenden, um unsere Regierung zu einem unvorteilhaften
Waffenhandel zu zwingen? Sie stehen jetzt in Gefahr, genau
das Gleiche zu versuchen.«

»Mit Verlaub, Todd – der Einzige, der hier die Sicherheit
dieses Landes gefährdet hat, waren Sie und diejenigen, die
in diesen Skandal verwickelt sind. Meine Bedingungen sind
angemessen und können leicht erfüllt werden. Wenn Sie allerdings Schwierigkeiten haben wollen …«

»Verdammt, Mann«, platzte Todd heraus, »fahren Sie endlich fort.«

Gabriel schwieg um der größeren Wirkung willen einen
Moment lang, wobei er sich zugleich sammelte, um sicherzu-
stellen, dass er nichts Wichtiges vergaß.

»Zuerst einmal – und das sollte sowieso klar sein – halten Sie mich und meine Frau aus der ganzen Sache raus. Man
gibt uns das, was uns gehört, zurück. Wir werden Sie nie wieder treffen, keinen Kontakt mit Ihnen haben, nicht von Ihnen
gestört werden. Nie. Außerdem habe ich erfahren, dass meine
Frau wegen ihrer Rolle in dieser Angelegenheit bis auf Weiteres beurlaubt wurde. Sie haben mein Wort, dass ihr Part – wie

auch immer der ausgesehen haben mag – ein zufälliger gewesen ist. Lose Moralvorstellungen sind kein Hochverrat, nicht einmal auf dieser abgeschiedenen kleinen Insel. Man muss ihr ihren Posten zurückgeben, und in ihrer Personalakte darf nichts von diesen Ereignissen vermerkt werden.«

Jane legte ihre Hand auf Gabriels Arm.

»Ich dachte, Sie sind getrennt«, fauchte Todd.

»Stimmt«, entgegnete Gabriel und ignorierte die Berührung seiner Frau. »Bald sind wir außerdem geschieden.« Jane zog ihre Hand fort, als hätte sie sich verbrannt. »Aber die Bedingungen bleiben. Zweitens werde ich ein Dossier mit Fotos, physischen Beweisen und einer Zeugenaussage zusammenstellen. Dieses Dossier wird eindeutig belegen, dass Mitglieder der sudanesischen Reservepolizei und ein Milizionär aus der sudanesischen Armee Raubzüge in das unabhängige Gebiet des Südsudan unternahmen. Es wird die Zerstörung des Dorfs Malual Kon und anderer vergleichbarer Dörfer bezeugen sowie die Ermordung Hunderter Unschuldiger. Dieses Dossier wird von einem angemessen hochrangigen Beamten des britischen Außenministeriums einem Amtskollegen in der südsudanesischen Regierung übergeben werden. Danach wird das Thema durch einen britischen Vertreter des UN-Sicherheitsrats bei einer Krisensitzung der Vereinten Nationen behandelt werden.«

Sowohl Todd als auch der schweinsäugige Mann beobachteten Gabriel genau. Sobald er innehielt, bemerkte er, dass alle die Blicke auf ihn gerichtet hatten und jedes seiner Worte genau abzuwägen schienen. Er begriff, dass sie mehr erwartet hatten. Sie hatten angenommen, er würde Vergeltung einfordern.

»Ich habe noch zwei weitere Bedingungen. Beide sind mei-

ner Meinung nach leicht zu erfüllen.« Todds Augen verengten sich zu böse funkelnden Schlitzen. »Zum einen gibt es ein
Flüchtlingscamp in Unity State namens Jila. Dort braucht man
einen neuen Generator.«

Einer der Männer am Tisch atmete hörbar erleichtert auf.
Gabriel wusste nicht, wer es war. Er konzentrierte sich auf
Todd.

»Die Schenkung wird nicht durch eine Nichtregierungsorganisation erfolgen«, fuhr er fort, »sondern im Namen der britischen Regierung. Man wird den Generator direkt ins Lager
liefern und zwar zu Händen der Managerin Margie. Ihren
Nachnamen kenne ich nicht. Sie werden das logistisch sicher
hinbekommen.«

Todd lehnte sich auf seinem Stuhl zurück, die Augen auf die
Zimmerdecke gerichtet.

»Und, Todd ...« Der Mann wandte sich wieder Gabriel zu
und durchbohrte ihn mit seinem Blick. »Seien Sie großzügig,
auch wenn es Ihnen schwerfallen wird.«

Todd schien mehr zu zischen als einzuwilligen, doch die
Stimmung unter den anderen Zuhörern besserte sich spürbar.
Sie begannen zu verstehen, dass Professor Cockburn nicht der
Desperado war, für den sie ihn offenbar gehalten hatten.

»Und zum Schluss werden Sie alle meinen Vortrag über das
Ergebnis meiner Untersuchungen an der Universität von Bristol in einem Monat besuchen. Das ist nicht verhandelbar. Sie
werden alle dort sein. Sobald meine Bedingungen erfüllt wurden, erhalten Sie im Gegenzug das fehlende Geschossstück,
das sich in meinem Besitz befindet, Todd. Sobald alle Bedingungen erfüllt wurden.«

Todd blieb verärgert. Doch der Generalleutnant beugte sich
vor und streckte in einer theatralischen Geste Gabriel seine

Hand entgegen. »Abgemacht, Professor. Wunderbar. Wir sind handelseinig.«

Gabriel war erleichtert gewesen, so weit zu kommen, aber jetzt fragte er sich, ob er weit genug gegangen war. Dann pfiff er sich zurück. Die menschliche Gier: Man erreichte das, was man sich als Ziel gesetzt hatte, nur um sich gleich zu wünschen, dass man mehr verlangt hätte. Er nahm Bartholomews Hand und sah in die Augen des alten Mannes. Im Moment der Berührung bemerkte er dort viele Dinge: Erleichterung, Stress, Mitgefühl. Und Angst.

Todd anzuschauen machte sich Gabriel nicht die Mühe. Sie waren sich handelseinig geworden. Das wusste er. Da spürte er, wie er an seinem Ärmel gezupft wurde. Er wandte sich Jane zu, deren verweinte Augen geschwollen waren.

»Danke, Gabriel. Das hatte ich nicht von dir erwartet. Es tut mir alles so leid. Ich glaube einfach …«

»Mein Leben hat für immer eine andere Richtung eingeschlagen, Jane.« Gabriel schob sanft ihre Hand von seinem Arm und trat einen Schritt zurück. »Und ich glaube nicht, dass wir beide den gleichen Weg zusammen gehen werden.«

Jane stand da wie ein begossener Pudel. Zugleich wirkte sie von der Ernsthaftigkeit, mit der Gabriel in diesem öffentlichen Rahmen zu ihr gesprochen hatte, peinlich berührt. Beinahe schien sie bereit zu sein, sich bei den anderen im Zimmer zu entschuldigen, doch dann drehte sie sich noch mal zu Gabriel um. »Danke, dass du an mich gedacht hast. Bei deinen Bedingungen.«

Gabriel spürte, wie erneut der Zorn und die Verachtung in ihm hochkochten. »Hör auf, Jane. Und ihr alle könnt mich mal, ihr und eure verdammten PlayStation-Kriege.«

EINUNDZWANZIG

Universität von Bristol, Südwestengland

Von Juba abzureisen, war qualvoll gewesen. Gabriel saß nun in seinem stillen Büro, den vertrauten Druck seines ergonomischen Stuhls im Rücken, und starrte hinaus auf die Turmspitze des Wills Memorial Tower. Zum ersten Mal seit seiner Rückkehr nach Bristol hatte er Zeit, über die Ereignisse nachzudenken, die den entsetzlichen Entwicklungen im Dorf Malual Kon gefolgt waren. Draußen klatschte Schneeregen auf das Fensterbrett. Autos fuhren spritzend vorbei, die Fahrbahn glitschig und nass. Ein Student rief etwas einem Freund zu, mit dem er gemeinsam unter einem Regenschirm an Gabriels Fenster vorbeirannte.

Bristol blieb von den Schrecken, die andere in der Welt befielen, völlig unverändert. Doch Gabriel verstand inzwischen, dass es nicht die Seltsamkeit von Juba gewesen war, die ihn melancholisch stimmte. Es war vielmehr diese geordnete, gehorsame Stadt mit ihrer eingeigelten Bevölkerung, die sich untereinander nicht einmal ansah. Die unausgesprochenen Verurteilungen, das Gejammere und die luxuriöse Auswahl an Möglichkeiten machten ihn ratlos. Auch die fehlenden Gerüche. Natürlich konnte man etwas riechen – die beißenden Ausdünstungen von Antiseptika, Chlor und Reinigungsmitteln –, doch es war eine Welt ohne Gerüche natürlicher, menschlicher Aktivitäten. Toilettensprays und blumiges Eau de Cologne stiegen ihm überall aufdringlich in die Nase. Der

Boden unter seinen Füßen war entweder gereinigter Teer oder Zement, und er hatte nicht die geringste Ahnung, welche Farbe die Erde unter der High Street in der Nähe des Flusses haben mochte. Oder ob ihre Konsistenz der Erde von St. Michael's Hill ähnelte. Oder ob sich ihr Geruch durch den Regen vielleicht änderte.

Der Südsudan hielt sein Herz noch immer im Griff. Er fühlte sich sowohl nahe als auch fern an, je mehr Gabriel begriff, dass es unmöglich sein würde, irgendjemandem zu erklären, was er dort erlebt hatte. Die Leute fragten ihn, wie Voyeure, die hofften, einen Blick auf das Trauma eines anderen werfen zu können. Doch er fand nicht die Worte, um sich richtig auszudrücken. Nur Hargreaves schien zu verstehen. Gabriel hatte begonnen, seinem Kollegen von Juba, Jila und Malual Kon zu erzählen. Doch mit jedem Wort hatte er das Gefühl, etwas zu verlieren, eine Erinnerung, einen Teil seiner selbst, der durch ein solches Aussprechen verwässert und für immer verschwinden würde. Also hörte er mitten in seiner Geschichte auf und schüttelte den Kopf. Hargreaves hatte genickt.

»Mein Lieber, du darfst nicht vergessen, dass wir uns hier höchstens insoweit in Gefahr begeben, wenn wir ein Handy in der Hand halten, während wir am Pissoir stehen. Du kannst also nicht erwarten, dass irgendeiner von uns auch nur annähernd begreift, was du erlebt hast.«

Gabriel war dankbar für die Offenheit seines Kollegen und erzählte nicht weiter. Zumindest für den Moment.

Seine Rückkehr nach England kam ihm wie ein Traum vor, der sich immer weiter entwickelte, oder vielleicht auch wie ein Albtraum, aus dem er nicht zu erwachen vermochte und der sich von den blutigen Ereignissen in der Nähe des Dorfes bis zu dem Zusammentreffen mit dem MI6 erstreckte. Es war ein gnadenloses Drama, dessen Intensität anhielt, bis er schließlich den Verhörraum verließ, schwindlig vor Anspannung. Er starrte auf den Bildschirmschoner seines Computers, auf die gelben Blüten von Arabidopsis und die Andeutung von Tau an den Rändern jedes zarten Blütenblatts.

Alek war ihm beinahe schwerelos erschienen, als er sie zum Land Cruiser trug. Er lief wie ein Blinder durch das ausgebrannte Dorf. Die Dornenbäume zerrten immer wieder an seiner Kleidung, als wollten sie ihn aufhalten. Er hatte die Waffe fallen gelassen und beobachtet, wie Jannie stolperte. Der Südafrikaner hatte den Arm hinter seinem Rücken verdreht, als versuchte er, dort etwas wegzuwischen. Nach seinem Sturz war Gabriel zu ihr gegangen. Erst jetzt in Bristol war ihm klar, dass er erwartet hatte, sie würde sich bewegen, wenn er ihren nackten Rücken berührte. Er hatte noch nicht begriffen, dass der letzte Schuss tödlich gewesen war. Alek schien ihm über der Sterblichkeit zu stehen, gewöhnlichen Kugeln von widerlichen Milizionären gegenüber immun. Er stellte sich vor, sie würde solche Dinge mit Verachtung strafen – wie ein Superheld, der die lächerlichen Angriffe von Kleinkriminellen mit einer Handbewegung abtat. Doch sie rührte sich nicht, und als er sie umdrehte, erkannte er schockiert, dass menschliche Gewalttätigkeit sie ebenso verletzte wie alle anderen auch. Die Kugel hatte eine große Wunde unterhalb ihres Brustbeins hinterlassen, und ihr Kopf rollte zu einer Seite. Jetzt wusste er, dass sie tot war.

Er konnte sich nicht erinnern, wie ihm die Idee gekommen war, die Speicherkarte aus der kaputten Kamera herauszunehmen oder Jannie, der regungslos auf dem steinigen Boden lag, das Metallstück zu entwenden. Gabriels Blick hatte sich verengt, und er sah nur noch den schmalen Pfad, der zwischen

den schwarzen Gerippen der Häuser und Ställe hindurchführte. Er bemerkte weder die nachmittägliche brennende
Hitze noch den Rauch, der von den brennenden Hirsefeldern
in den Himmel stieg, oder den ekelerregenden Geruch der
Kadaver. Das Einzige, was er mitbekam, war die kühler werdende Haut von Alek auf seinen bloßen Armen, ihren Körper,
den er hastig in ihr zerfetztes Kleid gewickelt hatte, und das
klebrige Blut an seinen Händen. Erst jetzt wurde ihm bewusst,
dass sie sich während ihrer gemeinsamen Reise kaum jemals
berührt hatten.

Er legte sie auf den Rücksitz des Autos, und der Stoff sog
sich gleich mit ihrem Blut voll. Um sie ganz hineinzubekom-
men, musste er ihre langen Beine anwinkeln. Diesmal protestierte sie nicht. Als er die Tür zuschlug, hörte er Al Babrs
Männer in einiger Entfernung in dem verbrannten Dorf rufen.
Dann ertönte eine Salve Schüsse, als sie offenbar jemanden
entdeckt hatten, der lebte. Er verspürte keine Angst mehr.
Vielleicht hatte er den Punkt überschritten, wo ihm das Leben
etwas bedeutete. Er wollte jetzt nur noch Aleks Leichnam aus
dem Dorf wegbringen, als ob das die Dinge wieder ins Lot
bringen konnte. Die Vorstellung, wie auch sie in das ausge-
trocknete Flussbett geworfen wurde, um dort von den Geiern
und Krähen gefressen zu werden, war unerträglich. Er startete
den Motor und klammerte sich an das Lenkrad. Dann fuhr er,
immer wieder den Gang wechselnd, auf die Straße zurück, die
sie gemeinsam noch vor wenigen Stunden entlanggekommen
waren.

Er brauste so schnell es ging dahin, wobei er das Schluch-
zen, das in ihm hochstieg, unterdrückte und es vermied, einen
Blick in den Rückspiegel zu werfen. Ohne an irgendetwas zu
denken, Pläne zu schmieden oder sich eine Strategie zu über-

legen, starrte er nur geradeaus und passte auf, dass nichts seinen Weg behinderte. Das Feuer auf den Feldern brannte noch immer, und entlang der Route sah er immer wieder heimatlose Menschen, die sich in angebliche Sicherheit bringen wollten. Er hielt nicht an, um eine Essenspause zu machen, sondern blieb mit dem Fuß auf dem Gaspedal. Der Staub stieg hinter ihm in großen Wolken in die Luft. Er hatte nur eine vage Vorstellung, wohin er musste, und doch fand er – ohne nachzudenken – problemlos ins Flüchtlingscamp Jila zurück.

Als er eintraf, ging gerade die Sonne unter. Hühner stoben empört auseinander. Die Leute in den Hütten entlang der Straße blieben stehen und starrten ihm hinterher, ihre Kinder eng an sich gedrückt. Margie kam wieder aus ihrem Büro und stand in der Dämmerung abwartend da. Der Staub legte sich um sie herum, während sie Gabriel mit offenen wilden Haaren beobachtete. Sie hatte es gewusst, bereits als er vor dem Verwaltungsgebäude vorgefahren war. Er sah, wie ihr Gesicht versteinerte und sie gequält die Augen senkte.

Sie stellte ihm keine Fragen, sondern half sofort, Alek aus dem Auto zu heben, wobei sie das Gesicht der Toten streichelte und leise vor sich hin murmelte. Die Gelenke des Leichnams waren erstarrt, und als sie Alek in der Kirche aufbahren wollten, behielt sie die Haltung bei, die sie im Auto hatte.

Inzwischen vermochte Gabriel sich nicht mehr daran zu erinnern, wie er ins Bett gelangt war. Er wusste noch, dass Bernard versucht hatte, ihn zu trösten und ihm eine Schlaftablette gegeben hatte. Ein anderer hatte sein Gesicht gewaschen, während er regungslos auf dem Rand einer Krankenbahre gesessen hatte. Er hatte nichts geträumt, sondern war nur in einen dumpfen Schlaf der Erschöpfung gesunken, dessen Beginn genauso abrupt eintrat, wie er auch wieder erwachte.

Er schreckte hoch, bereits aufrecht dasitzend, die Arme steif und verängstigt ausgestreckt. Dennoch fühlte er nichts.

Sie begruben Alek bei Sonnenaufgang und ohne Worte. Einige der Männer hatten ein Grab neben dem ihrer Mutter ausgehoben, das etwas in den schmalen Pfad hineinreichte. Bernard hatte ihre Glieder geradegezogen, und ihr Körper war in Musselin gehüllt. Nur das Gesicht konnte man noch sehen. Sie legten sie auf einem Holzbrett neben das Grab – es gab keinen Sarg –, und Margie kniete sich nieder, um ihr zärtlich die Stirn zu küssen. Bernard weinte leise seufzend. Gabriel kniete sich ebenfalls neben Alek und legte seine Hand auf ihre Wange. Ohne Leben fühlte sich die Haut unbegreiflich wächsern und kalt an.

Die Männer ließen den Leichnam in das Grab gleiten und bedeckten ihn zusammen mit Erde. Gabriel musste wegschauen, als sich die Erde auf ihrem Gesicht zu sammeln begann. Erst als sie begraben und der Boden festgetreten war, erst als das kleine Holzkreuz in einem schrägen Winkel aufrecht stand, waren die Trauernden in der Lage, sich anzusehen. Gabriel spürte, dass sich in seiner Brust ein Druck aufbaute, eine unwahrscheinlich starke, sich ausbreitende Schwere. Er vermutete, er müsse krank oder irgendwie verletzt sein und würde jeden Augenblick auf den frisch umgegrabenen Erdboden stürzen. Malaria, dachte er vage. Doch die Krankheit reichte tiefer als in seinen Organismus. Margie sah es kommen und nahm ihn fest in den Arm. Er klammerte sich an sie, sein ganzer Körper zitterte, bis seine Rippen schmerzten und seine Brust sich steif anfühlte. Sie schien ihn stundenlang zu halten, während er die Tage des angestauten Entsetzens herausließ und ihn Wellen der Trauer überrollten. Dann gaben seine Beine nach und klappten wie ein Strandstuhl unter ihm zusammen. Er erinnerte sich noch, dass die Männer, die Aleks Leichnam gebracht hatten, ihn auf demselben Brett in einer seltsamen Prozession wieder aus dem Friedhof hinaustrugen. Die Leute auf der Straße wirkten verwirrt, und als sie verstanden, bekreuzigten sich einige, während andere murmelnd beteten.

Margie hatte ein Zimmer für ihn freigemacht, wo sie ihn ins Bett legten, eingewickelt in Laken wie ein Neugeborenes. Eine kleine Zitronellakerze wurde neben der Tür entzündet. Bernard gab ihm ein paar Pillen, wahrscheinlich eine weitere Schlaftablette oder ein Beruhigungsmittel, und schon bald sank er in einen schwarzen Schlaf. Hier und da erwachte er und stellte fest, dass Margie auf ihrem Lieblingsstuhl in seiner Nähe saß, die Stirn gerunzelt und ihn dabei beobachtend, wie er seine innere Dunkelheit bekämpfte. Wieder träumte er zum Glück nichts, sondern glitt nur von einem verständnislosen Wachzustand in die Bewusstlosigkeit. Das blieb so den ganzen Tag über. Am Nachmittag hatte er hohes Fieber, und als er aufwachte, fand er einen Tropf an seinem linken Arm befestigt. Bernard und Margie wechselten sich in ihrer Betreuung ab. Sie versuchten ihn mit feuchten Tüchern zu kühlen und ihn davon abzuhalten, in seiner Anspannung immer wieder aus dem Bett zu fallen.

Um Mitternacht wachte er auf und entdeckte Alek, die am Fußende seines Bettes stand. Ihre dünnen Arme hingen an ihren Seiten herab, und sie schien zu lächeln. Doch da war auch dieses Loch in ihrer Brust, eine dunkelrote Öffnung, durch die er – hellrot und gesund – ihr Herz schlagen sehen konnte. Er schrie, und Margie sprang halb schlafend von ihrem Stuhl auf, um ihn zu beruhigen.

Schlaf bedeutete zu essen, ohne etwas zu sich zu nehmen.

Am nächsten Morgen war er erschöpft, emotional nackt und denjenigen ausgeliefert, die sich um ihn kümmerten. Margie schien seinen Zustand zu verstehen. Sie tröstete ihn, lobte ihn für die kleinen Bissen, die er schaffte, und brachte ihn dazu, noch mehr zu schlafen.

In den folgenden Tagen kam eine Reihe von Fremden aus dem Lager zu Besuch. Es waren Frauen und Kinder, vielleicht Überlebende aus Malual Kon. Keiner der Besucher sagte ein Wort. Jeder trat nur an Gabriels Bett und berührte ihn – einige auf dem Kopf, andere in seinem Gesicht. Ein paar ließen eine Schale mit Getreide da, wieder andere einen Zweig mit Blättern von einem der Bäume auf dem Lagergelände. Der Priester kam ebenfalls und bot ein stilles Gebet neben dem Bett an. Bernard besuchte ihn regelmäßig, wobei er jedes Mal kommentarlos Gabriel die Schulter drückte und sich dann traurig zum Gehen wandte. Gabriel wusste, dass er nicht im Sterben lag, seine Kraft kehrte zurück. Die Menschen trauerten nicht um ihn. Er war bloß die Manifestation ihrer Trauer. Dennoch fand er Trost in ihrer Fürsorge.

Erst nach mehreren Tagen ließ sein Fieber nach. Die Zeit verging langsam und schnell zugleich. Manchmal hatte er das Gefühl, nur eingedöst gewesen zu sein, und musste doch feststellen, dass es Nacht geworden war oder dass schon wieder die Sonne schien. Nach vier Tagen stand er endlich einmal auf. Er fühlte sich noch schwach, aber er fing trotzdem an, kleine Spaziergänge durch das Lager zu wagen. Wo auch immer er vorbeikam, grüßte man ihn mit respektvollen Verbeugungen und einem traurigen Lächeln. Alle im Camp schienen von Aleks Tod erfahren zu haben, und wo Worte versagten, blieben einfache Gesten des guten Willens. Das Lager war noch voller als zuvor, und die Schlangen vor der Klinik reichten um die Bäume bis in die diesige Ferne. Flugzeuge des Welternährungsprogramms dröhnten über ihnen, landeten auf einem kleinen Streifen Erde und entluden ihren Inhalt, ehe sie wieder in einem Wirbelwind aus Staub und Pflanzen davonflogen. Familienmitglieder machten sich auf den Weg zum Friedhof und kehrten mit leeren Händen und Herzen zurück. In Jila gab es einen regelmäßigen Rhythmus aus Leben und Tod.

Früh am Morgen des siebten Tages kam Margie allein zu Gabriel.

»Es ist nicht länger sicher für Sie hierzubleiben, Gabriel. Wir haben erfahren, dass Al Babr tot ist. Ich weiß nicht, ob Sie dabei eine Rolle gespielt haben – und ich will es auch gar nicht wissen. Jedenfalls gibt es noch seine Männer. Die Rache nehmen wollen. Ein Transportflugzeug des WFP wird heute Nachmittag abfliegen. Man hat zugestimmt, Sie mitzunehmen.«

Bis zu diesem Moment hatte Gabriel über seine Zukunft nicht weiter als bis zur nächsten kleinen Mahlzeit nachgedacht. Er hatte Gewicht verloren, und sein Kopf war leer gewesen. Wenn er etwas tat, dann stets auf Anraten anderer. Fraglos akzeptierte er auch diesmal Margies Vorschlag und packte seine kleine Tasche.

Er hatte nicht die Kraft, Aleks Grab zu besuchen, und die Schottin schlug es ihm gar nicht vor. Stattdessen umarmten sie sich in Gegenwart mehrerer Flüchtlinge, von denen einige die Köpfe schüttelten, während andere auf den Boden starrten, als hätten sie sich irgendwie schuldig gemacht.

»Sie müssen jetzt gehen, Gabriel. Es ist Zeit.« Margie nickte und wandte sich ab, sodass er allein an der Metalltreppe stehen blieb, die in den Flugzeugfrachtraum führte. Benommen betrat er die Maschine, angeleitet nur von Margies ruhiger Stärke. Als sie kurz darauf die staubige Startbahn entlangrasten, sah er, wie sie neben Bernard stand, ihre Augen vor der Sonne bedeckte und ihm hinterherblickte.

Er verbrachte den Nachmittag in Juba, wo ihn ein Telefonanruf bei Brian Hargreaves auf den neuesten Stand brachte und ihn erahnen ließ, was ihn bei seiner Rückkehr in England erwarten würde. Ihm blieb gerade noch genügend Zeit, sich um die praktischen Seiten seines daraufhin gefassten Plans zu kümmern, bevor er am Juba International Airport eine Maschine der Kenya Airways bestieg. Als sie abhoben und die abgestürzte Boeing am Ende der Landebahn aus dem Blickfeld glitt, schaute Gabriel auf die sich weit erstreckenden Hüttenansammlungen und willkürlich angelegten Staubstraßen, aus denen die jüngste Hauptstadt der Welt bestand. Er konnte sich kaum vorstellen, dass alles, was er jetzt noch sah – die Lodge, der Markt Konyo, die Teestände –, auch ohne ihn weiterexistieren würde. Niemandem würde auffallen, dass er nicht mehr da war. Die Partys, der bezahlte Sex, das wilde Trinken und die Freundschaften würden nicht einfach verschwinden wie weggeräumte Requisiten. Niemand würde auf seine Rückkehr warten, um weiterzumachen. Dennoch beruhigte es ihn zu wissen, dass er zwar bald wieder im Nieselregen von Bristol gefangen sein mochte, aber währenddessen hier in Juba die Sonne herabbrannte, Rasta seine kalten Tusker-Biere orientierungslosen Neuankömmlingen servierte, die Teeverkäuferinnen ihr Milchpulvergebräu verrührten und die Männer unter denselben Niembäumen saßen und gemeinsam die Tagesnachrichten lasen.

Er hatte sich von dem Moment an, als er in Juba eingetroffen war, nichts mehr gewünscht, als es wieder verlassen zu können. Und jetzt sehnte er sich nur noch nach einer Rückkehr – um Alek von Neuem kennenzulernen, noch einmal neu zu beginnen.

Der Flug nach Nairobi stellte sich wieder als halb voll heraus. Doch diesmal waren es vor allem Mitarbeiter von Nichtregierungsorganisationen, einige krank und schniefend, andere deprimiert und fassungslos. Die junge Frau auf der anderen Seite des Gangs sah furchtbar angeschlagen aus, ihre Haut war schweißnass, ihre Wangen wirkten blutleer. Gabriel verspürte auf einmal eine Verbindung zu diesen tragischen Weltverbesserern, die von ihrem Gewissen, ihren Visionen getrieben wurden und nun sinnentleert dasaßen, unfähig, irgendjemandem zu erklären, was sie zerstört oder auch geläutert hatte.

Er hatte mehrere Stunden im Transit in Nairobi gewartet. Die Verspätung ermöglichte es ihm, sich zu sammeln. Als er schließlich in Heathrow Terminal 5 eintraf, umgeben von Asylsuchenden und Flüchtlingen von jedem Winkel der Erde, hatte er einen kraftvollen Zorn entwickelt, der ihn aufrecht dahingehen und sich auf seine Strategien konzentrieren ließ.

Das war auch gut so, denn die Staatsbeamten erwarteten ihn längst. Er war bereit für sie, er wusste jetzt, wie er vorgehen wollte.

Gabriel wandte sich von seinem Bildschirmschoner ab und lehnte sich in seinem Stuhl zurück. Er schlug die Bristol Evening Post auf, die auf seinem Schreibtisch lag. Es war einfacher gewesen, als er angenommen hatte, mit dem MI6 zu einer Einigung zu gelangen. Doch nicht alles war so gelaufen, wie er geglaubt hatte. Ein kurzer Artikel informierte ihn darüber, dass der Saudi Khalid Hussein tot im Londoner Intercontinental aufgefunden worden war, gestorben offenbar an einer Überdosis, die er in der Gesellschaft von mindestens drei Prostituierten bekommen hatte. Fotos gab es keine. Gabriel wusste noch immer nicht, wer dieser Hussein war oder ob seine eigenen Enthüllungen und Forderungen irgendetwas mit dem Ableben dieses Mannes zu tun hatten. Aber er zweifelte keinen Moment lang daran, dass er nicht grundlos gestorben war.

Er las auch, dass Generalleutnant Bartholomew seine frühzeitige Pensionierung aufgrund seines schlechten Gesundheitszustands bekannt gegeben hatte. Er war mit einer nicht näher definierten Darmerkrankung diagnostiziert worden. Der Verteidigungsminister hatte eine kurze, aber enthusiastische Lobeshymne beigesteuert, vor allem hinsichtlich seiner Pionierleistung, »die Kampfzone für die britischen Soldaten sicher zu machen«. Gabriel musste den Satz zweimal lesen.

Hargreaves unterbrach seine Zeitungslektüre. Er klopfte mit seiner fleischigen Hand an den Türrahmen und trat dann ein. Wie ein übermäßig herzlicher Bär strahlte er Gabriel an und stand dann vor seinem Schreibtisch.

»Sie werden dir den Lehrstuhl anbieten. Du machst deine dicke alte Tunte sehr stolz. Auf alles«, sagte Hargreaves, beugte sich zu Gabriel herab und umarmte ihn dann umständlich.

»Weißt du, Brian, das ist das erste Mal, dass du ... dass wir offen deine Homosexualität benennen.«

Hargreaves winkte ab. »Ach Gott, dieses Wort. Es klingt so schrecklich ernst. Wie ›Karzinom‹ oder ›Vaginitis‹.« Er kicherte auf eine sehr unakademische Weise.

»Tut mir leid. Ich muss mich entschuldigen, mein Freund. Für all die Zeiten, als du Witze auf deine Kosten und krasse Kommentare aushalten musstest und ich mich nicht für dich eingesetzt habe. Ich weiß nicht mal, ob du einen Lebenspartner hast. Das ist unglaublich. *Hast* du einen Lebenspartner?«

Hargreaves war sichtlich bewegt. Ihm traten auf einmal die Tränen in die Augen. »So sind wir Engländer, Gabriel. Ich bin genauso schuld daran, mein Leben nicht offener zu leben. Und ohne... Angst. Und ja, habe ich. Er heißt Rajwasanga. Kurz Raji. Er ist Sri Lanker. Wir sind seit beinahe fünfzehn Jahren ein Paar. Gott segne diesen wunderbaren Menschen.«

»Dann möchte ich euch beide zum Essen zu mir einladen«, erwiderte Gabriel. »Wenn ich etwas mehr in meiner neuen Wohnung eingerichtet bin.«

»Wir kommen sehr gerne.«

So sind wir Engländer, dachte Gabriel. Höflichkeit als Erklärung für Unehrlichkeit, als Versteck für seelenlose Monster. Die Zeit war zu kurz und das Leben zu brutal für solche Heucheleien. Bei Alek hatte er es fälschlicherweise für ein Zeichen von Unhöflichkeit verstanden. Sie fehlte ihm so sehr.

Zwei Tage später wurde der feindliche Einfall der sudanesischen Miliz in den Südsudan offiziell vor dem UN-Sicherheitsrat vorgebracht. Die Aufnahmen des Massengrabs bei Malual Kon wurden vierundzwanzig Stunden lang immer wieder auf allen Kanälen gesendet, bis eine Autobombe in Kairo explodierte und die Öffentlichkeit dem mehr Beachtung schenkte. Der sudanesische Abgeordnete wurde vor den Sicherheitsrat bestellt, um die Haltung seiner Regierung zu erläutern. Doch Khartum leugnete, ein solches Eindringen in den Nachbarstaat angeordnet zu haben. Der Beweis, dass Abu Tira, Sudans Polizeikräfte, in dem Dorf gewesen waren, wurde mit eisigem Schweigen quittiert. Südsudan stellte den Antrag, den nördlichen Aggressor durch Ölsanktionen zu bestrafen. Großbritannien enthielt sich der Stimme. Die USA erhob gegen den Antrag Einspruch und gab vor, besorgt darüber zu sein, wenn man das Ölgeschäft dazu benutzte, politisch etwas zu bewirken.

Der Sudan blieb infolge dieser Grenzüberschreitungen auf

der Terrorliste der Amerikaner. Ein heimlicher Versuch, der sudanesischen Regierung Waffen zu verkaufen, wurde auf diplomatischer Ebene blockiert. Gabriel hatte mehr erhofft, doch tief in seinem Inneren wusste er, dass es naiv war. Die Öl- und die Waffenindustrie waren zu mächtig, und zweifelsohne würden weitere Unschuldige in ihrem Namen noch leiden. Gabriels Namen hatte man bei den Enthüllungen nicht genannt, und für die Welt war die Ermordung von Matthew Deng und das Massaker von Malual Kon eine kurze Episode – ein rascher Blick auf den Wahnsinn, der im Sudan tobte – und schon bald wieder abgeschlossen. Nun blieb nur noch sein öffentlicher Vortrag. Wobei für Gabriel das Buch gerade erst aufgeschlagen worden war.

ZWEIUNDZWANZIG

Universität von Bristol, Südwestengland

Professor Gabriel Cockburn stand am Rednerpult und betrachtete die Menge. Er entdeckte ein paar vertraute Gesichter, von denen er einige problemlos benennen konnte, viele jedoch nicht, auch wenn er sie aus den Gängen des Instituts kannte, wo sie wie er immer wieder dieselben Wege zurücklegten. Neben Symington und Hargreaves fiel ihm Jane auf, die steif in der ersten Reihe saß. Im hinteren Teil des Saals war der schweinsäugige Staatssekretär neben Todd zu sehen. Beide wirkten hoffnungslos fehl am Platz. Eine Studentin kicherte über Todds Frisur, deren seltsame Präzision im krassen Gegensatz zu dem schmuddeligen, unbekümmerten Stil des durchschnittlichen Vertreters der naturwissenschaftlichen Fakultäten stand. Der MI6-Agent hatte für die Gelegenheit einen besonders eleganten dunkelgrauen Anzug und eine hellgrüne Krawatte gewählt, was ihn noch auffälliger machte. Er hatte Gabriel am Vormittag in einer knappen Mail darüber informiert, dass Generalleutnant Bartholomew zu krank sei, um an dem Vortrag teilzunehmen, und sich entschuldigen lasse.

»Diese unvorhergesehene Absenz wird wohl nicht dazu beitragen, dass die gestellten Bedingungen als nicht erfüllt gelten«, schloss die Nachricht.

Gabriel hatte ähnlich unpersönlich geantwortet, dass dem tatsächlich nicht so sei. Dem kranken Luftwaffenmann richtete er keine Genesungswünsche aus.

Zu seiner Überraschung entdeckte er auch seine Sekretärin, Mrs. Thebes, die in letzter Minute auftauchte und einen jungen Studenten finster anstarrte, der am äußersten Platz neben dem Gang saß, bis dieser nachgab und ihr seinen Sitz anbot. Ohne sich zu bedanken, stürzte sie sich darauf und beäugte Gabriel dann über ihren Brillenrand hinweg, als ob sie seine Krawatte nach möglichen Frühstücksflecken absuchen würde. Gabriel wartete noch einen Moment, bis das letzte Murmeln verklungen war und im Hörsaal Stille herrschte. Dann legte er los.

»Dieses Jahr gedenken wir des Genozids in Ruanda, der vor zwanzig Jahren stattfand. Ein Genozid, der geschah, während wir tatenlos blieben, ja uns nicht einmal die Mühe machten, überhaupt hinzusehen. Dieses Jahr gedenken wir der Zerstörung von Darfur vor zehn Jahren, während wir danebenstanden und darüber debattierten, wie Massaker zu definieren sei. Dieses Jahr wurden wir alle Zeugen der ethnischen Säuberung in Dschanub Kurdufan. Wollen wir erneut zehn Jahre warten, bis wir unser kollektives Versagen bedauern? Worüber wollen wir also sprechen? Wie lange wollen wir noch solcher Ereignisse gedenken und sie bedauern?«

Er drückte eine Taste auf seinem Laptop, und die Leinwand hinter ihm füllte sich mit der Fotografie von Alek am Rand der Klamm – eine hochgewachsene, gertenschlanke Gestalt, die auf das Publikum herabblickte. Ihr Gesicht war zugleich schön und gepeinigt, das Kleid klebte in der Hitze an ihren Beinen. Nur Gabriel kannte die Umstände, unter denen diese Aufnahme entstanden war, doch das Publikum spürte sofort, dass es sich um mehr als einen Schnappschuss handelte. Vielleicht erinnerten sie die Felsformation oder die Farbe des Bodens zu ihren Füßen an die schrecklichen Bilder aus dem

Fernsehen. Jedenfalls durchlief die Anwesenden ein spürbares Unbehagen. Er wusste, dass er selbst das Foto nicht anschauen konnte. Allein hatte er viele Stunden damit verbracht, sie zu betrachten, doch in der Öffentlichkeit würde es ihm das Herz brechen. Selbst das Wissen, dass ihr Körper hinter ihm auf der Leinwand aufragte, trieb ihm die Tränen in die Augen.

»Ich verlor eine Freundin im südsudanesischen Malual Kon.«

Vielleicht hatten einige das bereits vermutet, denn er vernahm ein leises Raunen im Raum.

»Wie es immer wieder der Fall zu sein scheint, habe ich sie – und meinen Verlust – erst ganz verstanden, als es sie nicht mehr gab. Ihr Tod offenbarte mir Einblicke, die ich bisher noch nie gehabt hatte.«

Es war ein ungewöhnlicher Beginn für einen universitären Vortrag, und Symington runzelte überrascht die Stirn. Doch Gabriel merkte, dass er das Publikum mit seinem intimen Bekenntnis in Bann zog. Mrs. Thebes schürzte die Lippen, und fast glaubte er, ein Lächeln zu erkennen. Oder auch einen Ausdruck von Verachtung. Er würde es sicher bald erfahren.

»Sie verlor ihr Leben, als sie der Wahrheit über den Tod ihres Vaters auf die Spur kommen wollte.«

Gabriel schaute direkt zu Todd und dem schweinsäugigen Mann vom Verteidigungsministerium hinauf. Beide erstarrten bei seinen Worten merklich, und Todd funkelte ihn finster an, während er mit dem Handy vor sich zu spielen begann. Zweifelsohne nahm er den Vortrag auf. Einige Studenten drehten sich um und folgten Gabriels Blick. Wieder lief ein leises Raunen durch den Saal.

»Matthew Deng wurde von jenen getötet, die ihn zum Schweigen bringen wollten und seine Ideale von Frieden und

Gerechtigkeit für alle seine Landsleute ihrem finanziellen Interesse und einem Zugang zum Öl opferten. Seine Tochter – Alek Deng hier hinter mir – versuchte die wahren Strippenzieher hinter diesem Verbrechen ausfindig zu machen. Sie verfolgte dieses Ziel mit Beharrlichkeit und Mut. Wir könnten meiner Meinung nach alle von ihr lernen. Ich habe von ihr gelernt, dass nichts, was wir tun, ohne Folgen bleibt. Dass auch ein naturwissenschaftliches Unterfangen stets politisch ist. Die Wissenschaft würde gerne ihre Hände in Unschuld waschen, wenn es um menschliches Leid geht, so als ob wir nicht unseren Beitrag dazu leisteten, nicht für unser Handeln verantwortlich wären. Die Dinge, die wir erforschen, bestimmen das Leben von weit entfernten Menschen. Objektivität ist ein Mythos. Ich reiste in den Südsudan, um eine Pflanze zu entdecken. Doch vor Ort entdeckte ich viel mehr: unermessliches Leid, einen Genozid, der in diesem Augenblick stattfindet, die geschickten Euphemismen, die wir benutzen, um unsere Tatenlosigkeit zu rechtfertigen, und die Komplizenschaft unserer Regierung. Meine Freundin hat mich zu diesen Entdeckungen geführt. Durch sie habe ich gelernt, was Angst bedeutet, ich habe den Willen zum Überleben kennengelernt, Familienbindungen und Liebe. Und ich habe gelernt, was es heißt, Scham zu empfinden.«

Seine Stimme zitterte, und er hielt inne. Er griff nach dem Glas Wasser auf seinem Pult, um die Spannung zu lösen. Einige Studenten schienen es nicht fassen zu können, wie emotional sich ihr neuer Professor zeigte. Und was er da Herausforderndes von sich gab. Weitere Blicke schossen zu Todd und seinem Nachbarn. Hargreaves hatte ein zerknülltes Taschentuch in der Hand.

»Ich werde Sie gleich mit den wissenschaftlichen Schlussfolgerungen langweilen, dem Resultat unserer Forschungsarbeit. Sie werden höflich applaudieren, wie es sich gehört, und dann gehen, ohne dem Thema einen weiteren Gedanken zu widmen. Doch ehe wir zu dieser Routine übergehen, Fakten und Ergebnisse zusammenzufassen, bitte ich Sie, mir noch ein wenig mehr Zeit zu geben. Zuerst einmal möchte ich mit Professor Symingtons Segen verkünden, dass ein neues Teilinstitut innerhalb unserer Fakultät gegründet wird. Es wird sich der Analyse von Nutzpflanzenerkrankungen vor allem in den Entwicklungsländern widmen und zwar mit dem Ziel, hoffentlich nachhaltige Gegenmaßnahmen herleiten zu können. Neben der Forschungsarbeit wird das Institut ein Pflichtmodul im zweiten Jahr des Biologiegrundstudiums anbieten und einen Promotionsstudiengang in Acker- und Pflanzenbau. Damit wird meiner Meinung nach das Botanikstudium endlich mehr in die Öffentlichkeit gerückt. Zweitens möchte die folgenden Leute nun bitten, sich zu erheben.«

Gabriel las eine Liste von Namen seiner Forschungsmitarbeiter und Assistenten vor sowie die von Brian Hargreaves und Professor Symington und der Labortechniker. Schließlich nannte er auch Mrs. Thebes, die zum ersten Mal in ihrem Leben verlegen wirkte und ein leises abwehrendes »Ach« von sich gab, während sie sich erhob und dabei ihre Brille auf den Boden fallen ließ.

»Nachdem diese Leute nun stehen, möchte ich noch einige nennen, die heute nicht da sind: Professor Abdurahman Ismail von der Universität Khartum im Sudan und Professor Chong Wei Jin von der Universität Zhejiang in China. Nur durch die Zusammenarbeit der Universitäten Bristol, Khartum und Zhejiang sowie der Hilfe des Ministeriums für Wissenschaft und Technik der Republik Südsudan war es möglich, dieses gemeinsame Forschungsprojekt abzuschließen. Und mit einer Mischung aus Stolz und Trauer will ich Ihnen den Gattungsnamen der neuen Spezies von Arabidopsis mitteilen, die in Northern Bahr al-Ghazal und in Unity State im Südsudan gefunden wurde. Wie Sie nachher hören werden, stellt die Pflanze ein bedeutendes Vor-Ort-Beispiel biologischer Anpassung an die Erwärmung und damit verbundene Bodenveränderungen dar. Diese Pflanze ist das Thema unseres gemeinsam verfassten Forschungsberichts, der unter anderem die Folgen für den Ackerbau sowohl in Nordostafrika als auch weltweit aufzeigt und sich mit den Herausforderungen des sich wandelnden globalen Klimas auseinandersetzt.«

Gabriel schaltete zum ersten Bild seiner PowerPoint-Präsentation. Die Aufnahme von Alek wurde durch die einer blühenden Arabidopsis ersetzt, die er bisher als Bildschirmschoner verwendet hatte. Über der Fotografie stand nun der neue Gattungsname der Pflanze.

Arabidopsis alek.

Einen Moment lang dauerte es, bis das Publikum die Bedeutung dieses Namens erfasst hatte. Einige der Zuhörer blieben verständnislos. Doch nach einem Augenblick konnte man ein unterdrücktes Flüstern hören, als diejenigen, die es begriffen hatten, die anderen auf den Namen hinwiesen. Von Hargreaves ertönte ein lautes Schniefen, er hatte seine gerötete Nase in sein Taschentuch getaucht. Das war der Ausbruch, den es bedurfte, um das Fass zum Überlaufen zu bringen. Die Menge hatte das Schnäuzen als einen unterdrückten Ruf des Protests missverstanden. Die Leute begannen daraufhin zu klatschen, zuerst höflich, doch dann immer begeisterter. Die Studenten begannen auf die Tische zu trommeln, jubelten und brüllten, während die Angestellten überschwänglich applaudierten.

Diejenigen, die nicht klatschten, waren in der Minderheit:

Todd und der Mann vom Ministerium blieben ungerührt. Jane schien zu weinen, und Mrs. Thebes putzte ihre Brille. Der Lärm im Publikum wurde lauter.

Erwiesen sie einer Frau die Ehre, die sie nie kennengelernt hatten?, dachte Gabriel, während er gegen die Tränen ankämpfte. Und einer Frau, die ihnen vielleicht nicht sonderlich sympathisch gewesen wäre? Doch der Applaus schwoll sogar weiter an, wobei die Studenten noch über das Klatschen hinweg schrien. Die Stimmung heizte sich auf, es war eine seltsame Mischung aus Mitschuld und Scham, aus Verlust und erklärlicher Traurigkeit.

Sie klatschen nur für sich selbst, hätte Alek ihm erklärt. Es ist idiotisch, eine Pflanze nach einem Menschen zu benennen. Hohle Worte, die niemandem helfen. Er lächelte über seine Vorstellung, wie sie ihm hochmütig antworten und sich abwenden würde angesichts dieses mangelnden Ernstes. Aber er malte sich auch eine merkliche Leichtigkeit aus, wenn sie mit großen Schritten davonging. Sie hatte unrecht. Die Leute klatschten nicht für sich selbst, aber auch nicht für Alek. Ebenso wenig wie für ihn. Es war vielmehr ein seltener Augenblick geteilter Menschlichkeit. Und die Hoffnung, dass die Welt zumindest für einen Moment erträglicher wurde.

Gabriel nahm das blumige Aftershave bereits wahr, noch ehe der Mann unter der Tür zu seinem Büro auftauchte.

»Kommen Sie rein, Todd«, sagte er, ohne auch nur aufzublicken.

Er hörte, dass der Geheimdienstmitarbeiter einen Stuhl an den Schreibtisch heranzog. Ihr Gespräch würde also nicht so schnell über die Bühne gehen, wie Gabriel das gehofft hatte. Todds grüne Krawatte schien zu leuchten, als würde ein Neon-

402

licht in ihr blinken. Seine Frisur hingegen war so stark gegelt, dass sie hart wie Zement wirkt.

Mrs. Thebes betrat mit einem ausgeprägten Sinn für perfektes Timing das Zimmer, das UPS-Päckchen unter dem Arm, welches sie bei sich zu Hause aufbewahrt hatte. Finster starrte sie Todd an, als sie es auf dem Tisch zwischen den beiden Männern platzierte.

»Ich weiß nicht, wer Sie sind oder was Sie hier zu tun haben. Aber Sie sollten sich schämen… mit so einer Krawatte.« Empört schnaubend verließ sie den Raum, nicht jedoch ohne zuvor einem verblüfften Gabriel beim Abwenden noch schnell zuzuzwinkern. Todd rührte ihre schroffe Art allerdings herzlich wenig. Er strich sich nur mit einer Hand betulich über die seidene Krawatte.

»Da ist also Ihr verdammter Beweis, wie ich es versprochen habe«, knurrte Gabriel. »Nehmen Sie ihn und verschwinden Sie.«

Der MI6-Agent stand keineswegs auf, sondern presste nachdenklich seine Fingerspitzen gegeneinander, als wollte er beten. »Sie haben uns beeindruckt, Professor Cockburn… Gabriel, wenn ich darf.«

Gabriel reagierte nicht auf diese unerwartete Freundlichkeit.

»Den Schilderungen nach haben Sie sich im Südsudan ausgezeichnet durchgeschlagen. Sie bewiesen Einfallsreichtum. Wirkten während unseres Gesprächs konzentriert und gelassen. Insgesamt war es eine ausgesprochen passable… mehr als passable Darbietung.«

Gabriel spürte, wie sich seine Schultern anspannten. Er setzte sich gerade hin, die Augen auf den adretten Mann ihm gegenüber gerichtet.

»Wir möchten, dass Sie mit Ihrer überzeugenden Arbeit fortfahren. Doch diesmal im Auftrag Ihrer königlichen Hoheit und unseres Landes.«

»Sie können gleich wieder aufhören, Todd.«

»Sind Sie kein Patriot, Gabriel? Liegen Ihnen die Interessen Ihres Landes nicht am Herzen?«

»Meiner Erfahrung nach ist Patriotismus eine Idee, die von habgierigen Menschen und Regierungen dann eingesetzt wird, wenn sie rechtfertigen wollen, warum sie zu Hause und im Ausland die Rechte normaler Bürger mit Füßen treten. Wenn Sie dieses Wort in den Mund nehmen, ist es ein Synonym für Chauvinismus und die schlimmste Form von Knechtung. Glauben Sie ernsthaft, dass ich eine Rolle in Ihrer neuen Art der Versklavung spielen möchte?«

»Überaus schade, dass Sie das so sehen.«

Todd wirkte ehrlich enttäuscht. Er stand auf und nahm das UPS-Päckchen. Einen Moment lang hielt er es auf seiner flachen Hand, als wollte er sein Gewicht und seinen möglichen Inhalt prüfen.

»Aber ich werde Sie nicht bedrängen. Wir hatten eine Abmachung, und wir werden uns natürlich daran halten. Sie werden mich nicht wiedersehen.«

»Ich kann nicht behaupten, dass mich das sonderlich betrübt.«

Todd drehte sich auf dem Absatz um und verließ steifen Schrittes das Büro. Gabriel glaubte, Mrs. Thebes zischen zu hören, als der Agent an ihr vorbeiging. Sicher war er sich allerdings nicht. Er hatte es überstanden. Die letzten Bedingungen waren erfüllt worden, den Beweis hatte man ihm abgenommen. Es gab nichts mehr, was er jetzt noch erreichen konnte.

Gabriel starrte seinen neuen Bildschirmschoner an. Die

ockerfarbenen Felsen verdeckten ihre Füße, aber ihre dünnen Waden schimmerten im Sonnenlicht. Ihr Gesicht wirkte beinahe gleichmütig, obwohl er wusste, dass sie kurz zuvor geweint hatte. Vielleicht hatte sie Erleichterung empfunden, das Wissen, dass nun ein Ende nahte. Oder vielleicht, so hoffte er, hatte sie in dem Moment gewusst, in dem sie zu ihm herabblickte, wie er sich mit seiner Kamera einen Weg durch das Massaker bahnte, dass sie ihre Last jetzt mit jemandem teilen konnte. Dass er die Fackel weitertrug. Dass sie nicht mehr allein war.

Er bewegte die Computermaus, und die Aufnahme verschwand. Stattdessen erschien die Internetseite des Flugplans der Kenya Airways. Juba hatte ihn losgelassen, damit er trauern konnte, doch es war ein Ort, der sich weigerte, sein Herz freizugeben. Es war an der Zeit für ihn, zurückzukehren. Er musste wieder an der feuchtschwülen Bar sitzen, Rastas Reggae lauschen und den Weihrauch riechen, wie er ihm in die Nase stieg. Es gab den Markt zu erkunden. Und er musste nachschauen, ob der Generator auch wirklich installiert wurde. Außerdem war da noch der billige Whisky, den er mit einer gewissen verrückten Schottin unter einem sternübersäten Himmel teilen musste.

Es war an der Zeit, Alek wieder zu besuchen.

DANK

Die prekäre Sicherheitslage im Südsudan lässt es leider nicht zu, all jene zu nennen, die mir bei der Recherche für dieses Buch behilflich waren. Ich möchte dennoch diesen mutigen, ungenannten Menschen aus tiefstem Herzen danken, die täglich ihre Gesundheit und ihr Leben aufs Spiel setzen, um Gutes zu tun, und die sich trotzdem die Zeit nahmen, mich zu unterstützen. Ihnen gilt meine Bewunderung und mein Respekt. Mein Dank geht an die Männer und Frauen der SPLA, an die Exilanten, die inländischen Flüchtlinge, die Vertriebenen und die früheren intern Vertriebenen, die ihre unglaublichen Geschichten mit mir teilten. Ich hoffe, dass sie in den vor ihnen liegenden Jahren weiterhin stark und gesund bleiben können.

Unter denjenigen, die ich namentlich nennen kann, möchte ich zuerst einmal Aisha Mundwa Justin Waja aus Juba danken, deren Geschichten in den Text dieses Buchs verwoben sind und die stets meine größte Hochachtung und Bewunderung haben wird. Ebenso danke ich Daud Gideon aus Juba und Father Peter Othow aus Malakal für ihre Großzügigkeit und Geduld bei ihrer Hilfe, mich durch die Upper Nile Province zu geleiten, sowie Mike Pothier, der mich mit den beiden in Kontakt gebracht hat. Danke auch an Francis (und sein engagiertes Team) im UNHCR-Übergangslager für Rückkehrer in Malakal für seine Geduld und seine Geschichten. Und ich danke

Ellen Vermeulen von Amnesty International, deren Mut und Einsatz, die »Bösen dranzukriegen«, exemplarisch für uns alle sein sollte. Für die anderen Mitglieder von Amnesty International, die ich nicht nennen kann: Möge eure Entschlossenheit die Welt irgendwann aus ihrer Lethargie reißen.

Ich danke Rasta hinter der Bar (wie ich ein Fan von Dire Straits, Police und jedem guten Reggae), Mad Bad Robin an der Rezeption sowie Christopher und John im Büro der Bedouin Lodge. Das herzliche Willkommen und das kalte Bier gehören zu meinen liebsten Erinnerungen bei meinen Besuchen in einem tragischen und schönen Land. Claire und Michael vom British Council, die so engagiert in den SPLA-Camps in Juba tätig sind: Ich danke euch, dass ihr immer ein gütiges Auge auf mich geworfen habt.

Mein Dank gilt auch Frances Cartwright (von der School of Biological Sciences an der University of Bristol) und Barbara Costello (von der Biological Sciences Library an der University of Bristol) für ihre großzügige Hilfe während meines Besuchs der Universität.

Ich möchte mich außerdem herzlich bei Martha Evans, Robert Plummer und Marlene Fryer von meinem Verlag für ihre Unterstützung, ihre Treue und ihren Glauben an mich bedanken.

Wie immer bin ich meiner Frau Patti und meinen drei Kindern für ihre Liebe, ihre Unterstützung und die Zeit zutiefst dankbar, die sie mir so großzügig geben, um meine literarischen Bemühungen fortzusetzen, wobei sie diesmal hinnahmen, dass ich in fremden Ländern unterwegs und teilweise nicht erreichbar war.

Dieses Buch ist meinem Schwiegervater Dr. Maurice Silbert gewidmet (der einen Gastauftritt als Hausarzt des Generalleutnants Bartholomew hat): Du bist und bleibst der Inbegriff von Demut und Mitgefühl – etwas, wonach wir alle nur streben können.

Dieses Buch erzählt eine erfundene Geschichte. Die geschilderten Ereignisse basieren auf keinen tatsächlichen Geschehnissen. Allerdings führt die Regierung von Khartum zweifelsohne auf zynischste Weise ethnische Säuberungen durch, die als neuer Genozid in Nuba und Dschanub Kurdufan bezeichnet werden. Wer sich eingehender damit beschäftigen möchte, sollte sich die Website www.nubareports.org sowie die Websites des UNHCR und Satellite Sentinel Project ansehen, die versuchen, die Massaker festzuhalten und zu veröffentlichen, die von al-Baschirs Regime begangen werden.

Andrew Brown
Kapstadt
März 2014

GLOSSAR

Adscham: Bezeichnung für Nichtaraber, Fremdsprachliche, »die anderen« (arabisch)

Aiwa: Ja (arabisch)

Allahu akbar: Gott ist am größten (arabisch)

Ana kwais: Mir geht es gut (arabisch)

Baschir: arabischer Vor- oder Nachname, bedeutet »Überbringer guter Nachrichten« (arabisch)

Bodaboda: Fahrradtaxi oder Motorradtaxi, ursprünglich in Ostafrika; vom Englischen »border-border« (Slangbegriff)

Boet: Kumpel, Kamerad (südafrikanischer Slang)

Braaied: gegrillt, gebraten (afrikaans)

Buda: parasitäre Pflanze Striga hermonthica

Dschandschawid: bewaffnete, halborganisierte Miliz, engagiert von Khartum und berüchtigt für ihre Angriffe auf südsudanesische Zivilisten vor der Trennung der beiden Staaten; sinngemäß: berittene Teufel

Durra: Sorghumhirse

Ghazzua: Überfall, Raubüberfall, Razzia (arabisch)

ISTAR: Militärprogramm zur Nachrichtengewinnung (Intelligence), Überwachung (Surveillance), Zielaufklärung (Target Acquisition) und Aufklärung (Reconnaissance)

Kerekede: Hibiskustee, im Sudan aus weißer, bitterer Blüte

Kisra: traditionelles sudanesisches Fladenbrot aus fermentierter Hirse, Konsistenz ähnlich wie bei einem Crêpe

Kudra: grünes Blattgemüse, das zu den Grundnahrungsmitteln im Sudan gehört

Luak (Pl. Luaak): Stall, Kuhstall (Dinka)

MSF: Abkürzung für die internationale Organisation für medizinische Notfälle, Médecins Sans Frontières, auf Deutsch Ärzte ohne Grenzen

Muonyjieng: Eigenbezeichnung der Dinka; afrikanische Ethnie im Südsudan

Salaam alaikum: Guten Morgen; wörtlich »Der Frieden auf Euch« als Begrüßungsformel (arabisch)

Shukran jazilan: Vielen Dank (arabisch)

Skraal: mager, dürr, dünn (afrikaans)

SPLA: Abkürzung für die Sudanesische Volksbefreiungsarmee (englisch: Sudan People's Liberation Army)

SPLM: Abkürzung für die Sudanesische Volksbefreiungsbewegung (englisch: Sudan People's Liberation Movement)

UNESCO: Abkürzung für die Organisation der Vereinten Nationen für Erziehung, Wissenschaft und Kultur (englisch: United Nations Educational, Scientific and Cultural Organization)

UNHCR: Abkürzung für Hoher Flüchtlingskommissar der Vereinten Nationen (englisch: United Nations High Commissioner for Refugees)

Vriend: Freund (afrikaans)

Wadi: ausgetrockneter Flusslauf in Nordafrika (arabisch)

WFP: Abkürzung für Welternährungsprogramm (englisch: World Food Programme)

BIBLIOGRAFIE

Bailey-Serres, Julia/Chang, Ruth: »Sensing and Signalling in Response to Oxygen Deprivation in Plants and Other Organisms«. In: Annals of Botany, 96 (4), 2005, S. 507–518.

Bebawi, F. F./El-Hag, G. A./Khogali, M. M.: »The Production of Dura (Sorghum vulgare) in Sudan and the Parasite Buda (Striga hermonthica)«. In: Davies, H. R. J. (Hg.): *Natural Resources and Rural Development in Arid Lands. Case Studies from Sudan.* The United Nations University, 1985.

Black, David R./Williams, Paul D.: *The International Politics of Mass Atrocities. The Case of Darfur.* Oxon: Routledge, 2010.

Briat, Jean-Francois/Ravet, Karl/Gaymard, Frederic: »New Insights into Ferritin Synthesis and Function Highlight a Link Between Iron Homeostasis and Oxidative Stress in Plants«. In: Annals of Botany, 105 (5), 2010, S. 811–822.

Curie, Catherine u. a.: »Metal Movement Within the Plant. Contribution of Nicotianamine and Yellow Stripe 1-like Transporters«. In: Annals of Botany, 103 (1), 2009, S. 1–11.

Drea, Sinéad; »The End of the Botany Degree in the UK«. In: Bioscience Education (17. Juni 2011).

El-Kamali, Hatil Hashim: »Ethnopharmacology of Medicinal Plants Used in North Kordofan (Western Sudan)«. In: Ethnobotanical Leaflets, 13, 2009, S. 203–210.

Feinstein, Andrew: *The Shadow World. Inside the Global Arms Trade.* Kapstadt: Jonathan Ball, 2011.

Jin, C. W. u. a.: »Plant Fe Status Affects the Composition of Siderophore-Secreting Microbes in the Rhizosphere«. In: Annals of Botany, 105 (5), 2010, S. 835–841.

Jok, Jok Madut: *Sudan. Race, Religion and Violence.* Oxford: Oneworld Publications, 2007.

Marien, Tania: »The Last Botany Student in the UK«. In: Art-Plantae Today (15. Juli 2011).

Mills, Greg: *Why Africa is Poor. And What Africans Can Do About It.* Johannesburg: Penguin, 2010.

Milner, Matthew J./Kochian, Leon V.: »Investigating Heavy-Metal Hyperaccumulation Using Thlaspi Caerulescens as a Model System«. In: Annals of Botany, 102 (1), 2008, S. 3–13.

Perry, Alex: *Lifeblood. How to Change the World One Dead Mosquito at a Time.* Johannesburg: Picador Africa, 2011.

Prunier, Gérard: *Darfur. The Ambiguous Genocide.* London: Hurst & Co., 2005.

Punshon, Tracy/Guerinot, Mary Lou/Lanzirotti, Antonio: »Using Synchrotron X-Ray Fluorescence Microprobes in the Study of Metal Homeostasis in Plants«. In: Annals of Botany, 103 (5), 2009, S. 665–672.

Ricketts, T. R.: »Homeostasis in Nitrogenous Uptake/Assimilation of the Green Alga Platymonas (Tetraselmis) striata (Prasinophyceae)«. In: Annals of Botany, 61 (4), 1988, S. 451–458.

Ridgwell, Andy u. a.: »Tackling Regional Climate Change by Leaf Albedo Bio-Geoengineering«. In: Current Biology, 19 (2), 2009, S. 146–150.

Schmidt, Wolfgang/Steinbach, Stefanie: »Sensing Iron-a Whole Plant Approach«. In: Annals of Botany, 86 (3), 2000, S. 589–593.

Shcolnick, Sigal u. a.: »The Mechanism of Iron Homeostasis

in the Unicellular Cyanobacterium Synechocystis sp. PCC 6803 and its Relationship to Oxidative Stress«. In: Plant Physiology, 150, 2009, S. 2045–2056.

Strother, S.: »Homeostasis in Germinating Seeds«. In: Annals of Botany, 45 (2), 1980, S. 217 f.

Woodcock, Alexander/Davis, Monte: *Catastrophe Theory. A Revolutionary New Way of Understanding How Things Change.* Middlesex, England: Penguin Books, 1978.

Woodward, F. Ian u. a.: »Biological Approaches to Global Environment Change, Mitigation and Remediation«. In: Current Biology, 19 (14), 2009, S. 615–623.

Yagoub, A. K.: »Medicinal and Aromatic Plants Research and Development«. College of Applied and Industrial Science, University of Juba.

Yates, Douglas A.: *The Scramble for African Oil. Oppression, Corruption and War for Control of Africa's Resources.* London: Pluto Press, 2012.

Zheng, Shao Jiang: »Iron Homeostasis and Iron Acquisition in Plants. Maintenance, Functions and Consequences«. In: Annals of Botany, 105 (5), 2010, S. 799 f.